ハヤカワ文庫JA
〈JA1552〉

機能警察　未亡旅団

月村了衛

早川書房
8954

目次

登場人物

［警視庁］

沖津旬一郎……………………特捜部長。警視長

城木貴彦……………………特捜部理事官。警視

宮近浩二……………………特捜部理事官。警視

姿俊之………………………特捜部付警部。突入班龍機兵搭乗要員

ユーリ・オズノフ…………特捜部付警部。突入班龍機兵搭乗要員

ライザ・ラードナー………特捜部付警部。突入班龍機兵搭乗要員

鈴石緑………………………特捜部技術班主任。警部補

由起谷志郎…………………特捜部捜査班主任。警部補

夏川大悟……………………特捜部捜査班主任。警部補

桂絢子………………………特捜部庶務担当主任。警部補

清水宣夫……………………公安部長。警視監

沼尻隆………………………公安部参事官。警視正

曽我部雄之助……………………公安部外事第四課長。警視
伊庭充寿……………………公安部外事第四課係長。警部
酒田盛一……………………警備部長。警視監
安西勉……………………警備部SAT隊長。警視
森本耕大……………………組織犯罪対策部薬物銃器対策課捜査員。巡査部長

〔警察庁〕

和辻哲三郎……………………長官官房長。警視監
各務慎次……………………長官官房首席監察官。警視監
杉野克雄……………………長官官房監察官。警視長
海老野武士……………………警備局長。警視監
鷺山克哉……………………警備局外事情報部長。警視監
宇佐美京三……………………警備局外事情報部国際テロリズム対策課長。警視長
長島吉剛……………………警備局外事情報部外事課長。警視長
三沢成人……………………警備局警備課理事官。警視正
佐竹裕久……………………警備局公安課理事官。警視正
堀田義道……………………警備局警備企画課長。警視長

小野寺徳広……………………………警備局警備企画課課長補佐。警視

［神奈川県警］
渡辺正孝……………………………本部長。警視監
満川偉佐男…………………………警備部長。警視長

［新潟県警］
高山淳人……………………………本部長。警視監
諏訪真樹夫…………………………警備部長。警視長
浜本靖………………………………警備部外事課長。警視

［黒い未亡人］
シーラ・ヴァヴィロワ……………三人のリーダーの一人。〈砂の妻〉
ジナイーダ・ゼルナフスカヤ……三人のリーダーの一人。〈剣の妻〉
ファティマ・クルバノワ…………三人のリーダーの一人。〈風の妻〉
カティア・イヴレワ………………未成年テロリスト。組織の特務要員
ナターリヤ…………………………テロリスト。ジナイーダの腹心

ヴァレーリヤ……………………テロリスト。ジナイーダの腹心
リューバ……………………テロリスト
アゼット……………………テロリスト
ゾーヤ………………………テロリスト
ジャンナ……………………未成年テロリスト
アイシャ……………………未成年テロリスト
マリアム……………………未成年テロリスト
クレメンティーナ…………未成年テロリスト
宗方亮太郎…………………城木の兄。衆議院議員
城木亮蔵……………………城木の父。財務省外郭団体理事長

テーレクは鉄の檻のうちより餌食を見たる
若きけもののごとくたわむれ咆えつつ
かいもなき怒りをこめて岸を打ち
飢えたる波もて岩をなめる……ああけれど
餌食もえられず　喜びもなく　ただ言葉なき
大岩のむれにきびしくも押しせばめられるばかり。

このように猛き自由は掟のもとに押しせばめられ
このように山の民は権力のもとに嘆き悶える。
このようにいま語るすべなきカフカースは怒りにもえて
このようにこと国の重き力におしつけられる。

――アレクサンドル・セルゲエヴィッチ・プーシキン『カフカース』

機龍警察　未亡旅団

第一章　黒い未亡人

0

夕闇の迫りつつある住宅街で突如響き渡ったサイレンに、近隣住民は少なからず驚き、まず火事を疑った。表に飛び出した人々の多くは、それが消防車ではなくパトカーのものであると知り、安心とまではいかずとも、ひとまず胸を撫で下ろした。

それにしてもおびただしい数のパトカーだ。これだけの警察車輛が狭い路地を埋め尽くすのは、長く町内に住む老人達でさえ初めて見る光景だった。

すぐに制服警官による交通整理が始まった。何があったの、と口々に尋ねる住民に対し、警察官達は一切の具体的な返答を避け、危ないから下がってと横柄に繰り返すのみである。

神奈川県相模原市南区上鶴間本町、午後五時十分。大型連休の初日を翌日に控えた四月二十八日のことだった。

解体予定の低層集合住宅『ベルハイツ上鶴間』を包囲した神奈川県警は、普段は施錠されているはずの作業用出入口からフェンスで覆われた敷地内に突入した。

建造物の規模からするとかなり広い敷地内駐車場には四台のミニバンが停まっていた。その周辺にいた十数名の男女が驚いて振り返ったが、殺到してきた警官隊に抵抗する間もなく逮捕された。

かねてよりカンボジア人による工業製品密売事案を内偵中であった神奈川県警組織犯罪対策本部では、同日午後三時、カンボジア人グループが不法入国者集団と大がかりな取引を行なうとの情報を得た。そこで被疑者グループを一網打尽にすべく万全の態勢を整えて現場を急襲したのであった。

密売品受け渡しの最中であったブローカーのカンボジア人六名とバイヤーの不法入国者グループ十名は、その場で一人残らず現行犯逮捕された。違法取引、公務執行妨害、逃走罪等の容疑である。

逮捕した当の捜査員達が一様に驚いたのは、バイヤーの全員が若い女性であったことである。中には未成年かと疑われるような少女もいる。瞳の色は濃淡さまざまな褐色か黒で、皆彫りの深い顔立ちをしていたが、肌は白人のように白い者もいれば、アジア系か中東系のように浅黒い者もいる。半数近くの女が、男物らしいサイズの大きすぎるレインコートを着ていた。いずれにしても、外見を一瞥しただけでは人種も国籍も判然としない。パスポートなど身分証の類は誰も所持していなかった。

逮捕された女達は皆一様に押し黙っていたが、栗色の髪を短く刈った眼光の鋭い女が、二言三言、低い声でさりげなく言葉を発した。彼女がリーダーらしかった。何かを命じたようだったが、居合わせた捜査員にはそれが何語であったのかさえも分からなかった。また女達の間にも特に目立った反応を示した者はいなかった。

日産キャラバンをベースにした警察車輌が出入口に寄せて停められる。神奈川県警の護送車である。警察官の指示に従って一列に並ばされた逮捕者達が黙々と護送車に乗せられていく。

カンボジア人の男六人が乗車した段階で県警は一旦ドアを閉めようとしたが、列に並んでいた女が半ば強引に同じ護送車に乗り込もうとした。

「待ちなさい、あんたは次の車を待って。聞こえないの、あんた」

ドアの近くにいた警察官が苛立たしげに思わず日本語で制止したとき――

凄まじい爆発が起こり、護送車が跡形もなく吹っ飛んだ。

その直前に女達は全員耳を押さえて地面に伏せていた。爆発後、即座に立ち上がった一人が現場指揮車とおぼしき大型警察車輌に向かって、立ち籠める白煙の中を猛然と駆け出した。止められる者はいなかった。轟音と閃光に誰もが判断力を失っていた。

現場指揮車が女もろとも炎の塊となって消滅した。車内にいた者は言うに及ばず、周辺にいた多くの警察関係者が爆炎に呑み込まれ、あるいは爆風に吹き飛ばされて即死した。

続けて三人目の女が、警官隊めがけて突進した。対処の方法など知るべくもない警察官達が我に返って逃げ出そうとしたとき、女は自爆した。その爆発は多数の警察官だけでなく、現場を囲むフェンスと、その向こうの路地に停められていた警察車輛をも破壊した。

そして粉塵とともに警察官のちぎれた手足が降り注ぐ中、吹き飛んだフェンスの間から走り出た四人目が、路地をふさぐように停められていたパトカーの車列の中央で自爆した。

狭い路地の入り組んだ住宅街での立て続けの爆発は、当然の如く周辺の民家をも巻き込んだ。

吹っ飛んだ警察車輛や建造物の破片が雹《ひょう》の如く地上を穿《うが》ち、へし折れた電柱が青白い火花を放つ電線を振り乱しながら逃げ惑う人々の頭上に倒れかかった。衝撃で破砕されたガラスは幾千、幾万の研ぎ澄まされたナイフとなって人々を切り裂いた。

穏やかな夕餉《ゆうげ》の刻を迎えようとしていた住宅街は、一瞬にして阿鼻叫喚の地獄へと変貌した。それはテレビ画面の中でのみ見慣れた紛争地帯の光景だった。

誰が死んだのか。誰が生きているのか。警察官にも住民にも分からなかった。自分が生きているのかどうかさえ分からなかった者もいるだろう。

神奈川県警の現場指揮系統は混乱どころではなく、完全に失われていた。

周辺の病院から駆けつけてきた救急車も、倒壊した家屋の残骸や炎上する車輛、そして逃げ惑う群衆に阻まれて、その大半が路地に進入することさえ叶わず、いたずらに時間を浪費した。

粉塵がようやく収まったときには、逮捕された十人の女のうち、残る六人の姿はどこにもなかった。


同日午後五時五十四分、霞が関の警視庁庁舎内にある公安部外事課のフロアで、外事四課課長の曽我部《そがべ》雄之助《ゆうのすけ》警視は、好物の饅頭を頬張りながら自席近くのスチール棚の上に設置されたテレビのリモコンを取り上げた。いつものようにニュースを見ようとスイッチを入れた瞬間、飛び込んできた映像に、曽我部は「うわあ」と我ながら間抜けな声を上げていた。

外事課は主に分室と称される外部の秘匿された拠点を中心に活動する。閑散とした本庁のフロアに、四課の捜査員は二人しか在席していなかった。饅頭を口いっぱいに頬張ったまま咀嚼《そしゃく》することも忘れて、曽我部は二人の部下とともにニュースに見入った。

大惨事であることは充分に分かったが、何が起こったのかはさっぱり分からない。それでも、半ば恐慌状態にあるレポーターがヒステリックに伝える現場映像を眺めていると、大体の見当はついた。

「自爆テロですね」

係長の伊庭充寿《いばみつとし》警部が呟《つぶや》いた。

曽我部は湯飲みの茶で饅頭を無理やり呑み下し、部下に応えた。

「日本で二度目のな」

一度目は言うまでもない。昨年十二月の警視庁中央署自爆テロだ。

あのときはえらい目に遭った——曽我部が柄にもない感慨に浸る間もなく、机上の警電(警察電話)が鳴った。警視庁公安部外事第四課は国際テロ事案を担当する。まるで予期していたかのようなすばやい動作で、曽我部は受話器を取り上げた。

同日午後六時三十一分、霞が関中央合同庁舎第2号館二十階。厳重なセキュリティの施《ほどこ》された警察庁警備局の薄暗い通路を足早に抜け、曽我部は警備局長の執務室に入った。

警備局長のデスクの前にしつらえられた応接用のソファには、すでに十人近い警察幹部が集まっていた。外事情報部長の鷺山克哉《さぎやまかつや》警視監、外事課長の長島吉剛《ながしまよしたけ》警視長、国際テロリズム対策課長の宇佐美京三《うさみきょうぞう》警視長。そして警備企画課長の堀田義道《ほったよしみち》警視長、警備課理事官の三沢成人《みさわなると》警視正、公安課理事官の佐竹裕久《さたけひろひさ》警視正ら。いずれも警察庁における警備公安関係の幹部である。曽我部の直接の上司に当たる警視庁公安部長の清水宣夫《しみずのぶお》警視監の顔もある。

曽我部はいかにも恐縮しているようなことをもごもごと口にしながら末席に腰を下ろした。出席者の前に置かれていたファイルが、清水によって曽我部にも手渡される。あ、どうも、などとやはりもごもごと言いながら曽我部はファイルを受け取った。

「宇佐美君」

中央に座した警備局長の海老野武士《えびのたけし》警視監に促《うなが》され、宇佐美国際テロリズム対策課長が立ち上がった。

「本日午後五時三十分前後に発生した神奈川県相模原市の自爆テロ事案については、現在も情報を収集中の段階であり、詳細は不明としか申せませんが、同事案発生のおよそ一時間前に当たる四時三十分、アメリカのNCTC（国際テロ対策センター）を通じて情報の提供がありました。概要を簡単に述べますと、チェチェン共和国のテロ組織『黒い未亡人』の精鋭メンバーが日本に入国した形跡あり、とのことでした」

一同の間から低い呻きが漏れた。『黒い未亡人』。神奈川で自爆した不法入国者グループはいずれも女性であったという。

すでに報告を受けているらしい海老野局長は、むすりとした顔で宇佐美の話を聞いている。

「三か月前、北カフカスでチェチェンのイスラム過激派組織が実行したダゲスタン共和国の天然ガス精製プラント占拠事件についてはご記憶に新しいかと存じます。日本人技術者八名が犠牲となったあの事件です。テロに対して強硬な姿勢を取るロシアは、北カフカスのテロリスト山岳拠点に侵攻する軍事作戦を展開しました。日本政府は、同胞が犠牲となっていたこともあり、ただちにロシア支持の声明を発表。これに対しチェチェンのイスラム武装勢力は、エネルギー目当てにロシアに追従するものとして激しく非難、日本への武力攻撃の可能性を示唆しました。現在我々が入手している情報を分析すると、その実行グループとして数ある武装集団の中から『黒い未亡人』が選ばれたものと推測されます」

室内は寂として声もない。

神奈川での事案が『黒い未亡人』によるテロ計画の一端であることは明らかだ。単なる密輸事件なら、メンバーが自爆してまで仲間を逃がそうとするなど考えられない。間違いなく強烈な信念に基づく行動である。

宇佐美は続ける。

『黒い未亡人』はチェチェン紛争により夫や家族を失った女性だけからなるイスラム武装組織で、二〇〇二年のモスクワ劇場占拠事件、二〇一〇年のモスクワ地下鉄爆破テロ事件などさまざまな重大事件に関与しており、さらに近年はワシントン・ダレス国際空港自爆テロ、パリの陸軍病院自爆テロなどの実行犯として西欧諸国にも活動領域を広げています」

「よりによってゴールデン・ウィークとは……奴ら、日本の国内事情を調べ尽くした上でこの時期を狙ってきたんだな」

猿のように小柄な長島外事課長が甲高い声で唸《うな》った。

行楽シーズン中の無差別自爆テロ。それは警備警察関係者にとって、想像さえしたくない最大級の悪夢と言えた。

「決行が連休中だとは、まだ断定されたわけじゃありませんよ」

三沢理事官の発言に、長島は顎に手を当てて考え込むように応じる。

「だが、その可能性は高いと思うがね。私ならまずこの時期を見逃したりはせんな」

鷺山外情《がいじょう》（外事情報部）部長も憮然とした面持ちで、

「国民に注意を喚起するのはもちろんだが、社会的経済的影響を考慮すれば、それだけでもダメージは大きい。また各地の行楽地をはじめ、公共の施設や交通は混雑が予想される。

警戒を要するターゲット数が倍増するどころじゃない。それだけの数の警察官を動員することも不可能だ」

宇佐美は重々しく頷《うなず》いて、

「これまでの手口から見ても『黒い未亡人』が日本で何か仕掛けるとすれば、まず想定されるのはやはり自爆テロです。現に神奈川の現場でも、連中は最初から不測の事態に備えて自爆装備で取引に臨んでいます」

「要するに」海老野局長が口を開いた。「筋金入りの女達だということだ」

筋金入りねえ、と曽我部はファイルを繰りながら内心に独りごちた。

自棄《やけ》になった怒れる後家さんの会、か――おっかないねえ――

実年齢よりもはるかに若く見える海老野警備局長は、精力的な口調で続けた。

「国家公安委員長と官房長官には十分後に私から直接報告することになっている。官邸対策室も設置される予定だ。詳しい被害状況や現場の情報が上がってくるのはこれからだが、神奈川の事案が偶発的な序幕にすぎず、テロリストが国内でさらに大規模な自爆テロを計画していることが外部に漏れれば未曾有のパニックを引き起こしかねない。ゆえに捜査はあくまで極秘裏に行なう必要がある。これは国家の危機管理能力が問われる一大事案だ。主導権は当然本庁にある。肝心なのはまず第一に逃亡したテロリスト全員を確保し、テロ計画の全容を割り出すことだが、これについては外四《がいよん》（外事四課）を中心に万全の――」

来た、と曽我部は思った。どうして自分はいつも極めつきに厄介な貧乏くじを引くのだろうと。

1

四月二十八日は、警視庁特捜部に所属する由起谷志郎《ゆきたにしろう》警部補にとって珍しい公休日であった。

警察では公休日の出勤は珍しくない。ことに特捜部では昨年の秋以来、難事件が続いていて平日も土日もない状態が当たり前のようになっていた。公休日の出勤は、出勤時間により超過勤務か代休扱いになる。出勤日と同じようにフルタイムで働けば代休取得の対象となり、それに足りなければ超過勤務扱いというわけである。

昨年十二月に起こった中央署自爆テロに遭遇し、一か月以上も入院を余儀なくされた由起谷は、その間同僚達に負担をかけたという負い目を抱いている。それもあって公休など気にかけたこともなかったのだが、庶務を仕切る桂絢子《かつらあやこ》主任にそれとなく言われてしまった。

——由起谷主任、お休みなしでずいぶんがんばってらっしゃいますけど、超過勤務のお手当、それほどつけられなくてすみませんねえ。なにしろ予算がないものですから。

気配りに関しては特捜部でも城木《しろき》理事官と双璧を成すと言われる桂主任だ。自分の過労を心配し「とっと休め」と言ってくれているのだろうと由起谷は察した。そこで謹んで休みを拝受することにしたのであった。

休んだのはいいが特にこれといってすることはない。官舎として与えられている越中島のマンションで、普段よりも遅めに起きて飯を炊き、焼き海苔と干し魚、それにワカメの味噌汁で簡単な朝食を済ませた。母子家庭で育った由起谷には慣れたものだった。そのあと溜まっていた洗濯物を片付け、2DKの家中の掃除をした。さっぱりした部屋で持ち帰った仕事に取り組み、手早く終わらせる。それから昼飯まで読書をした。国際情勢や法律書、歴史に語学。読むべき本はいくらでもある。特捜部に入って以来、世界に対する自分の無知を日々痛感する一方であった由起谷は、意識して読書に努めるようになっていた。勉強などまるで顧みず、ひたすら暴れていただけの高校時代が今さらながらに悔やまれた。

素麺の昼食後も読書に費やしたが、三時過ぎにはさすがに疲れて本を閉じ、ベッドに横になってぼんやりと考えた。

さて、今夜は何をしよう――

久々に飲みにでも行くか。同僚の夏川《なつかわ》の顔が浮かんだが、彼は普段通りの勤務で忙しいだろう。それに今日は一人で飲みたい気分だった。

由起谷は以前もらった一枚の葉書を思い出した。かつて高輪署の地域課に勤務していた頃逮捕した窃盗犯からのものだ。その後更生した彼は、西麻布に小さなバーを開いたと律儀に知らせてきたのであった。意外な達筆でぜひ寄ってほしいと書き添えられていた。

起き上がって書類ケースを調べる。目当ての葉書はすぐに見つかった。開店時間にはまだ間があるが、幸い営業日に当たっていた。

今夜の予定は決まった。由起谷はクローゼットを開け、もう一年以上袖を通していなかった淡いグレーのカジュアルなジャケットを取り出し、クリーニング店のラベルを外した。

同日午後五時三十五分、西麻布一丁目の路地の奥にある商業ビルの一階を覗いた由起谷は、小さなドアに［連休のお知らせ］の貼り紙を見出した。そこには店主の都合で一日早く休むと記されていた。

仕方ないな――軽く息をついてから、踵《きびす》を返して都営大江戸線六本木駅の方に向かって歩き出す。

その辺は以前にある事件の地取り捜査で散々回ったので土地鑑がある。路地から路地へと歩いていたとき、不穏な声が聞こえてきた。

「なんだその目は。殺されてえのか」

薄闇の向こうに、三つの人影が見えた。大柄な若者二人が、小柄な少年を挟み込むようにして威嚇している。若者はともにジャージを着崩したようなストリート風の、ラフというより野卑な恰好で、一人は坊主頭、もう一人はタレントまがいの長髪。どちらも赤黒い顔色で、シルバーのアクセサリーを首や手に引っ掛けている。一目でまともな種類の人間でないと知れる。事実、由起谷は長髪の方に見覚えがあった。確か捜査資料の写真で見た。帝都連合の横山《よこやま》だ。ツレの坊主頭も仲間だろう。

『帝都連合』とは六本木、西麻布、渋谷、新宿周辺を跋扈《ばっこ》するいわゆる半グレ集団である。大昔の不良と違って暴力団の傘下には入らず、一般人の顔を持っているところにその特異性が表われている。暴力団対策法や暴力団排除条例の適用を逃れるためだ。振り込め詐欺や闇金融などの裏ビジネスを仕切って巨額の不法収入を得ているとも言われながら、法整備がまるで追いついていないのが現状であった。

一方の少年は、ディープネイビーのキャップを目深《まぶか》に被っていて顔立ちはよく分からないが、日本人でないことは夕刻の遠目にも分かった。十五、六歳くらいだろうか。チャコールのフードジャケットにデニムという目立たない服装。しかし異様であったのは、少年が全身から放っている強烈な精気だ。いや、精気と言うより、静かな殺気とでも言うべきか。その殺気にたまたま往き逢った帝都連合の二人が反応したというところだろう。不良はそうした気配――いわゆるガンづけ――に敏感に反応する。かつて下関の不良であった由起谷はそのことを誰よりもよく知っている。

そして何よりも驚きであったのは、暴力団どころか警察でさえ関わりを避ける半グレ二人を向こうに回して、少年に怯《ひる》んだ様子がまったく見られないということだった。そればかりか、彼は薄く嗤《わら》っているようにも見えた。そのことが半グレ達をさらに刺激しているのは間違いない。

「しゃあねえな。じゃあちょっと行こうか」

横山が少年に歩み寄って肩に手を回そうとする。自分達の息のかかった近くの店にでも連れ込むつもりだ。

「そこ、何やってるんだ」

由起谷は声をかけて足早に近寄った。三人が同時に振り返る。

帝都連合の二人は不審そうに由起谷を見ている。日本人離れした色の白さに加え、容貌に優男めいた甘さを残す由起谷は、一見して警察官と悟られることはあまりない。

「なんでもねえよ。あっち行ってな」

うるさそうに横山が言った。お節介な通行人だと思ったのだろう。

「子供をカツアゲして小遣いでも巻き上げようってのか。帝都連合も最近は不景気らしいな、え、横山」

「なんだぁてめえは」

坊主頭が凄んでくる。

「あんた、デコスケ（警察官）か」

横山は少し驚いたようだった。

勤務外で帝都連合のこうした非道に遭遇した警察官の多くは、通報するどころか知らぬ顔をして立ち去るだけである。万一刑事事件にでもなった場合、手続き等で丸一日拘束され、せっかくの休みがふいになるからだ。それに組織を離れて個人になれば、やはりどうしても仕返しが恐い。帝都連合の方でもそのことを知っているから、ますます警察を侮《あなど》ってつけ上がる。由起谷は日頃からそうした事実を腹立たしく思っていた。

「どこの田舎モンだよ。俺達のことを知らねえのか」

「下関の田舎モンさ。おまえらみたいなガキのことなら誰よりもよく知ってるよ」

大きく踏み込んだ由起谷の迫力に、横山は一瞬言葉を失った。

「てめえコラ」

坊主頭が背後から由起谷の肩をつかもうとするが、その前にフードジャケットの少年が立ちふさがった。

こちらも相手をたじろがせるほどの気迫があった。

「行くぞ、金田《かねだ》」

「え、でも横山さん」

「いいから行くぞ」

横山は坊主頭を促してそそくさと立ち去った。

由起谷は嫌悪の目で二人の後ろ姿を見送った。下関にも札付きのワルは腐るほどいたが、その多くが——自分を含め——差別的な環境に育った少年達だった。しかし帝都連合は世田谷や杉並の中流以上の家庭に育った子弟が中心になって結成されたと聞いている。由起谷はそこに現代日本の大きな歪みを感じずにはいられない。彼らは法を蔑《ないがし》ろにし、人を嘲《あざけ》り、自分達が特権階級であるかのように常習的に暴力や不法行為を行なっている。近年警察庁は彼らを準暴力団に指定して対策に乗り出したが、その規準は曖昧で、ほとんど成果を上げられずにいる。

由起谷は少年を振り返った。

相手は好奇の目でこちらを見上げていた。キャップのつばの下から覗く双眸《そうぼう》は黒いが、小さな顔の彫りは深く、肌は白い。どうやら白人らしい。少年の発する雰囲気は、依然不敵そのものであった。

「そんな目つきでここらを歩いていると、今みたいな連中がまた因縁をつけに寄ってくるぞ」

少年は何も答えなかった。

「本職は警視庁の由起谷という。君、名前と住所は。日本語は話せるのか」

やはり返答はなかった。

由起谷は肩をすくめ、ため息をついた。

「いいさ。どうせこっちはオフだ。俺は六本木駅の方に行くが、君もそっちか」

少年はなぜか一瞬ためらったようだったが、すぐにこくりと頷いた。

「よし、じゃあ一緒に行こう」

由起谷は破顔して、少年と並んで歩き出した。

足を踏み出しながら、少年は無遠慮に由起谷の顔を覗き込んだ。彼が何に興味を示しているか、由起谷には分かる。

「そんなに気になるか、俺の顔が」

微笑を浮かべて話しかけた。

「俺はね、頭に血が上るとかえって血の気が引いてよけいに白く見える体質らしいんだ。分かるかい、俺の言ってること」

少年はまた頷いた。

「さっきみたいな奴らが、俺は一番嫌いなんだ。昔の自分を思い出すっていうか……もちろんあんなろくでもない奴らとは違うって思いもあるが、どっちにしても屑は屑さ……心配しなくていいよ。昔の自分にならないためにも、俺は警察官になったんだ」

相手が見ず知らずの少年であるためか、かえって由起谷は無防備にも自らについて問わず語りに語っていた。誰かに対して、彼がそんな心中を吐露するのは滅多にないことだった。世間の風に単身抗《あらが》おうとするかのような少年の佇《たたず》まいに、かつての自分に近いものを感じたせいかもしれない。

「実を言うとね、さっきはちょっと危なかった。ああいう連中を見るとね、ヤバい自分が出てきそうでさ」

少年は興味深そうに聞いていたが、時々聞き返すように首を傾《かし》げた。やはり日本語が少し不自由なようだった。

二人が六本木西公園の冠木門《かぶきもん》の前まで来たとき、不意に前方からセミキャブオーバーのミニバンが猛然と突っ込んできて、道をふさぐようにハンドルを切り急停止した。背後からも同じようなミニバンがもう一台。退路を断つかのように軋《きし》みを上げて停止する。

二台のドアが荒々しく開かれ、目出し帽を被った男達が降りてきた。手に手に金属バットやゴルフのクラブを持っている。全部で八人。

覆面はしていても、正体は明らかだ。この界隈には帝都連合のメンバーが常にたむろしている。道理であっさり引き上げたはずだ。先頭でバットを持っているコートの男は間違いなく横山。後で取調べを受けてもコートを引っ掛けただけで服が違うとでも言い張るつもりなのだろう。アリバイの証言者も山ほど揃えているに違いない。場合によっては身代わりの予備軍も。警察官を痛めつけても証拠さえなければ逮捕には至らないとたかをくっているのだ。

携帯は持っているが、通報の余裕はない。由起谷は少年を振り返った。その意図を即座に理解した少年は、由起谷と同時に六本木西公園の中へと駆け込んだ。

凶器を振りかざした連中が一斉に追ってくる。

由起谷と少年は申し合わせたように反転し、追手の群れの中央に飛び込んだ。まずリーダーの横山を潰す――由起谷にとっては身に染み込んだ喧嘩の定石だ。

左右の手下を蹴り飛ばし、横山に向かう。相手の振り回すバットが由起谷の胸を強打した。思いも寄らぬ強烈な痛みが走った。昨年の中央署テロ事案で骨折した肋骨を直撃したのだ。

その瞬間、頭の中が白い何かに包まれ、由起谷が今まで必死に抑えつけていた荒ぶる血が甦《よみがえ》った。相手に頭突きを食らわせ、バットを苦もなく奪い取る。気がついたときには、倒れた四人を執拗に蹴りつけていた。覆面がすっかり剝がれた横山は、前歯の折れた口から血の泡を噴いている。

体内に残る生々しい暴力の感触。懐かしくも忌まわしい。込み上げる自己嫌悪を由起谷は己のうちに持て余す。

野太い悲鳴が近くで聞こえた。振り返ると、少年が覆面のずれた坊主頭の肝臓のあたりにバットの先端で強烈な突きを入れたところだった。彼の足許にはすでに二人の男が転がっている。

信じられない光景だった。少年と暴漢達の間には、文字通り大人と子供ほどの体格差があるのだ。

急所を衝かれた坊主頭が倒れると同時に、少年の背後から残る一人がゴルフクラブを振りかざして飛びかかった。

危ない――と由起谷が叫ぶまでもなく、少年はクラブの一撃を難なくかわし、前を向いたまま背後の敵の両足の間に手にしたバットを突っ込んだ。覆面の暴漢は足にバットを挟まれ無様に転倒する。すかさず向き直った少年は、バットを挟んだ相手の足を思い切り踏みつけた。脛骨の折れる音がして、相手は悶絶した。

由起谷の目には、少年の戦い方は通常の格闘技にも自分のような喧嘩技にも見えなかった。強いて言うなら、特捜部の同僚である姿《すがた》警部やラードナー警部が時折見せる兵士の戦闘術に近い。

由起谷の視線に気づいた少年は、なぜか急にはにかんだような表情を見せた。

そのとき、倒れていた坊主頭の金田が少年の足首をつかんだ。少年はすぐさま反対の足で金田に蹴りを入れて失神させたが、大きく体勢を崩して倒れそうになった。

「大丈夫か」

駆け寄った由起谷が少年の肩を抱きとめ、手を握る。少年ははっとしたように由起谷の手を振り払い、跳《の》び退いた。そして心なしか頬を染め、憤然とした目で由起谷を睨《にら》んでいる。

「君は……」

己の手に残る肩の細さと、掌《てのひら》の柔らかな感触に、由起谷は驚いて相手を見つめた。

「君は、もしかして女の子なのか」

少年——いや少女は、無言で身を翻《ひるがえ》し、公園の奥へと駆け去った。

呆然と立ち尽くす由起谷の耳に、パトカーのサイレンが聞こえてきた。

事情聴取等のため麻布署に同行した由起谷は、そこで初めて神奈川の自爆テロ事案を知った。

2

大型連休の初日に当たる四月二十九日、午後十時。警視庁特捜部全部員に非常招集がかかった。

三名の突入班員と、由起谷志郎警部補、夏川大悟《だいご》警部補の両主任以下四十一名の捜査員は会議室に集合して部長の来席を待った。技術班からはいつものように警視庁のスタッフジャンパーを羽織った鈴石緑《すずいしみどり》主任が出席している。技官には階級がないのが普通だが、彼女には特例として警部補の階級が与えられていた。

由起谷は捜査員の間に奇妙にざわついた雰囲気があるのを感じていた。それはもちろん連休初日の夜遅い時間の招集であるからではない。会議室の最後列に陣取った十二人の見知らぬ男達のためである。警察関係者であるのは明らかだが、特捜部の会議に他の部署の捜査員が同席することは異例であった。

しかも彼らは、警察組織の中でも異端と言われる特捜部の捜査員から見ても、どこか警察官らしからぬ無機的で異質な空気をまとっていた。

夏川主任によると、男達の一人は外事四課の伊庭係長であるという。だとすると、今回は外四との合同態勢なのか。これまで散々自分達特捜部を白眼視してきた上に、極端な秘密主義で知られる外四が、どんな態度で捜査に臨むというのか——

間もなく城木貴彦《たかひこ》理事官、宮近浩二《みやちかこうじ》理事官に続き、沖津旬一郎《おきつじゅんいちろう》特捜部長が入室した。そして大方の予想通り、清水宣夫公安部長、沼尻隆《ぬまじりたかし》公安部参事官、曽我部雄之助外四課長も。

〈馬面〉と称される曽我部の異相を、捜査員達は昨年のＩＲＦ（アイリッシュ・リパブリカン・フォース）による英国高官暗殺未遂事案の折に何度か目にしている。

全員が起立して幹部を迎える。突入班の姿俊之《としゆき》警部も缶コーヒーを手にしたまま形だけ腰を浮かせてみせた。彼を含む三人の突入要員は、一般の警察官ではない。特捜部の保有する未分類強化兵装『龍機兵《ドラグーン》』の搭乗要員として警視庁と契約した、言わば〈傭兵〉である。

幹部六人がホワイトボードに似た大型ディスプレイの前の雛壇《ひなだん》に着くのを待って一同が

着席する。幹部の簡単な挨拶ののち、特捜部の慣例により城木理事官が進行役として一同に向かって発した。

「昨日、神奈川で発生した自爆テロ事案については皆も承知のことと思います」

やはりあれか、という呟きが捜査員達の間から漏れ聞こえる。

城木は続けて、事態の大まかな経緯について説明した。

「地域住民の被害については報道の通り。死亡者の中には十名を超える高齢者や幼児も含まれる。神奈川県警では全力を挙げて逃亡したマル被《ヒ》（被疑者）グループの行方を捜索中であるが、不審な外国人女性の目撃情報は多数寄せられているものの、今のところ逃亡ルートの特定には至っていない。県境の境川を徒歩で渡り、都内に入った可能性もあり、また事態の把握にも相当の時間を要したため、初動の段階で大きく出遅れた点は否めない」

神奈川県警と警視庁の間には公然の秘密とも言える伝統的な確執があり、被疑者が警視庁管内に移動した時点で相互の情報共有は格段に難しくなる。しかも今回は、誰もが予想し得なかった〈自爆による攪乱〉という脱出方法である。神奈川県警を一概に責められるものではない。現場の混乱は想像するにあまりある。

「備局《びきょく》（警察庁警備局）の入手した情報によると、実行グループはチェチェン共和国のイスラム過激派武装組織『黒い未亡人』

チェチェン共和国。その国名は由起谷にとってまるで実感の伴わぬものだった。例外は、突入班の二人の部付――職業軍人の姿俊之警部と、元モスクワ警察のユーリ・ミハイロヴィッチ・オズノフ警部のみだろう。突入班の残る一人――元テロリストのライザ・ラードナー警部がチェチェンをどう思っているか、余人の想像できるものではない。

『黒い未亡人』、もしくは『ブラックウィドウ』とは、チェチェン紛争で夫や家族を失った女性だけからなる組織で、厳密には未亡人だけでなく、未婚である十代の少女も構成員に含まれる。一方で、その実態は拉致された女性が暴力、薬物等によって洗脳、脅迫され、自爆を強制されているだけにすぎなかったとする説もある。いずれにしても、もともとは組織だった戦闘力を持つ集団でなかったのは確からしい。しかし長期化する紛争の過程で女性達は自ら組織の戦闘力を強化。単なる使い捨ての自爆要員でしかなかった当初の形態からあまりにも変化を遂げているため、現在では『ネオ・ブラックウィドウ』と呼ぶべきだと主張する専門家もいるほどである」

城木が手許《てもと》にある端末のキーを操作して、正面の大型ディスプレイに三人の女の写真を呼び出した。いずれも戦場で撮られたとおぼしき報道写真の抜粋である。

「新生『黒い未亡人』を指揮しているのは、この三人――〈砂の妻〉シーラ・ヴァヴィロワ、〈風の妻〉ファティマ・クルバノワ、〈剣の妻〉ジナイーダ・ゼルナフスカヤ。チェチェン各地の行政施設が空爆で破壊されているため正確な年齢は不詳だが、いずれも三十代前半から後半と見られる。『黒い未亡人』の組織再編を主導したのは間違いなくこの三人であり、紛争地域の女性の間で絶大なカリスマを有しているという」

捜査員達の目は決して鮮明とは言い難い三人の写真に釘付けとなった。

〈砂の妻〉〈風の妻〉そして〈剣の妻〉。神話性すら帯びているかのような異名を持つ三人の女テロリスト。しかも彼女たちが指揮するメンバーは全員が女であるという。日本の警察官達にとっては、チェチェン同様、実感を抱きにくいものだった。

しかし、日常的に国際テロリストを相手とする外事四課の課員にとってはそうでもないのだろう。伊庭警部をはじめとする十二人の男達は、一見無関心にさえ思えるような、感情の読み取れない目でじっと三人の映像を見つめている。

「リーダー格の三人が入国したのはほぼ確実と見られているが、他のメンバーが一体何人入国したのかはまったく不明である。上鶴間本町の現場で取引に現われた女は総勢十名。生き残った警察官の証言によると、この十人の中にジナイーダ・ゼルナフスカヤらしき女がいて、他の女に何事か指示していたという。他の二人のリーダーは現場では確認されていない。つまり、未確認のメンバーが他にも多数入国している可能性が高いということである。十人の人着《にんちゃく》（人相着衣）は配付した資料を参照のこと。一目でイスラム教徒と分かるような服装ではなかったということである。また特に、自爆した四人が着用していた大きいサイズのコートは、体中に巻き付けた爆薬を隠すためのものであったと思われる」

「ありがとう、城木理事官」

沖津特捜部長がそう言って城木の言葉を引き継いだ。

「確かなのは、現場で確認された十人のうち、四人が他の六人を逃がすために自爆したということだ。この事実だけを取ってみても、彼女達が常軌を逸した覚悟で以て犯行を企図していることが分かる。それ以上の覚悟で捜査に当たらねば、我々はおそらく彼女達に敗北するだろう」

敗北。そのような言葉を、単なる仮定にせよ、この部長の口から聞くのはその場にいる全員にとって初めてのことだった。

「今回のオペレーションは日本警察の総力を挙げたものとなる。実質的に捜査の中心となるのは外事四課だが、我々特捜部との事実上の合同態勢であると捉えてもらいたい。それは清水公安部長のたっての希望である」

室内がざわめいた。合同態勢ではなく〈事実上の合同態勢〉。特捜を嫌う外事らしい出方だが、それにしても公安部長のたっての希望とは。

しかも、経緯からすると合同態勢の総指揮官は公安部長のはずである。だが当の清水は仏頂面のまま一言も発せず、沖津がまるで実際の総指揮官であるかのようにさえ見える。指揮権に関しても何か上層部で駆け引きや申し合わせがあったのかもしれないが、由起谷には窺《うかが》い知るすべもない。もっとも、一事が万事異例の特捜部では特に珍しいことでもなく、洒落たデザインの眼鏡に高級スーツを着こなした沖津は、横にいるのが誰であろうと同様に振る舞っていたかもしれない。それが外務省出身であるという沖津流であり、特捜部の流儀であった。

壇上の清水や沼尻はもちろん、曽我部もいつも通りの茫洋《ぼうよう》とした〈馬面〉で、その心中はまるで読めない。上司たる公安部長の方針に完全に同調しているのか、それとも腹の底は煮えくり返ってでもいるのか。少なくとも特捜部設立の経緯を巡って、曽我部課長が沖津部長になんらかの疑惑を抱いているらしいという噂は由起谷も耳にしている。もしその噂が事実であるなら、もっともらしい顔を特捜部員達に向けている曽我部は腹に一物も二物も抱えていることになる。

部下達の疑問について先回りするように、沖津は雛壇の端の曽我部に向かい、

「ここで曽我部課長より、特捜への協力要請に至った経緯についてご説明頂きます」

指名された曽我部は、「えー」と結婚式のスピーチでも始めるかのような第一声を発してから、

「カンボジア人組織をマークしていた神奈川県警の話によると、これがどうも単なる精密機械部品の取引だと認識していたようで。正業に就《つ》けない不法移民が、日本の工業製品を密輸して収入を得るケースが近年激増しているそうでして、まさか取引の相手がテロリストとは思ってなかったと。現場にいたカンボジア人組織の構成員は護送車ごと全員死亡したため、『黒い未亡人』との取引の詳細は不明。現場はほれ、もうドッカンドッカンですから、手掛かりも何もあったもんじゃなくて。幸い押収したブツは無事残ってまして、県警ではその検証を進めたわけですが、これがご想像の通り、キモノの部品でした」

そこで一旦言葉を切り、曽我部は机上に置かれたペットボトルの茶を飲んだ。

〈キモノ〉とは機甲兵装全般を指す警察独特の隠語である。着物、すなわち「着用する得物」に由来するという。

そこまでは確かに捜査員達の想像の範囲であった。

曽我部はペットボトルの蓋を締めながら、

「ところがさらに調べを進めてみると、中にどうも珍しい部品が混じっているということで。さるメーカーの話では、エインセルのパワーパックだって言うんですな」

「もう一度言ってくれ」

突入班の姿警部であった。黒TシャツにネイビーのバラクータG9ブルゾン。グレーのコーデュロイパンツ。若く精悍な風貌でありながら、軽く後ろへ流した髪の大部分が白髪と化している。

突然の不規則発言、しかも階級をわきまえない物言いに、最後列に控えた外四の伊庭達が微かに気色ばむ。だがそれだけだった。どこまでも感情を表わさない訓練が身についているらしい。

曽我部は興味深そうに白髪頭の男を見つめ、ゆっくりと答えた。

「エインセルのパワーパック」

老獪な〈馬面〉の挑発的な視線を受け止めた姿警部は、缶コーヒーの残りを一口で呷《あお》り、誰に言うともなく呟いた。

「今日はブラックにしとけばよかったな」

「場をわきまえろ、姿」

例によって宮近が叱りつけるが、由起谷にはそれがなぜか形だけのものに聞こえた。

宮近理事官もまた公安の思惑に対して反感を抱いている――彼はそう直感した。

「これをご覧下さい」

一気に険悪な雰囲気となった場を取りなすように、城木理事官が端末のキーを操作してディスプレイに別の資料を表示した。

機甲兵装らしき個人用兵器の構造図と諸元一覧表であった。

「第一種機甲兵装『エインセル』。一般に三・五メートルから四メートル前後である機甲兵装に対し、こいつは全長三・三メートル。極めて珍しい機種で、最大の特徴は操縦者が後ろ向きに搭乗する点にある。通称〈バックワーダー〉。機甲兵装における最小のレイアウトを追究した結果、行き着いたものだという。機甲兵装におけるダウンサイジングのメリットは大きい。我々の保有する龍機兵のアドバンテージの一つに、従来機よりはるかに小型であるという点が挙げられるが、エインセルは龍機兵が誕生する以前に、すべての機甲兵装の中で最小のサイズを目指して設計されたものである。そのためコクピットは極めて小さく、身長一五六センチ以下の者でないと搭乗できない」

淡々と解説する城木の面上には、言い知れぬ嫌悪の色が浮かんでいた。

その意味に、最初に気づいたのは技術班の鈴石緑主任であった。

「城木理事官」

鈴石主任が許可を待たずに立ち上がる。

「それは、つまり……女性や子供に操縦させることを前提に設計されたということですか」

城木は無言で頷いた。

同時に、由起谷ははっきりと理解していた——姿警部が曽我部の話に対して見せた動揺のわけを。そう、刑事の目から見ればあれは明らかに動揺だった。

〈少年兵〉。あるいは〈子供兵〉。

アフリカをはじめとする世界の紛争地域では、政府側、反政府側を問わず、軍事勢力が児童を徴集、もしくは誘拐して兵士に仕立て上げることが頻繁に行なわれている。現代の戦場ではそれが最も安価で効果的な戦力増加方法なのだ。機甲兵装の普及後、その傾向に拍車がかかった。力のない女性や子供でも、機甲兵装を使用すれば短時間での大量殺戮が可能となる。それは兵力の爆発的な増大に等しく、敵対組織も機甲兵装を導入し、少年達を暴力で狩り集めざるを得なくなる。そこに人権の概念は微塵もない。

かつて姿俊之が傭兵としてアフリカ各地で戦っていたことは由起谷をはじめとする捜査員達や他の面々も耳にしている。そして自分の斃《たお》した機甲兵装に搭乗していたのが、年端もいかぬ子供であったと姿が知ったのは作戦終了後であったということも。

機甲兵装同士の戦闘においては、被制圧機搭乗者の死亡率は八〇パーセントを超える。彼は相手が子供と知らずに戦い、勝利し、生き延びたにすぎない。それが世界の現実であり、姿俊之の抱える過去の一つだ。

紺のスーツに身を包んだオズノフ警部も、横目で同僚の顔を見る——いかなる事態に遭遇しても冷静を保って決して動じぬはずの白髪頭の顔を。

姿警部の動揺。珍しい兆候だった。元刑事であるオズノフ警部の本能は、こうした変化に対し極めて敏感に反応することを由起谷は知っている。

「姿警部は軍事にお詳しい専門家と伺ってますが、少しお訊きしていいですかね」

無神経を装って曽我部が問う。

「なんなりと」

姿もいつもの調子に戻って応じる。

「少年兵を使った小型のキモノとなれば、戦場では圧倒的に有利なわけでしょ。素人が考えたって紛争地帯のゲリラがほっとく手はない。世界中でバカ売れのはずだ。なのにほとんど普及しなかった珍しい機体だってのがどうにも合点がいかなくて」

「メーカーが倒産して生産が終了してるからさ。要するに売れなかったんだ。軍隊てのは基本的にえらい保守的な所でね、新奇性の高い物に対する反発が予想以上に大きかった。その上、こいつは少年兵の増加を促すとさすがに非難が集中して、結局ほとんどの国の軍が導入を見送った。もちろん買った国もあるがね。噂じゃあ、米軍の秘密部隊も結構持っているらしい。キャプテン・アメリカ症候群とでも言うのかね、身長の不自由な兵隊が志願して我先に乗りたがるってさ。ともかく、バックワーダーのパテントは今でもこのメーカーが持ってて、他社は言うまでもなく、開発メーカーを吸収した大手もおおっぴらに製造できない状況になってるってわけだ」

「でも、生きるか死ぬかの世界じゃ、そんなきれい事なんて意味ないと思いますがね。現にアフリカでも中東でも、少年兵が大問題になってるわけじゃないの。正規品じゃなくっても、密造のコピー品が出回りそうなもんだがねえ」

「それが難しいんだよ、エインセルは、作るのが」

姿は会議室に持ち込んだ二本目の缶コーヒーを開けようとして手に取り、やめた。細長い黄色の二五〇ミリリットル缶で、黒く太い文字で［MAX COFFEE］と上から下へ缶一杯に横書きされている。

「いわゆる珍兵器の一種には違いないが、当時品はまだ残ってて、愛用してる連中は目一杯手入れしてだましだまし使ってるらしい。いや、正確には女や子供に〈使わせている〉だな。それこそアフリカとか、南米とか、北カフカスの連中とかね」

北カフカス。話がつながってきた。

「それでなくても作るのが難しいエインセルの部品で、一番難しいのが小型のパワーパックだ。なにしろ古いからいいかげん疲労限界に来てるんだが、これぱっかりはコピー品どころかライセンス生産品でも欠陥が多くて使い物にならないらしい。作れるとすれば、高い技術力を持った日本の町工場だけだろうって話は前から言われてるよ」

パワーパックとはエンジンとトランスミッションが一体化した動力伝達装置で、駆動系の心臓部と言える重要なコンポーネントである。細かな部品に大きな負荷がかかるため、優れた材料技術と工作精度を持った工業先進国でなければ製造は難しい。

「いやあ、勉強になりますね。助かりました」

「それほどでも」

「やっぱりキモノのこととなると専門家のいる部署に限りますなあ。特捜に協力をお願いしたのは正解でした」

「公安部長殿の大英断というわけですな」

「まったくその通りです。今後ともどうぞよろしく」

「いやいや、こちらこそ」

白々しく礼を言う曽我部と、嫌みたらしく応じる姿。曽我部はその中に事実上の合同態勢に至った理由らしきものを巧みに盛り込んでいる。狐と狸どころか、妖怪同士の掛け合いじみた応酬を、鈴石主任は突っ立ったまま聞く恰好となった。

一方の沖津は、そうした一切をまるで歯牙にもかけぬといった風情で、

「何機かのエインセルを部品ごとにばらばらの便で発送し、日本で組み立てる。その際に、

最重要部品であるパワーパックを日本で調達する予定だった。それを用意したカンボジア人組織が、たまたま神奈川県警に目を付けられたというわけだ。『黒い未亡人』は再びパワーパックの調達に動くに違いない。我々はその線から――」

「質問があります」

鈴石主任に続いて、由起谷もたまらず立ち上がった。

「神奈川の現場には明らかに未成年の少女も交じっていたと聞いています。『黒い未亡人』は日本で少年兵に自爆テロをやらせようとしているのですか」

宮近が鋭く叱咤《しった》する。

「そうに決まってるだろう。何を聞いていたんだ、君は」

それは明らかに宮近自身の義憤と苛立ちの反映だった。最後列の伊庭達は、捜査員らしからぬ激情に駆られた由起谷を、呆れたような冷笑の混じる目で、しかし表情は一切変えることなく見つめている。

由起谷は絶句した。未成年に自爆を強要する。それは由起谷の精神が許容できる範囲をはるかに超える暴挙であった。

彼の脳裏に、ふと昨日出会った少女の横顔が浮かんだ。ネイビーのキャップを被ったあの少女。

まさか——

3

問題の精密部品を製造し得る技術を持った中小及び零細企業をしらみ潰しに当たること。首都圏における武器弾薬等の流通状況の確認。不法入国者の入国ルート精査。難民コミュニティへの聞き込み。標的になりそうな場所やイベントの洗い出し。要人警護の強化要請。関係各所との連携、情報共有の徹底。そうした捜査方針と各員の分担を決めて会議は終了した。

捜査員達が退室した後の会議室に、一人ぼんやりと残っていた由起谷の肩を誰かが叩いた。

夏川主任であった。このところ散髪に行く暇もないのか、角刈りにした髪が中途半端に伸び始めている彼は、上階の空いている小会議室に由起谷を誘った。

「何が〈事実上の合同態勢〉だ。要するに子供の自爆テロを防げなかったときに、ウチを矢面《やおもて》に立たそうって腹だろう」

二人きりになると、夏川はいきなり憤懣《ふんまん》をぶちまけてきた。警察学校初任科の同期である彼は、由起谷とは日頃から何事も腹蔵なく話し合える間柄だった。

夏川の言う通りである。国内で未成年による自爆テロが発生した場合、警察組織が未曾有の非難に晒《さら》されることは想像に難くない。その場合、組織にはスケープゴートが必要となる。組織全体から異端視されている特捜部はまさに打ってつけだ。

「それになんだ、あの気色の悪い外事の連中。捜査の主体と言いながら、十二人しか顔を出さなかった。清水部長も沼尻参事官も挨拶以外、結局一言も喋らなかったし。そもそもなんで会議の場所がウチなんだ。向こうでやりゃあいいじゃないか」

「隠密と秘匿が外事の身上だ。手札を極力こっちには見せないつもりなんだろうな」

「それで合同態勢とは、よくも言えたもんだ。情報共有が聞いて呆れる。部長も部長だよ。一体何を考えてるんだ」

「あの部長がそれくらい見抜けないはずがない。たぶん部長は、リスクを承知の上であえて乗ったんじゃないかな。目的はあくまでテロの阻止だ」

夏川は椅子の一つに腰を下ろし、

「それにしても女だけのテロ組織に少年兵、いや、少女兵と言った方がいいのかな、どうもややこしくて困る。あ、非行少女でも適用される法が少年法というのとおんなじか。ともかく恐ろしい時代になったもんだ」

「ああ」

「ラードナー警部も十代の頃から名うてのテロリストだったらしいが、あんなのが大挙して日本に潜伏中かと思うとぞっとするよ。もっとも、俺達は昔のあの人がどうだったかなんてまるで知っちゃいないんだが」

ネイビーのキャップの少女。由起谷は再び思い出していた。大胆にして躊躇《ちゅうちょ》のない、野獣のようなあの動きに、自分は確かにラードナー警部の戦い方を想起した――

「ところで由起谷、聞いたぞ、おまえ、昨日は帝都連合をボコボコにしたんだってな」

打ち沈む由起谷を気遣ったのか、夏川が話題を変えてきた。

「ああ、おかげで公休日に夜中まで麻布署に留められた。過剰防衛の疑いがあるってさ。横山が告訴するって息巻いてるらしい。幸い目撃者がいて助かったが、宮近理事官に散々叱られたよ。今朝から広報や監察の間を走り回って大変だったってな」

そこで由起谷は、相手が夏川であるという安心感もあり、思わず漏らした。

「……昔の俺が出ちまったよ」

それを聞いて、夏川は、しまった、というような表情を浮かべた。彼は自分が過去の荒れていた自分を忌避していることを知っている。

やや狼狽《ろうばい》した様子を見せつつも、夏川は大仰《おおぎょう》に豪快ぶって、

「向こうはいきなり大人数で襲ってきたんだろう？　俺だったら片っ端から柔道で投げ飛ばしてやるところだ。その場にいなかったのが悔しいくらいだよ。気にするな。こう言っちゃなんだが、管内の警察官の間では珍しく大評判だ。特捜の主任が帝都連合を叩きのめした、よくぞやってくれた、胸がすっとしたってな。ウチの本間《ほんま》や成瀬《なるせ》も言ってたぞ、『由起谷主任、シビレますよね』なんてよ」

体育会系らしい夏川の励ましに、由起谷は思わず微笑んで不吉な予感を振り払った。

考えすぎだ――

麻布署の話では、最近東欧系の移民が管内に増えているから、逃げた少女もその一人だろうということだったではないか。

由起谷は努めて明るく言った。

「どっちにしても今日はもう遅い。本格的な捜査は明日からだ。今夜は軽くビールでもやって帰るとしよう」

「お、そいつはいいな」

夏川はほっとしたような笑顔を見せた。

清水、沼尻、曽我部ら公安側幹部を見送った沖津は、城木、宮近の両副官を従え、エレベーターで庁舎地下のラボに直行した。

「本当にこれでよかったのでしょうか、部長。公安がウチに振ってきたってことは、それだけ状況が困難だということでは」

降下するエレベーター内で心配そうに言う宮近に、沖津はこともなげに応じる。

「大方、備局の長島さんあたりが清水さんに吹き込んだんだろう」

「だとしたら、このオペレーションは危険すぎます。曽我部課長も信用できるかどうか。いや、あからさまに信用できそうもない口振りだったじゃないですか。万一の場合、それこそウチは……」

「危険というのは、政治的に危険ということかね。本当の危険に晒されているのは国民だ。我々は警察官として為すべきことを可能な限りやるだけだ」

沖津の正論に宮近は黙った。国民に奉仕する公僕としては確かにその通りだ。しかしあまりに正論すぎて、宮近だけでなく、普段は沖津寄りとも言える城木さえも上司の真意を読めずに口を閉ざしている。

地下七階に到達した。エレベーターのドアが開く。そこはすでに技術班のテリトリーである。

新木場の特捜部庁舎地下には研究施設と工場が一体化したような広大な空間が広がっている。警察法、刑事訴訟法、警察官職務執行法の改正によって新設された新部局である警視庁特捜部の要《かなめ》とも言える『龍機兵』。鈴石緑率いる技術班は、このラボで日夜龍機兵の整備、調整、そして解析に取り組んでいるのだ。

幾重にもセキュリティの施されたゲートを通過して、沖津達はラボのミーティング・ルームへ向かった。城木と宮近は少し緊張しているようだった。警察キャリアとして普段は省庁間の調整に追われる二人が、ラボに降りること自体、滅多になかったからである。

技術班の鈴石主任は柴田《しばた》技官とともに沖津部長らの到着を待った。問題の機甲兵装『エインセル』についてさらに詳しいレクチャーを行なうためだ。

姿警部ら三人の突入要員はすでに緑と柴田の対面に着席している。先刻の会議と違って、同じ特捜部に籍を置く者ばかりだが、間を持たせるような世間話に興じるどころか、無駄口一つ叩く者さえない。ミーティング・ルームには重苦しい沈黙だけがあった。

緑は自分が常よりも、そして誰よりも緊張していることを改めて自覚する。

身長一五六センチ以下——自分にも搭乗できないほどの小さいコクピット——そんな所に女性や子供を押し込め、戦闘やテロ活動に駆り立てるなんて——

テロ被害者である自分でなくても、まともな神経を持つ人間なら平然としていられるはずがない。今回のオペレーションをなんとしても成功させねばというプレッシャーに、こめかみのあたりがきりきりと痛んだ。

間もなく沖津部長らが入室してきた。

「では、始めてくれ」

着席した沖津に促され、白衣を着た柴田が端末のキーを操作する。バックワーダーに関しては主任の緑より、二つ年上の部下である柴田の方が詳しい。

楕円形のテーブル上に設置されたディスプレイにエインセルの3D構造図が表示された。その背面のハッチが開き、搭乗者を示す赤い人形《ひとがた》が乗り込んで、機体前面、すなわち進行方向に対して背中を向けて座る。

「すでにご承知の通り、エインセルは世界最小を目指して設計されたわけですが、機甲兵装において考え得る最小のレイアウトは、〈腰の上に座る〉ことです。つまり機体の骨盤にあたる部分に腰掛けて着座するタイプのコクピットですが、この場合、操縦者の両脚が機体の腹の下から垂れ下がることになります。当然被弾率が高くなるため防弾板を装備する必要が生じますが、重量が著《いちじる》しく増大してしまいます。また搭乗者の脚部を収納するレッグケースが邪魔で、実戦において必須とも言える前傾姿勢や伏臥《ふくが》姿勢を取ることが極めて困難となります」

生粋のテクノロジストである柴田の説明は多少くどいが明快で淀みがない。

「この課題に対する解決方法は二つあって、一つは機体の脚部を逆関節構造とすること。いわゆる鳥脚化で、これは人脚型に比べて、動作が大きい、下り勾配が苦手、格闘戦に向かないなどのデメリットがあり、初期の段階でキャンセルされました。もう一つがバックワーダーで、発表時は失笑を買ったりもしましたが、実用上は問題ありませんでした。視覚情報と身体にかかるGの違いから、脳が混乱して乗物酔いすると思われたのですが、わずかな訓練でその混乱は容易に克服できることが証明されたのです」

沖津がちらりと姿を見る。白髪頭の傭兵は無言で頷いた。柴田の言う通りであるらしい。

「また前面装甲を厚くでき、操縦者の生存性が高まる、重量配分が合理的であるなど、いくつかのメリットがありまして――」

宮近が苛立たしげに口を開きかけた。それを制するように沖津が発する。

「ありがとう、柴田君。今回の問題は少年兵への対策だ。未成年者がエインセルに搭乗した場合、彼らを傷つけずに保護する手段はあるだろうか」

柴田はさして気を悪くした様子もなく、

「基本的にエインセルも機甲兵装である以上、同じ機甲兵装で制圧した場合の致死率に変わりはありません。でも、そうですねえ、まず考えられるのは、エインセル、というよりバックワーダーの構造的宿命として、視界を機体のセンサーに頼っているという点ですかね。そのこと自体は、他の機甲兵装でも同じですが、メインのセンサーシステムが破損しても、通常ならサブシステムがあります。ペリスコープなど光学的な緊急回避手段も用意されていますし、最悪、前面ハッチを開けば外が見えるわけです。ところがエインセルにはそれがありません。小型化と引き換えに、サブシステムを搭載することができなかったんです。もちろん、その分メインシステムのハウジングは堅牢に作られていますがね。要するに、センサーを破壊できればいいわけです」

沖津がすかさず姿に問う。

「それは実行可能か、姿警部」

「正直、かなり難しいが、不可能じゃない。確かにセンサーを潰すことさえできればエインセルは事実上行動不能となるはずだ。ハッチを開いても見えるのは後ろだけだし、聴覚情報も左右が逆となるわけだからな。どんな熟練兵でも、短時間でその混乱から回復するのは簡単なこっちゃない」

城木も宮近も、姿の発言にほっとしたような表情を見せた。彼らにとっては、官僚としての将来に関わる大問題である。その方法が可能だとすれば、未成年者を死亡させてしまうという事態は回避できる。

だが、姿はそんな二人に冷や水を浴びせるように、

「ただし、こっちから確認しておきたい問題が三つある」

ラボ内の全エリアは禁煙である。沖津は火の点いていないモンテクリストのミニシガリロを手の中で弄《もてあそ》びながら、ゆっくりと言った。

「聞かせてくれ」

「一つめは、敵が何機かということだ。なにしろこっちは三機しかない。相手の数が多すぎれば当然対処できなくなる」

「もっともな話だ。それについては作戦開始時までに情報収集に全力を尽くすとしか答えようがない。次は」

「二つめは、少しでもタイミングが狂えば相手を殺してしまう、そのリスクは避けられないってことだ」

「それも当然の話だ。責任の所在はあくまで命令を下す側にあると理解してほしい。それでいいかね」

「了解した」

緑も柴田も、そして城木も宮近も、息を呑んで姿を注視している。今、目の前で話し合

われているのは機甲兵装という機械ではなく、人の命の扱い方についてであった。

姿警部と同じく、龍機兵に搭乗して実際にエインセルと対峙しなくてはならないオズノフ警部とラードナー警部は、いずれも冷ややかな外貌を保ったまま無言で聞いている。

少し間を置いてから、沖津が問うた。

「それで、三つめは」

「日本警察は少年兵を、未成年の戦争被害者と見なすのか、それともテロリストと見なすのかだ」

決定的な問いかけであった。

誰しもが黙り込んだまま息もできない。

指揮官としての沖津の器量が部下達によって試されている局面であった。

「公式見解はたぶん国家公安委員長か官房長官が出す」

「逃げるんですか」

「一部局の長にすぎない私が政府全体の見解を表明する立場にはないということだ」

「矛盾してませんか、二番目の回答と」

沖津は慣れた手つきでシガリロを箱にしまった。

「国民の生命財産を脅かす機甲兵装は断固としてこれを制圧する。君達は契約に従い与えられた命令を遂行すればそれでいい。搭乗者をどう規定するかなど、君達には関係ない」

その答えに、自他ともに認める〈プロフェッショナル〉である姿は納得したようだった。

「了解しました。命令があれば速やかに遂行します」

だが同じ突入班員であるオズノフ警部は、困惑したように城木や宮近らと目を見交わしている。

そして、氷の虚無を決して崩さぬラードナー警部の面上に、一瞬の動揺が走るのを緑は見た。

彼女にはそれが自分でも驚くほどに意外であり、衝撃であった。

かつて緑は、IRFのテロにより家族を失った。今、警視庁特捜部の部付警部として日本警視庁と契約しているライザ・ラードナー警部こそ、当時IRFの〈死神〉と呼ばれていた処刑人であったのだ。緑にとって、彼女は常に冷酷な殺人者であったし、心を持たぬはずの生ける死者であった。だからこそ彼女は、これまでの不可能とも思える幾多の任務を機械の如く冷静に遂行できたのだと思っているし、緑はそのことでかろうじて警察官としての――龍機兵搭乗要員としての――彼女の存在意義を認めていた。

そのラードナー警部が、今になってなぜそんな顔を見せるのか。

グレーのシャツの上にダークオリーブのユーティリティパーカーを羽織ったラードナー

警部は、すでに完璧な無表情を取り戻している。そのパーカーは、所持する強力な銃を覆い隠す殺人のための装いだ。

緑は声を大にして言いたかった。

実際に十代のテロリストであった人間が目の前にいるのだ、多くの人の命を奪った罪人だ、少年兵のことなら彼女に訊けばいいではないか――

「どうかしたかね、鈴石主任」

沖津部長の声に我に返った。

「エインセルの無力化については、まだデータが不足しているように思われます」

咄嗟《とっさ》にそう答えていた。

「そうだな。私からも各方面に当たってできるだけ情報を集めてみることにしよう」

沖津は得心したように頷いている。しかし緑は、一瞬の心の揺らぎをすべて、この悪魔じみた上司に――そして当のラードナー警部にも――見抜かれたと直感した。

ラボでのミーティングを終え、執務室の自席に戻った城木理事官は、大きく息をついてから専用端末に向かい、過去に経験したある事案についてのファイルを検索した。時刻は午前二時を過ぎている。

かつてウガンダの反政府組織ＬＲＡ（神の抵抗軍）の幹部が日本の医療機器メーカー『本川《もとかわ》製作所』と密かに接触を繰り返していることを察知した特捜部は、本川が開発しているのが、少年兵用の義肢であることを突き止めた。圧電素子を筋電義肢の駆動と感圧に応用した新製品である。義肢と称しながら、それは人の手足の形をしていなかった。機甲兵装の操縦に特化した、奇形とも言える異様な形状のオプション。拉致してきた少年の手足を切り落とし、機甲兵装側に固定された義肢に〈接続〉する。大人より子供の未成熟な神経系の方が馴染みが早いからだ。それが人体を上回る反応速度を可能にするという。

悪夢のような蛮行である。しかし特捜部ではその取引を立件することができなかった。メーカーの主張によれば開発中の製品はあくまで医療用器具であり、関係省庁間での協議の結果、武器の輸出を規制する既存の法令に抵触するかは微妙という判断が下されたのだ。特捜部ではやむなくＬＲＡ幹部に対して別件での退去強制手続きを申請し、強制送還するという消極的な幕引きを図らざるを得なかった。

泥沼のような内戦に明け暮れる中央アフリカでは、軍事勢力が村を襲っては幼い子供を拉致し、暴力と麻薬で洗脳して兵士に仕立てる。少女は性的な奴隷とされ、敵を数多く殺した者への報償として与えられる。家族や仲間を殺すことを強制され、一線を越えてしまった子供達は、もはや後戻りができない。たとえ内戦が終結しても、彼らの社会復帰は困難だ。麻薬に依存し、人を殺し、陵辱すること以外は何も知らない。また地元の共同体も親族や友人を殺した彼らを決して許さない。ゆえに少年兵は、軍事組織から解放されても再び暴力の世界へ戻ってしまう。そして今度は自分達が子供をさらい、兵士に仕立てる。それはまた、その後何世代にもわたって紛争再燃の土壌ともなる。未来の希望を猛烈な速度で一片残さず削り取っていく地獄の悪循環だ。

ＬＲＡと本川製作所の捜査の過程で、特捜部の捜査員達は、姿警部が過去に少年兵を知らずして殺していることを察した——

確認するまでもなかった。その事案の記憶は今も城木の記憶に鮮明だった。歴戦の傭兵である姿俊之は、世界の紛争地帯で戦っている。アフリカでも、中東でも。

迂闊《うかつ》であったと思う。姿警部の経歴について知る自分達は、その可能性に気づくべきだった。日頃の彼の飄々《ひょうひょう》とした言動から、つい見過ごしてしまったのだ。

戦場で少年兵と遭遇した兵士達には、しばしば重度の鬱病やＰＴＳＤ（心的外傷後ストレス障害）が見られるという。従軍経験のない城木にもそれは容易に想像できた。

姿警部の場合はどうであろうか。

龍機兵に搭乗する三人の突入要員の中でも、唯一の職業軍人である姿警部の存在は大きい。その彼が、今回のオペレーションからリタイアせざるを得ない状況になってしまったら——

同じ頃、オフィス兼用でもある突入班の待機室では、姿警部が愛用するプジョーのミルで黙々とコーヒー豆を挽《ひ》いていた。

自分のデスクに向かって報告書を書いていたユーリは、背後で香ばしい匂いが漂い出した頃合いを見計らって、さりげなく共用のテーブルを振り返った。

「俺にも一杯くれないか」

ベンチに座ってサーバーを手にしていた姿は、へえ、と興味深そうに顔を上げた。

「おまえの方からご注文とは珍しいな。初めてじゃないか？」

そう言いながら、姿がコーヒーを注ぐ。テーブルの上には最初からカップが二つ用意してあった。

突入班の三人の母国語はそれぞれ違うが、職場で会話するときはもっぱら日本語を使っている。ロシア人のユーリも、北アイルランド人のライザも、それぞれの過酷な経歴において、日本語を含む数か国語を習得していた。

深夜の待機室に立ち籠める馥郁《ふくいく》とした香り。二人は互いに何も言わずコーヒーカップを傾ける。

「そんなに気になるか、俺のコンディションが」

姿が唐突に訊いてきた。

ユーリは無言のまま同僚から視線を外さず、コーヒーを含む。

「一回じゃない、三回だ」

ユーリはすぐに、それが子供を殺した回数であると理解した。

「最初はスーダン、次はソマリアだ。三度目はルワンダ。それに当然、相手は一人や二人じゃない。最低でも小隊規模だ。群れをなして襲ってくる機甲兵装に乗っているのが男か女か、大人か子供か、分かるわけないもんな。こっちは生き延びるために必死で応戦するしかない。戦闘が終わった後で、乗ってたのは実は子供だったと知るわけだ。もちろん、誰が乗ってたか知らずに終わる場合もある。と言うより、そっちの方がほとんどだ。だから実際はもっと殺してるんじゃないかな」

淡々と語りながら、姿は首を傾げ、

「すまん、豆の調合を間違えたみたいだ」

「道理で酸味が強すぎると思った」

そう応じるのがユーリには精一杯だった。

この男がコーヒー豆の調合を間違えた——

「上等のブラウンシュガーがあるが、使うか」

「いや、いい」

そうか、と姿は自分のカップに茶色い顆粒状の砂糖をスプーンに二杯入れてかき回し、

「ブラウンと言やあ、リベリアやシエラレオネではよく『ブラウン・ブラウン』が使われる。知ってるか、コカインやヘロインに火薬を混ぜて効果を強めた奴だ。ゲリラの連中はそういう麻薬を子供に使うのさ。手近に注射器がなけりゃ、子供のこめかみや腕の静脈を切って麻薬を血管に直接ねじ込むってよ。子供はそれでなくても見境がないし、大人と違って、自分のしでかしたことの結果を考えない。さっき機甲兵装に乗ってるのが大人か子供か分からないと言ったが、強いて言うなら、危険を度外視して滅茶苦茶に突っ込んでくる傾向にあるのが子供だ。戦闘をゲームのように錯覚して興奮するんだろうな。ヤクが効いてりゃなおさらさ。戦場では大人より恐ろしい相手が子供だよ」

姿の話に対し、ユーリは何もコメントできなかった。

過去にモスクワ警察を追われてから、アジアの裏社会で散々悪党どもとやり合ってきたユーリだが、そこまでの戦場体験はない。何もかもが想像を絶している。中には好んで犯罪組織に加わった未成年のチンピラもいたが、これまでの相手はほとんどが年季の入ったプロの犯罪者達だった。

「まあ、なにしろ自分の子供みたいな歳の相手を手にかけるんだからな。メンタルがおかしくなる兵隊が多いのも事実だよ。実際、兵士が使い物にならなくなるのを恐れて、少年兵がいる地域には部隊を派遣しないようにしている国もあるくらいだ。おまえが気にするのも当然だが、俺のことなら心配ない。それほどヤワな神経はしてないよ」

ゆっくりとコーヒーを飲み干す姿の様子は、いつもの余裕あるベテラン兵士のものだった。

だが、本当にそうだろうか——

元刑事であるユーリは姿の内面を疑う。そして同時に思う。場合によってはこれから少年兵と戦わねばならないのは自分も同じだ。そのとき自分は、たとえ外見だけであっても、この白髪頭の同僚のように平然としていられるだろうか。

「それにな」と姿はカップを置いて、「ウチで子供を殺したのは俺だけじゃない。もっと殺してるのが隣にいる。そっちを気にした方がいいかもしれないぜ」

〈隣〉には同じ間取りの待機室がもう一部屋ある。ライザ・ラードナー警部の待機室だ。姿とユーリは二人で一部屋を共用しているが、ラードナー警部は一人で使用している。

突入班の全員に無期限の待機命令が発令中である。隣の部屋からは物音一つ聞こえてこないが、ラードナー警部は間違いなく在室しているはずだ。

スチール製のデスクにロッカーとベンチ、そして簡易ベッド。たったそれきりの殺風景な待機室で、彼女は独り、何を想っているのだろうか。

IRFのテロリストであった彼女は、ロンドンのパディントン駅爆破テロの実行犯であり、老若男女、数えきれぬほどの人間を殺害している。

ユーリはやはり言葉を見出せなかった。パディントン駅でライザが殺した犠牲者の中には、彼女自身の妹が含まれていたのだから。

4

——愛しいカティア。私の大切な娘。あなたには特別の務めを与えましょう。

分かっているわ、シーラ。私はいつでもあなたに従う。

——私達は長い間旅をしてきたわね。長い、長い旅だったわ。故郷を失ってから、イングーシ、グルジア、ダゲスタン、そして仲間が集まって、世界中のあちこちへと。

そうだね。いろんな所へ行ったね。私達はいろんな国で戦った。大勢の仲間ができたけれど、同じくらい大勢の仲間を失った。

――いろんなことがあったわね。つらいこと、悲しいことばかりだったけれど、いいこともあったわ。

うん。愉しいことだって。

――そうね。みんなでレズギンカを踊ったこともあったわね。

あれは本当に愉しかった。みんなと一緒に旅ができてよかった。シーラやみんなに会えなかったら、私はどうなっていたか分からない。

――今度の旅は特別なの。私達の最後の旅になるかもしれない。

どういうこと？

――とても難しい仕事だから。私達が最後の一人になるまで戦わねば、やり遂げることはできないでしょう。

シーラも？　シーラも死ぬの？

――そうなるかもしれないわね。

嫌だよ。シーラがいなくなるなんて。

――恐れることはないわ。私達はいつまでも一緒よ。いらっしゃい、カティア。そして私におやすみのキスをして。あなたが眠っている間、私は必ずそばにいて、悪魔達から守ってあげる。

東京の雑踏にまぎれて歩みながら、少女は追憶に耽《ふけ》る。ほんの数か月前の会話から、何年も前に見たおぼろげな光景まで。記憶にある北カフカスの廃墟と、眼前に広がるイルミネーションは、あまりに隔たりがありすぎて、不安定な夢に似た浮遊感をもたらした。自分にとっての現実は故郷にある。破壊された家々。果てなく続く瓦礫《がれき》の山。道端に転がる焼け焦げた死体。

この街は夢だ。浮ついた悪夢だ。他人の苦しみなど知らん顔で、惰眠を貪る奴らの幻想の巣だ。ならばそこに火を点けてやろう。目を覚まさせてやろう。シーラの言う通り、皆泡を食って飛び起きるに違いない。そして嫌というほど教えてやる。世界の真の姿がどういうものかを。

人は、他人の痛みが分からないようにできている。我が身で以てその痛みを味わわない限り、決して理解も共感もできないのだ。これまでの旅を通して、いや、旅立ちのはるか以前から、そのことは身に沁《し》みて感じてきた。

少女は改めて思う。物心ついてから、自分には安らかな夜など一度もなかった。夜中に轟く銃声に飛び起きて、震えながら泣いていた。ただシーラがそばにいてくれるときだけは、安心して眠りに就くことができた。

最後の旅。一体どういうつもりでシーラはそんな言葉を口にしたのだろう。本当に本心からのものであったのか。だとすると、やはりみんなこの国で死ぬことを覚悟しているのだろうか。シーラも、ジナイーダも、ファティマも。

想像もつかない。軍人、警官、マフィア、ゲリラ。悪鬼に等しい連中をこれまで何人も葬ってきた、無敵とも最強とも思える母達が、こんな国の男達に破れることなどあるだろうか。

唐突に、昨日出会った警察官と名乗る男を思い出した。

警官には今まで数えきれないほど会ってきた。皆最低の屑だった。だが昨夜出会ったあの男は、自分がこれまで会ったことのあるどの警官とも違っていた。

チンピラ達とやり合っているとき、あの男が突然に見せた凶暴性。どうしようもない世界への、狂おしく、やりきれない焦燥と抵抗。それは、自分がずっと感じ続けていたものと同じであるように思われて、無言のうちになぜかすんなりと共感できた。あの男は本当に警官だったのだろうか。

駅まで一緒に行こうと言われたとき、相手が警官であるにもかかわらずつい頷いてしまったのは、自分でも迂闊だと思ったが、やはり相手に理屈ではない何かを感じていたせいだ。普段の自分なら絶対に考えられない行動であった。

そこまで思い出したとき、少女は不意に動悸が速まったのを自覚した。耳や頬のあたりが熱を帯びたように熱くなる。

——君は、もしかして女の子なのか。

［オンナノコ］という日本語が［девушка］を表わす言葉であるのは分かった。

自らの動揺にとまどいを覚え、少女は明るく輝くショーウインドーの前で立ち止まって、ディープネイビーのキャップを被り直した。そのとき、すぐ近くで嬌声を上げながら携帯端末をいじっていた三人の若い女達の一人と目が合った。子供の頃に絵本で見た熱帯の珍獣のような化粧をしている。

「あんだよ、こっち見んじゃねえよ」

女の一人が奇妙なイントネーションで声を発した。少女の語学力では正確な意味までは分からなかったが、相手が実力の伴わない幼稚なレベルの威嚇を発していることは百パーセント理解できた。

「なに、ひょっとしてウチらにケンカ売ってんの」

三人が近寄ってきた。

——そんな目つきでここらを歩いていると、今みたいな連中がまた因縁をつけに寄ってくるぞ。

少女は踵を返し、足早にその場を離れた。

なんだ、チキンかよ。ダセえカッコしやがって――アレじゃないの、不法移民?――うわ、病気とか持ってんじゃねえ?――

そんな声が背後で聞こえた。

5

四月三十日。事件発生から三日目を迎え、マスコミの報道は過熱する一方であったが、特捜部の捜査に大きな進展はなかった。外事四課からもこれといった報告はない。もっとも外事の場合、何かをつかんだとしても情報を秘匿している可能性が常に疑われる。

午後五時、執務室の自席から立ち上がった城木は、同室の宮近の席に向かった。

「今日はこれで上がるから、後は頼むよ」

宮近は驚いたように振り返った。

「おまえが定時で帰るってのか」

国会対応や庁内外の協議などで深夜勤務が当たり前の警察庁勤務に対し、警視庁勤務では理事官クラスが定時に帰るのは格別珍しいことではない。しかしこれまで城木は現場捜査員以上に仕事に取り組んで、遅くまで庁舎にいるのが常であったから、宮近が驚くのも無理はなかった。ことに今は、日本警察の威信に関わる重大事案の真っ最中だ。城木としても、捜査員達が汗水垂らして駆け回っているときに定時で上がるのはどうにも気が引けてならなかった。

「実は今日、どうしても実家に顔を出さなきゃならないんだ」

苦い思いで言う城木に、宮近は、ああ、と得心したように頷いた。

城木家は代々政治家や高級官僚を輩出してきた名家である。警察官僚としての仕事に日々余念のない城木も、実家の意向を毎回そうそう無視するわけにはいかない。

「たまには行っとかないと、親父や兄貴がうるさくて。特に今日は兄貴から電話があってね」

「大変だな、旧家のお坊ちゃんは」

嫌味を口にすることが多い宮近の言葉が、今は嫌味に聞こえない。東京大学法学部卒の城木に対し、宮近は経済学部卒だが、ともに国家公務員I種試験に合格した同期入庁の仲である。その親しさが滲み出ていた。

「まあ、確かに副幹事長のお呼びとあらば行かないわけにもいかんだろう」

城木の兄は政治家であるが、姓が違うため特捜部内でも意外に知られていない。宮近はそれを知る数少ない一人であった。

「うん、そっちはどうだ。久美子《くみこ》ちゃんは元気か」

「ああ、元気なのはいいが、生意気になる一方で先が思いやられるよ。それより、最近俺の帰りが遅いもんだから、妻がナーバスになってってな」

「うまくいってないのか」

「そういうわけでもないんだが……」

宮近の答えはどことなく歯切れが悪かった。

「俺がどんどん特捜寄りになって、出世の本流から外れてるんじゃないかと気にしてるみたいだ」

「そうか」

警察内部で異端視される特捜部の理念に共鳴する城木は、複雑な思いで相槌を打った。

そんな同僚の内心など、宮近は先刻承知というように、

「おまえも早く結婚して俺とおんなじ苦労を味わうんだな。俺はもう少しいるから、心配しないで早く帰れ」

「ありがとう」

宮近の厚意に礼を言って庁舎を後にする。タクシーを拾い、千代田区番町の住所を告げ

た。

城木は古い煉瓦塀に囲まれた実家の門前で車を降り、監視カメラが設置されている門柱の呼び鈴を押した。

番町は由緒ある屋敷町で、両隣をはじめ周囲には豪壮な邸宅が並んでいる。最近は新しい高級マンションが急速に増えたが、城木家のある一角には昔ながらの屋敷がまだ何軒か残っていた。

ややあって門の横の通用口が中から開かれた。

「どうぞ」

開けてくれたのは所轄である麴町署の警察官だった。最近メディアへの露出の増えた兄は麴町署の重点警備対象となっている。

「ご苦労様です」

顔見知りの警察官に挨拶して屋敷に向かう。鬱蒼《うっそう》とした木立に囲まれた二階建ての本格的な洋館だが、戦後の建築である。城木が物心ついて以後も、二度ばかり改築されていて、一部には和洋折衷様式も採り入れられている。それでも全体に西洋の絵本に出てくるような雰囲気で、相当裕福な家庭の子弟ばかりであったはずの小学生の頃の友達も、家に招くと皆大層珍しがっていた。おかげで小学生時代の城木の仇名は〈貴族〉であった。貴彦という名前からの連想もあったと思う。

子供の頃からどことなく馴染めぬ生家であった。玄関の前では、執事の山崎《やまざき》が昔と少しも変わらぬ風貌で威儀を正して待っていた。

「お帰りなさいませ。旦那様と亮太郎《りょうたろう》さんはすでに食堂でお待ちでございます」

城木家の家事やその他の雑事を取り仕切っているのはこの山崎である。城木の記憶する限り、母の美和《みわ》が父と別れて家を出る前からそうだった。気難しい父に衷心《ちゅうしん》から仕え、城木や兄亮太郎の面倒もよく見てくれた。城木にとっては、実の父の亮蔵《りょうぞう》よりもよほど親しみやすい人物だった。

応接室の横の廊下を抜け、急いで食堂に向かう。父は上座、兄は向かって左のいつもの席に着いていた。

「遅いじゃないか、貴彦」

数か月ぶりに会う父が不機嫌そうに言った。不機嫌なのではない。それが父の顔に貼り付いた、普段の変わらぬ表情なのだ。

城木亮蔵。元財務官僚で、今は財務省の外郭団体『財団法人税務公会計研究協会』の理事長に天下っている。若い頃から将来の次官候補と目されながら、局長時代に部下が起こしたスキャンダルの責任を取る形となって次官の椅子を逃した。その憤懣もあるのだろうか、年を追うごとに頑《かたく》なになっているような気がする。城木にとって、この家に馴染めなかったのは、一つには父に馴染めなかったということでもある。

「遅くはないですよ、お父さん。役人が五時に新木場の役所を出たら、そりゃあこれくらいになるでしょう。僕はもっと遅くなると思ってましたよ」

そう言って兄が弟をかばう。城木とは七つ違いの三十八歳。昔から万事にそつのない兄だった。優秀で、愛想がよく、誰にでも好かれる。本当によく似た、よく出来た兄弟だと幼い頃から繰り返し言われたものだが、城木本人にしてみれば、何事も兄には遠く及ばなかったという忸怩《じくじ》たる思いがある。また父の目にも、自分への失望が常に浮かんでいるのが子供心にありありと分かった。

兄は自分をいたわってくれるが、それはどこまでも〈よき兄〉としての演技であるかのように感じられて、城木は兄にも心のどこかで距離を置いていた。困ったときにはいつも助けてくれる兄に対して、明確な理由もなくそんなふうに思う自分が、城木は我ながら嫌だった。

兄はいつも父の期待に完璧に応えてきた。口答えをしているところさえ見た記憶がない。

父の指示通り外務省に入省した兄は、そこから出向する形でＵＮＨＣＲ（国連難民高等弁務官事務所）に勤務。その後やはり父の指示に従って与党の大物政治家であった宗方与《むなかたよ》五郎《ごろう》の女婿《じょせい》となった。だから兄は今では城木姓ではない。宗方姓である。義父の秘書を務めた兄は、その地盤を引き継いで衆院選に出馬、見事当選を果たし今は二期目に入っている。

政治的に兄はもともとリベラルで、学生時代には世界各地の紛争地帯でボランティアを務めていたこともあり、国連時代もジュネーブでのデスクワークに終始せず、率先して現地入りして難民の保護に尽力した。そうした経歴も現在の人気につながっているのは間違いない。宗方亮太郎と言えば今や名実ともに与党の若手ホープであり、若くして副幹事長の要職に就いている。

城木が席に着くと、すぐに山崎とホームヘルパーの女性が前菜を運んできた。牡蠣のコンフィにホタルイカ。なんのことはない、ただの会食である。この大変な時期に、とは思うが、日頃あれこれと言いわけを並べては実家に寄りつかない身からすると、断りきれない引け目があった。それに今回は、どういうわけか兄がわざわざ電話をよこして、「とにかく顔を出せよ」と念を押してきた。

副幹事長を務める兄が、『黒い未亡人』のテロ計画阻止に躍起となっている警察の状況を知らないわけがない。兄もまた党内で対応に追われているはずだ。なのになぜ悠長にも実家で親子三人の会食なのか。そうしたこともまた気にはなっていた。

前菜の後はアスパラと雲丹《うに》のスープが続いた。城木家では、何か特別な催しがある際には贔屓《ひいき》にしている老舗のフランス料理店からシェフを派遣してもらっている。

城木家の二人の息子のうち、城木だけは財務省か外務省へという父の指示に反し、警察庁に入った。そのことでも父の大きな不興を買い、実家から足が遠のく一因となった。例によって、会話の少ない、気まずい食事が続いた。いつからこうなってしまったのだろう。

分かっている。母の美和が自分達を捨てて家を出たときからだ。〈捨てた〉というのは正確ではない。母は家を出ざるを得なかった。そうしなければ母は壊れていただろう。いや、すでに壊れていたかもしれない。いずれにせよ、城木が小学生の頃には、父と母はもう終わっていた。母の不在は、城木の生家に対する拒否感を決定的なものにした。

「年末には日菜子《ひなこ》の三回忌だ。それだけは何があってもちゃんと出てくれよ、貴彦」

静かな口調で兄が言った。城木も素直に頷く。

「もちろんだよ」

義姉の宗方日菜子は三年前に病没した。結婚前から、義姉は心臓に重い持病を抱えていた。それでも日菜子という女性は、城木の目には、天真爛漫な暖かい波動を周囲に感じさせる希有な個性に映った。父の意向がどうであろうと、この女性を結婚相手に選んだ兄の慧眼《けいがん》に改めて感服したものだった。思えば、兄が最も生き生きとしていたのは、日菜子との短い結婚生活を送っていた頃ではなかったか。

日菜子もまた、政治家の秘書として日々の激務をこなす兄に尽くす傍ら、警察改革への青臭い理想を語る義弟の言葉に優しく耳を傾けてくれた。この人を兄嫁に迎えられるなら、城木家も少しは明るくなるのではないかとさえ思った。もっとも、兄は入り婿であるから兄夫婦の生活の場は城木家ではなく宗方家の方であったのだが。

その義姉が持病の悪化によりこの世を去ったとき、城木は何か家に対する最後の希望とでもいったものが失われたようにさえ思った。兄は妻が亡くなるその日まで献身的に尽くした。それは疑いようもない。政界の豪傑と言われた宗方与五郎が兄の手を取って泣きながら感謝していたのを、城木はまのあたりにしている。

義姉《ねえ》さんが生きていてくれれば——

「特捜は今、例の事案で大変だろう」

手長海老のカネロニを口に運びながら、さりげなく亮太郎が言った。

「あれはいろんな意味で本当に頭が痛いよ。国際情勢のひずみが、最悪の形で日本に上陸したって感じかな」

なんとなく違和感のようなものを感じながら城木は応じた。

「ダゲスタンのプラント占拠事件のことか」

「それもあるけど……」

城木は言葉を濁した。少年兵に関することは、考えるだけでも果てしなく気が滅入る。しかも一言では説明できないほどに問題は複雑だ。今は口にする気力もなかった。そもそも、食卓にふさわしい話題とは到底言えない。

亮太郎は構わず話を続けた。

「ニューヨーク同時多発テロのときも、アメリカのイラク侵攻を支持した国がテロの標的として名指しされたじゃないか。日本もその中に入っていた。あのときは結局、日本でテロは起きなかったがな。それと同じ状況が、時と場所を変えて再び起こったんだ。アメリカと同じく、ロシアはテロとの徹底した戦いを表明している。日本がロシアの天然資源を喉から手が出るほど欲しがっているのは事実だよ。だがそれとこれとは別問題だ。特に今回は日本人も犠牲になっているんだ。日本としては不条理なテロに対して断固とした態度を取るしかない」

まったく以てその通りだとは思うが、同時に城木は、少し異論めいたことも頭に思い浮かべた。

それはチェチェンの特殊な事情である。ロシアはチェチェンの独立を決して認めるわけにはいかない。他の民族共和国全体の独立運動につながる可能性を孕《はら》んでいるからだ。そうなるとロシア連邦は旧ソ連同様、解体の危機に瀕することとなる。

そもそもロシアには、歴史的に南北カフカスの諸民族に対する差別と偏見が根強くある。ロシア正教徒によるイスラム教徒への蔑視もあるだろう。プーチンはその権力基盤を固め、民衆の支持を得るためにチェチェンを利用した。第二次チェチェン紛争のきっかけとなったモスクワのアパート連続爆破事件さえ、実はチェチェン人のテロではなく、FSBの自作自演であるとする説が今日に至るも根強く囁《ささや》かれているほどである。

ニューヨーク同時多発テロが発生した際、プーチンはアメリカに呼応――と言うより便乗だ――するように「テロとの戦い」を宣言した。それにより、北カフカスへのロシア軍の侵攻は、対テロ戦争の一環として位置づけられた。チェチェン紛争はチェチェン人による「テロ活動」であり、他の未承認国家の紛争は「民族自決」のための戦いであるとする方便である。つまり911によってプーチンはチェチェンへの弾圧強化の口実を得たのみならず、未承認国家を公《おおやけ》に支援できるようになったのである。

その以前から、ロシア国内の主要メディアでは『チェチェン独立派』という名称さえ使われなくなっており、代わって『テロリスト』『バンディート』『ワッハービスト』と表記されるようになっていた。バンディートとはロシア語で山賊の意であり、ワッハービストとは一般にイスラム原理主義として知られる純化主義的イスラム改革運動に由来する。プーチンはチェチェン独立派がアルカイダと密接な関係にあると断定し、チェチェン人はテロリストの烙印を押された民族となった。

さらにロシア政府は、厳重な情報統制を敷いている。与党である統一ロシアが多数を占める議会で法を改正し、〈テロリスト側〉の主張を報道することを禁止した。チェチェンに関して発信されるのは、海外メディア向けに操作された情報ばかりである。そうした情報を取り上げるようロシアは各国のメディアに平然と圧力をかけるし、独自取材を試みる心あるジャーナリストは逮捕、拘束、国外追放を含むさまざまな妨害に遭うだけでなく、文字通り生命の危険に晒される。判明しているだけでも実に百人以上ものジャーナリストが不審死を遂げているのだ。

その結果、チェチェン紛争は〈世界で最も報道されない悲劇〉となってしまった。現代において報道されないということは、存在しないということと同義である。世界中の多くの人がチェチェンの真実を知らないし、関心も持っていない。実際に城木自身も、昨年末に端を発するロシア絡みの武器密売事案を特捜部が扱った際、同事案に関連する周辺事情を調べてみて、ようやく理解に至ったものである。

ある意味、ロシアの傲慢や世界の無関心が、チェチェン独立派を本物のテロリストへと変えてしまったとは言えまいか。

しかも第二次チェチェン紛争勃発時、欧米諸国がロシアに対する融資を凍結するなどの経済制裁に踏み切る中、シベリア経由のパイプラインのルートに執着する日本と中国だけは融資を継続した。結果、七億ドルもの追加融資を行なったにもかかわらず、パイプラインは全面的に中国を優先したルートとなり、日本は無意味にロシアの大量殺戮に協力した恰好となった。

だがそうした歴史の事情もまた、ただでさえ気の重い食卓の話題として持ち出すには城木は疲れすぎていた。

「それで、進展はあったのか」

「捜査については一切答えられない。兄さんのいた外務省でも、政治家に非公式の場で情報を漏らしたりしないだろう」

亮太郎は国民、それも女性層の心を捉えた笑顔を見せて、

「そう固くなるな。官邸対策室も設置されたんだ。どうせすぐにこっちの耳にも入ってくる」

「だったら正式な報告が上がってくるのを待ってくれよ。それまでは言えないな」

「相変わらずだな、貴彦は。おまえ、特捜でも頑固とか変人とか言われてるんじゃないか」

亮太郎はおどけた口調で呆れてみせる。

「そうかもね」

「少しは宮近君を見習った方がいいぞ。彼はその点、柔軟性があると評価されてるそうじゃないか。そういう話はちゃんと伝わってくるもんだ」

「そこが宮近と対照的だからこそ、自分は特捜に配属されたんだと思ってる。あいつは優秀な男だし、それはみんなが認めてるさ。違う個性がそれぞれの立場から補佐することによって、組織がうまく機能していると沖津部長も――」

「おまえは沖津派なんだってな」

突然父が口を挟んだ。

城木は少しとまどいながら、

「そう言われているかもしれませんが、沖津派というほどでは……自分の職務は部長の補佐であり、副官ですから……沖津さんが警察の中で浮いているのは確かです。でもあの人の手腕は疑いようもなく――」

「あの男は危険だ。距離を取った方がいい」

それだけ言って、父は再び手長海老の皿に向かった。

「それはどういうことですか」

腰を浮かしかけた弟をなだめるように、兄が話題をもとに戻した。

「今回のテロ事案は国家の一大事なんだぞ。党の副幹事長である兄が訊いても駄目なのかい」

「はい」

またも違和感を覚える。

「やれやれ、この頑固さも城木の血かな、お父さん」

父は何も答えない。

「小学生の頃から貴彦は融通が利かないって、僕が担任の先生にこぼされたもんだよ」

冗談めかしているが、目が少しも笑っていなかった。テレビの報道番組で見かけるときもよくこういう目をしている。

仔羊のショートロインを運んできた山崎が、心配そうに様子を窺っている。

「しょうがないな。だがな貴彦、縦割り組織の弊害はおまえもかねがね指摘していることじゃないか。今度の件は手遅れになったら取り返しがつかない。まあ、少しは考えてみてくれよ」

不意に気づいた。自分が特捜部に配属されて以来、いや、警察庁に入庁して以来、兄が捜査に関して何かを訊いてきたことなど一度もなかった。兄の関心はもっぱら自身の出世と栄達にあるのだろうと漠然と思っていた。

今回の事案は確かに重大だ。だが同様の大事件はこれまでにもあったはずだ。

なのに、どうして――

「今日の目的は、捜査情報を訊き出すことなのかな」

まったくの冗談のつもりでなにげなく口にしてみた。

父と兄は無反応だった。

城木は愕然とした――図星だったのだ。

「二人とも何を考えているんだ。家族から情報を訊き出そうなんて」

思わず声を荒《あら》らげていた。

「家族だからだよ」

落ち着いた様子で亮太郎が答えた。

「子供じゃないんだ。お互いに仕事の立場ってものがあるだろう、兄さん。一線は引かれるべきじゃないのか」

「貴彦」

いつの間にかナイフとフォークを置いた父が自分を睨んでいた。

「やはりおまえを警察庁などに入れたのは間違いだった。おまえのわがままなど聞くべきではなかった。甘やかしすぎたんだ」

甘やかした？　城木は耳を疑う。無関心だったの間違いじゃないのか？

「父さん」

さすがに兄が父を諫《いさ》める。

だが父は、現役時代から変わらぬ傲慢な官僚の目でまっすぐに城木を見据え、

「特捜のような掃き溜めにいても将来はないぞ。私も一度は納得したが、おまえがそんな態度ならあそこに置いても無意味だ」

私も一度は納得した？　自分の配属に関してということか？

城木が頭に引っ掛かった疑念を掘り下げる暇《いとま》もなく、父は畳み掛けた。

「私が頼んでやるから、他の部署に移れ。今ならまだ傷は浅いが、時間が経てば経つほど経歴に取り返しのつかないダメージを受けることになるぞ」

「掃き溜めとはどういうことですか。特捜部がこれまで何度国際的な重大犯罪を検挙してきたことか。その実績を知らないとでも言うんですか」

「実績の問題ではない」

部屋の隅には山崎とヘルパーの女性が控えていたが、山崎が目線で女性を下がらせた。

「そもそも特捜部など、設立の経緯からして真っ当とは言い難い。沖津は日本を潰す気なのか。あの、なんと言ったかな、新型の機甲兵装……龍機兵か、その乗り手に警察官でも自衛官でもなく、外部の傭兵を雇うとは」

「それに関連する法案は正式に衆参両院の審議を通過して――」

亮蔵はうるさそうに手を振って、

「例えばだ、あのライザ・マクブレイド警部だ。あんな凶悪なテロリストを警察官にするなど正気の沙汰と言えるのか」

「相応の理由があっての人選です。少なくとも自分は正しい判断であったと信じています」

「国民に知れたらどうするつもりだ。現にアメリカやイギリスの情報機関はすでに把握しているそうじゃないか」

「彼女は記録上、また書類上なんの問題もない一般市民です」

「そんな詭弁がなんになる。国民が納得するとでも思っているのか」

「お言葉ですが、今回の事案でも万一警察が未成年を殺傷するようなことになれば、たとえ相手がテロリストであっても、報道のカメラを通せば公権力が子供を虐殺したように見える。国際世論に与える印象をも考慮して、テロリストはあえて少年兵を使っているのです。我々はそんな思惑を承知の上で、なんとしてもテロを阻止しなければなりません。特捜はそれほど難しいオペレーションに命懸けで取り組んでいるんです。軍事情勢や裏社会の特殊事情に精通した人材は絶対に不可欠です」

「父さんも貴彦も、今日はその辺にしとこうよ」

兄がまたも割って入った。そして城木に向かい、

「おまえが滅多に顔を出さないから、ちょっとしたことでも話が合わなくなるんだよ」

「はい」

〈ちょっとしたこと〉どころではないし、〈話が合わなく〉なっていたのはもっと前からだと思ったが、城木はそうした思いを胸に呑み込んだ。

「また近いうちに兄弟で話そう。お互い公務で忙しいが、これからは少しずつでも会話の時間を作っていくことにしようじゃないか」

「はい」

与党副幹事長が笑顔で弟を諭した。実の兄弟に特有の反発を覚えながらも、城木は同意せざるを得なかった。

デザートとエスプレッソが出て夕食は終わった。

城木は早々に実家を後にした。車を用意すると言う山崎に対し、少し歩きたいからと断って、有楽町線の駅の方に向かった。

歩きながら、先ほどの会話を思い浮かべる。心愉しいものとは到底言えない親子の会話。話の流れで妙な言い合いになったが、父と兄は、本当に自分から捜査情報を訊き出そうとしていたのだろうか。

だとしたら、一体なぜ――

高級住宅街の歩道を歩いていた城木は、ふと父の口にした一言を思い出した。

――例えばだ、あのライザ・マクブレイド警部だ。

父は確かに『ライザ・マクブレイド警部』と言った。『ライザ・ラードナー警部』ではなく。

ラードナー警部の本名は警察内部のカク秘（最上級機密）事項だ。特捜部内では公然の秘密として皆薄々察してはいるが、正式に公表されてはいないし、表立って口にする者もない。もちろん総理をはじめとする政府閣僚と一部の最高幹部は機密事項として把握している。

副幹事長である兄亮太郎は知っているかもしれないが、たとえ家族であってもこれほどまでの機密を伝えるとは思えない。それが公務に就く者の最低限の責任である。

一線を退いて外郭団体に天下ったとは言え、官僚の世界に隠然たる影響力を持つ父だ。どこかからラードナー警部が元テロリストであるという情報を得ていたとしてもおかしくはない。しかしそれでも、ラードナー警部と言うならともかく、マクブレイド警部と言うだろうか。IRFの参謀本部によって徹底して〈クリーン〉に保たれていたマクブレイドの名は、一般にはまったく知られていないと言っていい。

父はむしろ、彼女の現在の名には関心がないか、もしくは知らされておらず、『ライザ・マクブレイド』であるという情報だけに接していたのではないか。

さらに、会話の中で引っ掛かりを覚えた部分。

――私も一度は納得したが、おまえがそんな態度なら特捜に置いても無意味だ。

まるで自分が特捜部へ配属されたことに、何か別の意思、思惑が関与していたかのような言い方。

今日まで考えも疑いもしなかった。自分が特捜部に配属された理由。それは、城木家に何か関わりがあることなのだろうか。

ある直感が不意に閃《ひらめ》いた。

それはあまりに強烈で、あまりに衝撃的だった。城木は思わず足を止め、今歩いて来た実家の方を振り返った。

沖津が特捜部の宿敵と規定する、警察内部に根を張る正体不明の勢力。これまでの数々の事案で、その狡猾《こうかつ》な片鱗を覗かせてきた〈敵〉。

もしや父は〈敵〉と何か関係があるのではないか――

だとすれば、兄の亮太郎は。そして城木家は。

その妄想じみた疑念は、名状し難い戦慄を伴って城木に取り憑いた。

自分の今いる場所も時代もすべて見失ってしまいそうな、番町の古色蒼然とした屋敷の谷間に、城木はしばし立ち尽くした。

6

渡された金は、事前に知らされていた金額よりだいぶ少なかった。

疑念を含んだ視線を向けるカティアに、相手の男は顔を背けるようにしてアラビア語で言った。

「俺が預かったのはそれだけだ。誓って言うが、抜いたりなんかしていない」

生ゴミの袋が積み上げられた台東区西浅草の狭い路地。カティアの視線に、男は重ねて、

「この不景気だ、本国の組織だって楽じゃないんだろう。近頃はアメリカだけじゃなく他の国も経済制裁だなんて言ってやがるし。こんな仕事、もうやってられないよ。危険なだけで、いいことなんか一つもない。ただのボランティアなんだよ、俺は。とにかく早く行ってくれ。もう戻らないと」

早口で急かす相手から目を逸らさず、カティアは金の入った封筒をジャケットの内ポケットにしまいながら、相手と同じアラビア語でゆっくりと告げた。

「おまえの言葉に一言でも嘘があったら、どうなるか分かっているな」

恐怖に打たれたようにカティアをまじまじと見つめていた男は、足早に背後の厨房口に入り、音を立ててドアを閉めた。

金、金、金か――

すべては金だ。そんなことは分かっている。だから自分達は、その金で世界の仕組みを叩き潰す。

生ゴミの不快な臭気の充満する湿った路地を歩き出し、カティアは故郷の惨状と世界の荒廃を想った。

──金を渡さなければムラートが殺されてしまう。ヴォローシンという将校は、金を払えば上層部に口を利いてやろうと言ってきた。

六歳だったカティアが覚えている父は、薄暗いランプの下でそんな言葉を繰り返していた。電気の供給はずっと止まったままだったので、どの家も古いランプや燭台を使っていた。

ムラートとはカティアの一番上の兄の名だ。当時二十歳になったばかりであったはずのこの兄の顔を、カティアはまるで覚えていない。

──そんな、先月親戚中から借金したばかりだっていうのに、どこにそんなお金があるって言うの。その将校だって、ムラートを連れてった連中とグルに決まってるわ。

ベージュのヒジャブを着けた母が悲鳴に近い叫びを上げる。恐ろしくて泣き出したカティアを、母はうるさそうに追い払った。

──それくらい俺だって分かってる。奴らのやり口はいつもおんなじさ。でも、どうしようもないだろう。

後で聞いた話だが、友人と通りを歩いていたムラートは、突然そばに停車した軍用四輪駆動車UAZ《ワズ》に乗っていたロシア軍の兵士達に拉致されたのだ。大部分は撤退したとは言え、テロリスト掃討と治安維持の名目で駐留を続けるロシア軍は、「チェチェン人は十一歳以上が大人である」として誰彼構わず連行する。チェチェンでは命より大事な国内用のパスポートをムラートは所持していたが、相手はそのパスポートに不審な点があると難癖をつけて無理やりUAZに押し込め連れ去った。

彼らがどの部隊に属するどういう職務の兵士達なのか、そしてムラートがどこに連行されたのか、まるで分からない。父と母はFSB支局や警察、検察局に何度も足を運んだが、それはロシア軍ではなくカディロフツィ（カディロフ大統領の私兵組織）だろうと言われるばかりで埒《らち》が明かない。実際、カディロフツィもロシア軍も同じように市民への脅迫や暴行、誘拐を日常的に行なっている。ともかくあきらめずに尋ねて回っていると、グロズヌイOMON（特別任務民警支隊）支局で出会った一人の将校が親切めかして話を聞いてくれ、調査まで約束してくれた。翌日、ヴォローシンと名乗るその男が、金の話を持ち出してきたというのである。

ありふれた話であった。市民は分かっていても金を払うしかない。払わなければ殺される。払っても殺される場合さえ普通にある。第二次チェチェン紛争の時代から何も変わっていない。終結宣言はとっくに出されているにもかかわらず。状況はむしろ日々刻々と悪化する一方だった。

どうしてこうなってしまったのだろう。終わっているはずの戦争が、どうして続いているのだろう。チェチェン人は、なんのために、誰と戦っているのだろう。そしてその戦いは、一体いつまで続くのだろう——

カティアには何もかもが分からなかった。そしてそれは、カティアだけでなく、両親も、ほとんどの国民も同じであったろう。

グロズヌイで乾物屋を営んでいた父のジェニースは、要求された金を払えなかった。レニンスキー地区の大通りにあった店はとっくに瓦礫と化している。

ジェニースとタチヤーナの夫婦には息子が二人、娘が二人いた。息子は二十歳のムラートと十六歳のイーサ。娘は十八歳のヤヒータと六歳のカティア。その日の食料にも事欠くような暮らしであった。余裕など到底ない。

次の日の朝であったか、カティアは母の悲鳴で目を覚ました。家のドアの前に、青い布に包まれた男の片腕が放り出されていた。青い布はムラートの着ていたシャツだった。

悲嘆に暮れる父母の前に、ヴォローシンが再び現われた。彼は両親に通り一遍のお悔やみを述べ、金を払えば死体を返してもらえるように上層部に取り計らってやろうと言った。

提示された金額は生前のものより跳ね上がっていた。

チェチェン人が最も怖れるのは、死者を埋葬できないことである。チェチェンでは死者の亡骸を大地に還さないと、魂が天に居場所を見出せず、永遠に迷い続けると信じられているからだ。死体の価格は生きている人間より高い。

父は町中の人に頭を下げて少しずつ金を借り、ヴォローシンに支払った。その翌日、軍のUAZがやってきて、兵士達が家の前に片腕のないムラートの死体を無造作に投げ捨て、一仕事終わったという顔で帰っていった。

父は結局、借りた金を誰にも返せないまま間もなく死んだ。急性心筋梗塞だった。

母は人道支援団体を通してOMONやFSBにヴォローシンについて問い合わせた。その公式回答には、「ヴォローシンなる将校は存在しない」とあり、回答責任者のご大層な署名まで添えられていた。母が次に、その署名の主について問い合わせると、「当該人物は存在しない」という公式回答が返ってきた。もちろん正式な署名付きで。

後で武装勢力の標的にされることのないよう、軍人達には偽名を使う権利が正式に与えられている。まるで現代の、そして現実のカフカだ。

何もかもが、チェチェンではごくありふれた出来事だった。この圧倒的な不条理の前では、人はテロか犯罪に走るよりない。

首都の名であるグロズヌイとは、ロシア語で〈恐怖を覚えさせる〉ことを意味する。カフカス征服を開始したロシア帝国が一八一八年に築いた要塞の名に由来すると云う。

またスターリンの時代、イングーシ人を含めた約五十万人のチェチェン人が、シベリアや中央アジアに強制移住させられた忌まわしい記憶は今も人々の間に強く残っている。突然に土地や財産を奪われた人々は着の身着のまま列車に積み込まれた。食料も休息も与えられぬ、あまりに過酷な旅の途中で多くの者が命を落とした。

ずっとそうだった、チェチェンでは。過去も現在も変わりはない。

以前に比べるとだいぶ減ったとは言え、武装勢力摘発のためのザチストカ（清掃＝掃討作戦）は頻繁に行なわれた。昼と夜の区別なく、軍人達が村を荒らし回る。金品や食料を略奪し、身代金目的で人々を拉致する。あるいは女性をさらって陵辱する。少しでも抵抗する者には容赦なく発砲する。

奇妙なことに、このザチストカで被害を受けるのは決まって一般市民のみで、武装勢力はほとんど無傷であった。軍がわざと見逃しているからだ。ロシア連邦予算から支出される復興資金の一部は、チェチェンの有力者を通じて武装勢力へも流れている。武装勢力はその金で破壊活動を行なう。その復興のためにまた資金が流れてくる。最悪のシステムだ。

事実上の民族浄化が進行しているにもかかわらず、ロシアはチェチェン紛争を〈テロリストによるチェチェンの国内問題〉と位置づけ、自国のリスク回避に余念がない。いわゆる〈チェチェン紛争のチェチェン化〉である。それはある意味、成功している。

プーチンはアフマド・カディロフ、そして彼の死後は息子ラムザンを大統領の地位に就け、チェチェンに傀儡《かいらい》政権を作って表向きは民主的復興を装った。グロズヌイに次々と建設された輝ける高層ビルや巨大モスクはその証しだ。だがラムザン・カディロフの組織したカディロフツィは、国内で身代金目的の逮捕や誘拐、脅迫、拷問、殺人、強姦などを繰り返している。なんのことはない、チェチェン人の組織が、チェチェン人に対して、ロシア軍と同じ非道を行なっているのだ。

チェチェン紛争の本質は経済戦争である。もともとは独立闘争であったはずなのに。このゲームの参加者は、ロシアも、チェチェン武装勢力も、イスラム過激派組織も、みんな得をしている。市民だけがすべてを失い、未来永劫苦しみ続ける。すでに終わっている戦争に、終わりが来ることなど決してない。

カティアの二番目の兄イーサは、前の年にザチストカの流れ弾で被弾し、傷痕が化膿して片足の切断を余儀なくされていた。

傷の癒えたイーサは、松葉杖をつきながらも近所の公園でよく幼いカティアの遊び相手をしてくれた。公園というより手入れする者のない荒れ果てた空き地だったが、カティアは兄と遊ぶその場所が好きだった。

その日もいつものように公園で片足の兄と遊んでいると、泥酔した若い男達がやってきて兄をからかいはじめた。彼らはカディロフツィだった。

イーサは怒りをこらえて相手にしないようにしていた。そのうち一人の男が、ちょうどいい、特別訓練だと言って拳銃を抜き、イーサの足許を狙って撃ち始めた。怯えて逃げ惑うイーサの姿に笑い転げていた他の男達も、同様に銃を抜いた。

もっとぴょんぴょん飛び跳ねてみろ、蛙のように飛び跳ねて、駝鳥のように走ってみろ。酔った男達は笑いながらイーサに向けててんでに銃を乱射した。

悲鳴を上げて片足で必死に逃げ回っていたイーサが、ばったり倒れて動かなくなった。その体からじわじわと赤黒い血が地面に広がっていった。男達は興醒めしたように舌打ちして、どこかへ去った。カティアはその場を動けなかった。何かをすると、目の前で起こった悪いことが全部夢ではなく本当のことになるような気がしたから。それでもすぐにこらえきれなくなり、泣きながら家に帰って見たことを父母に告げた。父が亡くなる一月ほど前のことだった。その知らせにも、父はすぐに立ち上がる気力さえ失っていた。

若い男達の名前も所属も判明したが、彼らは翌日には〈配置換え〉となり、罪に問われることはなかった。

父の死から間もなく、今度は姉のヤヒータが行方不明になった。ヤヒータは以前から一見して真っ当ではないと分かる男達と付き合っていたので、二、三日家に帰らなくても母は何も言わないようになっていた。ところが、四日経ち、五日経っても姉は一向に帰宅しない。さすがに母も心配になって警察に捜索願いを出した。地区の警察には捜索能力などないし、そもそもまともに捜索などしてくれないと分かっていたが、何もしないよりはましだった。

二週間後、カバルダ・バルカル共和国のロシア軍施設で自爆テロが起こった。イスラム過激派組織が声明を出し、その実行犯であるシャヒードカ（女殉教者）として讃えたのが姉の名であった。カフカスセンターをはじめとするイスラム系のサイトや各種メディアに、魂の抜けたような虚ろな表情をした女の写真がいちどきにあふれた。まぎれもなく姉のものだった。

母は混乱し、逆上し、最終的に心を閉ざした。

姉は決して過激派などではなかった。アッラーの教えを理解していたかどうかさえ怪しい。それがどうしてわずかな日時の間に死をも辞さぬ敬虔な信者に変わったのか。

こんな国にはもういられない——それがカティアの耳にした母の最後の言葉だった。

翌朝目を覚ましたカティアは、自分以外には家の中に誰もいないことを知った。母のベッドには眠った形跡はなかった。家中の食料、そして数少ない母の衣服と鞄だけがなくなっていた。

自分は母に捨てられたのだ。カティアはそう直感した。

母にとって兄達と姉は心の支えだった。しかし自分はそうではなかった。

前から感じてはいた。自分に向けられる母の視線は、明らかに兄や姉に対するものと違っていた。厄介な〈何か〉を眺めるような、ため息まじりの視線であった。そして、その疑惑は最悪の形で証明された。

意味さえ分からぬ恐ろしさに、涙があふれて止まらなかった。自分はただの厄介者で、母はたった一人残った娘をためらいなく置き去りにして逃げたのだ。

家の中で一人泣いていたカティアの声を聞きつけ、隣人のガダエフ一家が様子を見にやってきた。彼らはカティアを哀れんで自宅に招き入れ、トウモロコシのスープを飲ませてくれた。

――ヤヒータは悪い男達に関わってしまった。あの娘《こ》が付き合ってたのは麻薬の売人だ。バーブ教徒やカディロフツィともつながってる。娘達をだましてはいろんな所に売ってるんだ。

ガダエフ家の主婦タマーラはカティアに薄い紅茶を注ぎながら、重いため息をついた。

――タチヤーナを許しておあげ。あんたのお母さんはもう正気じゃなかったんだ。まともだったら、あんたを捨ててなんか行くもんか。

六歳のカティアには理解も承服もできるものではなかった。しかし幼いなりに身につけた分別が、ここは何も言わずに頷いておけと告げていた。

ガダエフ家の人々もまた、国外脱出の用意を進めていた。ガダエフ家は元銀行員のニコロズとタマーラの夫婦に十三歳の長男ヤーコフの三人家族だ。とりあえずイングーシの難民キャンプを目指すという。イングーシはかつて開設していたほぼすべての難民キャンプを、ロシアの圧力もあってずいぶん前に閉鎖していたが、あまりの難民の多さに再開を余儀なくされているらしい。

——あんたも一緒に来るかい。

タマーラはカティアにそう声をかけてくれた。一人で残して行くに忍びなかったのだろう。カティアには否《いや》も応もなかった。

それからの記憶は飛んでいる。何日が過ぎたのか。どういう手段で移動したのか。何を食べ、どこで寝ていたのか。

気がつくと、カティアは森の中に立っていて、目の前にガダエフ一家の死体が並んでいた。

小太りのタマーラ。反対にひょろ長く痩せた夫のニコロズ。母に似て丸っこい体つきのヤーコフ。三人とも白く濁った目を見開いて、頭から血を流していた。

森の中のあちこちで銃声が聞こえた。兵士達の怒号と、人々の悲鳴も。

何人かが同じ方向に向かって駆けていた。カティアも反射的にその方向へと必死に走った。その先に何があるのか、自分は一体どこにいるのか、何もかもが分からなかった。

断続的に銃声がして、目の前を走っている人が、一人、また一人と倒れていく。みんな構わず走っていた。振り返る余裕は誰にもなかった。

いつの間にか銃声は止んでいた。カティアは走るのをやめ、森の中をのろのろと歩いて進んだ。

木々の間には、いくつもの死体が草に埋もれて転がっていた。中にはずいぶんと古い死体もあるようだった。死体の横を抜けてカティアは進んだ。さまざまな年恰好の人が死んでいた。神経が鈍麻したようになっていて、ほとんど何も感じなかった。

だが、見覚えのあるスカートを目にした瞬間、カティアは息を吞んで凝然と立ちすくんだ。
五、六メートルほど先で、俯《うつぶ》せに倒れている女の死体。死んでから何日も経っているようだ。葡萄色の長いスカート。母のお気に入りだった。ベージュのヒジャブにも見覚えがある。あれは確かに――

恐ろしさに体が震え、叫び声が胸の奥から込み上げてきた。喉が破れるかと思うくらいの叫び。いつまでも止まらなかった。

背後から現われた誰かが、カティアの手を握ってくれなかったら、本当に喉が破れるまで叫び続けていたことだろう。その手の温かさに、悲鳴は自分でも驚くほど自然に収まった。

カティアは振り返って相手を見た。

まっすぐに切り揃えた黒い前髪をヒジャブから覗かせた若い女。

それがシーラ・ヴァヴィロワだった。

7

大型連休三日目の五月一日午前十一時十一分。外事四課より連絡を受けた夏川主任は、深見《ふかみ》巡査部長以下五名の部下を率いて立川市高松町に急行した。

工場や倉庫、それにマンションや戸建て住宅が混在する一角で、中小の町工場が集中する地域としても知られている。今はパトカーや救急車が道をふさぎ、制服の立川署員が交通規制を行なっていた。黄色いテープで封鎖された現場の前に、外四の伊庭係長が険しい顔で立っていた。

「ご苦労様です」

挨拶をしてテープを潜った夏川に向かって、伊庭は顎で現場を示す。

相手の態度にいささかむっとしながら、夏川は建物の方を見た。なんの変哲もない町の古い商店のような建物で、警察官や鑑識の出入りするサッシの引き戸の上に『佐々井《さ さ い》機械工業株式会社』の色褪せた看板が掲げられている。黄色いテープは隣接する民家のドアにも厳重に張り巡らされていた。表札には［佐々井］とあった。工場の隣に経営者とその家族が居住しているのだろう。

伊庭は先に立って、引き戸から工場の中に入った。夏川達もその後に続く。

中は奥へ細長く伸びていて外見よりも広かった。それでも典型的な町工場らしく、各種の工作機械や原材料の容器等が雑然と並べられていて、やはり狭苦しい感じはある。間仕切りのように積み上げられた段ボール箱の角を曲がった夏川は、足を止め〈刑事の目〉で周囲を見回す。

「ずいぶんと〈きれい〉な現場ですね」

深見が低い声で呟いた。

作業服を着た男が五人、目を見開いて死んでいる。

夏川は死体のそばにしゃがみ込んで手早く検分する。いずれも人体の急所を刃物で一突きにされていた。凶器は残されていない。

「全員が即死だ。ここだけじゃない、隣の家で三人が殺《や》られてる。奥さんと二人の娘さん。そこで死んでる社長の家族だ」

伊庭は太った老人の死体を指差した。白くなった頭髪に分厚い眼鏡。そして皺《しわ》だらけでありながら繊細そうな指。生前はさぞ頑固そうに見えたであろう大きな口は、今はぽかんと惚《ほう》けたように開かれていた。

「死亡推定時刻は大まかに今朝の九時から九時半の間。マル被《ヒ》は少なくとも五人以上。従業員が一人残らず出勤するのを確認してから一気にやったんだ。争った形跡はほとんどない。捜一《そういち》（捜査一課）と所轄が今も地取りに回ってるが、隣近所で気づいた者は誰もいない。完璧な皆殺しだよ」

無言で死体を調べていた夏川が、立ち上がって再び周囲を見た。

「そうだ、機械類は無傷のまま残されてる。つまりマル被はここで何を作っていたか、知られても構わないと思ってるわけだ。ただ自分達とのつながりさえ断ち切れればそれでいいとな。ざっと調べたところ、社長の携帯が出てこない。仕上がった製品を納入する〈業者〉の番号を隠すため、マル被が持ち去ったんだろう」

伊庭の声には抑制された静かな怒りが滲んでいた。

一番奥にあるステンレスのドアに目を止めた夏川は、手袋をした手で慎重にドアを開け、首を突き出して左右を見回す。工場と母屋の細い隙間にも、段ボールやプラスチックの容器が所狭しと積み上げられていた。

「そのドアは隣の母屋につながってる。たぶんマル被はそこの物陰に隠れてたんだろうな。母屋と工場のどっちにも出入りできるし、表の道路からも裏の路地からも見えない」

伊庭の声を背中で聞きながら、夏川は母屋の方に上がり込む。

「ウチの人間が所轄と協力してこのあたりの工場をしらみ潰しに当たっていたところ、この現場にぶち当たった。幸か不幸か、一足違いだったよ」

幸ってことはないでしょう、とでも言いたげな顔で深見が伊庭を振り返った。

伊庭はそれを察して先回りする。

「いいか、もし下手にマル被と出くわしててみろ、相手は神奈川のときみたいに従業員や捜査員を道連れに自爆してたかもしれん。そうなってたらこの十倍の大惨事だ」

考えの至らなさを恥じるかのように深見は黙り込んだ。

焼き魚の匂いの残る母屋の台所では、割烹着を着た小柄な老婦人が死んでいた。佐々井社長の夫人だろう。

「娘二人は二階だ」

伊庭の声に、夏川と部下達は階段を駆け上がる。

二階には六畳の和室が二間。それぞれの部屋で三十前後の女性がラフな部屋着のまま死んでいた。

黙りこくる夏川に、伊庭が尋ねた。

「夏川さん、あんた、前は捜一なんだってね。どう思う、この現場見て」

ゆっくりと振り返った夏川は、憤怒とも武者震いともつかぬ昂りをこらえて答えた。

「燃えますよね」

同日午後三時に開かれた緊急捜査会議で、夏川主任から『佐々井機械工業皆殺し事案』について報告がなされた。

「佐々井機械工業は規模こそ零細と言っていいくらいですが、精密部品に関する技術力では業界でもそれなりに知られる企業でした。三年前に取引先が相次いで倒産してから、経営状態は相当苦しくなっていたようです。それが地元商工会の話では、半年ほど前から急に持ち直したそうで、新しい取引先が見つかったんだろうと仲間内で話していたということです。代表取締役の佐々井家が居住する母屋でも、室内が物色された形跡は一切なし。家族や従業員についてもざっと当たってみましたが、今のところ怨恨の線は浮かんでいません。工場に残されていた機械類やデータは、現在技術班で解析中ですが、柴田技官の話ではエインセルのパワーパックに間違いないだろうとのことでした」

次に伊庭係長が立ち上がる。会議室の最後列に陣取った外四の捜査員は伊庭を含め前回と同じ十二人のみ。しかし名も知れぬ彼らの顔ぶれは前回と微妙に異なっている。

「現場には完成したはずの製品は残されておらず、また佐々井社長の携帯は現在も発見に至っておりません。このことから、マル被は依頼したパワーパックを回収した後、自分達につながる手掛かりを消すために犯行に及んだものと考えられます。つまりマル秘は『黒い未亡人』もしくはパワーパック製造の依頼を仲介した密売組織であると見ていいと思います」

伊庭の着席と同時に、雛壇の沖津が口を開いた。

「手口の鮮やかさから見て、実行犯は『黒い未亡人』の方だろう」

一同は真剣な面持ちで、正面に座した幹部を見つめる。

「だが『黒い未亡人』に辿り着くためにも、仲介業者を割り出す必要がある。それも可能な限り早急にだ。敵はすでにエインセルのパワーパックを手に入れた。いつどこで計画を実行するか分からない。一刻も早く確保せねばならない」

完璧な冷静さを保って沖津は続ける。

「『黒い未亡人』はパワーパック調達のラインをあらかじめ複数確保していたものと推測される。それだけ今回の作戦ではエインセルが重要だということだ。しかも、貴重な技術力を持つ製造元を躊躇なく皆殺しにしている。それは『黒い未亡人』が今後同ラインを必要としないということを意味する。つまり、今回の作戦にエインセル全機を投入し、日本で完全に遺棄する計画なのだ。この場合の遺棄とは想像される最も穏健な結末で、最悪は自爆である。敵がそれだけの覚悟で臨んでいるのは間違いない」

全機自爆。常軌を逸しすぎていて想像力が追いつかない。捜査員達は声もなかった。

今後は佐々井機械工業の取引先、仲介業者の割り出しに絞る——捜査方針の決定を見て一同は立ち上がった。

ファイルを閉じて退室しようとした宮近は、同じく立ち上がった城木の顔色が優れぬことに気づいて立ち止まった。

心配になって声をかけようとしたとき、城木はわずかに視線をこちらに向けた。何か言ってくるかと思って待ったが、城木はそのまま無言で踵を返した。常に柔和で気配りを怠らぬ城木には珍しいことだった。

無理もないか、と宮近は独り得心した。

未成年者を含むテロリストが日本国内で自爆テロを敢行する。警察官僚にとっては到底平静でいられない事態だ。人一倍真面目な城木が思いつめたとしても不思議ではない。

もっとも、それはそれで心配ではあったのだが。


捜査会議終了後、曽我部は霞が関の合同庁舎第2号館に直行した。許可を得て鷺山克哉外事情報部長の執務室に入る。鷺山はソファで誰かと密談中であった。相手の男は振り向きもしないが、坊主頭の後ろ姿から堀田義道警備企画課長と知れた。

「どうだった」

顔を上げた鷺山が前置きもなしに訊いてきた。

「はい、それが……」

捜査会議の一部始終を語り始めた曽我部の報告を、鷺山は苛立たしげな様子で聞いていた。まるでそんなことはどうでもいいと言わんばかりの表情で。実際、会議の内容は正式な報告として鷺山のもとに上がってくるはずであるから、わざわざ外四課長を呼びつけてじかに聞く必要はないと言っていい。

「それでまあ、『黒い未亡人』と佐々井機械の間に入ってるブローカーの割り出しに絞ろうということになりまして……今のところ、そんな感じです、はい」

曽我部の話が終わるのを辛抱強く待ってから、鷺山はおもむろに言った。

「曽我部君、君のことは私も高く評価しているつもりだ。私が何を期待しているか、理解はしてくれているね」

「はあ、なんとなく」

うすぼんやりとした表情で応じる曽我部に、

「沖津は危険だ。それについては我々の意見は一致していると思う。特に今回は日本の国際的な立場を左右しかねない重大事案だ。君の目から見て、何か兆候が感じられたらすぐに報告してほしい」

「兆候って、一体なんの兆候です？」

「例えば、沖津がスタンドプレイに走ったりするような兆候だよ。特捜部設立の経緯は君もよく知っているだろう」

「はい」

言われるまでもない。調整の難航していた新部局設立案を、沖津はその豪腕でまとめ上げた。だがその過程には明らかに〈グレー〉な部分が含まれている。そのことに対する批判は警察内部に根強く在り、曽我部もまたそうした声に同調する一人であった。

「日本の将来が懸かったこの局面で再び奴のスタンドプレイを許すわけにはいかない。特捜に何かおかしな動きがあったら、ともかく牽制の上、速やかに報告することだ。それでなくても横紙破りの命令違反は連中の得意技だからな」

鷺山の言はもっともだ。警備警察幹部としての説得力に満ちている。

気がつくと、いつの間にか首だけでわずかに振り返った堀田警視長が横目でじっとこちらを見つめていた。長年インテリジェンスの世界に生きて、胸と腹に鋼鉄の遮断幕を張ったつもりの自分の内心を、易々と見透かすような眼光だった。

「分かりました」

「曽我部君、繰り返すが、これは国家の重大事案だ。保秘にはくれぐれも気をつけてくれ」

「はい。充分に注意します」

一礼して外情部長の執務室を出た曽我部は、薄暗い通路を歩きながら考えた。

確かに曽我部は、鷺山らと同じく沖津に不信感を抱いている。しかし今回の鷺山らの動きはどうにも腑に落ちない。

課報活動に携わる外事課に籍を置く者にとって、保秘は第二の、と言うより第一の天性だ。いちいち念を押す者などいない。にもかかわらず、外情部長ほどの人がそれを口にした。

それに、備企《びき》（警備企画課）の堀田さんだ――

堀田警視長が、外情部長と一体何を話していたのだろうか。

言い知れぬ不快な感覚。無性に甘い物が欲しかった。

警察庁フロアから共用部分に出た曽我部は、集荷用エレベーターの方に向かった。警視庁の人間でそのエレベーターを使う者はまれであるが、外事の曽我部は数少ない例外であった。

懐中で携帯が振動した。部下の伊庭からだった。

「どうした」

通路を歩きながら応答する。

〈佐々井機械ですが、三か月ほど前に辞めた従業員がいます〉

「なんだよ、今頃分かったっての？　おまえさんらしくもないね。それでそいつは今どこなの」

〈すぐに当たらせましたが、ほんの一足違いで潜った後でした〉

「よし、差し当たりそいつの線を追ってみろ」

〈で、どうします？〉

「何が」

〈特捜です〉

曽我部は一瞬考えてから、

「教えてやれ。せっかくの仲良し捜査なんだから」

携帯を切ってポケットにしまう。ちょうど集荷用エレベーターの前に着いた。

〈馬面〉と仇名される異相の曽我部は、分厚い下唇をへの字に曲げてエレベーターのボタンを押す。やがてドアが開いた。

よし、決めた――

中に乗り込んだ曽我部は、一階のボタンを押しながら心中に呟いていた。

やはり一階のドトールできなこ豆乳オレを飲んでいこう。

8

フードジャケットのポケットに両手を突っ込んで、上野公園を急ぎ足で通り抜けているとき、木々の間に青いビニールシートで作られた小屋がいくつも並んでいるのが見えた。

カティアは思わず足を止めてその光景を眺めた。

ビニールシート。板きれ。古タイヤ。積み上げられた廃品同然の生活雑貨。木に結ばれたロープに干されたぼろぼろの洗濯物。

遠い記憶が小波のように静かに押し寄せてくる。あまりに懐かしく、あまりに馴染み深い、そして耐え難いほどに忌まわしい風景。

あれはいつだったろうか。絶望的なまでに貧しかったが、それでも希望の片鱗がまだ微かに息づいていた日々は。トロフィム、ソフィーヤ、年上のマリーナ。シーラや子供達と暮らした、イングーシでのあの日々は――

シーラに連れられて国境を越えたカティアは、ともにイングーシの難民キャンプに潜り込んだ。

あのときシーラと出会わなければ、間違いなく森の中でそのまま死んでいただろう。

当時シーラは二十四歳で、勤め人の夫とスタロプロムィスロフ地区のアパートでささやかな暮らしを営んでいた。ある日突然、夫は理由もなく警察に連行された。シーラは要求された〈代償〉を支払ったが、夫は帰ってこなかった。それでとうとう国を捨てる決意をしたのだという。

かつてのイングーシの難民キャンプは、豚小屋にビニールシートを張っただけの代物であったそうだが、再開されたキャンプも往事と大差なかった。家畜や糞尿の臭いが強烈に染みついていて、最初は到底暮らせるものではないと思ったが、それでもやはり野宿よりはましだった。全体に細長く、二メートルごとに間仕切りの薄い板が張られていた。そのごく狭い空間が、各世帯に与えられた〈個室〉であった。カティアはシーラと同じ部屋で暮らした。

新設された難民キャンプでも、ザチストカがあると聞いていたが、心配していたほどではなかった。さすがに以前と違い、国連機関やNGOの人道支援団体も頻繁に監視や査察にやってくる。カティアとシーラはほっと胸を撫で下ろした。もっとも、キャンプを運営しているイングーシ当局が難民達を嫌い、持て余し、苦々しく思っていることに変わりはないようであったが。

キャンプにはさまざまな人々が逃げ込んできた。子供を失った夫婦。両親を失った子供。すべてを失った老人。すべてから見放された病人。妊娠中の女性もいた。みんな何かを失い、傷つき、疲れ果てていた。それでも、生きて国境を越えられただけ幸運であると言えた。

命からがらキャンプに辿り着いた人々は、その日から肩を寄せ合い共同生活を開始した。乏しい食料を分け合い、励まし合い、力を合わせてその日その日を生きていく。

慣れてみると、そこにはやはり人間の生きる喜びがあった。ビニールからは雨漏りがし、隙間風が通り抜ける最低の小屋であったが、そんな場所でも生活を始めてみると、人が住む〈家〉に変わった。みんなが暮らす立派な家だ。

その家の前で、シーラはカティアや他の子供達に勉強を教えてくれた。廃材で造った黒板や椅子を並べた野外教室だ。

シーラは結婚前に小学校で教師をしていたのだという。不恰好な黒板の前に立ったシーラからそう聞かされた子供達は、一斉に「ウソだ」と叫んだ。次いでみんな大きな声を上げて笑った。こんなにきれいで優しい先生など、今まで見たこともなかったからだ。学校に行ったことのなかったカティアも、みんなと一緒になって笑った。そしてシーラを誇らしく思った。

シーラはチェチェン国立大学を卒業していた。授業は休講ばっかりだったけどね、とシーラは照れくさそうに笑っていたが。

野外教室では友達もできた。同い年のトロフィムとソフィーヤ、二つ年上のマリーナ。他にも大勢。森の中でかくれんぼをしたりして、彼らと一緒に遊んでいると、ほんの束の間ではあったが、嫌なことを忘れられた。

特にお気に入りの遊びは、掌に包んだ釘の数の当てっこだった。キャンプの補強用建材としてNGOから差し入れられた物資の中にあった、小指の先ほどの小さな赤い釘を大人達から一つかみもらったのだ。本来はなんのために使う釘だったのか知らないが、大人達が無頓着に譲ってくれたところを見ると、さして使い途のないものだったのだろう。その釘を一人が手の中に何本か握って隠す。他のみんなでその数を当てっこする。一番近い数を言った者が〈王様〉になってその日の釘の所有者となる。カティアはいつも〈王様〉だった。本数を正確に言い当てると、子供達は目を真ん丸にしてわあわあと驚き騒いだ。みんながカティアに一目置いた。そんなカティアを、シーラは勘がいい、注意深い、動体視力がいいと褒めてくれた。どれも母からはかけてもらったことのない言葉だった。おもちゃなど望むべくもない難民キャンプの生活で、小さな赤い釘は、魔法の国の扉を開く妖精の鍵であるかのようにカティアは思った。

また生まれて初めての勉強はとても楽しかった。人道支援団体から届けられたノートの白い紙は、カティアの目に眩《まぶ》しかった。そのページいっぱいに、カティアは鉛筆でシーラの顔を描いた。

夜はシーラと一枚の毛布で体を寄せ合って寝た。それだけの空間しかなかったせいもあるが、そうやって寝ると国境地帯の森の寒さも和らぐような気がした。

その夜もカティアは安らかに眠りに落ちた。

夢を見た。青いシャツにくるまれたムラートの片腕。微笑んでいたヤヒータが突然粉々に砕け散る。片足で逃げ回っていたイーサがばったりと倒れ、その体からどんどん血が広がって、地面が見えなくなってしまう。家に逃げ帰ると、母はカティアを突き飛ばし、鞄を持って一人で出て行った。急いで追いかけようとすると、母は草に埋もれて死んでいた。

夜中に突然泣き出したカティアを、シーラは優しくあやしてくれた。

きっと怖い夢でも見たのね——うん、とっても怖い夢——大丈夫、私がここにいてあげる——ほんとう？　ほんとうに？——ええ、本当よ——

カティアはシーラにいろんなことを話した。父母のこと。兄達のこと。そして遠い所で自爆したという姉のこと。

カティアを抱き締めながら、シーラもまた自らの身の上について話してくれた。

シーラにはスヴェトラーナという仲のよい幼馴染みがいて、まるで本当の姉妹であるかのように育った。ともに成人した後も、時折一緒にお茶を飲んでは他愛のない話に興じるのが数少ない楽しみだった。そのスヴェトラーナが、ある日忽然と姿を消した。そして失踪から十日後、北オセチアで自爆したという知らせがあった。到底信じられなかった。

スヴェトラーナはカティアの姉と同様、過激派でもなんでもない、普通の若い女性であった。スヴェトラーナが拉致された現場を目撃したという人もいたが、警察もFSBも相手にはしてくれなかったという。

話しながらシーラは泣いていた。

あなたも私も、大切な人をたくさん奪われてしまった。でもカティア、私はいつでもあなたのそばにいるわ――

シーラはキャンプの自治に積極的だった。NGOや国連の職員とも根気よく話し合い、滞りがちな物資の配給をなんとかしてもらえるよう要求したりした。またそのための情報収集にも余念がなかった。シーラにはそうした才能も備わっていたようだ。人の心を温かくつかむシーラの卓越した個性と外交能力は、多くの関係者に好感を持って迎えられた。キャンプを訪れるいろんな国の人々と、シーラは真剣に、そして対等に話し合った。そんなシーラの姿に、カティアは尊敬と憧れを抱かずにはいられなかった。話し合いの邪魔にならぬよう、いつも陰からそっと眺めていた。

避難してきたときに妊娠していた女性が、赤ん坊を出産した。女の子だった。お産はキャンプの女達が総出で手伝った。

力強い産声が聞こえてきたとき、固唾《かたず》を呑んで待っていたキャンプの人々全員が祝福の声を上げた。その日は急遽お祭りとなった。

この子はみんなの子だ、我らの大切な娘だ――


苦しいながらも概ね平穏な日々が過ぎた。

後にして思うと、それはカティアの印象よりずっと短い期間であった。

赤ん坊が生まれて数日後の夜、ロシア軍が突然キャンプに襲いかかった。皆が聞き慣れた銃声と怒号。ザチストカだった。

容赦ない略奪と暴行が始まった。

飛び起きたシーラは、まっすぐに走り出し、指揮官らしき男に詰め寄って必死に抗議した。

――この施設は国連の監視下にあるのよ。こんな蛮行は許されないわ。

――ここに手配中のテロリストが潜伏しているという確かな情報があるんだ。

そう言って指揮官はしがみつくシーラを突き飛ばした。それでもシーラは何度も飛び起きては執拗に食い下がった。

――やめて！　あなた達はそれでも人間なの！

──テロリストが人並みの口をきくな！

相手は素手でシーラを殴打し、倒れたところを何度も蹴りつけた。それまで声もなく見守っていたカティアは、倒れているシーラに駆け寄って大声を上げて泣いた。指揮官は二人に唾を吐きかけて去った。

食料や個人の持ち物が根こそぎ奪われた後、キャンプに火が放たれた。あちこちで啜《すす》り泣きが聞こえた。一際大きい号泣は、赤ん坊の母親のものだった。ビニールの焼ける煙を吸ったらしく、生まれたばかりの赤ん坊は母親の気づかぬうちに息絶えていた。〈みんなの子〉、そして〈我らの大切な娘〉は呆気《あっけ》なく失われた。カティアが宝物のように大切にしていた赤い釘も。

目的のテロリストは発見されなかった。情報が誤っていたのかもしれないし、単なる略奪の口実だったのかもしれない。それでも半数近くの男達がテロリストとして連行された。逃げようとした者、抵抗した者はその場で射殺された。

翌朝、ビニールシートの燃えた異臭と朝靄の漂う中で、焼け出された人々は呆然とキャンプの残骸を眺めた。〈みんなの家〉は地上から消滅した。永遠に。

森の中には、何人かの死体が転がっていた。トロフィムとソフィーヤ、年上のマリーナ。カティアの友達の死体もあった。小銃の台尻で殴られたのか、頭が無残に砕けていた。マリーナは全裸に剝かれて、下半身が血まみれになっていた。

シーラはそれまでカティアが見たこともなかった目で、燻《くすぶ》り続けるキャンプの灰燼《かいじん》をいつまでも見つめていた。


「なぁに見てんだよ、え、あ?」

気がつくと青いビニールの小屋の一つから、垢じみた蓬髪の男がこっちを睨んでいた。

「近頃のガキはまったくよお。あん、おめ外人かあ?」

歯の抜けた男の発音は明瞭には聞き取れなかったが、何を言っているのかは分かる。

自分は常に異邦人なのだ。思い出からも排除される。

「はよ行けってば、食らわっそこんガキャ」

カティアは黙ってその場を後にした。

自分には「務め」がある。シーラから与えられた大事な務めだ。思い出す必要もない思い出と戯《たわむ》れている時間はない。早く次の〈オアシス〉に向かわねば。

9

山形知治《やまがたともはる》。二十八歳、独身。今年の二月一日付で佐々井機械工業を依願退職。理由は一身上の都合。詳しい事情を知る者は本人を除いてすでに全員が死亡している。近所の住民の話では、どちらかというと気弱そうなごく普通の青年であったという。

会社の近くにアパートを借りていたが、退職と同時に引き払い、茨城県牛久市の実家に戻った。しかし五月一日、元職場での皆殺し事案が発生した直後に行方をくらましていた。

五月二日。特捜部と外事四課による捜索の結果、彼の潜伏先はすぐに判明した。青梅市野上町の友人宅に身を潜めているという。

急行した夏川班の三好《みよし》と船井《ふない》が同人《どうにん》を確認し、任意同行を求めると、「やっぱりなあ」とあらかじめ予期していたかのようなことを呟いてあっさりと応じた。青梅署の取調室を借りて聴取したところ、以下の供述を行なった。

「半年くらい前ですかね、ブローカー、東南アジア系の人だと思うんですけど、その人から部品の発注があったんです。そうです、機甲兵装のパワーパックです。その人は何度か工場にも来ました。もうね、あからさまに人目を忍んでって感じでした。名前は知りませんが、社長はマイケルって呼んでました。特徴、ですか？　そうですね……口髭を生やして、腹の突き出たおっさんでした。背は僕よりは低かったです。それくらいしか覚えてません。とにかく、どう考えてもまともな筋じゃない上に、えらく難しい仕事だったんで、社長や専務がどうしようかって相談してたのを覚えてます。でも、ちょうど工場の経営が傾いてた頃だったんで、受けることにしたようです。それに、この注文をこなせるのはウチだけだって自負もあったんじゃないかと思います。向こうもそこら辺は心得てたみたいでしきりとヨイショしてましたよ。ええ、カタコトの日本語で。僕、前にもパワーパック、手掛けたことあるんですけど、今度のはちょっと違うぞと。で、やってくうちに気がついたんです、これはエインセルのパワーパックじゃないかって。それでどんどん怖くなって。だって、どう考えたってヤバイじゃないですか。アレって、紛争地帯で子供乗せたりするんでしょ？　かと言って、僕なんかが口出しできるもんじゃないし、密告とか告発とか、よけいできないし、それでとうとう工場を辞めることにしたんです。その後しばらくは次の仕事を探しながらぶらぶらしてたんですが、ニュースで社長やみんなが殺されたって……もう怖くて怖くて。とにかく家を出て、友達んちに転がり込んだってわけです。警察に行こうかとも考えましたが、実際、僕も製造してたわけだし、なんかの罪に問われたらやだなって」

山形の供述は時を移さず合同本部に報告された。

東南アジア系のブローカー。精密機械部品を扱う。日本の業界事情にも通じている。小太りの短軀。口髭。うまくはないが日本語が話せる。

その特徴と供述をもとに作成されたCG写真はただちに関係各所に回され、照会が行なわれた。

間もなく、警視庁組織犯罪対策部から情報の提供があった。

《照会のあった人物は、フィリピン人ブローカーのマイケル・アコンチャ・カリージョである可能性が高いと思われる》

マイケル・アコンチャ・カリージョ。五十一歳。フィリピン国籍。七年前に日本に入国。貿易商として正規の滞在許可を取得。武器に転用可能な機械部品を中心に扱うブローカーとして組対《そたい》（組織犯罪対策部）でも以前からマークしていたという。

組対から送られてきた写真を、元従業員の山形も確認した。

「この男です。間違いありません」

特捜の夏川班と外四の伊庭らは、すぐさま組織犯罪対策部薬物銃器対策課の森本耕大《もりもとこうた》巡査部長らと合流した。

「お久しぶりっす」

若い森本が持ち前の三白眼で夏川にぶっきらぼうな挨拶をする。それでも以前に比べたら大違いだ。薬物銃器対策課も他の部署と同じく、特捜部に対する偏見と敵愾《てきがい》心に満ちているが、ロシアン・マフィアによる武器密売事案の合同態勢以来、比較的雪解けムードにある。

本庁会議室での打ち合わせの後、夏川らは森本の案内ですぐにカリージョの事務所へと向かった。

清瀬市下清戸。東京都と埼玉県の境に位置する町で、周囲を畑に囲まれた古い戸建ての民家がカリージョの住居兼事務所兼倉庫であるということだった。

要請を受けて先行した東村山署員が、農業用のトラクターに分乗して被疑者宅を密かに監視していた。彼らの話によれば、監視に就いてから出入りした者はないという。

夏川らが東村山署員の話を聞いている間に令状が届いた。すぐさま民家を包囲し、ドアを叩く。返事はない。鍵は開いていた。

夏川と伊庭が顔を見合わせる。次の瞬間、屋内に飛び込んだ二人は、充満する腐臭に顔をしかめた。

遅かった——

二階建ての家のリビングで口髭の小男が死んでいた。五月の陽気で腐敗が進行している。

「カリージョっすよ」

森本が悔しそうに歯噛みする。

他の部屋でもアジア人と見られる三人の男達が殺されていた。立川の佐々井機械工業と同じ手口だ。森本によると、いずれもカリージョの手下であるという。全員の携帯端末が奪われていた。ＰＣや記憶媒体、帳簿の類も残されていなかった。もちろん商品であるパワーパックも。

死体の状態から、殺害されたのは佐々井機械工業の殺しとほぼ同じ時刻であると推測された。『黒い未亡人』は、時を置かずにパワーパックの製造業者と仲介業者を一人残らず抹殺したのである。

「なんて女どもだ」

夏川が呻いたとき、表の方から声が聞こえた。

「夏川さん、ちょっと来て下さい」

リビングの掃き出し窓から覗くと、敷地内に停められていたバンの横から森本が手招いている。

急いで玄関に回って外に出る。森本が白い手袋を嵌《は》めた手でつかんだ携帯電話を差し出した。一見してかなり旧型と分かる。予備として使っていたものか。

「カリージョの車ですが、これ、運転席のマットの下に隠されてました」

電源を入れると、発信と着信の記録がそのまま残されているのが分かった。夏川は携帯を持つ手が興奮に震えるのを覚えた。

まさしく探し求めていた手掛かりであった。

10

――シーラ！

土埃《つちぼこり》を上げながら長い坂道を登ってきたシーラを見つけ、カティアはカボチャの入った籠を置いて走り出した。一年ぶりの再会だった。

――シーラ！　シーラ！

――約束通り帰ってきたわ。

飛びついてきたカティアを、シーラは一年前と変わらぬ笑顔で抱き締めた。

――お帰りなさい。

――ああカティア、そんなにくっついたら、あなたの顔がよく見えないわ。

二人の声を聞きつけて、家の中からガーリャも皺だらけの顔を出した。すり切れたリュックを背負ったシーラは、顔を上げてガーリャを見た。老婆はただ無言で頷いた。

その日の夕食はハチャプリ（ピザ風のパン）とカボチャのスープだった。肉はない。それが精一杯のご馳走だった。

難民キャンプが焼失した後、生き残った人々は強制的にチェチェンに追い返された。武装勢力のメンバーであるとしてフィルターラーゲリ（選別収容所）やその他の施設に送られた人々は、例によって誰一人帰ってこなかった。

シーラはカティアを連れてベルカト・ユルト村のガーリャのもとへ身を寄せた。

ガーリャは、自爆テロの実行犯として死んだシーラの親友スヴェトラーナの母であった。夫と娘を亡くした彼女は、数年前から農家で一人暮らしをしていた。

シーラはカティアをガーリャに託し、自らはチェチェン独立派のムジャヘッドとなるべくジャマートの一つに入隊したのだった。

ムジャヘッドとは、イスラム聖戦士を表わすアラビア語のムジャヒディンを語源とする言葉である。またムジャヘッドは『ジャマート』と呼ばれる各地の部隊を単位に行動している。ジャマートは夫を戦争で失った女性もメンバーとして広く受け入れていた。土着の部族社会と融合したスーフィズムと、より過激なワッハーブ派の対立などチェチェンの宗教事情を利用したロシア当局の分断工作により、チェチェン独立派は組織としては分裂、崩壊状態に陥っているが、各ジャマートはそのまま維持されていた。

——ありがとう、ガーリャ。カティアの元気な顔を見て安心したわ。

食卓で、シーラは改めて亡き親友の母に礼を述べた。

——こっちこそカティアがいてくれて助かったよ。この子は本当にいい子だ。なにしろあたしはもう歳だし、孫ができたようで嬉しかった。できればずっとそばにいてほしいくらいだよ。国連もNGOも、あたし達にはなんにもしてくれやしない。せいぜいがろくでもないパンフレットを届けに来るくらいさ。あんた宛の手紙もあったよ。

立ち上がったガーリャは、恐ろしく古い食器棚の引き出しから、大事に取ってあったらしい封筒やパンフレット類をシーラに手渡した。

——NGOもよくここの住所が分かったもんだね。

——キャンプで一緒だった人達から連絡があるかもしれないから、私の連絡先として登録しておいたの。悪かった？

——別に構わないよ。でもどうせ配達に来るんなら、配給の食料でも持ってきてくれたら……

そこでガーリャは大きく咳き込んだ。カティアは慌てて席を立ち、老婆の背中をさする。

――ありがとうよ、カティア。あたしはいいから、もっとハチャプリをおあがり。

ガーリャはそう言ってからシーラに向き直り、

――見ての通り、あたしには持病があってね、もう先は長くないんだ。

――ガーリャ、そんな弱気……

シーラの気遣いを制して首を振り、

――あたしが死んだら、この子をまたひとりぼっちにしてしまう。短い間だったけど、この子がいてくれて本当によかった。スヴェトラーナが生きて結婚していたら……

こぼしかけた愚痴を呑み込み、ガーリャは真顔になってシーラに問うた。

――それで、あんた、やっぱり行くのかい。

――ええ。

シーラは強い決意の窺える表情で頷いた。

――そうかい。

ガーリャは大きな息を漏らし、

――あたしにはもうしてやれることは何もない。けどね、あたしはいつでもあんたを応援しているよ。あんたがやろうとしていることは、世界中の誰も考えなかったようなことだ。好きなようにおやり。そして世界中に、あたし達のような女がいることを思い知らせておやり。

シーラがやろうとしていること。世界中の誰も考えなかったようなこと。それがなんであるか、カティアにはよく分からなかったが、ガーリャとの別れが近づいていることだけは理解した。

その夜カティアは一年ぶりにシーラと一緒に寝た。そしてまた、夜中に怖い夢を見て泣いた。シーラは以前とちっとも変わらぬ優しさで、カティアを抱き締め、耳許で囁いた。泣かないでカティア。約束するわ。これからはずっと一緒よ。私はいつでもあなたを守ってあげる――

翌朝、二人はガーリャの用意してくれた目立たないブラウスとスカートに着替えた。シーラは背負ってきたリュックの中身を、やはりガーリャの用意したありふれた女物のショルダーバッグに詰め替えた。そして二人は家を出た。

カティアはガーリャと抱き合って最後のお別れのキスをした。ガーリャはもっとたっぷりと抱き合っていたかったようだが、自らの未練を断ち切るように、カティアを突き放して家に駆け戻り、大きな音がするほどドアを強く閉じた。

ムジャヘッドは軍の兵士ではなく、義勇兵であるため、作戦中の敵前逃亡でなければ脱隊も自由である。シーラは自ら志願して入隊し、重火器の扱い方、機甲兵装の操縦法、格闘術、ゲリラ戦におけるサバイバル術など、兵士として必要な技術と知識を身につけて帰ってきた。それに背景の異なる各組織とのコネクションや交渉術も。

カティアを連れてグロズヌイ市街に出たシーラは、トヴェルスカヤ通りの近くにある廃業したホテルを訪れた。

両開きのドアを勝手に開けて中に入ると、ロビーにいた若い男が二人、立ち上がって睨みつけた。

――バスランがここにいるって聞いてきたんですけど……

左手でカティアの小さな手を握ったシーラが、おどおどした口調で切り出す。

――私達には身寄りがありません。イスラム教徒として為すべきことをすると誓いました。ワッハーブ派の集会で聞いてきたんです。バスランなら、アッラーの御許へ行ける手助けをしてくれるって。

男達は虚を衝かれたように顔を見合わせた。

――なんだ、そうか。

振り向いた彼らの顔には、下卑た笑いが浮かんでいた。

――それはいい心掛けだ。こっちに来い。バスランに会わせてやる。

男達は先に立って中央の階段を上がっていった。時折振り返ってはシーラを見下ろしてにやにやと笑っている。カティアは恐怖と嫌悪を感じてシーラの手を強く握り締めた。

二階はいくつもの小部屋に分かれていた。閉ざされたドアの内側から、啜り泣きが漏れ聞こえた。祈りの声、呪詛のような呻き、救いを求める悲鳴、意味不明の絶叫も。皆若い女性のようだった。

ここは一体どういう場所なのか。カティアには見当もつかなかった。

突き当たりのホールで、五人の男達が談笑していた。入ってきた四人に、全員が振り返る。

――なんだ、そいつらは。

太った男が尊大に若い男を質した。

――シャヒードカの志願者ですよ。アッラーの御許に行きたいと。

五人の間から、ほう、という嘆声が漏れた。

みすぼらしい内装に似つかわしい古ぼけたソファの真ん中に座っていた男が、シーラに向かって尋ねた。

――名前は。

――シーラ・ヴァヴィロワ。この子はカティアです。

シーラは男の前にひざまずいた。わけの分からぬままカティアもシーラにならう。

――慈悲深いバスランの評判を聞いてやってきました。

――バスランは私だ。よく来てくれた。イスラムの大義のためにともに戦おう。

敬虔さのかけらも感じられない表情で男は言った。

――おおバスラン、お会いできて光栄です。何から申し上げていいか分かりませんが、とりあえず、あなたに二つだけ質問する無礼をお許し下さい。

――なんだ。

――あなたの同志はここにおられる七人ですべてなのですか。

――そうだが……なぜそんなことを訊く？

それには答えず、シーラは続けた。

――偉大なるバスラン、あなたはスヴェトラーナ・ペトロワを覚えておられますか。

――誰だって？

――あなたがバーブ教徒に売り、遠隔操作で自爆させられた、哀れなスヴェトラーナですよ。

相手が立ち上がるより早く、シーラはショルダーバッグからVz85サブマシンガンを取り出し、男達に向けて掃射した。背後の壁にひとつながりの赤い紋様が横長に描かれる。弾を撃ち尽くしたVz85を捨てると同時にCz75ピストルをつかみ取り、振り向きざま背後の二人を撃つ。若い二人は、隠し持っていた銃を抜こうと無様に慌てふためきながら、ともに頭を撃ち抜かれた。

カティアは驚きのあまり声もなかった。

シーラは死んでいる男達の懐《ふところ》を探って鍵束を見つけると、各部屋のドアを開けて回った。

そして監禁されていた女達を解放し、死体が転がったままのホールに全員を集めて言った。

——私はシーラ。そしてこの子はカティア。私達はともに大切な人をシャヒードカに仕立てられて殺された。薬を飲まされ、無理やり自爆させられたの。あなた達もそうなるところだった。でももう大丈夫よ。悪魔達はこの通り、私が処刑した。あなた達は家族のもとへ帰れるの。

すっかり怯えきって不安そうに話を聞いていた女達の一人が、泣きながら訴えた。

——家族なんてもういない。みんなとっくに殺された。家だってないわ。私にどこへ帰れって言うの。

まだ十代らしい、別の女も言った。

――私はここに売られてきたのよ。母さんは私がどうなるか知りながらお金を受け取った。思ったより安かったと文句さえ言ってたわ。もうあんな家には帰りたくない。帰ってまた売られるだけだわ。

シーラは優しく答えた。慈母の如くに。

――もしあなた達さえよければ、私達と一緒に来て。そして戦うの。もっと多くの女性を助けるために。そして私達をこんな目に遭わせたすべての者達に復讐するのよ。

カティアは驚いてシーラを見上げた――そんなことを考えていたなんて。

――あんた、正気なの。そんなことが本当にできると思っているの。

顔にいくつも青黒いあざを作った女が叫んだ。

――ええ、正気よ。今あなた達が目にしている通り。

シーラはＣｚ75の銃口で男達の死体を指し示した。

――あなたはイスラム教徒じゃないの。

――イスラム教徒よ。でも、女を無理やり自爆させるような酷いことを許している宗派はないはずだわ。

そして女達を見渡して、

——みんなに言っておくわね。帰りたい人、帰る場所のある人は遠慮しないで帰って。だけどもし、私達と同じ思いを抱いたなら、どうか一緒に来てちょうだい。私達は一人でも多くの仲間を必要としているの。

——私達って？

別の誰かが問うた。

シーラは傍らのカティアの肩を抱き寄せた。

——私とこの子よ。

シーラは情報戦に長けていた。振り返ればその萌芽はイングーシの難民キャンプにいた頃からすでに見られた。ジャマートでの訓練期間中にシーラはその才能に磨きをかけ、政治情勢から裏社会の動向に至るまで、さまざまな情報をすくい取るすべを身につけていた。バスランのグループについての情報も、ジャマートでかねてから仕込んでいたものの一部であった。

麻薬の売人で自らも中毒者であるバスランは、若い女を拉致したり二束三文で安く買い取ったりしては、あちこちの組織に〈自爆用〉として売り渡していた。その筋では知られた悪党であったらしい。

カティアの姉ヤヒータを売ったという男は、商売上のトラブルからとっくにマフィアに殺されていた。

しかし同様の悪党はいくらでもいる。シーラはそうしたマフィア、犯罪グループ、武装勢力のアジトを急襲しては、次々に女達を解放し、少しずつ仲間を増やしていった。

そんなことを繰り返していてはすぐに報復されそうなものだが、シーラには〈チェチェン独立闘争の正常化〉という大義があった。

チェチェン国内の宗教問題も、独立派の分断を狙うロシアの思惑に利用された恰好で、かつてはチェチェン人ばかりであった前線の兵士達も、現在ではアヴァル人、カバルダ人、オセット人など、旧ソ連のあらゆるイスラム教徒の少数民族からなる混成部隊に変化している。主戦場もイングーシやダゲスタン、カバルダ・バルカルの山岳地帯に移っていた。『カフカス首長国』をはじめとするチェチェン独立派が、闘争の目的を〈カフカスのイスラム革命〉に変更せざるを得なかったのも以てゆえなしとはしない。

だがシーラは持ち前の調整能力を発揮し、各勢力、各派閥のリーダー達に改めて独立の大義を説いた。もちろん長年の確執が一朝一夕にほぐれるものではない。それはシーラも先刻承知の上である。要は自分達の組織の存在意義を認めさせることができればいいのだ──少なくともこの段階では。

ワッハーブ派には徹底した男尊女卑の教えがあるが、シーラは賢明にもこの点に触れることを慎重に避けた。

パレスチナのシャヒードカは、信仰のためにその身を捧げた英雄として民衆から讃えられるが、その数は決して多くはない。

対して、チェチェンのシャヒードカはあまりに多い。また人々は彼女達について語りたがらない。それどころか忌まわしげに口を閉ざす。彼女達の死が強制されたものであると知っているのだ。またテロ実行犯の家族や親族は、村八分同然に疎外され、忌避される。なぜならテロの実行犯が出ると、軍や警察、それに覆面をした男達がやってきて、親類縁者だけでなく関係ない村の者の家々にまで押し入り、大事な家財道具や金品を根こそぎ没収していくからだ。それは村人達にとって災厄以外の何物でもない。

シーラの掲げる大義と、自爆を強いられている女性を命懸けで救出する行動は、多くの支持を得ることに成功した。シーラの組織は、今やジャマートの有力な新興部隊としての地位を確立していた。もっとも、そのため上部組織に当たるカフカス首長国などからたびたび無謀な任務を押しつけられることにもなったのだが。

厳密に言うと、主に私的復讐を目的として結成された小グループが乱立する情勢下では、高位の指導部など存在しない。しかし、資金や人材の流れを巡る力関係は厳然として存在する。女だけの組織が存続を図るには、複数の大勢力と友好な関係を維持し続ける必要があった。

噂を聞きつけて、仲間が少しずつ増えていった。

シーラは、素人同然というより、素人以前の彼女達に戦い方を指導した。難民キャンプで人道支援団体や国連の職員に改善を訴えていたときのように根気よく。

女達もよくそれに応えた。なにしろ、他人に強制されたのではない、自ら選んだ道なのだから。しかも、かつて誰もが成し得なかった新しい大義がある。女達の解放という大義が。

中にはカティアと同じく年端もいかない少女も含まれていた。だが身寄りもなくシーラを頼って参加した彼女達を放り出すわけにはいかない。チェチェンの孤児院に給付されているはずの予算はその大部分が闇に消え、多くの子供達が飢えに苦しんでいるのが現状だ。

カティアも皆に交じって懸命に学んだ。戦い方だけではない。学ぶべきことはいくらでもあった。世界に対する知識がなければ、戦いには勝てない。シーラはカティアに、熱心に英語を教えた。

自分でも驚いたことに、カティアには語学の才があった。持って生まれたものとしか言いようがなかった。

――ああカティア、あなたにはアッラーの与えたもうた素晴らしい才能があるわ。

そのことに気づいたシーラは感嘆のあまりカティアを抱き締めた。

――私達はこれから世界中のいろんな国の人たちと話し合わなければならない。あなたの才能が役に立つのよ。

それからカティアは、一層語学に励むようになった。シーラはチェチェン国立大学時代の友人に頼んで、いろんな国の語学の教材を手に入れてくれた。勉強はいつだって楽しかった。軍事教練の合間に、カティアはさまざまな国の言葉が吹き込まれたテープをまるで音楽のようにうっとりと聴いた。

シーラの部隊がダゲスタン国境に近い山岳地帯を転々と移動しながら訓練を重ねていたとき、同じく移動中であったワッハーブ派の部隊と遭遇した。彼らは問答無用でシーラ達を包囲し、銃口を向けてきた。抵抗する間もなくシーラ達は武器を奪われ、キャンプの中央に集められた。

――どういうこと？　私達はれっきとしたジャマートよ。

毅然とした態度で抗議するシーラに、片目の潰れた指揮官がグロックを突きつけて言い放った。

――知ってるさ。身のほどを知らねえ頭のいかれた女どもだ。

――私達の行動はカフカス首長国も……

――そんなことは関係ねえ。女は女らしく寝床で男を待ってりゃいいんだ。

下卑た冗談に男達が声を上げて笑った。

――ともかく俺は気に食わねえ。女だけで軍隊ごっこか。笑わせやがる。おまえらが頼りにするお偉方の中にも、俺と同じように考えてる奴は多いと思うぜ。

――何をしようって言うの。

――おまえらが大好きなことさ。

醜悪な薄笑いを浮かべて隊長が片手でズボンのチャックを下ろす。また周囲で哄笑が湧き起こった。

隊長の薄笑いが不意に凍りついた。その首筋に、背後から長剣の刀身が押し当てられていた。

――あんたにはもううんざりだ。ワッハーブ派の全部隊にも。

長剣を突きつけていたのは、大柄で見るからに屈強そうな体格の女兵士だった。頭部は黒いヒジャブで包まれ、野戦服の背には長剣の鞘が覗いている。

――悪いが、ここで除隊させてもらう。

――作戦行動中の逃亡は死刑だぞ。

蒼白になった指揮官が喚く。

――同じムジャヘッドの女達を集団でレイプするのが作戦か。

男達が一斉に女に銃口を向ける。だが、彼らの背後に潜んでいた野戦服の女達が姿を現わした。全員がAK‐47を構えている。

――除隊願いはあんたの血で書いてやるよ。

女兵士が、剣先で指揮官の頭を小突いた。

――冗談だよ。同士を歓迎しようと思っただけだ。

隊長は慌ててグロックを放り出した。

――こっちの除隊願いは冗談じゃない。

――分かった。除隊を認める。

――退職金代わりにあんた達の武器をもらっていく。

――えっ。

指揮官は狼狽した。

――それは困る。武器を取られたら俺達は……

――命があるだけありがたいと思え。

野戦服の女達は男達の武器を取り上げ、威嚇射撃で彼らの足許に向けて乱射した。男達は悲鳴を上げ、ほうほうの体《てい》で森の彼方へと逃げ去った。その滑稽なさまに、シーラの仲間達は声を上げて笑った。

眼光鋭い女兵士は長剣を背中の鞘に収め、シーラに向き直って敬礼した。

――ジナイーダ・ゼルナフスカヤ伍長です。貴官の部隊に入隊を希望します。

彼女の部下らしい六人の女達も、一斉に敬礼する。

――貴官の部隊の話は以前から聞いておりました。自分も部下達も、皆家族を失った身です。入隊資格は満たしているものと考えます。

シーラは微笑んでジナイーダに手を差し出した。

――私達の部隊に階級はありません。皆さんを歓迎します。

二人は固く手を握り合った。一同の間に歓声が上がった。

11

合同本部が電話会社に協力を要請した結果、過去一週間の間にカリージョと頻繁に交信していた相手の記録が判明した。該当する名義人の所在は不明。おそらくは架空名義で、明らかに違法行為に使用されている。

また、相手は現在も同じ番号を使用しており、その発信地点が特定できた。ほとんどが同じ場所から発信されていた。

神奈川県川崎市川崎区、『メイケン・インダストリー』工場跡。

「メイケン・インダストリーは二年前に倒産しており、施設の管理は『枝野《えだの》産業』に委託されている。この業務はさらに孫請けに出されており、実際に管理が行なわれていたかどうかさえも不明。神奈川本部からの報告によれば、閉鎖されているはずの同所に複数の外国人女性が潜伏しているのは間違いないとのことである。同所が『黒い未亡人』のアジトであり、同組織はここでエインセルを含む機甲兵装の組み立てを行なっているものと断定する」

五月三日、午前十時六分。神奈川県警幹部も出席する捜査会議の席上で、沖津特捜部長はなぜか深沈たる声で言った。

「ここに何人が潜伏し、何機の機甲兵装があるのか、まったく不明である。また『黒い未亡人』の計画内容、その決行時期、いずれも未だ判明していない。だが『黒い未亡人』がゴールデン・ウィーク中になんらかの重大なテロ計画を実行に移す可能性は極めて高い。我々は一刻も早くテロリストを確保する必要がある。そこで本庁、及び神奈川県警のSATを中心とした突入作戦を敢行する。特捜部突入班もこれに参加。決行は明日未明の予定。正確な時刻は作戦の詳細が決まり次第通達する。以上」

会議室全体に驚きと疑問のざわめきが起こった。不信と不満の声も漏れ聞こえる。外四の伊庭係長らも驚いて顔を見合わせている。

頷いているのは神奈川県警の関係者だけである。彼らにとって、この突入作戦は事案の端緒ともなった相模原市での大失態を取り返す千載一遇の機会であるからだ。

清水公安部長と沼尻参事官は黙りこくったまま一言も発しない。曽我部外四課長は相変わらずのとぼけ面《づら》を見せている。

「どういうことですか」

まず立ち上がったのは由起谷であった。

普段は口うるさい宮近理事官がなぜかその不規則発言をとがめようともしない。七三にぴっちりと分けられた髪型も心なしか乱れている。

「そんな状態で突入したらどうなるか、専門外の本職にも想像はつきます。とても部長のお考えとは思えません」

沖津は何も答えない。

「それに少年兵の問題です。『黒い未亡人』の未成年メンバーへの対処方針はどうなったのですか」

由起谷の問いかけは肌がひりつくような焦燥感と切迫感とに満ちていた。

技術班の鈴石主任も立ち上がった。

「由起谷主任の言う通りです。現状でエインセルを制圧するということは……それは……それは……」

自分で言い出しながら、鈴石主任はその先をはっきりと口にできなかった。口にすれば、それがもう動かしようのない事実として確定してしまうとでも思ったかのように。

由起谷は突入班の三人が座っている方を振り返った。

「姿警部」

三者三様だが、いずれも内面の一切を窺わせぬいつもの外見を保っている。

「軍人の警部ならお分かりのはずです。これは無謀ではないのですか」

「無謀だね」

はっきりと姿は答えた。

「だったら――」

「それ以上は俺に訊いても無駄だ。なぜなら、俺も知らないからだ。無謀と分かりきってる突入を部長が命じる理由をな。まあ、俺もまったく乗り気じゃないってことくらいは言っておいてやるよ」

神奈川県警の幹部が眉をひそめる。

「各班の主任、及び突入班の三名は私の執務室に来てくれ。宮近君と城木君もだ」

それだけ言って沖津は退席した。宮近と城木はただちに後に従う。

場内のざわめきは一際大きくなった。

三人の部付警部はそれぞれ無言で立ち上がる。

真っ赤になって腕組みをしていた夏川は、由起谷と顔を見合わせ、大きく頷いてから憤然と立ち上がった。

部長室の奥に位置する沖津のデスクの前には、応接用のソファからパイプ椅子まで、さまざまなあり合わせの椅子が乱雑に置かれている。会議室で沖津に指名された面々はそれぞれが手近の椅子に腰を下ろす。

緑は壁際に置かれていた事務用の椅子を引き寄せた。

なにげなく室内を見回すと、曽我部が何食わぬ顔で姿警部の隣に座っている。

そのことに気づいたのは当然ながら緑だけではない。

「あっ、曽我部課長、なんでいるんですか。あなたは呼ばれてないはずですが」

宮近が驚いて退席を促すと、

「え、そうでしたっけ？　変だなあ、呼ばれたような気がしたんだけど」

「呼ばれてませんよ」

「そうですかあ？　でもまあ、いいじゃないですか、ね、沖津さん」

白々しくとぼけながら沖津に向かい、

「ここでみんなに打ち明ける気なんでしょ、無理な突入の理由について。あたしもそれは聞いときたいな。情報の共有が今回のモットーなんだし」

口調は軽いが、その目は一同の胸に重く迫る光を放っていた。名にし負う外四〈馬面〉の真骨頂である。

苦笑しながら沖津が応じる。

「情報なら曽我部さん、あなたの方がお詳しいのでは」

「ところがそうでもないんですよ」

曽我部はいつもの人を食った調子で、

「確かにあたしは上からいろいろ言われて来てますよ。お察しの通りです。そもそも外事って、言ってみりゃあスパイじゃないですか。それくらいやりますよ、普通。ね、そうでしょう？」

周囲に同意を求めている。開き直っているのか本気なのかさえ分からない。

緑も宮近らと同じく唖然とするばかりである。

「それにね、皆さんの前で白状しますが、あたしは沖津さん、あなたがどうにも信じられない。いえ、この際はっきり言っときましょうか。あんたは絶対なんかやってる。人に言えない何かをね。問題はそれがなんなのか、あたしがまだまるっきりつかんでないってことで」

「そこまでおっしゃっておいて、この場に同席させろと？」

「はい、ぜひともお願いします」

沖津にそう答えてから、曽我部は急に真面目な顔になって、

「今度の件に関しては、なんてんですかねえ、どうもいろいろと様子がおかしい。腑に落ちないことだらけでね。いえ、あたしも公務員ですから、上から言われたことは守りますよ。でもね、つまるところ、外四のあたしらに与えられる命令ってのは、平たく言やあテロの阻止でしょ。最終的にそれさえできりゃあ、言いつけを守ったことになる。それがあたしの現場判断でして」

口調こそ砕けているが、曽我部の言う〈現場判断〉の意味はあまりに大きい。それくらいの逸脱が――たとえ明文化されていないとしても――認められねば、インテリジェンスの世界で生き残ることはできないだろう。

曽我部は今、その使命を全うするために、自身が責任を問われかねないリスクを覚悟であえてこの部屋に乗り込んできたのだ。

「分かりました。いて下さって結構です」

沖津は頷いて、愛飲するモンテクリストのミニシガリロを取り出した。

「突入は官房長官と警察庁長官、警視総監、それに国家公安委員長の話し合いによって決められた。曽我部さんがお聞きでなかったのも無理はない。私も清水さんも、会議の直前に総監から指示を受けたばかりだ。この決定は少なくとも私には覆《くつがえ》せない」

「なぜですか。なぜそんな無茶な決定を」

最初に質問を発したのはやはり由起谷だった。城木と宮近はある程度は聞いているらしい。

「第一に、さっきも言った通り、『黒い未亡人』がテロを実行するのは時間の問題だということだ。一刻も早く確保すべきなのは間違いない。この事案は発生時から時間との戦いだった」

「だからといって無謀な突入を――」

反論しようとする由起谷に構わず、

「第二に、工場の敷地内で制圧できれば一般市民への被害は最小限で済む。これもまたその通りだ。なにしろ自爆テロを得意とする相手だからな。幸い周辺は施設や倉庫が多く、住宅は比較的少ない。この判断には一理も二理もある」

沖津は手にしたミニシガリロに紙マッチで火を点け、軽く吸いつけてから、

「第三に、ロシア当局から政府に公式のメッセージが届いたらしい。『テロリストとの勇気ある戦いに敬意を表する』とな。要は〈容赦なくやれ〉ということだ。それを律儀に実行すれば、ロシアとの関係はより強固なものとなるし、実行しなければロシアの不興を買う。大方外交筋の思惑が入ってきたのだろう。これで少年兵に関する議論は封じられた。女だろうが子供だろうがチェチェン人テロリストは皆同じということだ」

「そんな……」

身も蓋もない外交のロジックに由起谷が声を失う。

「第四に……」

そこで沖津は、ややためらってから、思い切ったように言った。

「第四に、まだ隠された理由があると私は推測している。それがなんであるかは、曽我部

さんじゃないが、私もまだつかんでいない」

自分への皮肉を含んだレトリックも気にせず、曽我部は興味深そうに耳を傾けている。

城木、宮近をはじめ、特捜部の面々は一様に直感した——部長が当初から理不尽な命令を甘受していたのは、この第四の理由が関係しているのではないか。

重い沈黙を、さらに重くするかのような皮肉を姿が発する。

「つまり、俺達に選択肢はない、言われた通り死にに行け——というのが突入の説明だってことですか」

「そうなるな」

沖津はシガリロの煙を吐きながら、

「警備部長の酒田《さかた》さんも憤慨していたよ。作戦終了後に辞表を出しかねない勢いだった」

「それでも言われた通りにかわいいSATを突入させる、と。公務員はツライですな」

「確かにつらいが、死ぬのは君達の方だ。私としては、君達をはじめ、警察官の犠牲を極力少なくするよう努めるだけだ。鈴石主任」

「はい」

緊張した緑が立ち上がる。

「申しわけないが、エインセルに関する資料の収集は間に合わなかった。先日のプランをもとに作戦を立てねばならない。技術班の見解を聞かせてほしい」

緑は自分なりに用意していた案を口にした。

「『四号装備』はどうでしょうか。非殺傷兵器のあれならば……」

四号装備とは、ライザ・ラードナー警部専用龍機兵『バンシー』の換装オプションの一つで、本来は哨戒及び索敵用の装備である。複雑に折り畳まれた可変翼の翼面がフェイズド・アレイ・レーダーになっており、レーダーのモードを変えることで、ADS（アクティブ・ディナイアル・システム）に転用可能となる。ADSは電磁波を利用した指向性エネルギー兵器であり、主に暴動の鎮圧等に使用される。電子レンジの原理と同じ誘電加熱で、二、三秒のうちに火傷のような激痛を引き起こし、戦意を喪失させるのだ。

しかし沖津は首を振り、

「問題の施設は鉄筋コンクリート製の上に窓が一切ない。しかも地下室まである。内部の状況が分からない現状では、四号装備は使えない」

「では、神経ガスは」

「エインセルにはNBC防護機能はないが、敵がすでに搭乗済みであった場合、瞬間的な効果は期待できない。また、敵の準備している機甲兵装がエインセルだけとは限らない。写真からの推定だが、リーダーである三人はいずれも身長一七〇センチを越えている。それを考えるとむしろ別の機種も用意されている可能性の方が高い」

確かにその通りだ。エインセルに搭乗できるのは身長一五六センチ以下の者に限られる。それにチェチェンのテロリストは第二次紛争時におけるモスクワ劇場占拠事件の際に、ロシア軍スペツナズによる非致死性ガスＫＯＬＯＫＯＬ‐１の使用を経験している。非致死性と言われながら多くの人間が死んだこのガス攻撃の教訓を、彼らは決して忘れてはいまい。

緑は唇を噛んだ。いくらテロリストとは言え、このままではみすみす未成年の少女達を集中砲火に晒すことになる。しかも彼女達は、薬物等によって洗脳され、操られているだけにすぎない可能性さえあるのだ。

突入まで残された時間は少ない。やはり通常のセオリー通りにやるしかないのか——

「姿警部」

突然の発言に、一同が振り返る。

ラードナー警部だった。

「エインセルのセンサーを潰す具体的なノウハウについてレクチャーを頼みたい」

緑は思わず彼女を見つめる。

いつもと同じ、冷たく虚ろな表情のままだった。しかし今耳にした声には、決然たる意志が感じられた。これまで緑が彼女から感じたことのない類の〈意志〉であった。そのことに動揺を覚える自分自身に緑はとまどう。

「いいだろう」

姿が大きく頷いた。

12

——愛しいカティア。私の大切な娘。この務めを果たせるのはあなたをおいて他にはいない。でもね、私は心配でならないわ。

どうして？　私はちゃんと務めを果たせるわ。これまでもそうだったように。心配しないで、シーラ。

——日本の警察にはね、特捜部という部署があって、裏社会では『キリュウケイサツ』と呼ばれているの。モスクワのヴォルにも怖がっている人は大勢いるわ。

キリュウケイサツ？

——なんでも、警察の龍騎兵ですって。

面白いわ。この前DVDで観た西部劇みたい。

——手強い相手よ。IRFのキリアン・クインを逮捕したのも彼らなの。あなたも知っているでしょう? 北アイルランドの〈詩人〉よ。彼の謀殺の真相は未だに分からないままだけど。

そんなに強いの? ジナイーダよりも?

——分からないわ。ジナイーダだって、油断したら負けるかもしれない。

信じられない。ジナイーダより強い人がいるなんて。

——愛しいカティア。くれぐれも気をつけて。あなたの無事を祈っているわ。

ジナイーダ・ゼルナフスカヤはシャミーリ・バサエフ直系の野戦部隊で訓練を受けた筋金入りの闘士であった。彼女とその六人の部下の加入によって、訓練はさらに本格的なものとなり、部隊は格段に精強の度合を増した。

機甲兵装での格闘戦の際には、ジナイーダは好んで特製の長剣を使用した。三メートル近いその剣の威力は凄まじく、最も厚い正面の装甲越しに斬りつけても剣先がコクピット内部に届くほどだった。たとえ装甲を貫通しなくても、鉄の棍棒で強打するのと同じであるから、コクピット内の搭乗者は圧死する。その剣で彼女はこれまで数多くのロシア兵を屠《ほふ》ってきた。〈剣〉のジナイーダと言えば、イスラム過激派組織の中でも知られた存在であった。

シーラの組織は、こうして強い結束と実力を得た。他人に強制された戦いではない。女達は自らの意志により、死にもの狂いで困難な目標にぶつかっていった。その戦いのさまは、かつてロシア帝国が最も怖れた〈チェチェン人戦士〉の再来を思わせた。

その実力を背景に、シーラは大規模な在外チェチェン人コミュニティのあるヨルダン、トルコ、サウジアラビアなどからの資金のパイプを確保した。また、石油密売の利権を巡ってロシア当局と対立関係にあるチェチェン人実業家グループとも渡りをつけた。資金源を握る者に、表立って抵抗する組織はない。シーラの類いまれな調整能力がこれらの綱渡りとも言える交渉を可能としたのだ。

チェチェン人テロ組織の内状は、主義も思想もない。弱肉強食の潰し合いであり、果てしない権力闘争だ。イスラム過激派組織でありながら、シーラの目的ははっきりしていた――すべては虐げられた女達のために。

いつの頃からか、『黒い未亡人』はシーラの組織のための称号となっていた。

訓練を重ねながらも、シーラは女達の救出を続けた。

グムス川のほとりに、戦災を免れた石造りの古いアパートが建っている。そこはグデルメス一と評判を取る売春宿であると同時に、チェチェン・マフィアのボスの一人であるゴルベンコの隠れ家でもあった。ゴルベンコはチェチェン第二の都市であるグデルメスの人身売買を一手に仕切っていた。

シーラとジナイーダ、それにジナイーダの部下だったヴァレーリヤとナターリヤは、夜の闇にまぎれて裏口からアパートに侵入した。四人ともAK－47を携えている。PSMピストルを持ったカティアも四人の後に続いた。

廊下にいた見張りは、すべてヴァレーリヤとナターリヤがナイフで片付けた。いずれも一瞬の仕事だった。

ゴルベンコがいる部屋は調べがついていた。川に面した一番広くて上等の部屋だ。眺めは最高のはずだが、カーテンはいつも閉ざされたままになっている。

五人が突入したとき、部屋には情報通りゴルベンコと愛人の女がいた。一斉にAK－47を向けた五人に、元警察官で筋肉質のゴルベンコは、笑いながら立ち上がった。

――俺を狙ってる女どもがいるって密告があってな。

同時に部屋全体に飾られたペルシャ更紗の大きなタペストリーの後ろから、さまざまな銃を手にした男達が現われた。全部で七人。密告とは他のジャマートからのものに違いない。

——おまえ達、どうやらあちこちで嫌われてるらしいな。あの女どもを懲らしめてくれっていろんな奴から頼まれたぜ。

ゴルベンコの大物ぶった言葉を遮《さえぎ》るように、愛人の女が前に出た。

興味深そうに五人を見回し、真ん中にいたショートボブのシーラに向かって言った。

——教えてちょうだい、あなたたち、ひょっとして『黒い未亡人』じゃないの。女を助けて回ってるっていう。

——ええ、そうよ。

シーラは素直に頷いた。

——やっぱり。

女はなぜか感慨深そうに呟いた。本来は髪を隠すものであるヒジャブを、後ろにずらした形でごく浅く被っている。そのため、天然の細かいウェーブが入った茶褐色の長い髪がはっきりと見えた。緩やかに波打ちながら左右へと流れる髪は、宗教的権威を含むこの世のすべてを、どこまでも艶《あで》やかに、そして優雅に挑発するかのようだった。

優しげに垂れた女の左右の目尻から、不意に透明なしずくが伝わり流れた。

突然の女の涙に、カティアは混乱した。

呆気に取られている一同の前で、女はゴルベンコに向き直った。そして男の頬にそっと手を差し伸べ、愛おしげに優しく撫でる。愛人の不可解な行動に、ゴルベンコが不審そうに首を傾げる。

次の瞬間、ゴルベンコの喉から鮮血が噴出した。隠し持っていたナイフで喉を一気に切り裂いたのだ。女はそのまま背後の男達の間へ舞うが如くに躍り込んで、鮮やかな手つきで二人の男の頸動脈を切断した。

その機を逃さず、シーラやジナイーダ達が残る五人を射殺する。

すべては一瞬のことだった。

全身に鮮血を浴びた女は、シーラ達を振り返って微笑んだ。女が手にしているのはキンジャール——カフカス固有の両刃の短剣であった。

——これはね、私の家に代々伝わる物なの。ほら、刃に銘文が彫られているでしょう、『我、鋭き風となりて敵を裂かん』。祖先の遺した家訓なのよ。

シーラ達は黙って女の独白を聞いている。

——ここにはかわいそうな娘達がたくさん囚《とら》われているわ。もちろんカティアも。あなた達が来てくれて本当によかった。私一人ではどうしようもなかったもの。ここは今夜限りで店じまいね。

女はシーラ達に向かって歩み寄ってきた。血まみれでありながら、どこまでも艶やかで優美な立ち居振る舞い。カフカスの山中に棲むという魔女の妖気をも感じさせる美しさであった。

――私はファティマ・クルバノワ。あなた達のような人をずっと待っていたわ。私もお仲間に入れてちょうだい。

ファティマは戦士の家系の末裔だった。カティアが山中の魔性を想起したのもあながち的外れではなかった。彼女の持つキンジャールは、何百年も異民族の血を吸ってきた正真正銘の山岳部族の証しである。誇り高い戦士の血筋に生まれながら、夫も家族もすべて失い、マフィアの愛人にされていたファティマは、意外にもカフカスの裏社会に精通していた。うわべは従順なふりをしながら密かに反逆の機を窺って、さまざまな情報を集めていたという。

ファティマから得た情報をもとに、シーラは主だったチェチェン・マフィアとも協定を結び、組織の地盤をさらに強化することに成功した。

屈強の闘士ジナイーダ・ゼルナフスカヤ。

山岳戦士の末裔ファティマ・クルバノワ。

二人の有力な仲間を得て、『黒い未亡人』は完全に生まれ変わった。女だけの先鋭的イスラム武装組織。

誰言うとなく、いつしか大いなる畏怖を以て、ジナイーダは〈剣の妻〉、ファティマは〈風の妻〉と呼ばれるようになった。

シーラ・ヴァヴィロワに与えられた尊称は〈砂の妻〉。

千年の時を過ぎ、千里の道を越え
カフカスの民はカフカスの砂とともに生きる

カフカスに伝わる古謡の一節から採られたものらしい。中東、ヨーロッパ、アジアの中間点に位置し、西欧文化とアジア文化、多様な言語、多様な宗教の入り混じるカフカス。歴史の荒波の中で生きてきた人々の、故郷への思いがそこに謡われている。

砂は普遍であり、また不変である。砂は常にどこにでも在って、流れるままに形を持たず、誰にも捉えることはできない。

そうした事共を悟ったとき、カティアは〈砂の妻〉という尊称が、いかにもシーラにふさわしいもののように思った。

訓練は過酷であったが、カティアにとっては幸せな毎日だった。

カティアの誕生日を祝って、カバルダ・バルカルの山岳キャンプで一夜、皆で焚き火を囲んでレズギンカを踊った。

レズギンカとはカフカスの代表的な民族舞踏で、もとはレズギ人の踊りだが、古くからカフカス全体に広まっている求愛の舞踏である。結婚式などで踊られることが多いが、戦闘舞踏としての側面も持ち、戦いの勝利祈願にも踊られる。

シーラの説によると、手をつなぎ、同じ動作を一斉に行なう集団舞踏は、団結力を強めるのに大いに役立つという。だがカティアにはそんなことはどうでもよかった。誕生日にみんなが自分のために手を取り合って踊ってくれる。それ以上に素敵なことなんてあるだろうか――

麓《ふもと》の廃村で手に入れた古い太鼓を一人が叩き、後の者はあり合わせの板を棒で叩いたり、手拍子や掛け声を入れたりしてリズムを取る。この夜はレズギンカ本来の形式である男女一対の求愛の形式で踊った。男役をジナイーダが、娘役をファティマが務めた。

ジナイーダはいつもの野戦服、ただしヒジャブではなく男物の帽子を被った恰好。ファティマはこれも廃村で手に入れた白地のカーテンを素材にした急拵《きゅうごしら》えの衣装で皆の前に登場した。それだけでいやが上にも盛り上がった。

ジナイーダは誰よりも凜々しく勇壮に、そしてファティマはうっとりするほど可憐でチャーミングにそれぞれの役をこなした。二人とも素晴らしい踊り手で、本当に愛し合う若者と娘のように見えた。とてもジャマートきっての勇猛な戦士とは思えなかった。いや、優れた戦士であるからこそ、その反射神経と筋力で高度な足さばき、体さばきがこなせるのだろう。

そしてカティアは、シーラの発案によるアドリブで、二人を結びつける天使の役で踊りに参加した。拍手喝采、場は沸きに沸いた。

誰もが日頃の苦しい戦いを忘れ、全身でリズムを刻んで民族の踊りに没入した。

カティアにとって、それまでの生涯で最も幸せな一夜であった。

もちろんつらいこともあった。言うまでもなく、戦闘によって仲間を失ったときである。

部隊の創設メンバーであるカティアは、同時に最年少メンバーでもあったが、他にも十代のメンバーは数多くいた。皆心に深い傷を負っていた。そして皆『黒い未亡人』の大義に共感する同志であった。戦場では大人も子供も等しく死ぬ。だがそれは、武装組織である以上、避けられないことだった。その悲しみを少しでも減らすには、自分達の能力をより引き上げるしかない。カティアは他の仲間達とともに一層訓練に身を入れた。そんなカティア達を、ジナイーダはことのほか厳しく、ファティマはこの上なく優しく指導した。

カフカス首長国のルートを通じて第一種機甲兵装『エインセル』の機体が多数手に入ったのは幸いだった。体の小さい女や子供でも訓練次第で大人と同等以上に戦うことができる。一部のイスラム過激派は、女性を無理やり自爆要員に仕立てたように、子供まで強制的に動員してエインセルで戦わせていたらしい。だが、人に強いられた戦いと、自らの意志で臨む戦いとはまったく違う。カティアは、そして仲間達は、本心からそう考えていた。

月日が流れ、新生『黒い未亡人』は、順調に当初の目的を果たしつつあるかに思えた。

あるとき、カティアは三人のリーダーに随行してダゲスタンのマハチカラに赴《おもむ》いた。そこでカフカス首長国をはじめとするいくつかの組織の秘密会合がもたれたのだ。

年少にすぎるカティアは会合には参加できない。現地での護衛も組織の中核メンバーが務めた。

会議が終わった日の夜、マハチカラの安ホテルで、シーラ達三人は暗い面持ちで遅くまで話し合っていた。会議の内容はカティアにも察しがついた。例によって上部組織から無理難題を吹っかけられたのだ。

翌日、シーラは同行していたメンバーに、上部組織から与えられた任務について打ち明けた。

アメリカ、ワシントン・ダレス国際空港の爆破テロ。その実行を命じられたというのだ。

それがどれほど困難な命令であるか、カティアにも想像はついた。

三人のリーダーの結論はこうだった。

――私達が命を捨てるしか方法はないと思うの。

努めて感情を抑えたような口調でシーラは言った。これまで通り、他の組織の露骨な牽制と反発をかわしながら、自分達の理想を貫くためには、この任務を受けるしかないと。

自爆テロ。シーラはそう示唆しているのだ。

大人のメンバー達は皆一様に頷いている。

もとよりカティアはシーラに全幅の信頼以上のものを寄せているし、三人のリーダーの決定に異を唱えるなどという発想はない。

だがそのとき、カティアは自らのうちに、小さな針で刺されるような痛みを感じていた。

それが一体なんなのか、まるで言葉にできないもどかしさとともに。

13

五月四日、午前一時。神奈川県警は、前日の午後九時に開始されたメイケン・インダストリー周辺住民の徒歩による避難をほぼ完了させた。工場跡に潜伏するテロリストに察知されるのを避けるべく、極力物音を立てずに行なう必要があった。他の地域に比べ、夜は無人となる倉庫や工場がほとんどであるのは幸いだったが、近隣の所轄署員総出で各戸をいきなり訪問し、寝耳に水の住民を説得して静かに誘導するのは、相当に困難な仕事である。そのため強制避難地域は最小限に抑えられた。時間と効率を考えてもやむを得ない判断であった。

無人となった街路に、ライトを消した警察車輛が最徐行で展開する。警視庁と神奈川県警警備部の機動隊が、一分の隙もなく被疑者アジトを包囲した。各種の特型警備車をはじめ、高圧放水車、爆発物処理筒車、化学防護車なども配置についている。

現場総指揮官は渡辺正孝《わたなべまさたか》神奈川県警本部長。補佐として満川偉佐男《みつかわいさお》県警警備部長。警察庁からは三沢成人警備課理事官らが幕僚として派遣されている。突入の主役は警視庁SATの第一種機甲兵装『ブラウニー』八機と、神奈川県警SATの第二種機甲兵装『ブーマン』八機である。

際限なく拡散するテロと民族紛争の現状に呼応して、市街地でのＣＱＢ（Close Quarters Battle＝近接戦闘）に特化した軍用有人兵器。機甲兵装と呼ばれる人型のそれは、通常、最初期のコンセプトモデルを受け継ぐ第一種、その発展型第二世代機である第二種、ワンオフで製造された大型機や極端な改造機などを指す第三種に分類される。

神奈川県警の擁するブーマンは、最新型とまではいかないが、警視庁より機甲兵装の導入が遅れた分だけ、より高性能な機種である。搭乗する隊員の士気も高い。

「こちら統括本部、各班、状況を報告せよ」

警視庁ＳＡＴ指揮車輛の中で、渡辺本部長の見守る中、ＳＡＴ隊長の安西勉《あんざいつとむ》警視がヘッドセットのマイクに向かう。

〈突入一班より統括本部へ、配置完了。現在待機中〉

〈こちら突入二班、配置完了。現在待機中〉

もう何度目かの配置確認。突入に向けて、現場の緊張はいやが上にも高まっていく。

特捜部の指揮車輛や龍機兵のコンテナを運ぶトレーラーも配置についていた。ただしＳＡＴの後方である。

特捜部や外事四課の捜査員達も神奈川県警を中心とした包囲網の一翼を担っている。無人となった街に、おびただしい数の機動隊員や警察官が息を殺してひしめいている。いかなる者であっても逃れようはないだろう。

部下十名とともに工場北側の包囲陣に加わった由起谷は、依然屈託を抱えたままの自分を歯がゆく思った。間もなく突入の予定時刻だ。後方とは言え、現場のまっただ中にいる警察官が目の前の状況に集中できないとは。しかしいくら頭から振り払おうと思っても、〈少年兵〉という忌むべき概念は、由起谷の心をじくじくと侵蝕して離れなかった。

このままでは未成年の虐殺という事態になりかねない。だが日本警察はテロの阻止を優先し、少年兵の問題に目を瞑《つむ》った。その判断は決して間違っているわけではないし、警察官である限り、自分は命令に従うしかない。それが警察という組織だ。充分に分かっていながら、由起谷は湧き起こる疑念と焦燥とを抑えきれなかった。

これでいいのだろうか、本当に――

特捜部指揮車輛の中で、緑もまた由起谷と同じ考えに囚われていた。

あまりに時間がなかったためとは言え、少年兵に対してなんら有効な手段を見出せなかった己を恥じる。また日頃から龍機兵の調整に勤《いそ》しむ己をも。

かつて、戦争とは高価で複雑なシステムを必要とするものだった。今は違う。兵器がとめどなく拡散し、小麦粉や石鹸のように僻地の村々にまで流通している。武器が目の前にあると、弱い人、怒りや悲しみの虜《とりこ》となった人は抵抗なく手に取ってしまう。紛争の敷居は際限なく低くなり、歯止めはかかりにくくなる一方だ。この流れは不可逆で、社会は緩慢に、そして確実に破滅へと向かっている。グローバル化した世界にあって、誰もがこの流れとは無関係ではいられない。現に、つい最近まで日本とはまるで無縁のように思えたチェチェンの災厄が、具体的なテロという形になって日本全土に覆い被さっているではないか。

「人類は核爆弾の脅威を社会的爆弾の脅威に置き換えてしまった」と言ったのは誰だったか。実際に機甲兵装の普及は世界の流れを確実に加速させた。それもより悪い方向へと。女性や子供までもが機甲兵装を駆って虐殺に走る。権力者はそれを煽《あお》り、利用する。機甲兵装とはかつて猛烈な勢いで世界に拡散したカラシニコフを継ぐ、あるいは補完する存在であったのだと思う。

家族をテロで失った自分は、ただテロと戦うために警察官になった。それが今になって、ようやく事の本質に気づこうとは。

車内に立ち籠めるシガリロの煙。背中合わせに座っている沖津部長は——この悪魔的人物は――世界というものをどう捉えているのだろう。緑には想像すらできなかった。

頭を振って目の前の各種機器を再チェックする。龍機兵各機の視界映像やセンサーの電子情報、それに搭乗者のステイタスは、いずれもリアルタイムで指揮車輛へと送信されている。

「PD各機、いずれも同期パルス、エコー正常。干渉は認められません」

背後の上司に振り向くことなく報告した緑は、密かに個人的な興味で以てPD3＝バンシーのデータを注視する。

十代の半ばから北アイルランド独立闘争に身を投じたというラードナー警部は、過去の自分と同じ少女兵士の集団を前に、何を想っているのだろうか――

コンクリートの塀に囲まれたメイケン・インダストリー敷地内への出入口は東側と西側の二か所。正面に当たる東側ゲートから警視庁のブラウニーが、裏口に当たる西側ゲートから神奈川県警のブーマンが突入する。特捜部のフィアボルグとバーゲストは警視庁SATの後方、バンシーは県警SATの後方に続く。

周囲の建造物の屋上等から密かに撮影した映像や画像によると、駐車場を兼ねたメイケン・インダストリーの広い敷地いっぱいに、平たく潰された段ボールやビニールシートが各種のゴミとともに散乱して足の踏み場もないほどであった。あまりに汚く不潔な現場の様子に、指揮本部の幹部達は一様に眉をひそめた。確かにまともな管理はなされていない。ホームレスの集団が長期にわたって占拠していたのであろうと思われた。

段ボールだらけの広い敷地を走り抜けて工場施設に到達した部隊は、シャッターを破壊して内部に侵入。特殊閃光弾、新型磁力弾を投擲《とうてき》しながら各個に制圧する。特殊閃光弾は機甲兵装自体には物理的影響を与えないが、搭乗者を攪乱する効果が期待できる。また新型磁力弾は機甲兵装のセンサーに一時的なダメージを与えるために開発されたもので、対エインセル装備としての効果が期待できた。機甲兵装に搭乗していないテロリストが確認できた場合はガス弾、催涙弾を使用し、搭乗を阻止したのち速やかに確保する——それが警視庁、及び神奈川県警のSATが立案し、酒田警備部長、及び渡辺本部長が承認した作戦の概略であった。工場内部のマップはすでに各機に入力されている。

工場西側、県警SATの後方で配置についたバンシーのシェル内で、ライザは姿警部から受けたレクチャーを反芻《はんすう》する。

エインセルのセンサーは胸部への半埋め込み式となっており、そのハウジングがバルジ（ふくらみ）としてさながら人体の頭部のように突出している。弱点であるがゆえに装甲は極めて厚く、細いスリットの奥にセンサー本体がある。

——センサー部の装甲は、いくら龍機兵でも殴ったくらいでは潰せない。取り付いて開口部にナイフを突き入れるか、真正面から大口径ライフルで狙撃するしかないが、こいつもまず無理だろう。

姿警部の言う通り、屋内でのＣＱＢにおいて真正面からの狙撃は不可能だ。それでもアンチマテリアル・ライフルと対機甲兵装用の特殊合金製ナイフは用意してきた。

——後は龍機兵の手で、プラスチック爆薬を直接スリットに押しつけてふさいでしまうしかない。信管をつけておけば、センサーを焼いてしまうこともできるしな。

これも難しいが、龍機兵の運動性能を以てすればやれなくもない。さすがに乱戦の中ですべてに信管を残すのは困難だが、粘土状のプラスチック爆薬でふさぐだけでも有効であるなら、今の場合、戦術として最も適切なのは確かであった。

問題は、これも姿警部の指摘にあった通り、相手の数だ。いくら龍機兵でも、たった三機で多数の相手を行動不能にするなど至難の業だ。しかもＳＡＴが無差別に敵を制圧する前に完了させる必要がある。

バンシーに搭乗した状態で、ライザはイメージトレーニングを反復する。エインセルの機影を発見。接敵《コンタクト》。一気に間合いを詰め敵機を抑え込む。その体勢ですばやくマニピュレーターを伸ばし、頭部スリットにプラスチック爆薬Ｃ‐４を押しつける。エインセルが全身で抵抗する。C－4がずれて剝がれそうになる。センサーは完全に覆われていない。格闘戦に移行。打撃により敵機コクピットを押し潰す。子供が死ぬ。

失敗。脳内シミュレーションは失敗だ。

バンシーのシェル内でライザはじっとりと脂汗を浮かべる。しかしパニックには至らない。永久凍土のような精神力で自制を保つ。失敗は許されない。実戦では完璧に、正確に遂行してみせる。

唐突にライザは強烈な胸の痛みを感じた。

ミリーが笑っている。自分が殺した妹の無邪気な笑み。ロンドン、ウエスタン・アイ病院の遺体安置所。他にも大勢の子供達が死んでいた。人々の啜り泣きが聞こえる。亡者達の呪詛も。

忘れたはずの痛みであった。激しすぎて、恐ろしすぎて、胸の中で凍りつかせるしかなかった痛み。それがなぜ幻痛の如くに甦ったのだろう。

夜目にも鮮やかな純白の機体『バンシー』。その中に幽閉された罪人の慟哭《どうこく》は、世界の誰にも聞こえない。

自分が死ぬのは構わない。むしろそのために日本警察の誘いを受けたのだ。しかし子供はもう殺したくない。たとえテロリストであっても。

十代の殺人者は北アイルランドでは珍しくなかった。自分がまさにその一人だった。どうしようもなく愚かで無知だった。狭い世界から逃れようとして、逃れられない奈落に落ちた。

子供を死に駆り立てる者達を、自分は決して許さない。たとえこの身と引き換えにしようとも、連中は地獄へ連れていく。


午前二時。満川警備部長の合図で、安西隊長が指示を下した。

〈突入せよ〉

東西二か所のゲートを蹴破って、警視庁のブラウニーと神奈川県警のブーマンが突入する。

東側ゲートを固めた一隊の最後尾についていたPD1＝フィアボルグのシェル内で待機していた姿警部が、SATに続いて機体脚部を踏み出したとき――

眼前の敷地内で凄まじい轟音とともに火柱が上がった。

先陣を切って突入したブラウニーが突然爆発したのだ。

衝撃で足許のアスファルトが大きく揺れる。同じ轟音が西側からも立ち続けに聞こえてきた。次いで装甲の一部や外装装備、内部部品、焼けたシートや段ボールなどが一帯に降り注いだ。人体の肉片や細かい血飛沫も。

何が起こったのか、姿はすぐに理解した。隙間もないほど敷き詰められた段ボールやビニールシートは、ホームレスが無造作に残したゴミなどでは決してない。

姿は頭部を包むシェル内で叫んでいた。

「全機動くな！　地雷だ、段ボールの下に対戦車地雷がある！」

指揮系統を無視した通信だったが、とがめる声はスピーカーからは聞こえてこなかった。代わりに、本部に指示を請うSAT隊員達の悲鳴にも似た叫びが耳許で飛び交った。

〈統括本部より各班へ、現状を維持したまま待機〉

本部からはそれ以上の具体的な指示はなかった。

姿は聞く者のないシェル内で大きく舌打ちする。あまりの事態に、本部が迅速な判断をできずにいることは明らかだった。

何が現状を維持だ――

段ボールの上に踏み込んでしまったSATのブラウニー――残存七機は、進むことも退くことも叶わず、いたずらに棒立ちとなっている。文字通りの〈現状維持〉だ。

おそらく西側でも似たような状況に違いない。指揮本部からの指示は依然なし。通信機のスピーカーはもはや意味不明の怒号や悲鳴であふれ返っている。

東側ゲートの外にある機体は特捜部の二機のみ。だが従来機を大幅に上回る性能を誇る龍機兵と言えど、対処のしようはなかった。バーゲストの中で、ユーリも歯噛みしているだろう。最後尾に配置されていても、バーゲストの駿足を生かして真っ先に工場内に突入し、いち早くエインセルの無力化を図るつもりでいたからだ。

中東の砂漠でもアフリカの草原でもない。アスファルトに覆われた東京で地雷とは。段ボールというギミックがそれを可能にしたのだ。どう見てもありふれたただのゴミか廃棄物でしかない。あまりの単純さに誰もそのトラップを見抜けなかった。

紛争地帯で使用される機甲兵装には対戦車地雷を探知し、回避するシステムが搭載されていることが多い。だが、都市部での犯罪対策を前提とした日本警察の機甲兵装に、そのような装備はない。想定外という概念すら超えるほどの事態であった。

いたずらに時間が過ぎる。工場内に潜んでいたテロリストが、機甲兵装に搭乗し、起動させるのに充分な時間が。

このまま立ち尽くしていては、工場内からの狙撃のいい標的になるだけだ。

工場を包囲した機動隊員も、フィアボルグとバーゲストの背後から敷地内の様子をなすすべもなく見守るしかない。万全の態勢で出動したはずの爆発物処理班も、この状況ではどうしようもなかった。

敷地内のブラウニーが一機、独自の判断で腰を屈め、マニピュレーターで足許の段ボールをどかし始めた。下に地雷が設置されていないのを確認し、先へと進む。

「やめろ、触るな」

姿がデジタル通信で叫ぶと同時に、段ボールを持ち上げたブラウニーが吹っ飛んだ。

「馬鹿野郎……」

爆薬の設置技術にはさまざまなバリエーションがある。簡単に突破を許すほど甘い相手ではない。

西側でもやはり同じ状況だった。ブーマンの残存六機が段ボールの地雷原で立ち往生を余儀なくされている。

西ゲートの外にいるライザのバンシーにも、手の施しようはなかった。

突然、銃声が轟き、一機のブーマンが胸部コクピットを撃ち抜かれた。大口径ライフルによる狙撃である。

始まったか――

工場のシャッターが開き、二機の機甲兵装が次第にその全貌を露わにする。

投光器の眩《まばゆ》い光が一斉に敵機に向けて浴びせられた。

標準的な機甲兵装よりも明らかに小さい機体——エインセルだ。

だが、サーチライトによってくまなく照らし出された機体の異様なありさまをまのあたりにして、警官隊は、そしてライザは、完全に声を失った。

暗緑色を主体とした横縞系リザード迷彩。その両肩に155㎜砲弾とおぼしきものが一本ずつ固定されている。さらに前面の胸部にも一本。いずれも先端の信管部からコードが延びているのが視認できる。155㎜弾頭を改造した爆弾であった。

予想できないことではなかったはずだ。しかし、それでも想像を絶するとしか言いようのない異形であった。

〈自爆仕様〉の機甲兵装。

これと格闘しようという兵士は世界中のどこにもいまい。乗っているのは当然身長一五六センチ以下の女か子供だ。爆弾が一個でも起爆すれば全部が誘爆する。

指揮車輛でも、そして同じく中継されている霞が関でも、関係者の全員が息を呑む音が聞こえるようだ。

二機のエインセルが西ゲートに向かってジグザグに走り出した。地雷原のマップが入力されているのだ。

爆弾を抱えて疾走する機甲兵装を、敷地外に出したら取り返しのつかないことになる。

どういう形で制圧しようと、民間人への甚大な被害は避けられない。

ライザは反射的にバンシーの左マニピュレーターに固定していたアキュラシー・インターナショナルAS50アンチマテリアル・ライフルの銃口を向け、照準を合わせた。

だが、撃てない。コントロール・グリップ先端のトリガーにかけられた指が動かない。

〈死神〉と呼ばれた自分の指が。

立ち尽くしていた五機のブーマンが、把持していたM82A1でその場からエインセルに向けて一斉に発砲する。

一機のエインセルに命中。被弾した機体は全身に背負った爆弾とともに大爆発を起こした。爆風とともに飛散した無数の細かい破片が、周辺の機甲兵装全機に横殴りの豪雨のように叩きつけられる。その直撃を受け、全身に突き刺さった弾殻でハリネズミのようになった二機が行動不能に陥った。全センサーや外装駆動系をやられたのだ。搭乗員の生死は不明。

真上にエネルギーが集中するよう作られた対戦車地雷と違い、榴弾とは火薬の爆発そのものよりも、爆発により破砕された金属製の弾殻を高速で飛散させることに主眼を置いた武器である。爆風や熱ももちろんだが、それらは距離が離れるにつれて急激に減衰するのに対し、破片はかなりの遠距離まで殺傷力を維持する。

ゲートの外に佇立《ちょりつ》していたバンシーの機体も爆風に揺らぎ、装甲に破片が食い入った。

残る三機のブーマンは発砲を続けている。システムが生きているらしい。エインセルは大口径弾をかいくぐり、ゲート目指して疾走を続ける。たちまち全弾を撃ち尽くしたブーマンに弾倉を交換する時間はない。

爆弾の塊となったエインセルがこちらに向かって突進してくる。ライザの目には、それが自分にとっての運命の〈死神〉であるかに見えた。

終わるのか、これで――ミリー。

そのとき、段ボールの上を走ってきた一機のブーマンが、横からエインセルに猛烈なタックルを食らわせた。

鋼鉄がぶつかり合う軋みを上げて、もつれ合った二機が段ボールの上を転がる。

我に返ったライザは、咄嗟にバンシーの機体を横跳びに跳躍させ塀の陰に伏せる。

爆発が起こり、二機が跡形もなく消し飛んだ。全機のシステムが死にかねないほどの衝撃が闇を揺るがす。

名も知らぬ県警SATの隊員が、我が身を犠牲にしてエインセルが敷地外に出るのを食い止めたのだ。

怯むことなく、さらにもう一機のエインセルが続けて走り出てきた。それを止めようと左右から残る二機のブーマンがつかみかかる。シャッター奥からの牽制の狙撃も、足許に隠された地雷も恐れずに。一機はエインセルに到達する前に地雷を踏んで大破したが、もう一機はゲートの寸前でかろうじて背後からエインセルを押し倒した。

同時にまたも大爆発が起こり、衝撃が夜を裂いてアスファルトに大穴を穿った。バンシーは襲い来る高密度の破片を避けるのが精一杯だった。敷地を取り囲むコンクリートの壁はすでにあちこちが崩壊している。

機体の状況を確認。前部装甲にガタがきているが、システムに大きな問題はない。深呼吸をして、ゲートの前に飛び出し、周辺の段ボールも吹き飛んだ大穴まで一気に跳躍した。

シェル内でライザは呟く――〈死神〉の帰還だ。

シャッター内部からの狙撃が腰部装甲を掠める。C-4爆薬を詰めたショルダーバッグ状の背嚢《はいのう》のベルトが空中で断ち切られ、粘土に似た爆薬の塊が転げ落ちる。拾っている余裕はない。

識別装置作動。相手はエインセルではなかった。第二種機甲兵装『ルーダック』。外装式アダプターでマニピュレーターに固定したゲパードM2を、腹這いの体勢で連射している。北カフカスの武装勢力がよく使う機甲兵装だ。大人が乗っているとは限らないが、少なくとも爆弾は背負っていない。

思い出せ。ウエスタン・アイ病院の死体安置所。自分は直視したはずだ。己の底知れぬ罪業を。警視庁と契約したとき、覚悟はすでに決まっていた。ならばすべてを受け入れろ。

着地と同時にＡＳ50を連射する。腹這いになったルーダックは背中にいくつも弾痕を穿たれて沈黙した。

これまでの爆風で吹き飛んだ段ボールの間を軽やかに跳び伝って、バンシーは工場内に突入した。

東ゲート――すでに二機のブラウニーが工場内からの狙撃によって破壊されている。残存するブラウニーは四機。

シャッターの内側から飛び出してきた二機のエインセルがやはりジグザグに走りながら突っ込んでくる。

塀の右側に身を隠した姿俊之のフィアボルグが、たすき掛けにしたホルスター兼用のマガジンベルトから背中のバレットＸＭ１０９ペイロード・ライフルを抜く。フィアボルグの巨大な掌底部から伸びた内装式アダプターが、人体サイズのライフルのグリップを固定し、その細長い先端がトリガーに掛かる。その間にも敵の狙撃による弾痕がコンクリートの壁に次々と大穴を穿つ。

同じく塀の左側に隠れたユーリのバーゲストも、肩に吊ったホルスターからKBP O SV‐96を抜いている。

アーマメントAMR。マニピュレーター・ガンモード。照準システム、オール・グリーン。

門の陰に身を隠すようにして銃口を突き出したフィアボルグとバーゲストがアンチマテリアル・ライフルを連射する。爆弾を背負った二機のエインセルが同時に大爆発を起こして消滅した。無数の破片がコンクリートの塀や遠く離れた建造物の壁を穿つ。

フィアボルグはさらにシャッターの奥に潜むルーダックにも立て続けに25㎜徹甲弾を叩き込んだ。敵の銃火が沈黙する。

〈放水車は全車ゲート前へ移動〉

通信機から早口の指示が聞こえた。統括本部、満川警備部長の声だった。ようやく対策を思いついたらしい。

すかさず高圧放水車が前に出る。

〈全車放水開始〉

合図とともにノズルから一斉に強烈な勢いで放水を開始する。敷地を埋め尽くした段ボールが高圧水流で次々と弾き飛ばされていく。何度か爆発が起こったが、無数の対戦車地雷が隠された顔を出し、その位置を露わにした。

〈統括本部より各機へ。ゲートまで後退して敵機の狙撃体勢に移れ。一機たりとも敷地外に出すな〉

満川の指示は聞こえたが、バンシーはすでに工場内に入っていた。

「PD3より本部、目標内に侵入」

デジタル暗号通信で特捜部の指揮車輌に報告する。特捜部も当然統括本部の指揮下にあるが、龍機兵の運用に関しては沖津の現場判断の余地がある。明文化された規則ではなく、事実上の黙認に近いものではあったが。

〈本部了解。PD3は西側から敵を挟撃せよ〉

沖津はすぐに頭を切り換えたようだった。

左マニピュレーターの内装式アダプターを開放し、弾を撃ち尽くしたAS50を放棄する。予備の弾倉はあるが、狭所での戦いにはライフルは不利だ。右マニピュレーターを伸ばし、バンシーの右大腿部にテープで貼り付けていた細身の特殊合金製ナイフを引き剝がす。細身といっても人間用に比べると相当に太い。

右手にナイフを構えた恰好ですばやく移動する。かつて〈猟師〉と呼ばれたＩＲＦの処刑人が好んで使用していたナイフに似ているが、そんなことは今さら気にもならない。

広大な内部は複雑に配置された大型の機械類が錆の浮いたまま放置されており、さながら鉄屑の森と化していた。北カフカスの魔女達が潜む森だ。そして魔女に魅入られた子供達もこの中で迷っている。

バンシーが奥へと進むにつれ、捜索済みの範囲は順次上書きされ、マップが更新されていく。

埃の舞い立つ廃墟を疾走しながら、ライザは懸命に考えを巡らせる。自爆仕様のエインセル。あれが相手では、たとえ手許にプラスチック爆弾が残っていたとしても第二案は実行不可能だ。もちろん第一案も。起爆システムは不明だが、搭乗者を殺傷せずにエインセルを無力化することはできない。となれば、後は自爆仕様のエインセルがもう残っていないこと、もしくは残っていてもまだ乗員が未搭乗であることを願うしかない。

警告音。シェル内壁のＶＳＤ（多目的ディスプレイ）に敵影を示す赤いシンボルが表示される。ルーダックが二機。それぞれ左右の廃棄されたボイラーと冷却器の陰に潜んでいる。

モード変更、フル・スレイブ。二機のルーダックが飛び出してくるのと同時に、バンシーはコンクリートの床を蹴って跳躍していた。

廃冷却器のそばにいたルーダックがマニピュレーターに装着したゲパードのトリガーを引くより先に、上空から躍りかかったバンシーのナイフが相手の首筋にあたる装甲の隙間からほぼ垂直にコクピットを貫いている。

ナイフをすかさず引き抜き、すぐ前の巨大な冷却器の側面を斜めに駆け上がる。ボイラーの陰にいたもう一機のルーダックが発砲してくる。その12・7㎜×108弾は仲間のルーダックを破砕し、バンシーの軌跡を追うように冷却器にいくつもの弾痕を穿つ。冷却器を蹴って虚空へと身を躍らせたバンシーは、空中で機体を捻り、ゲパードを撃ち続けるルーダックの眼前に着地する。

従来型の機甲兵装では到底あり得ない驚異的運動性能。これを可能とする龍機兵の中枢ユニット『龍骨《キール》』は、搭乗者の脊髄に埋め込まれた『龍髭《ウィスカー》』と一対一で対応している。バンシーのセンサーが捉えた背後の敵の〈気配〉に龍髭が反応し、ライザが思考する前の反射的行動を龍骨にフィードバックしたのだ。

敵機はまるで驚愕に凍りついたかのように停止している。バンシーは相手の首筋からゆっくりとナイフを引き抜いた。内部の搭乗者の血が刃先から滴り落ちる。

目の前で停止しているルーダックを〈死神〉は冷ややかに見つめる。灰色の単色塗装が施された機体。〈ルーダック〉とは襤褸《ぼろ》をまとった女の悪霊の名であると云う。

おまえ達にふさわしい名だ――

不意に警告音が鳴った。背後に新手が一機。

ライザは瞬時に振り返った。

いつの間に接近したのか。エインセルでもルーダックでもない。識別装置の結果がディスプレイにオーバーレイ表示される。

第二種機甲兵装『ヌアラ』。背中に剝き出しで背負った剣の柄を右マニピュレーターで握り、ゆっくりと引き抜く。機甲兵装サイズとしてもあまりに巨大な長剣であった。三メートル近くはある。狭所であるにもかかわらず、あえて規格外の長剣を使う自信と余裕。

〈剣の妻〉か――

理屈ではない。バンシーの白い装甲を通して、ライザは相手の発する強大な闘志のようなものを明確に察知した。

露わとなった対戦車地雷を回避して、三機のブラウニーがようやくゲートの近くまで辿り着いた。残る一機は榴弾の破片を全身に浴びて行動不能となっている。

アンチマテリアル・ライフルの銃口を工場の方に向けたフィアボルグとバーゲストが三

機の帰還を掩護する。

バレットを連射していた姿は工場入口の陰で何かが動くのに気づいた。機甲兵装だ。しかし腕の一部しか見えないため機種までは識別できなかった。

「気をつけろ」

デジタル通信でユーリに注意を促す。

二機が銃口を向け直したとき、片腕だけの相手はこちらに向かって何かを投げつけてきた。

ブンと唸りを上げて飛来する、細長い黒い物体。投光器のサーチライトを一瞬横切ったとき、姿はそれが155㎜弾頭であると悟った。一〇キロを軽く超える弾頭を改造して手榴弾として使っているのだ。

「伏せろ！」

姿の警告は完全には間に合わなかった。最後尾のブラウニーはまだゲートの内側だ。その足許に落下した爆弾は、ブラウニーを粉微塵《こなみじん》に吹き飛ばした。強烈な爆風がゲート周辺のコンクリート塀をもなぎ倒す。二機のブラウニーはかろうじて身を伏せて難を逃れたが、狙撃のため配置されていた多数の機動隊員が散弾の雨に晒されたように全身を引き裂かれた。

二発、三発。敵機――識別結果ルーダック――はさらに榴弾の投擲を続ける。

濛々たる粉塵が立ち籠める中、猛烈な勢いで接近してくる機甲兵装の足音が聞こえてきた。足音は少なくとも三機以上。混乱に乗じて脱出を図る気だ。

〈周囲に構うな。機甲兵装の脱出阻止に専念しろ〉

通信機から激昂した満川の指示が下る。

視界はないに等しく、熱と爆風で自動照準システムがエラーを起こす。立ち上がったフィアボルグとバーゲストは、集音システムを通して聞こえる足音を頼りに、粉塵に向かってアンチマテリアル・ライフルを撃ち込む。手応えはなかった。

「来るぞ」

フィアボルグが眼前の粉塵に向かってバレットXM109を構え直したとき、頭上の白煙を割って巨大な影が躍りかかってきた。

上か――

咄嗟に後ずさって上空からの第一撃をかろうじてかわす。だが敵機のナイフによってフィアボルグが手にしたライフルの銃身はすっぱりと両断されていた。

姿はバレットを捨てるため右マニピュレーターのアダプターを開放しながら左マニピュレーターで腰のサックから愛用の黒いアーミーナイフを抜く。その間にも敵機は大きく踏み込んで第二撃、第三撃を繰り出してくる。こちらに体勢を立て直す隙を与えない見事な連続攻撃だった。

ユーリのバーゲストがこちらの掩護に回ろうとしたとき、その四〇メートルほど後方で破壊された塀の残骸を踏み越えて別の機体が現われ、密集した警察車輛の合間を縫って逃げ去った。

〈PD2はただちに追跡、捕捉次第制圧せよ〉

〈PD2了解〉

バーゲストはすぐさま踵を返し、逃げた敵機の追撃に移る。

姿はようやくアダプターから外れたバレットを敵に投げつけ、逆襲に転じた。熟練した姿のナイフを、敵のナイフは真っ向から受けて一歩も退かない。それどころか、刀身に独特の意匠が施された敵のナイフは、歴戦の姿も見たことのない妖しい動きでフィアボルグを圧倒した。

敵機――第二種機甲兵装『ヌアラ』が手にしている両刃のナイフは、話に聞くカフカス伝統の短剣〈キンジャール〉のスケールアップ・コピーだろう。

〈剣〉か〈風〉か、それとも〈砂〉か――この強敵が三人のリーダーの一人であることに疑いの余地はない。予想以上の使い手だ。一瞬でも集中力が途切れたら間違いなく死ぬ。

閃いた長剣が唸りを上げて縦横にバンシーを襲う。その先端が周囲の機械群に触れて火花を散らすが、ヌアラは気にも留めていない。特殊合金を打ち出した恐るべき剛剣だ。バンシーの運動性能を以てしても紙一重でかわすのがやっとである。バンシーの右手にあるナイフでは攻撃の間合いにおいて圧倒的に不利だ。

ヌアラは手にした剛剣を軽々と操っている。特製のプログラムをインストールした上で、機体各部を強化、調整しているのだ。

上段から振り下ろされた長剣が、一転、下段から薙ぎ上げられた。端倪《たんげい》すべからざる高度な技だ。龍骨－龍髭システムのフィードバックによって敵の鋭い切っ先をかわしたバンシーは、その機を捉えて相手の懐に飛び込んだ。右手のナイフで胸部装甲の隙間を狙う。

相手はすばやく身を捻った。バンシーのナイフは敵装甲の表面を削るにとどまる。だが同時に、バンシーは左の前腕部装甲に固定された鋼鉄の手槍を叩きつけるように突き出した。

ナイフの攻撃は言わばフェイント。その一撃が狙いであった。

渾身の勢いで繰り出された手槍がヌアラの腹を貫くかに見えた瞬間。

敵は右脚部でバンシーを蹴って突き放した。そしてすかさず長剣を横薙ぎに払う。バンシーはのけ反るようにしてかわしたが、左の手槍は拳のすぐ先で両断されていた。

後方に突き飛ばされながらもライザは反射的に右手の手槍を発射する。両の手槍は、溶接されたものと見せながら、相手の隙を突いて射出する隠し武器でもある。だが至近距離から射出された鋼鉄の杭を、敵は咄嗟に空いている左腕を犠牲にして防ぎ止めた。

まさに〈剣の妻〉。まるで剣の精に生命を捧げたかのようなその圧倒的実力に、〈死神〉と呼ばれた北アイルランドの元闘士は戦慄する。

そのとき、東側から立て続けに爆音が聞こえてきた。

エインセルの自爆攻撃か――

状況は不明。しかしそれが合図であったかのように、ヌアラは左腕を手槍に貫かれた状態のまま、右手の長剣を振り回し、周囲の鉄柱やパイプを切断し始めた。たちまち崩壊した大量のダクトや大型の機械類が、雪崩《なだれ》となってバンシーの頭上に降りかかった。

未だ晴れぬ粉塵の合間から、さらに三機目の機甲兵装が飛び出した。爆弾を載積したエインセルだった。

こいつが本命か――

今度は残るブラウニー二機がただちに追撃を開始したが、散々爆風にやられた機体の足取りは見るからに不安定だ。システムが生きているだけでも幸いと言えるのだが、本来の走行速度の五〇パーセントも出てはいまい。すでに甚大な被害が出ているというのに、あのエインセルが街中で自爆したら、最悪の大惨事となる。

だが姿は目の前のヌアラに釘付けになっている。

フィアボルグとヌアラの間でナイフが高速でぶつかり合い、激しい火花が飛び交う。人体の反射速度の限界に近い領域での鍔迫《つばぜ》り合いだ。ナイフによる格闘術をこれだけ使える者はベテランの兵士の中にもそうはいない。

フィアボルグのシェル内で、姿は魔女の含み笑いを聞いたように思った。

ユーリの追った機甲兵装は第二種のルーダックだった。榴弾を投擲していた機体だ。視認できる限りでは爆弾は載積していない。通りを埋め尽くした警察車輛の間を巧みにすり抜け、住宅のある地域へと向かっている。

特捜部の保有する三体の龍機兵の中でも、バーゲストは最も俊敏な脚力を誇る機体である。猟犬さながらに地を蹴って疾駆した漆黒の機体は、何度か交差点を曲がったのち、五〇メートルほど前方に逃走中のルーダックを捕捉した。

立ち止まって手にしたOSV‐96を真っ直ぐに突き出す。スコープ、バイポッドなどのオプションがすべて外され、銃身とショルダーストックが短く切り落とされた機甲兵装用近接戦闘仕様。大口径のアンチマテリアル・ライフルであるはずなのに、バーゲストの手の中にあるとまるで拳銃のように見える。銃身は極端に短いが、その分照準システムには入念な調整が施されている。

灰色の被衣《かつぎ》をまとったようなルーダックの背中に向けて照準を合わせる。

発砲。ルーダックは前のめりに倒れ、活動を停止した。

「PD2より統括本部へ。逃亡中のルーダックを制圧」

〈統括本部よりPD2、現在爆弾を載積したエインセルが一機、北西方面に向かって逃走中。大至急向かわれたし〉

エインセルの現在位置を示すデータが転送されてくる。一目見てユーリは息を呑んだ。

即座にバーゲストを方向転換させ、猛然と走り出す。

エインセルの向かっている先には鶴見線の線路があった。

バンシーが瓦礫の下から起き上がったとき、長剣を持ったヌアラはすでにその場から消えていた。

エインセルが鶴見線の方へ逃走中だという通信は聞こえている。

相模原での最初の事案と同じだ。エインセルは仲間を逃がすための囮《おとり》でしかない。列車の線路が爆破されれば動員された警官隊の大部分はそちらに向かわざるを得ない。それでなくてもすでに多くの警察官が死んでいる。子供の自爆による騒ぎに乗じて、大人の幹部達は悠々と脱出するという手だ。

工場内にはもうなんの気配も残っていない。自爆用のエインセルも、現在逃走中のものが最後だろう。

〈統括本部よりPD3、聞こえるかPD3〉

安西隊長の声。神経に障る。

「こちらPD3、聞こえている」

〈ただちにエインセルの追撃にかかれ〉

今からでは到底間に合うまい。

「PD3了解、エインセルを追跡する」

フィアボルグとヌアラはナイフによる壮絶な格闘戦を続けていた。絶え間なく散る火花が夜目に眩しい。まるで両機の間に電流が流れているかのようだった。互いに惹かれる殺意の流れ。ごく短時間で、双方の装甲は傷だらけになっている。

伯仲する両機の間に、爆風で折れた電柱が倒れかかってきた。双方が同時に後ずさって避ける。

その機を逃さず、姿がシフト・チェンジに移ろうとしたとき——

〈統括本部よりPD各機へ、なんとしてもエインセルを食い止めろ〉

安西の悲鳴に近い声が聞こえてきた。

放水車の屋根に食い込む形で倒れている電柱の向こうで、ヌアラが笑ったような気がした。そして二、三歩後ずさり、身を翻してパトカーの残骸と警察官の死体が転がる夜の道路を走り去った。

姿はやむなくフィアボルグをヌアラとは反対の方向へと向けた。

「PD1了解」

統括本部では最悪の事態に恐慌をきたしていた。それでも総力を挙げて各所に指示を下す。JR東日本に連絡して列車の運行について確認。幸い真夜中のため列車は運行していない。また近隣の警察署には沿線住民の避難誘導に当たるよう命じた。だがそもそも一帯の警察官はすでに工場の包囲網に動員されている。何もかもが後手に回っていた。

工場の周辺を包囲していた警官隊は、逃走する機甲兵装をなすすべもなく見送るしかなかった。下手に前に出れば踏み潰されるだけである。道路を封鎖した警察車輛も玩具のようにたわいなく蹴り転がされるか、軽々と飛び越えられている。各建造物の屋上に配置された狙撃班が一斉にライフルで狙撃するが、効果はなかった。彼らの持つM1500には機甲兵装に対するストッピング・パワーはない。アンチマテリアル・ライフルを支給されていた狙撃要員は工場周辺に重点的に配備されていたため、榴弾の爆発により壊滅的な被害を受けていた。

受令機で通信を傍受した由起谷らは蒼白になった。自分達の配置されている位置に近い。各自拳銃を携帯しているが、到底機甲兵装を止められるものではない。

それでも由起谷は部下を指揮してエインセルの向かっている方向に駆け出した。

すぐに前方から杭打ち機のような機甲兵装の足音が聞こえてきた。

最初に追いついたのはバーゲストだった。走りながらOSV‐96を向ける。だが撃てなかった。

エインセルの走る細い道沿いに並ぶマンションのベランダに人影がいくつも見えた。そこはすでに想定された包囲網の外である。真夜中の爆発音に驚いて起き出してきたのだ。今狙撃すれば、榴弾の破片を受け左右のマンションで大勢が死ぬ。

その間に道を抜けたエインセルは、フェンスを踏み越え、鶴見線の線路に侵入した。列車の接近は認められない。

エインセルは線路を越えてその先の住宅街に入る可能性もある。そうなったらそれこそ取り返しがつかない。

やるなら今しかない――

ユーリはOSV－96の照準を合わせる。

ディスプレイのサイトの中で、一瞬、エインセルの機体とまだ見ぬ少女のイメージが重なった。意志の力を総動員してそのイメージを頭から振り払う。躊躇する理由はどこにもない。自分はすでに工場でエインセルを撃破している。この手はもうとっくに汚れているのだ。

トリガーを引く寸前、線路の真ん中でエインセルが自爆した。

脳髄を貫くような爆発音が轟き、周辺の建造物の窓が一瞬で破砕される。飛来した破片のいくつかがバーゲストの装甲を打った。立ち籠める粉塵の中、線路がすり鉢状に広がる大穴で寸断されているのが見えた。

遅れて到着したフィアボルグもバンシーも、降り注ぐ粉塵を浴びながら線路脇に立ち尽くすのみだった。

その爆発音を、由起谷らはごく近くで聞いた。路地を走っている最中だった。鼓膜が破けたかと思える轟音。そして全身の細胞が攪拌《かくはん》されるような衝撃に足がよろめく。迂闊に線路脇に飛び出していたら、榴弾の破片を食らっていたかもしれない。

実際に周辺の家々から悲鳴や助けを求める声が聞こえてきた。由起谷は無線機で状況を報告し、部下達と手分けして住民の救助に当たった。

あたりはすぐに野次馬であふれ返った。道路を封鎖し、交通を規制すべき警察自体が、どうしようもない混乱に陥っていた。わけも分からず動員された警察官達に対する指令系統は一本化されておらず、混乱に拍車をかけた。しかし彼らの多くは各々が主体的判断で救助活動に加わった。

喧噪の渦巻く中、押し寄せる人々に対し声を嗄《か》らして整理に当たっていた由起谷は、群衆の中にネイビーのキャップを見たように思った。

はっとして振り返ると、チャコールのフードジャケットを着た小さな人影が身を翻し、人混みにまぎれて姿を消した。

「おい、君！　そこの君！　待ってくれ、君は！」

すぐに大声で呼びかけたが、その声は押し寄せる群衆の怒号に呑み込まれ、由起谷自身の耳にも届かなかった。

逃走した二機のヌアラは、いずれも現場近くの路上で放棄されているのが発見された。両機とも長剣や短剣を装備したままであった。もとより三・五メートルを超える巨体のまま逃げきれるはずがない。被疑者達は通りから引っ込んだ路地裏や倉庫の陰で機甲兵装を降り、近くのコインパーキングにかねて駐車してあったミニバンやセダンに乗り換えて悠然と逃亡したのだ。当夜の現場周辺には多数の警察官がいたにもかかわらず、また実際に外国人女性が機甲兵装から降りるところを目撃していた住民がいたにもかかわらず、彼女達は慌てる素振りも見せずに堂々と行動している。その度胸と計画性には誰しも驚くよりなかった。目撃者の証言や街頭の防犯カメラの映像などから、長剣を装備した機体の搭乗者は〈剣の妻〉ジナイーダ・ゼルナフスカヤ、短剣を装備した機体の搭乗者は〈風の妻〉ファティマ・クルバノワと特定された。

この二人のリーダーの他にも、混乱に乗じて脱出した『黒い未亡人』メンバーが複数いたものと推測される。工場を囲む壁はあちこちが爆弾によって破壊され、どこからでも抜け出せる状態であった。また鉄壁の包囲網を敷いていたはずの警官隊は、機甲兵装による自爆攻撃という想定外の事態に直面し、逃走者を追うどころか、脱出に気づくような状態ですらなかった。彼女達も二人のリーダーと同様、用意してあった車を使ったか、もしくは徒歩で現場から離脱したものと思われた。

突入作戦は単に大失敗という以上の衝撃を関係者、いや日本の全国民にもたらした。警視庁、神奈川県警ともにSATの機甲兵装はほぼ全滅。機動隊員の死傷者多数。一般市民にも甚大な被害があった。行楽シーズン真っ最中の大惨事が、日本経済に大きな打撃を与えるであろうことは容易に想像できた。

酒田盛一《もりかず》警備部長は即日警視総監に辞表を提出したが、総監はそれを預かりつつもテロリストの検挙とテロ計画の阻止に全力を尽くせと一喝。安西勉SAT隊長ともども進退は事件解決まで保留とされた。

作戦終了の直後、龍機兵から脱着して特捜部の指揮車に集まった三人の部付警部に対し、緑はかけるべき言葉を見出せなかった。

彼らはその夜、子供を殺した。警察官として。

エインセルはいずれも粉微塵に吹き飛んでいるため、搭乗者の年齢は特定できていないが、子供が乗っていた可能性は極めて高い。

かねて明言していた通り、最も冷静に任務を遂行した姿警部は、一見なんの変化もないように思えたが、自販機で買った缶コーヒーを一口啜っただけでそれ以上は飲まずに捨ててしまった。

オズノフ警部は、そんな同僚に何か言いたそうにしていたが、結局は何も言わずに踵を返した。彼が少年兵を殺したのは初めてのはずである。その経験について言及したかったのだろう、しかしその行為が結局は傷を舐め合うものでしかないと気づいたのだろうと緑は思った。

そして、ラードナー警部。彼女自身が制圧したのはルーダック三機のみだが、未成年が乗っていなかったという保証はない。いずれにせよ、彼女が衝撃を受けていることを緑は確信していた。なぜなら、緑もまたその衝撃を共有してしまったから。

迫り来るエインセルを前にして、ラードナー警部はトリガーを引けなかった。〈死神〉と呼ばれた彼女が。

ラードナー警部は一瞬死を受け入れようとした――そんな気がした。

あなたには自死は許されないはずではなかったのですか。

そう言いたい自分と、子供を撃てなかった彼女に共感を覚える自分とが、体内でせめぎ合っているかのような奇妙な感覚。その居心地の悪さがたまらなかった。

第二章　取調べ

1

［我、鋭き風となりて敵を裂かん］

それが遺留品の短剣にチェチェン語で刻まれていた銘文であった。姿警部のフィアボルグと交戦したヌアラの装備していたものである。短剣と言っても特殊合金製の巨大な機甲兵装サイズで、そこに実用的にはなんの意味もない銘文をわざわざ刻み込んでいる点に、敵の並々ならぬ自負心と誇りとが感じられた。

街頭監視カメラの映像などから、そのナイフと機体を遺棄していった操縦者はファティマ・クルバノワと特定されている。

「なるほど、〈風の妻〉と呼ばれる由来はこれか」

配付されたファイルに記されていた銘文の日本語訳を見て、姿警部が呟いた。

五月五日、午前九時二十八分。新木場、警視庁特捜部庁舎内会議室。

正面の大型ディスプレイには、波打つ髪を緩やかになびかせてコインパーキングのシトロエンC3に乗り込むクルバノワの映像が映し出されている。夜間の映像ではあるが、これまでの資料では不鮮明にしか写っていなかった彼女の容姿がはっきりと分かる。車のナンバーは盗難車のものであった。

「カフカスには美人が多いと聞いてたが、あれだけの腕の兵がこんないい女だったとはな。怖いねえ」

姿の軽口に何人かの捜査員が思わず頷きかけ、一様に慌てて姿勢を正している。

そんな軽口が許されるような状況では到底ない。警視庁と神奈川県警のSATが全滅に近い打撃を受けたばかりでなく、JR鶴見線の線路が爆破されたことへの対応に追われ、リーダー二名を含む生き残りのテロリストを全員取り逃がすという大失態を演じたのだ。

一般人の怪我人も出たが、死亡者を出さずに済んだのは奇跡とも言える幸運であった。

続いてディスプレイに日産フーガに乗り込むジナイーダ・ゼルナフスカヤの映像が表示される。短く刈った髪に精悍な面差し。彼女の遺留品である長剣の画像も映し出された。典雅な伝統工芸品の風情を持つクルバノワの短剣に対し、こちらはひたすら無骨で頑健な造作であった。彼女が〈剣の妻〉と称される理由は一目瞭然だ。実際、新生『黒い未亡人』が活動を開始する以前から、白兵戦における彼女の剛剣はロシア軍スペツナズの間でも怖れられていたらしい。

龍機兵を操る姿警部やラードナー警部と互角以上に渡り合った相手である。捜査員達は彼女達の底知れぬ実力に改めて肌が粟立つ思いであった。

未だ動揺を隠せない部下達を見回し、沖津は淡々と告げた。

「彼女達がカメラの存在に気づいていなかったはずはない。知っていながら、あえて顔を晒したのだ。しかもキモノだけでなく、明らかに特注品の装備まで捨てていった。それらの事実は、総力戦への徹底した意志を裏付けている」

「つまり、死ぬ気満々てわけですか」

まぜ返す姿に、にこりともせず応じる。

「そういうことだ」

「まあ、日本語では“widow”のことを〈未だ亡くなってない人〉と書いて未亡人と読ませるくらいですからね。もっとも語源は中国だそうですけど。つまり来日中の御婦人方は、全員まだ死んでないだけの死人と言ってもおかしくないってことになる。死人相手じゃ、警察も大変だ」

日本人でありながら、ずっと海外で暮らしていたという姿警部の無遠慮かつ他人事めいた発言は、普通の日本人には気づきにくい点を絶妙に衝いているだけに、いつもながら捜査員達の癇《かん》に障《さわ》った。

しかし毎度のことで慣れている城木は構わず会議を進行させる。

昨日未明の突入時に、『黒い未亡人』はエインセル八機、ルーダック三機を失った他、ヌアラ二機を現場近くに遺棄している。だが、敵の機甲兵装がそれで全部であるとは限らない。

由起谷班の工藤捜査員が立ち上がって報告する。

「メイケン・インダストリー内部の遺留品を徹底的に洗いましたが、テロ計画につながる有力な手掛かりは得られませんでした。数十人規模の人間、それも女が潜伏していた形跡があるだけで、その人数を絞り込むことさえできておりません」

次に夏川班の深見捜査員が立ち上がる。

「近隣での地取りの結果、メイケン・インダストリーで連日数台のトラックが出入りしていたことが判明しました。確認されただけでも四台以上の大型トラックが同所を出てどこかへ走り去っています。現在、全力でトラックの行方を追っていますが、未だ有力な情報はつかめておりません。ただ、近所のコンビニのカメラに、それらしいトラックのナンバープレートが一部のみ映っていましたが、全体の判読は不可能とのことでした」

「トラックの積荷はキモノをはじめとする武器弾薬に違いない。もちろん自爆用の爆薬もだ」

深見の着席を待って沖津が断定した。

「本番のテロに必要充分な量はすでに運び出された後と考えるべきだろう。だからこそ敵は十一機ものキモノを使い捨てにし、二機を乗り捨てていったのだ」

突入時の凄惨な光景を思い出して一同は戦慄する。あの地獄絵図が、日本のどこかで再び描かれようとしている。そしてその場所は、無人の工場跡地などでは決してあるまい――

「今後の捜査方針だが、現状ではこのトラックの捜索に懸けるしかあるまい。夏川班はコンビニのカメラに映っていたトラックのコースを可能な限り推測し、別のカメラに映っていないか、しらみ潰しに当たること。他の角度から映っている映像でも見つかれば、ナンバー全体を割り出せるかもしれない」

沖津が指示を終えたとき、おずおずと挙手する者がいた。

由起谷主任であった。

進行役の城木が促す。

「由起谷主任、どうぞ」

立ち上がった由起谷は、思わぬことを話し始めた。

「本職が四月二十八日に六本木で遭遇した暴行事案については、ほとんどの方が把握しておられるでしょうが、そのとき一緒にいた少女を、メイケン・インダストリーの現場近くで目撃したように思います」

一同の間にざわめきが広がった。〈六本木の暴行事案〉について問い質す者がいなかったのは、外事の捜査員達を含め、周知のことであったからだろう。

六本木で帝都連合の半グレ達を易々と叩きのめした外国人少女。その少女が現場近くにいた。それが事実だとすれば、少女が混乱に乗じて工場から逃亡した『黒い未亡人』のメンバーである可能性は極めて高い。

「『思います』とはなんだ、『思います』とは。どちらかはっきりしたまえ」

宮近の叱責に、

「あの状況下では、確認する余裕はありませんでした」

曽我部がぎろりと睨みながら詰問する。

「そんな大事なこと、どうして今まで黙ってたの」

「同一人物かどうか、確証がなかったからです」

その答えに対し、曽我部はただ「ふうん」と漏らしただけであったが、代わりにまたも宮近が怒声を発した。

「それでも捜査主任か。状況を考えろ。近頃君はどうかしてるんじゃないのか」

「は、申しわけありません」

由起谷はうなだれた。宮近理事官の言う通りである。

しかし、由起谷がなんらかの屈託を抱いていることは誰の目にも明らかであった。それがおそらく、未成年に対する上層部の方針に対するものであろうことも。誰に対しても穏やかに接する由起谷が、女性や子供に対して特に優しいことは特捜部の全員が知っている。だからこそ強面《こわもて》揃いの捜査員達も、由起谷主任には一目も二目も置いているのだ。

「『偶然を信じるな』だ、由起谷主任」

穏やかな口調で沖津が言った。それは元外務官僚であった沖津が、外務省時代に叩き込まれた鉄則の一つであるという。

「沖津さん」

曽我部が横に並んだ沖津の方を見て、

「トラックの線はそちらにお任せしますから、由起谷主任の見たっていう娘の線、そっちはウチに任せてもらえませんかね。いえね、そっちはどうやらウチの守備範囲らしいってだけの話ですが」

「それがいいようですね」

曽我部の言わんとすることが沖津にはよく分かったらしい。

「由起谷主任」

「はい」

「君は曽我部課長の指示に従い、外四に協力するように」

「分かりました」

由起谷は正面の曽我部と、最後列の外四の面々に向かって一礼した。

会議終了の直後、立ち上がった由起谷の目の前を黒い影がふさいだ。

「一緒に来てくれ」

外四の伊庭係長だった。

伊庭は由起谷を伴って庁舎を出ると、駐車場に駐めてあったBMW523iに乗りエンジンをかけた。他の外四課員達はいつの間にか散っている。

運転しながら、伊庭は携帯端末を取り出してどこかへかけ、二言三言、由起谷には意味不明の符牒で指示を下し、すばやく通話を切った。

伊庭が向かった先は、赤坂の裏通りにある古い雑居ビルだった。由起谷はそこが外四の分室だと直感した。

地下駐車場にBMWを入れた伊庭はエレベーターで三階に上がり、ポケットからキーリングを取り出して表札の出ていない部屋のドアを開け、中に入った。驚いたことに、ドアの内側は一畳ほどの密閉された空間になっていて、入って左側にもう一つドアがついていた。そのドアの上部にはカメラが据え付けられている。内部の者が伊庭の顔を確認したらしく、ドアロックの解除される音がした。

伊庭は何も言わなかったが、やはり外四の分室であるらしい。ドアを開けた者がいるはずなのに、薄暗い内部には人の気配はまるでなかった。由起谷にとって、警察のブラックボックスとも言われる外事の、しかも分室に入るのはもちろん初めての経験である。以前に入ったことのある組対の分室ともまた大きく雰囲気が異なっていた。具体的にどう違うのか自分でもよく分からなかったが、内部に籠もる冷たい湿気とでもいった空気を強く感じた。

伊庭は由起谷を奥の一室へ案内した。中央に細長いテーブルがあり、先に集まっていた三人の男が由起谷を横目で見て微かに目礼した。三人のうち二人には見覚えがあったが、残る一人は初めて見る顔だった。

「吉田《よしだ》、池田《いけだ》、福田《ふくだ》だ」

伊庭は三人の男を順番に紹介した。

　由起谷は伊庭を振り返り、

「同じ警察官なのに偽名ですか」

　勘にすぎなかったが、当たっていたらしい。

「本名を教える必要がないからな。必要が生じたら教えるよ。気に障ったか」

「いえ。そちらこそお気になさらないで下さい。勉強になります」

　伊庭が顎で示した椅子に腰を下ろした由起谷は、ふと思いついて尋ねてみた。

「でも、管理職の伊庭さんは本名ですよね？」

　その問いに、伊庭は微かに笑っただけだった。そして由起谷の前に、六本木、麻布、赤坂周辺の地図を広げ、

「麻布署のまとめた調書は読んでるが、念のため、四月二十八日にあんたが通った道筋、問題の娘と出会った場所、二人で移動した道筋をそれぞれ時刻と一緒に教えてくれ」

　差し出された赤のサインペンを取り、由起谷は自分が歩いた通り地図に赤い線を引いた。麻布署で散々調書を取られているから思い出すのはそう難しくはなかった。

　それを横目に見ながら、〈吉田〉が端末に何事かを打ち込んでいく。

　単純な線とその所々に時刻が赤で記入された地図を伊庭に返す。

狭い室内であるにもかかわらず、由起谷には聞き取れないほどの小声で話し合っていた三人の男が、伊庭にPCのディスプレイを示し、何かを告げている。小声の上に独特の符牒がかなり混じっているので、由起谷には何が話し合われているのかほとんど理解できなかった。

やがて、伊庭は由起谷にPCのディスプレイを示して見せた。そこにはやはり地図が表示されていて、由起谷が記したのと同じコースが赤で示されていた。

「問題の娘は、仲間とは別行動を取って東京を一人で歩いていたわけだ。となると、そいつは『黒い未亡人』の連絡係である可能性が高い。つまり、そのあたりに組織の連絡場所があるってことだ。こいつは滅多なことでは部外者には見せないんだが……」

伊庭の合図を受けた〈吉田〉が端末を操作すると、地図上の建物のいくつかが青い光点となって示された。

「青いのは各国の情報機関やテロ組織となんらかの関係があると疑われる物件だ。この辺にはそういうのが集中してててな。片っ端からチェックするのがウチの仕事だ。すでに監視下に置いてるものや、あらかたスジの判明してるものを除くとこうなる」

〈吉田〉がキーを叩く。青い光点のいくつかが消えた。

「さらに、イスラム系の組織と関係のありそうな物件に絞り込むと、こうなるわけだ」

残った青い光点のうち、三つが黄色に変わって点滅する。

「この黄色の物件を集中して洗ってみる。あんたの通ってきた赤い線に近い順にな。数は知れてるし、もし当たりなら、答えはすぐに出るはずだ」

いつの間にか〈池田〉と〈福田〉は室内から消えていた。〈吉田〉は携帯端末で誰かと通話しながらPCのキーを叩いている。

「こういうのを管内の全域分作ってるんですか」

椅子の背もたれに深々と身を預けた伊庭が両手を頭の後ろで組む。

「まあ、ちまちまやってるよ。人手不足でね。本当だったら、全物件の調べはとっくに終わっててもいいくらいなんだが、疑わしいと分かっててもすぐに着手できないのが現状だ。それにこういうのはイタチごっこみたいなもんでな、一つ潰してもすぐに新しいのができる。基本的に舐められてるんだよ、日本は」

「係長」PCから顔を上げて〈吉田〉が言った。「ちょっと喋りすぎじゃないですか」

「いいじゃないの、これくらい……と課長だったら言うだろうな」

「あの人は特別ですから」

「そうだな、俺達には到底マネできないもんな」

彼らのやりとりに、由起谷は曽我部という人物の外事四課における存在感を認識した。

ちょうど特捜部における沖津のように、曽我部は部下達から畏怖されているらしい。

それからしばらく、由起谷は誰からも話しかけられず放置された。伊庭も〈吉田〉も黙ったままで、頻繁にかかってくる電話に出ては短い会話だけで切り、再び沈黙に戻ってしまう。内心に焦燥と煩悶とを抱える今の由起谷にとって、所在ない無為な時間は正直苦痛であった。

『偶然を信じるな』。そう部長は言う。しかしあの少女は本当に『黒い未亡人』のメンバーなのだろうか。だとしたら自分は――

二時間が過ぎた頃、また伊庭の携帯が鳴った。すぐに応対した伊庭は、「分かった」とだけ応えて携帯を切り、立ち上がった。

「行こうか、由起谷さん。どうやら当たってたみたいだ」

由起谷は驚いて、

「当たってたって……早いですね」

「ウチも総動員でやってるんだよ。あんたらには見えないところでさ」

由起谷を伴って再び地下駐車場に降りた伊庭は、乗ってきたBMWではなく、黒のトヨタ・エスティマに乗り込んだ。

「基本的には周辺の人脈と書類の再確認だ。もちろん裏技は使うけどな。どんな手かは訊くなよ」

前を見て運転しながら伊庭が助手席の由起谷に語る。

「西麻布に《イズミル》ってトルコ料理店がある。そのオーナーはトルコ国籍ってことになってるが、実はカフカス系らしい。トルコのチェチェン人コミュニティからイスラム過激派に流れる資金ルートの線で引っ掛かった」

伊庭の言う〈裏技〉が少し分かったような気がした。外四は外国の——どの国かは分からないが——情報機関となんらかの取引を行ない、情報を引き出したのだ。おそらくは外四としても、滅多なことでは使いたくない手法であったに違いない。

伊庭の携帯端末に着信。例によって短く応答した伊庭は、ハンドルを切って六本木通りに向かった。

六本木四丁目交差点の近くで〈池田〉を拾い、そのまま六本木通りを南西に向かう。そして六本木交差点の手前で左に折れ、〈池田〉の指示で墓地の塀沿いに停車する。

「そこのマンションです。コサルの部屋は二階、裏口はありません」

目の前のマンションを見上げ、低い声で〈池田〉が言う。コサルとは問題のトルコ料理店オーナーに違いない。

車内で三十分ほど人の出入りを見張る。〈池田〉の話では、間もなくコサルは家を出て店に向かうはずだという。

彼の言った通り、太った外国人の中年男がマンションから出てきて大儀そうに歩き出した。即座に車を出た伊庭らが中年男の前後を挟み込む。由起谷も後に続いた。

「アッバス・コサルさんですね。ちょっとお伺いしたいことがありますのでご協力いただけませんか」

伊庭は単刀直入に切り出した。

コサルは目を見開き、カタコトまじりの日本語で抗議した。

「なんですか、あなた。警察の人ですか。だったら身分証、見せて下さい」

「お見せしてもいいですけど、見ない方がいいと思いますよ。見せたら、あなたを入管に引き渡さなきゃならなくなるかもしれない」

「脅迫ですか」

「違いますよ。私は日本の警察官で、チェチェンの警察官じゃありませんから」

「…………」

「それと、入管だけならいいけど、場合によっちゃロシア大使館にも」

コサルが顔色を変える。効果てきめんであった。ロシア情報機関の恐ろしさは骨身に沁みているらしい。

「分かりました」

「では、あちらへ」

伊庭は先に立ってエスティマの後部座席に乗り込んだ。コサルはそそくさとその後に続く。由起谷は助手席に座った。運転席に入った〈池田〉がすぐに車を出す。

「どこへ連れて行くつもりですか。私は車の中で話すだけだと……」

恐慌をきたしたコサルが伊庭にすがりつく。

「落ち着いて下さい。ここはチェチェンじゃないんですよ。拉致ではありませんのでご心配なく。そこらを流すだけです。我々と話しているところを見られたらあなたもまずいでしょう」

コサルが我に返ったように伊庭にかけた両手を放してうなだれる。故国での官憲への恐怖はよほどのものであったのだろう。由起谷はチェチェン人が直面してきた不条理な暴力を痛感した。

走行する車内で、伊庭はコサルに顔を近づけて囁くように言う。

「連休前の四月二十八日、チェチェン人の女の子があなたの店を訪ねましたね。歳は十五、六。紺の野球帽にフード付きのジャケット。来ましたね、あなたの店に」

「………」

「答えてくれたら、私はあなたのことを忘れますから。来ましたね？」

「はい、来ました」

伊庭の静かな迫力にコサルはもうすっかり呑まれていた。

「名前は」

「知りません」

「そうですか。知らない方がいいですもんね、そんなの」

「はい」

「で、彼女は何しにあなたの店へ？」

「封筒を受け取りに。私は預かった封筒を渡しただけです。それだけです」

「封筒の中身は」

「知りません。開けてないです。でも、金だと思います。かなりの大金です」

俯《うつむ》いたコサルの額には大粒の脂汗が浮かんでいた。

由起谷は助手席からじっと二人のやり取りを見つめる。

「知り合いに頼まれただけなんです。本当です」

「そうでしょうね。あなたを信じます。でも、頼まれたのは一度だけじゃないはずだ。あなたの店は〈オアシス〉の一つなんですってね」

「なんのことでしょう」

「とぼけないで下さいよ。〈シルクロード〉の交流地点ですよ。イスラム過激派の資金ルート、〈シルクロード〉って言うんでしょ。その中継点が〈オアシス〉だ。うまいこと言いますよね。ぴったりだ。直接受け渡した方が足もつかないし。旅人にとっちゃ、見知らぬ異国で現金を受け取るなんて、それこそオアシスで冷たい水にありついたようなもんでしょう」

「…………」

「さっき、私、言いましたよね。答えてくれたら、あなたのこと忘れるって」

「本当ですか」

「本当です。だから答えて下さい、あなたは他の〈オアシス〉の場所を知っていますね」

「…………」

「知っていますね？」

　コサルは結局いくつかの住所を口にした。

　ミッドタウンの近くでコサルを降ろし、外四のエスティマは赤坂の分室へと引き返した。肩を落として歩くコサルの後ろ姿を、助手席の由起谷はバックミラーの中に見送った。そして前を向いたまま振り向かずに言った。

「今のが外四の手法ですか」

後部座席の伊庭が答える。

「まあな」

「コサルは本当に見逃すつもりですか」

「この事案が片づくまではな。ただし監視は続ける。その後のことはあんたに教える必要はない」

「本職はそちらの手法を肯定できません」

「聞いたか〈池田〉」

伊庭は運転席の部下に向かって言った。

「『肯定できません』だってさ。特捜ってのはほんとに変わってるな」

〈池田〉は声を立てずに嗤っていた。

由起谷は黙り込んだ。そして己の幼稚さ――子供の頃から少しも成長していない未熟さを恥じた。それでもなお、自分が間違っているとは思えなかった。

コサルの吐いた〈オアシス〉は、その日のうちにすべて外四の監視下に置かれた。全捜査員が由起谷の証言をもとに作成された少女のCG写真を手にしている。

2

翌五月六日、午前五時。伊庭係長以下外四捜査員十名と由起谷主任以下特捜部捜査員六名は、練馬区東大泉の『ライムーン工芸社大泉社員寮』に踏み込んだ。同所は社員寮兼研修施設として届けが出されているが、実質は古アパートを買い取ってほぼそのまま流用しているだけの簡易宿泊施設である。技術研修を通したイスラム系留学生の支援を標榜する同社の役員には、ヨルダンのチェチェン人コミュニティとつながりのある人物が名前を連ねている。

一階の一室に潜伏中だった被疑者は、すぐに窓から飛び出そうとして捜査員達に取り押さえられた。それでも屈強な捜査員達が手を焼くほどの抵抗を見せたが、伊庭に続いて現われた由起谷を目にした彼女は、一瞬驚いたような表情を浮かべ、暴れるのをやめた。由起谷は無言で彼女の強烈な視線を受け止めるのが精一杯だった。

室内には備え付けの家具以外の荷物は一切なかった。ただ被疑者はフードジャケットの内ポケットに現金二百万円あまりを所持していた。

昨夜の時点で外四から問題の少女の所在が報告されていたが、はっきりした罪状がない。未成年の不法入国者であるのはほぼ間違いないが、入国管理局、家庭裁判所もしくは所轄の検察庁が関わってくると調整に時間がかかり、保秘も困難となる。第一、令状を請求するために必要な証拠が何もなかった。事態は一刻を争う。黙秘でもされたら手遅れとなる。また被疑者もそれを狙ってテロ計画の実行まで完黙を貫くことは想像に難くない。

一同が頭を抱えたとき、沖津がさらりと妙案を口にした。

——帝都連合の連中に暴行の被害届を出させろ。横山は訴えると息巻いてたそうじゃないか。簡単に乗ってくるだろう。

全員があっと声を上げた。

暴行容疑で特捜部が逮捕し、所轄署に留置して取調室を借りるという形で取調べを行なう。令状請求の際に人定事項が定まらないことになるが、人相、身長、体格、容貌、服装などをできるだけ具体的に示して切り抜ける。被疑者も未成年ではなく、あくまで年齢不詳で通す。これであれば最大二十三日間が使えるが、とてもそんな悠長にやってはいられない。しかも最初の七十二時間のうち後の二十四時間は検察の持ち時間だ。となると、逮捕からの四十八時間が勝負ということになる。

少女の身柄は麻布署に移された。保秘の必要から、麻布署員には捜査の詳細については伏せられている。

外国人犯罪者に慣れているはずの麻布署員達が、思わず立ちすくむほどの殺気を少女は無言のうちに発散していた。これから二日の間に、なんとしても彼女からテロ計画についての情報を訊き出さねばならない。

「取調べは本職にやらせて下さい」

由起谷は強い決意を漲《みなぎ》らせて自ら進み出た。

すかさず伊庭が異議を唱える。

「潜伏先を特定したのはウチだ。テロリストの取調べに関するノウハウもある。素人は引っ込んでろ」

「逮捕したのは特捜ということになっています」

「由起谷さん、あんた、ロシア語かチェチェン語ができるの」

「規定通り通訳を入れます。問題ありません」

「そんなまどろっこしいことをやってる場合か。第一、微妙なニュアンスを取りこぼす危険性がある。こっちにはロシア語のできる奴がいくらでもいるんだ」

「外四の手法ではあの子は絶対に落ちません」

「どうしてそんなことが言えるんだ」

「それは……」

由起谷は返す言葉に詰まった。

どうしてなのだろう。だが自分には確信があった。あの子は違う。その理由がうまく言えない。

伊庭は、それ見ろ、と言わんばかりに薄笑いを浮かべる。

無言で何事かを考え込んでいた曽我部が、沖津に向かって頷いた。

沖津もまた曽我部に頷き返し、冷静な口調で言った。

「分かった。由起谷主任、君に任せる」

伊庭は驚いたように上司の馬面を見た。

「課長」

「しょうがないだろ。由起谷君の言う通り、あの娘は公安関係の人間には口を割らんよ。少なくとも二日じゃ無理だ。悔しいけど、あたしもおまえさんも、公安の臭いがぷんぷんする体だし。それにねえ、こいつは半ば勘みたいなもんなんだけど、あの娘との因縁を考え合わせても、ここは由起谷君が最適任だとあたしゃ思うね」

「しかし」

「ねえ夏川君、捜一で期待のホープとまで言われた君に訊くけどさ」

「は、自分にですか」

いきなり話を振られた夏川が怪訝《けげん》そうに前に出る。

「捜査ってのは縁でありツキだって、捜一で誰か言ってなかった？　例えば、亡くなった大日方《おびなた》さんとかさ」

日本初の自爆テロで先年殉職した中央署の大日方勘治《かんじ》副署長は、夏川の捜査一課時代の恩人であった。夏川は直立不動の姿勢になって返答する。

「はっ、確かに言っておられました」

曽我部はそうだろうと言わんばかりに頷きながら、

「由起谷君が六本木であの娘と出食わしたってのも一つの縁だし、考えてみりゃあ、とんでもないツキだ。由起谷君にツキがあったってことは、我々全体がツイてたってことだよ」

とぼけた顔で大真面目に語る上司の言に、伊庭もそれ以上は何も言わなかった。癖のある部下達を、曽我部は持ち前の個性で完璧に掌握しているのだ。

取調担当者は由起谷主任。被疑者が女性であるため担当者以外にもう一人、取調補助者として夏川主任。チェチェンの公用語はチェチェン語とロシア語であるため通訳としてオズノフ警部。取調べの布陣が決定した。

五月六日、午前九時。連休前半とは打って変わって天候の優れぬ薄暗い朝、由起谷ら三人は麻布署の取調室に入った。

スチール製の事務用机を前に、被疑者の少女が座っている。敵愾心というより猛々しい闘志を剝き出しにしてこちらを睨みつけていた。ネイビーのキャップは被っていない。無造作に短くカットされた黒髪が、かえって少女らしさを感じさせた。

向かいの壁面に設置されている横長の大きな鏡は近年導入の進んでいる透視鏡（マジックミラー）である。隣室の小部屋では沖津、曽我部、伊庭、それに城木と宮近らが取調べの様子を監視している。しかしそんなことくらい百戦錬磨とおぼしき少女には一目瞭然だろう。

由起谷は机を挟んで少女の向かいに腰を下ろす。夏川は出入口の近くに置かれたもう一つの机に着いた。二人の前にはそれぞれノートPCが置かれている。

最後に入室して奥の壁際に立ったユーリ・オズノフ警部を見て、少女はロシア語で激しく罵《ののし》り、出口を指差す。ユーリの容貌を一目見てロシア人であると悟ったらしかった。

それに対し、オズノフ警部は落ち着いた口調のロシア語で応じる。少女は「Глупая

собака」と短く吐き捨てるように呟いて再び黙り込んだ。不本意ながら彼の同席を認めたようだ。

オズノフ警部は由起谷と夏川に向かって説明した。

「今、自分の経歴について率直に話した。ロシアの腐敗官僚に殺人の濡れ衣を着せられてモスクワ警察を追われ、最底辺に堕ちた末に日本警察に拾われたとな。彼女には『馬鹿犬』と言われたよ。なかなか察しのいい娘だ」

苦笑する警部に、二人は黙って頷くしかなかった。

由起谷は少女に向かい、日本語で話しかけた。

「取調べの正当性の証拠として音声と映像を記録するけど、いいね？」

オズノフ警部が翻訳してくれるのを待つつもりでいたが、少女は敵意の籠もる口調ですぐに何かを言った。

「日本語のヒアリングは大体できるらしい。録画や録音は一切認めない、したら何も話さないと言っている」

オズノフ警部の言葉に、撮影機材のスイッチを入れようとしていた夏川がその手を止める。どうせ隣室で鏡越しに録画するだろう。また少女もそれくらいは百も承知に違いない。

取調べという名の攻防はすでに始まっているのだ。

「前にも言いましたね。本職は警視庁特捜部で捜査主任を務める由起谷志郎警部補です」

その途端、少女がはっとしたようにイントネーションの不正確な日本語で呟いた。

「キリュウケイサツ……」

「裏社会でそう呼ばれているのは知っていますが、それはあくまで隠語であって、正式な名称ではありません。でも、チェチェンの人達にまで知られていたとは、正直言って驚きです」

少女が警戒するように心持ち肩を引き、上目遣いで由起谷を睨む。

特捜部という看板がそこまで相手を刺激するとは予想もしていなかった。出だしから失敗したかと先が思いやられたが、所属を偽るわけにはいかない。しかしまだ始まったばかりだ。由起谷はすばやく気持ちを切り替える。

「通訳者のオズノフ警部はもうご存じですね。あちらの席にいるのが本職と同じ特捜部捜査主任の夏川大悟警部補です。今回の取調補助者を務めて頂きます」

夏川が座ったまま型通りに目礼する。少女は横目で視線を走らせたが、それ以上の反応は示さなかった。

いつもの取調べ時とは異なる緊張を自覚しつつ、あえて事務的に切り出した。

「あなたには黙秘権が認められています。この取調べに当たっては、いかなる場合においても、あなたは自己の意志に反して供述する必要はありません。日本の警察では取調べの際、供述調書に記入するため最初に訊くべき質問事項が決まっています。被疑者の出生地、現住所、生年月日、職業、家族構成、学歴などですが、あなたの場合、まず名前から訊かねばならない。教えてくれますか」

答えはなかった。娘は挑発的な目で由起谷を見つめたまま、固く閉じた口を開こうともしない。黙秘を通す気でいるのは明らかだ。

予想されたことであったが、相手はそこらの非行少女や不法移民とは次元が違う。『黒い未亡人』のメンバーである可能性が高いのだ。この沈黙を突き崩すのは並大抵のことではないだろう。

由起谷は大きく息を吐いた。時間は限られている。通常の段取りや手法にこだわっていては、四十八時間以内に少女の心を動かすのは不可能だ。

覚悟を決めろ――

由起谷はノートPCを閉じて少女の目をまっすぐに見つめた。

「君の生きてきた世界について、自分は何も知らない。自分なりに勉強もしたが、それで分かったつもりになっても、実際には何も分かっちゃいない。人の痛みなんて、他人に分かるわけはないからだ。我が身で痛みを感じたこともない者の言葉など、ただの慰めにしかならないし、そもそも慰めに意味なんてない。痛みに苦しむ者が欲しいのはもっと別のものなんだ。それが何かは、人によって違うんだろうけどね。少なくとも、君が経験してきたはずの痛みを、俺なんかが分かるわけはない。当たり前の話だ」

オズノフ警部と夏川がこっちを見ているのが分かる。こいつは一体何を言い出すつもりなのか、口調まで変わっているじゃないかと、不審そうな顔をしているはずだ。

「俺に分かるのは、俺自身の痛みだけだ。君の痛みに比べたら、大したものじゃないかもしれない。でもね、それは今日まで俺が自分自身で噛みしめてきた痛みなんだ。その痛みがあったから、俺は俺になったんだ。君のとは違う、俺の痛みだ。だから君には俺の痛みが分からないし、分かってもらいたくもない。君は俺の顔を見たはずだ。幽霊よりも白くなったあの顔だ。俺はあの顔が嫌いだ。昔の俺の顔だからだ。暴力の顔だからだ。あのとき、君は俺の顔を興味深そうに見ていたね。どうしてだい」

「…………」

「その理由を、俺はいろいろ考えてみたよ。俺の世界も、少しは君の世界に近いものがあったんじゃないか。スケールはだいぶ違ってもね。自分の中の憎しみを、外に向けてぶつけるしかない世界だ」

「…………」

「君は自分の生まれた町を覚えているか」

唐突に由起谷は訊いた。少女は何も答えない。

由起谷は構わず話を続ける。

「俺は下関の生まれだ。本州の西の端に近い港町だ。子供の頃の俺にとっては、ひたすら息苦しいだけの町だった。父親は、俺が小学校に入る前に俺と母を捨てて家を出た。ある朝起きてみたら、いつも昼まで寝ている親父がいなかった。代わりに朝早くから勤めに出ているはずの母が台所で泣いてたよ。親父はそれきり帰ってこなかった。捨てられたんだ。母も俺も、親父にさ。母は弱い人だったんだと思う。結局母は、その弱さに負けたんだ」

少女の表情に微かな変化があった。明らかに由起谷の話に反応している。だが、どの部分に対しての反応なのか。

取調室の隣に設けられた薄暗い小部屋で、宮近理事官が上司を振り返った。

「由起谷主任には何か思惑があるのかもしれませんが、通常の手順をあまりに逸脱しています。注意を促した方がよいのでは」

マジックミラーの向こうをじっと見つめていた城木は、我に返って同僚に向かい、

「宮近、俺はもう少し由起谷主任の話を聞いてみたい」

「おまえは取調べの目的を忘れてるんじゃないのか」

「忘れてなんかいない。分からないのか、あの娘は由起谷の話に反応してる」

そのやり取りを横目に見て、伊庭は白けたように黙っている。

沖津が取調室を見つめたまま言った。

「今しばらく様子を見よう。城木君の言う通り、被疑者には確かに変化が見られるようだ」

上司の決断に、城木は内心安堵すると同時に、多少の後ろめたさを感じていた。朋輩である宮近に言った言葉は、もちろん本心であるが、そうでない部分も含まれていることを密かに感じていたからだ。

父との関係。そして母への思慕と諦念。由起谷の身の上話に城木は自分でも驚くほどに惹きつけられた。それはこの数日、密かに抱えている懊悩《おうのう》に通じるものがあるせいだろうと自覚していた。

言うまでもなく父や兄との会食の夜に直感した、城木家と〈敵〉との関係である。散々に考えた末、一刻も早く部長に報告すべきではないかとも思ったが、現時点では物的証拠どころか、それこそなんの根拠もない勘でしかない。

だが、もしその勘が正鵠《せいこく》を射ていたなら――

事があまりに重大すぎて、城木は未だ己の取るべき行動を定められずにいる。

待っちょってよ志郎、もうじきあんたにもお父さんができるけんねえ——

それが、もうずいぶん以前からの母の口癖だった。新しく〈父〉になるはずの男の名は数年おきに変わっていった。

母は必死だった。傍目にも痛々しいほどに。子供に人並みの生活をさせてやれなければ、人生のすべてが失敗であると思い込んでいるかのようだった。

人並みとはなんだ——子供心にそう思った。母が押し潰されそうになっているのは、自分の人生が結局「失敗」に終わってしまうことへの恐怖だったのではないか。だから「父親」のいる「真っ当な」家庭を再建しようとなりふり構わず男を探したのだ。

母の両親、つまり由起谷の祖父母も、早くに離婚しているため、母の静江《しずえ》は家庭の幸せをほとんど知らずに育った。そのため、「家族」への幻想めいた憧れが人一倍強かったのかもしれない。

父の純夫《すみお》は女にだらしなかった。もともとは不良というほどでもなかったのだが、女にちやほやされすぎて、すぐ周囲に流されてしまう質《たち》になったという。それでも母と出会って所帯を持ったときは、まだ堅気の勤め人であったらしいが、志郎がものごころつく頃にはろくに仕事もせず、女に小遣いをせびっては遊び歩くような人間になっていた。下関に限らず、どこの街にもいるような正真正銘のろくでなしである。

母は捨てられるのが――「真っ当」な家庭を失うのが――怖くて、父の浮気に対し、いつも見て見ぬふりを決め込んだ。そういう態度が、よけいに父の嫌悪を誘うとも考えず。そうだ、母自身の性格がすべてをより悪い方へと転がしたのだ。

幼少期の由起谷は、近所の子供達の母親とは比較にならないくらい美しい母を誇らしく思った。しかし同時に、志郎のため、志郎のためとお題目のように呟く母を負担に感じていたのも事実である。我が子の幸せを願う母の気持ちに嘘はなかったであろう。しかし自分の言動に混じる恩着せがましさに、母は気づいていなかった。

父の純夫が家を出た後、母は由起谷を連れ、豊前田《ぶぜんだ》町の安アパートに移った。それまでは親子三人、戸建ての借家に住んでいたのだが、母一人の稼ぎでは到底家賃を払い切れなかったためである。以前は父の勤める会社の手当てがあったが、それもしばらく前からなくなって、すでに家賃は滞納気味であった。貯金などもとよりあるはずもない。無責任な父の慰謝料や養育費はまったく当てにできなかった。

引っ越しの当日、それまで暮らしていた家を振り返って、深いため息をついていた母を今でも鮮明に覚えている。狭く古い家ではあったが、それでも一戸建ての我が家は、母にとっては「家庭」の象徴であったのだろう。それを失ったことは、取りも直さず、母にとっての「挫折」「失敗」の明確な証しともなったに違いない。

——お父さんね、博多の辺で再婚したらしいわ。

どこで聞いてくるのか、母は元夫の動向を絶えず気にしていた。そして未練がましく子供相手にくどくどとこぼした。父一人だけが別の「家庭」で「幸せ」になる。それが母には耐えられなかった。

母の言う風の噂によると、父はそれなりに真面目になって、子供も二人生まれたらしい。仕事もまあまあ順調であるという。母があれほど望んで得られなかった「真っ当」な暮らしだ。そんな噂がいちいち母の神経を苛《さいな》んだ。

小学生だった由起谷もまた父を恨んだ。父の勝手さ、無責任さを憎んだ。自分達に与えられるはずだった「幸せ」が、見も知らぬ他人に与えられた——その喪失感と不条理感がたまらなかった。母から毎晩、世間話を装って聞かせられる呪詛めいた繰り言に、知らず知らず影響されていたのかもしれない。

そんなことを常に意識させられていたにもかかわらず、由起谷は父の顔を覚えていない。志郎が母の静江と暮らしていた1Kのアパートには、父の写真は一枚も残っていなかった。母が捨てたのか、それとも母に無断で自分が勝手に捨てたのか、どちらであったかも忘れてしまった。

人並み以上の容貌に恵まれながら、母の再婚話はいつも途中で立ち消えとなった。せっかくの容貌も、その数年間で急速に衰えた。あれほど誇らしかった母は、由起谷が小学校を卒業する頃には、同級生達の母親以上にやつれ、年老いて見えた。少なくとも由起谷の目には。

待っちょってよ志郎、今度こそ、お母さん、おまえに新しいお父さん見つけちゃるけえ――

そんなものは欲しくもない。何度も言おうと思ったが、言えば母が壊れてしまう。母の繰り言に妄執の色が滲み始めるのを、由起谷は狭いアパートで肌がざわめくような思いで感じていた。

母が新しい交際相手と逢うために、帰りが極端に遅くなることがよくあった。そんな夜は、独りで買い置きのパンやコンビニの弁当を食べる。孤独に留守番をしている由起谷を不憫《ふびん》がって、アパートの隣の部屋に住む婆さんが、たまに夕飯を食わせてくれた。

――静江さん、いつもえろう気張っていなさるけど、今度のお相手は市役所にお勤めなんやてねえ。ようようええ人見つけなさったもんちゃ。うまい具合にいったらええんやけどねえ。どうなるやろねえ。

婆さんの好意や親切心に嘘はなかったかもしれないが、言葉の端々に低劣な好奇心が透けて見えた。子供である由起谷には、適当に相槌を打ちながら飯をかき込むことしかできなかった。

次第に由起谷は周囲に対して心を閉ざすようになった。

もともと日本人離れした色白で、幼い頃からよくからかわれた。小学三年生のとき、担任の若い教師が深い考えもなく戯れに由起谷を『白男《しろおとこ》』と呼び、わざわざ黒板に大書きした。名前の志郎から洒落たつもりであったのだろうが、以後、クラスメイト達は由起谷を『しろおとこ』と呼んで執拗にからかった。担任の教師が授業中に取った軽率な行動が、由起谷へのいじめを公認したような恰好だった。

子供のいじめは根が深い。同級生の親達が由起谷の家庭をよく思っていないのは子供心に感じていた。子供は親が家庭で噂する話を直截的に反映する。特にＰＴＡ会長を務める母親を持つ少年はしつこかった。彼はクラスのボスを気取り、自分に従わぬ由起谷を目の仇《かたき》にしていた。彼の行為はエスカレートする一方で、放課後も仲間を引き連れて由起谷を取り囲み、『しろおとこ』と連呼した。あまりにうるさいので突き飛ばしたら、相手は机の角で頭を打ち、大仰に泣いた。その日のうちにＰＴＡ会長が小学校に怒鳴り込み、校長相手に抗議した。

由起谷は担任に呼び出され、「おまえが悪いんやけえ謝りに行け」と命令された。どうして自分が悪いのか分からないと言ったら、担任は蔑むような目で由起谷を見てから、母の職場に電話した。駆けつけてきた母に連れられて、由起谷はＰＴＡ会長の豪邸を訪れたが、やはり謝る気にはなれなかった。

——こんたびはうちの志郎が息子さんにお詫びのしようもないことしてしもうて。全部うちが悪いんです。志郎、あんた、早う謝って。ごめんなさい、もうしません、て。早う、早う言いなさい。ごめんなさいて。そがいなことがなして言えんの。

結局、「ごめんなさい」と言わされた。言うしかなかった。母は会長とその息子に向かって卑屈に頭を下げ続けた。

その夜のうちに、会長は取り巻きの母親達相手に「家庭に問題のある児童は他の生徒に悪影響を与えるから同じ学区内にいられると迷惑だ」と電話で吹聴した。

翌日、一時間目が終わった後の休み時間に、大仰に頭に包帯を巻いた会長の息子がわざわざ寄ってきて、得意げに言った。

——母親に問題のある生徒がおんなじクラスやと俺らが迷惑するちゃ。

次の瞬間、頭の中が白い霧に包まれたようになったのを覚えている。気がつくと相手は鼻血を盛大に撒き散らして机の間に倒れていた。近くで呆然としていた女子達が、我に返ったように悲鳴を上げて泣き出した。

由起谷はすっ飛んできた担任に生徒指導室に引っ張っていかれた。そこで担任と学年主任、そして校長が、一方的に由起谷を責めた。弁解する暇さえ与えられなかった。ＰＴＡ会長は転校させろだの訴えるだの勝手なことを喚き続け、由起谷の母は土下座せんばかりになって謝っていた。

——どうか、どうかこらえてつかい。この子には男親がおりませんけえ、ちぃとばあ、しつけができとりませんけんど、ほんまは心根の優しい、ええ子なんですよ。全部うちが悪いんです。

当の由起谷の目には、すべてが滑稽な茶番に見えた。

その日から、同学年で由起谷をからかう者はいなくなった。

またクラスの同級生達も誰一人として声をかけてこなくなり、いっそせいせいしたように感じたのを覚えている。

閉鎖的な港町には特有の気性の荒さがある。子供の世界も例外ではない。一見して異端の由起谷に因縁をつけてくる者は多かった。

四年生になったとき、上級生である五年生や六年生の不良気取りが、生意気だと言って由起谷を校舎裏に呼び出した。全部で四人いたが、最後の一人が「頼んます、こらえたってつかいや」と泣きを入れるまで殴り続けた。

いつしか由起谷の暴力癖は、周辺の各校でも知られるようになっていた。

熱血を自称する体育教師は、指導と称して体育館で由起谷に体罰を加えようとしたが、何をされても平然と見つめ返す由起谷に、途中から本気で激昂した。

――わりゃあ、なんじゃそん顔は。馬鹿にしくさりおって。そがいな目で先生見よってから、わしを舐めとるんかい。

我を忘れた体育教師は、生徒達の目の前で由起谷を見境なく殴り始めた。女子ばかりか、男子の中にも怯えて泣き出す者がいた。このとき由起谷は一切の手出しをしていなかったため、体育教師が処分されただけで済んだが、彼はますます恐れられ、孤立するようになった。

『しろおとこ』というたわいない仇名は、いつしか『白鬼《しろおに》』に変わっていた。

待っちょってよ志郎、もうじきええお父さん見つけたるからねえ。そしたら、ちゃんとしたしつけもしてもらえるわ。そしたらあんたもまともになれるんよ。やっぱり男親がおらんとねえ――

何も変わらず、歳月だけが虚しく流れた。

地元の公立中学に上がってすぐ、三年生の不良グループに目をつけられた。放課後の屋上に呼び出され、後ろから羽交い締めにされた。頭の中が白くなった。気がついたときには、屋上のコンクリートが夕陽よりも赤くなっていて、立っているのは自分一人しかいなかった。

喧嘩沙汰の絶えない志郎について、家庭訪問に来た担任教師が母に注意を促したことがある。

全部うちのせいなんです、父親がおらんけえ、悪さばあしよりますが、この子はほんまは優しいええ子なんですよ、父親さえおってくれたらこの子は――

担任に向かって母がくどくどと言い続けるのを見ている最中、由起谷はまたも頭の中が白い何かに包まれるのを感じた。母に対してそうなったのは初めてだった。際限なく母を面罵《めんば》し、気がついたときには、止めようとした担任を殴りつけていた。

そのときの母の顔は、一生忘れられない。

地元でも最底辺の工業高校に進学した志郎は、相変わらず喧嘩に明け暮れる日々を送った。何もかもが、絶望的なまでに変わらなかった。苦しくて、狂おしくて、ただがむしゃらに暴れるよりなかった。『豊前田の白鬼』と言えば、いつしか下関の不良の間では知らぬ者のない存在となっていた。

校内で友人と呼べるのは、同じ機械科の同級生である福本寛一《ふくもとかんいち》ただ一人であった。福本の父は在日韓国人三世で、早くに脳溢血で亡くなっている。福本の母の話では、過労や心労が祟ったということだった。

関釜《かんぷ》フェリーの運行する下関は、古くから韓国とのつながりの深い土地柄である。韓国系住民も多い。しかし差別はどこの世界に行ってもついて回る。福本の母は日本人だが、韓国系の男と所帯を持ったために人一倍の苦労をしたと聞いている。

福本の父は下関駅北側のグリーンモール商店街で小さな雑貨店を営んでいた。グリーンモールのある一帯は、在日コリアンの経営する店舗が多いことから、リトル・プサンとも呼ばれている。夫の亡き後、福本の母は女手一つで店を切り盛りしながら息子を育てた。

同じ母子家庭ということもあって、福本とは何かと気が合った。

彼もまたお定まりの不良であったが、裏表のない明るい質《たち》で、一緒にいるだけで鬱屈した気分がまぎれた。コンビを組んで暴れ回り、遊び回った。初めて無二の親友を得た思いがした。

二人で市街を歩いていると、チンピラ達に絡まれることがよくあった。

——混血同士、気が合うのう。

由起谷は特に白人の血を引いているわけではないが、こんなとき、二人は問答無用で相手を叩きのめすのが常だった。

――こんクソが！　こんクソが！　こんクソが！

〈白鬼〉は相手が泣いて許しを請おうと容赦せず、自分でも制御しようのない衝動のままに暴れ狂った。一度表に出た〈白鬼〉は容易には引っ込まない。

――もうええじゃろ、志郎。それ以上やったらいけん。もうやめとけて。ええかげんにしとけて。

その〈白鬼〉を、福本はいつも懸命に鎮めてくれた。

勤め先を変えることの多かった母は、由起谷が高校二年の頃、コンビニ弁当の飯や惣菜をプラスチックの容器に詰める弁当工場で働いていた。

ある日、珍しく登校して授業を受けた由起谷が帰宅すると、アパートの前に制服警官と隣の部屋の婆さんが立っていた。帰ってきた由起谷を婆さんが見つけ、アパート中に響き渡るような大声で叫んだ。

――あっ志郎ちゃん、えらいこっちゃ、あんた、あのな、静江さんな、工場で首を吊りんさったんやて。

弁当工場の上司と不倫関係にあった母は、相手に捨てられ、職場の便所で首を吊って自殺したのだった。

母はもう「失敗」を取り返すのは無理だと思い込んだに違いない。「真っ当」な「家庭」は夢に終わった、自分の人生は「失敗」だったと。そしてとうとうすべての気力を失った。「失敗」の象徴のような息子を置いて独りで逝った。

待っちょってよ志郎、もうじきあんたにもお父さんができるけんねえ――

「結局、母には自分しか見えてなかったんだな。俺は父親だけでなく、母親にも捨てられたんだ」

由起谷はそこでわずかに間を置いた。彼の言う「自分だけの痛み」を改めて噛みしめているかのようだった。

カティアには、主に固有名詞や慣用句など、相手の話の所々に分からない点があった。それでも、由起谷が伝えようとしていることは充分に分かった。言葉ではない。相手が心で話しているからだ。口先だけの言葉と、心からの言葉の違いに、カティアは特に敏感だった。だからシーラも、語学力に優れているという理由だけでなく、自分に「務め」を与えたのだと思っている。

自分だけの痛みか――

馬鹿馬鹿しい。この男自身が認めていたように、彼の痛みなど大したものではない。なんなら取るに足らないとさえ言っていい。自分の生まれ育った故郷の現実に比べるならば。暴力の規模。憎悪の総量。何もかもが比較にならない。

だが人の痛みとは、そんな尺度で計れるものではないということも、カティアはまた知っている。

それに、一つだけ――

一つだけ、心底理解できることがある。

暗い森の中で、草に埋もれるように俯せに倒れている死体。干涸らびて黒ずんだ手足。葡萄色の長いスカート。ベージュのヒジャブ。

自分もまた「母に捨てられた」ということだ。

叫び声が聞こえる。喉から血が出そうな金切り声。誰の声だったろう。

そうだ、あれは――誰でもない、自分の声だ。

隣室で由起谷主任の話に耳を傾けながら、城木理事官もまた、我知らず深い追憶の底に沈んでいた。

自分達兄弟を捨てて出ていった母の美和。中学生だった兄はどうか分からないが、自分はまだ小学生だった。どんな事情があったにせよ――それは当時から薄々分かっていたのだが――母が自分達を捨てたという事実に打ちのめされた。

今でもありありと思い出す。古く広い屋敷に取り残された孤独感と不安感。兄は気弱な弟を気遣ってくれたが、それもどこか形ばかりで、よそよそしいものに感じられてならなかった。

城木家という旧家の家風に母は最後まで馴染めなかった。それもあるだろう。しかし最大の理由は、やはり父だ。高級官僚にとって接待は日常茶飯事である。今ではさすがに昔ほどおおっぴらなものではなくなったが、政財官界の接待には金と女が不可欠だ。清濁併せ呑むと言うと聞こえがいいが、父はもっぱら濁流の方を好み、積極的に自らの手法として庁内での出世に利用した。母にはそれが耐えられなかったのだ。夫の浮気や女遊びなどを気にしていては、城木家の妻は務まらない。世間の常識と隔絶しているようで、実はそうでもないということは今の城木には分かる。それでもやはり、父や城木家に対する反発が今の自分を作ったのだと思う。また同時に、あの頃の母の気持ちを理解しながら、子を捨てた母を恨めしく思う気持ちがないと言うと嘘になる。

そして――

個人としての追想や懊悩とは別に、特捜部理事官として城木は冷静に考える。この変則的な取調べの行方を。同情には値すると思うが、由起谷の感傷的な述懐が、テロリストである少女の頑なな心の壁を突き崩すに至るかどうか。

そこに大勢の人の命が懸かっているのだ。


取調室の壁際に立ったユーリは、あまりに鮮明な既視感に何度も目をこすりそうになった。今自分が目にしているのが、日本警察の取調室ではなく、かつての職場——モスクワ民警の取調室であるかのように思えてならなかった。まるで自分がはるか時を超え、あの輝ける時代に戻ったようにさえ思った。

罪を犯したとは言え、不幸を背負って生きてきた子供に対し、自分自身をさらけ出し、正面から本気で向かい合う刑事。言うはたやすくとも簡単には真似のできない優しさだ。自分はかつてそんな優しさを持つ刑事達を知っていた。同じ職場でともに働き、多くのことを教わった。警察官として、生涯忘れることのできない日々。

モスクワ第九十一民警分署刑事捜査分隊捜査第一班『最も痩せた犬達』。自分にとって、父であり、兄であった男達。

こんな状況下で彼らのことを思い出そうとは——

あの男達に教えてやりたい。東の果ての異国にも、あなた達と同じ志を持つ警察官がいるのだと。

ユーリは込み上げてくる熱いものを、他者に気づかれぬよう押し隠すのに苦労した。

「さっき言った福本という男だけどね、おかしな奴だったよ」

由起谷が再び口を開いた。

「警察から目の仇にされてる札付きの不良のくせして、将来の希望がなんだったと思う？　警察官だよ。初めて聞いたときは、俺も耳を疑った。バカかおまえって。でもあいつは本気だったんだ。本気で警察官になりたいと思ってたんだ。でも警察官になるどころか、卒業すら待たずに死んじまった」

口調に変わりはないように聞こえるが、ユーリはそこに微かな変化を察知した。自分もよく知っているある感情が基調となっている。哀悼だ。

「不幸な事件に巻き込まれてね。福本は今の君よりも小さな女の子を犯罪者から助けようとして死んだ。田舎の不良が、慣れないことなんてするもんじゃないね。そのために福本は犯人の濡れ衣を着せられそうになったんだ。女の子を助けたはずの福本がさ。死人に口なしだ。悔しかったよ。でも当時の俺は、福本のために何もしてやることができなかった。なんだかんだ言ったって、ただの子供だったからね。そのとき力を貸してくれたのが、母の弟で、警察官になっていた俺の叔父さんだった。この人のおかげで真犯人が逮捕され、福本の濡れ衣は晴れた」

静江の弟である岩井信輔《いわいしんすけ》は、両親の離婚後に父、つまり由起谷の祖父と一緒に東京に出たという。岩井は生涯の仕事として警察官を選び、当時は警視庁野方署刑事課係長を勤めていた。

由起谷の近親者と言えばこの叔父くらいで、母の葬儀も、高校生の甥に代わってすべて叔父が手配してくれたのだ。

「俺なりにあれこれ考えたよ。母の自殺、それに福本の無念の最期だ。考えに考えて、決心したんだ。俺も警察官になろうって。福本の奴が心底なりたがっていた警察官にね。それで高校卒業後、叔父を頼って上京したんだ」

それまで散々地元警察の厄介になっていたが、不良同士の喧嘩ばかりで、窃盗、恐喝といった犯罪には与《くみ》しなかったため、幸いにも前科はなかった。せいぜいが児童相談所で、家裁送致の経験もなかった。

叔父は由起谷の話を聞き、またあれこれ調べた上で、充分警察官になれると言ってくれた。

岩井のひとかたならぬ指導と励ましもあって、由起谷は見事に警視庁の採用試験に合格した。

だが、いざ採用という段になって雲行きが怪しくなった。由起谷の下関での悪評を聞きつけた警務部が難色を示したのである。このとき叔父は、警察内部の伝手《つて》を頼って関係各所の説得に奔走してくれた。最終的に叔父の信用がものを言い、由起谷は無事警視庁に採用された。そのため由起谷は今でも叔父に深い恩義を感じている。

「自分が警察官になるなんて、子供の頃は思ってもいなかった。でも今はこれでよかったんだと心底思ってる。福本の志を受け継ぐことができただけじゃなくて、なんて言うのかな、分かったんだよ、それまで自分を抑えつけてたいろんなものに対して、立ち向かう力が自分にもあるんだってことが。それは絶対に暴力なんかじゃない。俺はずっと、狭い世界で押し潰されそうになっていた。暴力は自分を押し潰すだけじゃなくて、周りのみんなを傷つけ、不幸にする。簡単なことだ。その簡単なことが、昔の俺には分からなかった」

今や全員が息をつめて由起谷の話に聞き入っている。由起谷の向かいに座ったチェチェン人の少女も。

「偉そうなことを言ってるけど、君がその目で見た通り、俺の中には今も昔の俺が――〈白鬼〉がいる。そいつは隙さえあれば俺の中から顔を出そうといつだって狙ってる。俺を昔の俺にしようとしてるんだ。俺は昔の俺が大嫌いだ。もう二度と見たくない。あんな奴を見なくて済む社会を作るために働けるなら、これほど幸せなことはないと思ってる」

少女がうっすらと笑った。身柄を確保されて以来、彼女が初めて見せた笑みだった。そして由起谷に向かい、ロシア語でゆっくりと発した。

「Все полицейские - ужасные люди」

しばしの沈黙の後、ユーリは厳粛な表情で通訳した。

「『警察官は皆最低の屑だ』」

少女の笑みは侮蔑の嘲笑《ちょうしょう》であった。

そこへ麻布署留置管理課の女性課員が入ってきて、規定の昼休みを取るように告げた。

時刻は午前十二時を過ぎていた。

3

留置所に戻されたカティアは、膝を抱えて畳の上にうずくまった。

しばらくすると女性の係官がやってきて、壁面下部の小窓から食事の器の載った盆を差し入れた。

日本食の『ウドン』だった。盆には手書きのロシア語で書かれたメモが添えられていた。

『この食べ物はイスラム教で認められた材料、調理法によるものなので安心してほしい』

あのオズノフとかいうロシア人の警部が書いたものだろう。

イスラム教では食事内容や調理方法に厳しい制限がある。わざわざ教えてもらわなくても、カティアはウドンがイスラムの教義に抵触しない食べ物であることを知っていた。日本警察も配慮しているというポーズをアピールしようという魂胆か。

実際に日本に来てから、カティアは何度かウドンを口にしたことがある。特に美味とも思わないが、安価であるのがありがたかった。限られた資金の中で活動するのは並大抵のことではない。

空腹はまるで感じなかった。カティアは箸を手に取ろうともせず、目の前の白い壁をぼんやりと眺めた。

――人の痛みなんて、他人に分かるわけはないからだ。我が身で痛みを感じたこともない者の言葉など、ただの慰めにしかならないし、そもそも慰めに意味なんてない。

あの男の話について考える。

そうだ、分かられてたまるものか。あの男が自分で言っている通りだ。

あの男の痛みなど、ただの甘えでしかない。圧倒的な不条理がまかり通る、世界の実像を知らない子供の甘えだ。あの男に見せてやりたいとさえ思う。自分の故郷のありさまを。玄関に放置されていた長兄ムラートの片腕。流れ弾で片足を失った挙句、カディロフツィの気晴らしに殺された次兄のイーサ。姉のヤヒータは人間爆弾に仕立てられ、見知らぬ土地で爆殺された。焼けただれたビニールシートの異臭。生後間もなくして死んだ〈我らの娘〉。同い年のトロフィムとソフィーヤ。二つ年上のマリーナ。故郷の土に還れた者は幸いだ。異国の地で行方知れずとなった者達の救われぬ魂は、誰が鎮めてくれるというのか。

暴力の桁が違う。それが世界だ。

――俺はずっと、狭い世界で押し潰されそうになっていた。暴力は自分を押し潰すだけじゃなくて、周りのみんなを傷つけ、不幸にする。簡単なことだ。その簡単なことが、昔の俺には分からなかった。

カティアは込み上げる笑いを抑えられなくなって、クックッと小さく声に出して笑った。本当に笑わせる。とんでもない馬鹿だ。どこまで甘い男なのか。

なのに――この胸を刺すような痛みはなんだ。

最も不快だったのは、その痛みにはどこか覚えがあることだった。

そうだ、自分は今まで何度か同じ痛みを感じている――いつ、どこで？

思い出せない。違う。思い出したくない。考えたくない。考えてはいけない。絶対に。

抱えた両膝の間に顔を埋め、カティアは笑いながらほんの少し泣いた。

麻布署長のはからいにより、沖津、曽我部、宮近、城木の四人には、別室で仕出しの弁当が供された。

時間がないため、弁当を食べながらそれまでの取調べについて協議を行なう。

「今からでも遅くありません。やはり方針を変更すべきだと思います。『警察官はみんな屑だ』なんて、由起谷主任の話がまったく功を奏していない証拠じゃないですか。未成年とは言え、あの娘は凶悪なテロリストです。そもそも人情が通じるような相手じゃない」

宮近の主張に対し、城木が反論する。

「私にはそうは思えません。あの娘の最後の発言は、むしろ自分自身に対する牽制のように聞こえました」

「それは根拠のないおまえの主観だ」

「そうかもしれない。だが俺は、やはり由起谷主任を信じたい」

「だからそんな呑気な希望論や性善説を語っている場合じゃないと言ってるんだ。おまえは状況が分かっているのか」

「もちろんだ。しかし宮近、だからと言って従来の手法が有効であるという保証はない。彼女の場合、むしろかえって態度を硬化させる危険がある」

箸を止めて議論する二人に対し、曽我部が湯飲みの番茶を啜りながら言った。

「こうしたらどうですかね。とりあえず今日の段階では由起谷君のやり方で行くと。もとはと言えば彼に任せた我々の責任でもあるわけだし。その代わり、今日中になんらかの成果が上げられなかった場合は、担当者の交代も視野に入れて再検討すると。ね、それでどうです、沖津さん」

沖津は苦笑しながら食後のシガリロをつまみ出した。

「まあ、そんなところでしょうが、私も城木君の説に同意しますね」

城木ははっとしたように顔を上げた。

曽我部は興味深そうに沖津の横顔をちらりと窺う。

「へえ、そりゃまたどうして」

「あの娘にはわずかながら変化の兆候が見受けられるように私も感じました。一筋縄でいく相手ではないというのは最初から覚悟の上です。だったら、由起谷君の真っ正直なやり方はかえって有効だと思いますね」

そう言って沖津はシガリロに火を点けた。

麻布署職員食堂の隅のテーブルで、夏川は由起谷と向かい合って黙々と親子丼をかき込んだ。いつもと変わらぬ表情で蕎麦を啜っている由起谷に対し、言ってやりたいことは山ほどあった。しかし一言も口にすることはできなかった。

やがて蕎麦を食べ終わった由起谷は、盆を持って立ち上がった。

「ごちそうさん。準備があるから先に行くよ」

「ああ」

ぶっきらぼうに応じた夏川は、不甲斐ない自分を心の中で罵りながら、由起谷の背中を見送った。

おまえは決して間違っちゃいない——

かけてやりたかった言葉を胸の中で虚しく呟きながら、夏川は固い新香を口の中に放り込んだ。

由起谷が昔荒れていたという事実は、直接本人から聞いている。警察学校の初任科時代、言葉少なに教えてくれた。また今は警務部教養課にいる岩井係長からも断片的に聞いていた。しかし由起谷がここまでつぶさに、赤裸々に語るのを聞いたのは、親友を以て任じる夏川も初めてのことだった。同輩の抱える過去の痛み、そしてこの取調べに対する覚悟に、夏川は心底打ちのめされていた。

誰よりも友を理解しているつもりでいて、何も理解していなかった。自分はそれでも刑事と言えるのか。呆れるほどの間抜けさだ。

由起谷は暴力の罪を悟って更生した。内なる暴力との葛藤に苦しみながら、助けを求める人々に対し、いつも明るい笑顔を向けてきたのだ。特捜部の捜査員達でさえ、多くは由起谷の温厚で柔和な顔しか知らない。

由起谷、おまえは俺が思っていた以上の男だよ――

夏川は同僚を誇りに思い、同時に彼のために危惧を抱いた。

『警察官は皆最低の屑だ』

チェチェン人少女の底知れぬ憎悪。思い出しても寒気がする。あの少女の固く凍てついた氷の心を、果たして由起谷は溶かすことができるのか。万が一不成功に終わった場合、由起谷が責任を問われる事態は避けられない。また由起谷は必ず自分自身を責めるに違いない。

由起谷にとって、午後の取調べはまさに正念場となるだろう。たとえわずかでも、自分は友の力になれるだろうか。

夏川はゴムのように固い新香を嚙むのを止め、薄い番茶で飯と一緒に流し込んだ。

六本木で初めて出会ったとき、あの娘は俺の中の〈白鬼〉を見た。そして自分に近いものを感じたのではないか。だから俺が警察官だと名乗ったにもかかわらずついてきた――

由起谷は階段を上りながら考える。

現に俺も、あの娘に昔の自分の影を見た。だとしたら、あの娘の心を開く手掛かりはやはりそこにしかない――

そのとき、階段を下りてくるオズノフ警部と出くわした。目礼して踊り場ですれ違う。

「由起谷主任」

背後から呼びかけられ、足を止めて振り返る。

オズノフ警部が自分を見つめていた。

「なんでしょう」

「おまえに教えておきたいことがある」

「え？」

長身のロシア人は、一語一語ゆっくりと嚙みしめるように告げた。

「『自分自身を信じろ』」

「それは……」

「俺が昔、モスクワ民警で先輩の刑事達から教わった捜査の心得だ。〈痩せ犬の七ヶ条〉という。その一つだ」

オズノフ警部の蒼い双眸は、心なしか、どこか遠くを見ているようだった。

「おまえは迷うことなく、自分の信じるままに取調べを続けることだ。自分が信じられないと、自分が正しいと思うことすべてが信じられなくなる。そこが揺らいだらおしまいだ。忘れるな。自分が正しいと信じることのために、自分自身を信じるんだ」

それだけ言うと、オズノフ警部は足を速めて立ち去った。

「一つ、自分自身を信じろ」

その後ろ姿に向かって、由起谷は深々と頭を下げた。

「ありがとうございました」


午後一時。取調べが再開された。少女の前には、規定通り水の入ったプラスチックのコップが置かれている。

「昼食のうどんには手をつけなかったそうだね」

それに対する少女の沈黙が当然のものであるかのように、由起谷はおもむろに本題に入った。

「最初に言ったね、俺は自分なりにいろいろ勉強したけれど、たとえ頭で分かったつもりになっても、君の痛みが本当に理解できるはずがないと。その言葉に嘘はない。それが俺の実感だからだ。しかし、チェチェンに関しては頭でも分からないことがあまりに多すぎる。日本警察の作った『黒い未亡人』に関する資料をできる限り読み込んでみたよ。俺の理解する限り、『黒い未亡人』の全員がもともとテロリストだったわけじゃない。皆戦争の被害者であるのは間違いないが、一部を除いて、独善的な過激派に利用されていただけの人もいる。何も知らない女性を拉致して、遠隔操作で自爆させるなんて、革命でも戦争でもない。立派な刑事事件であり、重大な犯罪だ。宗教やイデオロギー、それに人種や民族も関係ない。俺は警察官としてその犯罪を許すことができない。君達も最初はそうだったはずだ。女達を利用する悪党が許せなかった。イスラム教徒であろうとなかろうとだ。君達はそのために新生『黒い未亡人』を立ち上げた。言っておくが、俺はテロリズムを認めているわけじゃない。ただ資料から読み取れる君達の最初の志を指摘しているだけだ。俺が分からないのはその後だ。君達はある時期を境に、仲間の女達を自爆テロに使い始めた。具体的に言うと、ワシントン・ダレス国際空港のテロ以降だ。なぜなんだ。なぜ君達は志を捨てた」

「Вы ничего не понимаете!」

それまで沈黙を守っていた少女が突然言葉を発した。獣が低く呻いたようだった。

「Наша мать - сила! Мы ни на минуту не забываем о наших целях」

「『おまえ達に何が分かる。シーラは私達の母だ。志を捨ててなどいない』」

すぐさまオズノフ警部が通訳する。

「シーラ？　シーラ・ヴァヴィロワのことか」

「………」

「シーラは志を捨てていない。最初の理念の通りに行動している――君はそう言いたいんだね？」

「Да《ダー》」

少女は強く頷いた。それが肯定を示しているのはオズノフ警部の通訳を待たずとも分かった。

「君の名は」

しばし躊躇《ちゅうちょ》したのち、少女は口を開いた。

「Катья Денисовна Ивлева」

由起谷の語学力でも、その名を聞き取ることができた。

カティア・ジェニーソヴナ・イヴレワ。それが少女の名前であった。

——私達が命を捨てるしか方法はないと思うの。

粗末な山小屋のような山岳キャンプの薄暗い灯火の下で、シーラは皆に向かって繰り返した。

ダゲスタンでの秘密会合から引き上げてきた日の夜、シーラ達三人のリーダーは急遽メンバー全員を集めて報告と作戦会議を行なった。

アメリカはカフカス諸国の民主化と安定化の実現を標榜しているが、そこには大きな欺《ぎ》瞞《まん》が存在する。民主化を早急に進めようとすれば、それは必然的に政情の不安定化を招いてしまう。実際にいわゆる民主化ドミノを経験したグルジア、ウクライナ、キルギスでは今も混乱した状況が続いている。重要な石油関連プロジェクトをカフカスでいくつも抱えているアメリカは、当然のことながら自国の利益を優先する。そのため民主化の掛け声は実質的に空疎なものと化していく。

こうしたアメリカのダブル・スタンダードに鉄槌を下す。それが会合での決定であり、『黒い未亡人』に与えられた使命であった。

目標はワシントン・ダレス国際空港。しかもただの爆弾テロではアメリカへの挑発にはなっても、甚大な影響を与えられるものではない。かと言ってハイジャック等のテロに対しては相手も万全の警戒態勢を敷いている。

空港でのテロ、しかもアメリカに対し大きな影響を与えうる作戦——

シーラはワシントン・ダレス国際空港の詳細な見取り図や各種のデータファイルを、テーブル上に置かれた旧型のPCモニターに表示した。カフカス首長国が、空港の清掃を請け負う会社に潜り込んだワッハービストから入手したものだという。

——狙うのは管制塔の管制室。ここを爆破すれば、空港への離発着は当面すべて不可能となる。アメリカの受ける影響と混乱は小さくはないはずよ。

シーラの話を聞いていたメンバーの間から声が上がった。

——そんな所、そう簡単に近づけるはずないわ。

頷いたシーラは、自らの作戦を明かした。

——一人では近づけない。でも、三人、いえ、四人ならどう？

シーラが立案したのは、言わば〈段階的自爆テロ〉であった。まず最初の一人が自爆。それによる混乱に乗じて先に進んだ二人目が次に自爆。そして三人目、あるいは四人目が管制室の近くで自爆。強制された自爆、または遠隔操作による自爆などでは決して実現できない作戦であった。一発目は爆破させることができても、自爆要員が恐怖にすくむことなく先に進まねば意味はない。爆発の衝撃と仲間の死を乗り越え、次々と前進するには強靭な意志力が必要となる。自らの意志で戦う新生『黒い未亡人』ならではの作戦とも言えた。

皆に交じってシーラの話に聞き入っていたカティアは、息が苦しくなるような切迫した違和感を覚えた。そして、何か小さなものが胸に突き刺さるようなあの痛み。

──カフカス首長国や他の組織が、私達を苦々しく思っていることは皆も知っているわね。連中は隙あらば私達を貶《おとし》め、排除しようとしている。私達を利用するだけ利用しながら、みんな腹の底では生意気な女達だと考えてるわ。でも、私達だって連中を利用する。無茶な計画だと思うけど、私達がこれまでのような活動を続けていくためには、なんとしてもこの試練をクリアしなければならない。

メンバーの大半に異論はなかった。全員が部隊の置かれた状況を理解している。

理不尽な暴力に怯えるだけの毎日はもうたくさんだ。そして何より、自分達にはもう家族も帰るべき場所もない。

メンバーの間には当然不安も恐怖もあったが、それよりも、自分達の居場所を守ろうという意志が勝った。

やろう。やってやろう。アメリカに、そして上の男連中に、一泡も二泡も吹かせてやろう。

場が高揚するのを、カティアは肌で感じていた。そんな空気の中では、口を開くことさえできなかった。

——では、作戦を遂行するメンバーの選定について。

シーラに代わって、ジナイーダが声を張り上げた。

——最初に最も重要な自爆要員だが、まず自分が志願する。

——あなたは駄目よ。

ファティマがすかさず却下した。

——あなたの、いいえ、私達三人の責任は作戦全体を指揮すること。そして何があっても最後まで見届けることよ。あなたは先に死んでは駄目。それは単なる無責任だわ。軍歴の長いあなたならそれくらいお分かりのはずよ。

——しかし……

ファティマはジナイーダに反論の隙を与えず、全員を見渡して、

——とりあえず成年のメンバーの中から志願者を募ります。誰か、勇気ある人は前に出て。

古参のメンバーが三人、決然と足を踏み出した。そしてもう一人が、おずおずながら、

意を決したように前に出た。

その四人に向かって、ファティマがひざまずいて祈りを捧げる。シーラとジナイーダがそれに続く。残る全メンバーも。

カティアも慌てて皆にならったが、両目を固く閉じて祈りながら、必死に胸の痛みに耐えていた。

ミーティングの解散後、皆が寝静まってからも、カティアはなかなか寝つけなかった。兵舎と称されるテントを抜け出して、森の中の水場で顔をごしごしと洗った。深夜の風に、暗い森の木々が密やかに囁き交わす。月は厚い雲に覆われて、地上に一縷《いちる》の光も投げかけない。何もかもが不吉の予兆に感じられた。自分達が、何か取り返しのつかない道に踏み出しかけているような。

シーラは決して間違えない。でも何かが間違っている。その何かをうまく言えない。もどかしくて、切なくて、胸がどうしようもなくざわめいた。

――カティア。

不意に呼びかけられ、驚いて振り返った。

いつの間にか、シーラが背後に立っていた。

――眠れないのね。

——うん。

カティアはそこで気がついた。

——シーラも眠れないの？

シーラは黙って微笑んだ。

カティアはおそるおそるシーラに近寄り、その体に両手を回した。シーラもまた、カティアの細い体を抱き締めた。

——カティア、おお、優しい子。

シーラの声は震えていた。その手も、その指も。静かに、小刻みに震えながら、全身で声を上げずに泣いているのが小波のように伝わってきた。

カティアは一層の力を込めてシーラを抱き締めた。そしてシーラと一緒に、無言のままいつまでも泣いた。

ワシントン・ダレス国際空港の管制室爆破作戦は、シーラの狙い通り成功を収めた。同志四人の命と引き換えに。

作戦の実行に当たって、シーラ、ジナイーダ、ファティマら三人のリーダーはアメリカに渡り、現地の支援組織と調整を重ねつつ指揮を執った。例によってカティアも護衛役の仲間とともに同行した。カティアの語学力は、さまざまな人種の関わる現地での準備活動に大いに役立った。

ワシントンDCの玄関口を破壊され、アメリカは大混乱に陥った。

『黒い未亡人』の名は一躍世界中に轟き渡った。そしてそれは、世界中の対テロ組織、情報機関、法執行機関によってブラックリストのトップに引き上げられ、総攻撃の対象となることを意味していた。

これに対して上部組織は、なんの支援も行なおうとはしなかった。シーラをはじめとするリーダー達は深い憤りを覚えたが、所詮権力者の私利私欲で動く武装組織に道義など求めるべくもないことは最初から分かっていた。

『黒い未亡人』を取り巻く状況は以前に増して厳しくなった。欧米諸国による締め付けが強化されたため、物資や資金の補給も途絶えがちになり、メンバーの誰もが身を削るような日々を強いられた。カティアは歯を食いしばって耐えた。胸に残る痛みにも。

それは、皆に作戦を告げた夜、声を上げずに泣いていたシーラの心が信じられたから。

「Вы можете никогда не понять」

カティアは重ねて叫んだ――『おまえ達に何が分かる』

蓄積された怨念が、真正面からブリザードのように吹きつけてくるのを由起谷は感じた。

「自分自身を信じろ」

由起谷は怯みそうになる自己を叱咤し、落ち着いた態度で応じる。

「分からないね。言ったろう、それは君達の痛みだ」

「…………」

「ワシントン・ダレス空港で自爆した四人は、いずれも成年で、組織内でも過激思想に傾倒していたことが判明している。百歩譲って、ワシントンでのテロが、君達が当初標榜していた〈自ら選び取った戦い〉であるとしよう。誰に強制されたものでもない、自分達で主体的に選択した道だ。しかし、パリのヴァル・ド・グラース陸軍病院でのテロはどうだ。ワシントンと同じ段階的自爆テロの手法だが、こんどは大人じゃない、当時の君と同じ年頃の女の子が三人も死んでいる。彼女達も君と同じように、自分で選んだ戦いだと信じていたのか」

「Конечно」

ユーリが冷静に訳す。

「『当然だ』」

「では、自ら望んで死んだと言うんだね」

カティアが頷く。

「他人の痛みさえ人は簡単に分からないというのに、どうして他人の死の理由が分かるんだ。どうして君にそんなことが言い切れるんだ」

「Потому, что мы товарищ」

「『仲間だからだ』」とユーリ。

「そうか、仲間か。だがな、意地や見栄から志願して、後に退《ひ》けなくなっただけってこともあり得るんじゃないのか。少なくとも、そうじゃないことを本人以外の誰が決めつけられるんだ。思い出せ、君達以前の『黒い未亡人』を。薬物や脅迫によって自爆させられた者も確かにいるが、中には体《てい》よくそそのかされて、自ら死に赴いた者もいるはずだ。それこそ殉教者気分でな。彼女達がそうじゃなかったなんて、君に断言できるのか」

「…………」

「はっきり言おうか。大義のためとか、理想のためとか、きれい事はいくらでも言える。結局やってることはおんなじだ。仲間の女に、それも子供に自爆を命じる連中なんて、全部同じ、ただの犯罪者だ。かつて女子供に自爆を強制していた男達が、〈砂〉だか〈剣〉だかの女達に変わっただけの話だ」

カティアはものも言わず目の前のコップをつかみ取ると、中の水を由起谷の白い顔に向かってぶちまけた。

ワシントン・ダレス国際空港でのテロから一年後、上部組織より『黒い未亡人』に再び難題が与えられた。

パリのヴァル・ド・グラース陸軍病院の爆破。そこには対テロ強硬論で知られるフランス政府高官モーリス・マニャールが長期入院していた。DGSE（対外治安総局）によるイスラム武装勢力への苛烈な特殊作戦を承認したのは彼であると言われている。実行された一連の作戦により、イスラム武装勢力は大きな打撃を受けた。目的はその報復であった。

イスラム過激派が執拗にマニャールの命を狙っていることをフランス当局は察知している。それでなくても政治家や高級官僚の患者が多数入院しているヴァル・ド・グラースには厳重な警備態勢が敷かれていた。

――マニャールは私達にとっても憎むべき敵よ。今までに三つのグループがマニャール暗殺に失敗している。この任務が私達に与えられたのは、今までの実績が認められたからこそだわ。

皆に告げるシーラの口調は、どこか誇らしげでさえあった。そのことにもカティアは違和感を抱かずにはいられなかった。

ＤＧＳＥの特殊作戦によって少なくとも二つの難民キャンプ、一つの病院、三つの児童保護施設が灰燼に帰した。子供の犠牲者は数えきれない。シーラはいかに今回の作戦が大義に則《のっと》ったものであるか、滔々《とうとう》と語った。その言葉は常にも増して異様な熱を帯びていた。子供を犠牲にした者達への復讐。それは分かる。メンバー全員に共通する思いだ。しかしそれにしてもシーラのこだわりは異様であった。

その夜のミーティングは紛糾した。マニャール暗殺のための決定的な作戦が見出せなかったのだ。

国境地帯の山中での会議は幾晩も続いた。その結果、三人のリーダーや中堅幹部達の出した結論は、「女であっても成人ではマニャールに近づけない」というものであった。マニャールの病室のある棟に接近するには大人では無理だ。唯一可能性があるとすれば、子供の入院患者を装うこと。それにワシントン・ダレス国際空港で用いた〈段階的自爆テロ〉の手法を加える。すなわち、未成年のメンバー数人が患者として潜入し、順次自爆しながらマニャールの病室を目指す。

この作戦案は、メンバーの間に大きな波紋を投げかけた。

カティアは最初、何かの間違いではないかと思った。子供の復讐のために子供を犠牲にする——そのロジックはどう考えても矛盾している。いや、すでにして狂気の域に踏み入っていると言っていい。

なぜ——どうしてシーラが——

己の胸に湧き起こる疑問の渦をカティアは抑えることができなかった。

——これは私達自身が立案した作戦であり、あくまで自らの意志で実行するものよ。悪党どもにいいようにされていた昔とは根本的に意味が違うわ。

それがシーラの主張であり、ファティマもそれに同意した。

しかしジナイーダは違った。

——我々は『黒い未亡人』だ。復讐のために戦う妻であり、母だ。そのためには命をも捨てよう。だがそれはまず我々からやるべきだ。真っ先に子供を死なせる母がいるものか。

——分かってちょうだい。他に方法があるなら私だってやりたくない。先に死ねるものならまず私が死んだっていい。でもそれは現実的じゃないわ。戦いに勝たなくてはなんの意味もないでしょう。

カティアは他の仲間達と同じく、固唾を呑んで二人の激論を見守った。

——それは詭弁だ。

——いいえ、違うわ。勝ち続けなければ組織は維持できない。私達の理想なんて、いつまで経っても実現できない。

ジナイーダはしばし無言でシーラを見つめた。

――シーラ、おまえは変わってしまった。

そのときカティアは、胸に針を突き立てられたように思った。これまで漠然と感じながら、意識して目を背け、考えないようにしていたことを、ジナイーダがはっきりと言葉にしたからだ。

〈剣の妻〉は深い息をついてから言った。

――いいだろう。作戦に同意しよう。だが忘れるなシーラ、これで我々は一線を越えることになる。もう引き返すことはできない。大義に付いた一点の染みはたとえどんなに洗ったとしても二度と落ちない。

――それはこの戦いを始めたときから覚悟の上よ。世界に対して復讐を誓ったときから、私達の手は汚れているの。

決然とシーラは答えた。以前ならば頼もしく思えたはずのその姿に、カティアはなぜか言いようのない哀しみを感じた。やはり胸が小さな針で刺されるように痛んでいた。

針？　いいや、違う、もっと別の――小さい何かだ――

気がつくと、頬の両側が熱かった。いつの間にか、自然と涙がこぼれていたのだ。カティアは慌てて掌で両目と頬を拭った。シーラが一瞬こちらを見たように思ったが、気のせいだったかもしれない。顔を上げたときには、シーラは側近のメンバーと何事かを小声で話していて、こちらに視線を向けさえしなかった。

前回と同じく、作戦の志願者が募られた。ただし、今回は十四歳までのメンバーに限られた。十五歳の誕生日を一週間後に控えたカティアは、まだぎりぎり十四歳だったが、その語学力を必要とする組織は彼女の志願を認めなかった。

最終的に志願したのは、ザレーマ、ニーカ、アミーナトの三人だった。いずれも数年前に組織に身を寄せた孤児で、ザレーマとニーカは十四歳、アミーナトは十三歳だった。歳が近いこともあって、みんなカティアと仲がよかった。厳しい訓練の合間には、一緒に花を摘んでキャンプを飾り、メンバーのみんなから褒められた。四人並んで水辺に座り、古着の切れ端で作ったハンカチに刺繍をしたこともある。力を合わせて焼いたハチャプリは、真っ黒に焦げてとても食べられたものではなかったけれど、それでも忘れ難い思い出だ。

本当に、本当に志願するの？　みんな、本当にそれでいいの？　怖くはないの？

テントの前の焚き火を囲んで、カティアは三人に何度も訊いた。

アミーナトは憤然として答えた。

――当然よ。それが私達の義務。私の献身的行為によって敵が死に、みんなの勝利につながるならイスラム教徒として本望だわ。

普段から教えられている通りのことをアミーナトは繰り返した。

――ザレーマはどうなの。

――私は……

ザレーマは最初口ごもりながら、それでもきっぱりと言った。

――私はみんなと違って、体力がない。運動神経もよくないし、頭も悪い。訓練にもまるでついていけない。でもね、そんな私でも、この作戦ならみんなの役に立てるわ。私は父さんや母さんを殺した奴らが憎い。弟や妹を殺した奴らが憎い。私の家を滅茶苦茶に壊し、山羊や牛やトラクターを奪っていった奴らが憎い。警察も軍もカディロフツィも、アメリカもフランスもみんな敵。私は一人でも多くの敵を道連れにして死ぬつもりよ。

――ニーカは。

ぽっちゃりとした体型のニーカは、今にも泣きそうな顔をして俯いた。彼女は実の母親に売り飛ばされた身の上で、〈出荷〉直前に組織に救出されたのだった。

――ねえ、どうなの、ニーカ。

重ねて問うと、消え入りそうなか細い声で、

——私は怖いわ。怖くてたまらない。

アミーナトとザレーマが同時にニーカを睨む。彼女は慌てて付け加えた。

——私だって敵は憎いわ。みんなと同じよ。敵がみんなの暮らしを滅茶苦茶にした。だからお母さんも私を売るしかなかったのよ。私にはもう帰るところはない。待ってくれている人もない。お金だってないし。だったら早くアッラーの御許に行きたい。そう思って志願したの。心配しないで。私、きっとうまくやるわ。任務をちゃんと果たしてみせる。

カティアにはそれ以上何も言えなかった。

友が三人、死出の旅に発つ。今まで以上に胸が痛んだ。

行かないで——みんな、いつまでも一緒にいよう——

そんなことを叫びそうになった。武装組織のメンバーとして、夢より儚い戯言《たわごと》を。

——愛しいカティア。あなたはきっと分かってくれるはずよ。

思い余って夜中にテントを訪ねたカティアを、シーラは優しく出迎えた。

——私達にはやるべきことがまだまだたくさんある。ガーリャのこと、覚えてる？　私がジャマートに入隊して軍事訓練を受けている間、まだ小さかったあなたを預かってくれたお婆さんよ。

カティアは小さく頷いた。忘れるはずがない。ベルカト・ユルト村での日々。ガーリャとカボチャを作りながら、シーラの帰りをひたすら待った。

――私はガーリャに誓ったわ。スヴェトラーナのような女の子を救うために戦うと。ガーリャも私を励ましてくれた。その期待を裏切るわけにはいかないわ。ね、そうでしょう？

再び頷くしかなかった。

頭の中でまたも疑問が渦を巻く――女の子を救うために、女の子を犠牲にしていいのか。本当に他に手はないのか。何かが決定的に間違っているのではないか。ジナイーダの指摘した通り、シーラは変わってしまったのではないか。

――憎しみは人を赦《ゆる》す、されど愛は人を罰す。

誰に言うでもなく、唐突にシーラはそう呟いた。カティアに言っているようにも聞こえたが、自分自身に言い聞かせているようでもあった。

――今のはなに？　ことわざかなにか？

カティアの問いに、シーラは微笑みを浮かべ、

――いいえ、ただの独り言よ。どうしてかしら、近頃よくそんなことを考えるの。

――どういう意味なの？

それはね、と答えかけたシーラは、思い直したように首を振り、

――答えはあなたが自分で見つけるべきだわ。誰のものでもない、あなた自身の答えを。

なんだかはぐらかされたような気がして、カティアは黙り込んだ。

――いらっしゃい、カティア。私の大切な娘。今夜は一緒に眠りましょう。あの頃のように。昔のように。

差し伸べられたシーラの手は、昔のように温かかった。カティアは頭の中のさまざまな考えを振り払い、シーラの抱擁に身を委ねた。けれど胸の中の針は消えなかった。


「大丈夫だ、大したことはない」

気色ばんで近寄ってきた夏川を制し、由起谷はハンカチを取り出して顔を拭いた。そして何事もなかったかのように話を続けた。

「君はあくまで組織は変質していないと言うんだね」

「Да《ダー》」

「君にとってシーラ・ヴァヴィロワとはなんなんだ」

「『ハハ』」

ハハ——母か。

カティアは、シーラとの出会いから、難民キャンプの消失までを、精一杯の抑制が感じられる口調で淡々と語った。抑制を意識しなければ、激烈な感情がとめどなく迸《ほとばし》るものとなることを自覚している。穿った見方をすれば、テロ決行までの時間稼ぎと取られかねないことさえ意識しているのだ。

ユーリが適宜それを通訳する。

おそらく相当かいつまんで話しているのだろうが、断片的なものであっても、聞く者の肌を粟立たせずにはおかないチェチェンの凄惨な実情であった。

ザチストカ。国家の軍による暴行、略奪、誘拐、殺人。

由起谷や夏川だけではない、通訳するユーリの顔色も変わっていた。ロシア政府によるマスコミ統制によって、多くのロシア人は今もそうした情報から遮断されたままでいる。チェチェン人とは辺境のテロリスト民族だというイメージがすり込まれているのだ。特にモスクワ警察の刑事であったユーリには、国の内外で散々に辛酸を舐めた今でも多少なりともカフカス系への偏見が残っている。現に彼は刑事になり立ての頃、モスクワ中心部で起こった北カフカス武装勢力による同時多発テロの現場へ長期にわたって応援に駆り出されるという経験を持っていた。カフカス系に対する彼の認識が今、根底から揺さぶられつつあるのだ。

カティアの話はそう長いものではなかったが、一同にとっては充分以上に衝撃的なものだった。

最後にカティアはこう言った。

「Ненависть, чтобы простить человека, но любит, чтобы наказать людей」

それだけはなぜか自信のなさそうな様子で、ユーリは首を傾げながら訳した。

「『憎しみは人を赦す、されど愛は人を罰す』。厳密な意味は分からないが、シーラの言葉だそうだ」

話し終えたカティアは、さすがに喉が渇いたのか、新たに運ばれてきたコップの水を口に含んだ。
二、三分の沈黙の後、由起谷が再び口を開いた。
「君は〈鬼子母神〉を知っているか」

「キシ……モジン……？」

カティアが首を左右に振る。

由起谷は苦笑して、

「そうだろうな。知らなくて当たり前だ。いや、鬼子母神とは仏教で言う仏の一つでね、もとは大勢の子を持ちながら、他人の子を取って喰う鬼神だった。お釈迦様はその悪行を諌めようと、彼女が一番愛する末の子を隠した。子を失う哀しみを悟った彼女は、以来、子供の安全を守る慈愛の仏になったそうだ」

「………………」

「俺に言わせれば、シーラは逆だ。もとは慈愛に満ちた母だったかもしれないが、あるときから子供を平気で喰う鬼神になった。少なくとも俺にはそう思える」

カティアが手にしていたコップを振り上げる。同時に夏川が椅子を蹴立てて立ち上がった。

「俺に水をかけて気が済むならいくらでもかければいい」

由起谷は正面からカティアを見据える。

「現にヴァル・ド・グラース以降、『黒い未亡人』の自爆テロは明らかに見境がなくなった。大勢の子供の死が確認されている。相模原や川崎の事案でもそうだ。それが君達の望んだ理想への道だと本気で信じているのか」

コップを頭上に振り上げた姿勢のまま、カティアは峻烈な目で由起谷を睨んでいる。

「段階的自爆テロという手法は、実行するたびにより多くの子供の命を無造作に使い捨てるようになっていく。まるで手法自体が生きている化け物のようだ。シーラはその化け物に魅入られたんだ。君はそれでも、シーラが昔のままの慈母だと言うのか」

カティアはコップの水を一息に飲み干し、静かに机の上に置いた。

そして、由起谷に向かって吐き捨てるように言った。

「Жертва требуется для реализации идеала」

ユーリが苦い表情で訳した。

「『理想の実現に犠牲はつきものだ』」

その途端、由起谷の白い顔がすっと蒼ざめるように白味を増した。

PCのキーを叩いていた夏川が息を呑む。またその変化を再びまのあたりにしたカティアも。

「ふざけるな」

それまでの人間味のあるものとはまるで違う、押し殺したような由起谷の声だった。

「この期に及んで誰かの受け売りか。舐めるなよ。いいか、そんな口先だけの決まり文句など二度と口にするな。俺が訊きたいのはおまえの心からの本音だ。魂の言葉だ」

由起谷がゆっくりと立ち上がる。顔は変わっていないのに、肌は白蠟《はくろう》のように変化している。

今、取調室の中心にいるのは、人の形をした昏《くら》く烈《はげ》しい何かであった。

「この顔を知っているな。そうだ、おまえが六本木で見たあの〈白鬼〉だ。こいつは暴力の味を知っている」

テーブルの上に両手をつき、のしかかるようにカティアの顔を覗き込む。

「ようく見ろ。おまえの中にもこの顔があるはずだ。見境のない暴力の顔だ。人を傷つけてなんとも思わない最低の顔だ。この顔の前に、理想も正義もあるものか。おまえは自分のために何人死のうが知ったことじゃないんだろう。なぜなら、自分が世界中から傷つけられ、酷い目に遭わされ続けたからだ。それですべてが正当化できると思ってる」

「…………」

「思い出せ、仲間の顔を。おまえよりほんの少しだけ先に死んでいった仲間の顔を。そうだ、一つ残らず思い出してみろ。それがおまえ達のやってきた暴力だ」

眼前に迫る死人よりも白い顔。それは確かにカティアの知る暴力の顔だった。

自分は常に、この顔と向き合って生きてきた。生まれて以来、この顔は自分の周囲を取り巻いていた。そしていつしか自分も、こんな顔をするようになっていた。

思い出す。ザレーマの顔。ニーカの顔。アミーナトの顔。

三人とも、自ら望んで爆弾を身につけた。自分は彼女達を、仲間とともに祈りながら見送った。そんな祈りになんの意味がある。友達が死へと向かうのを、自分はただ無為に見送ったのだ。

アミーナトは大人達に教え込まれたことを疑うことなく実行しただけだ。ザレーマは憎しみに凝り固まって敵を殺すことしか頭になかった。ニーカの場合は絶望だ。世の中に絶望して人生を投げた。単に少しでも早く楽になりたかっただけだ。それがどうして英雄的献身などと言えるだろう。ましてや殉教者などと。

刺すように胸が痛む。分かっていた。自分にはそれが分かっていた。なのに三人を止められなかった。

違う。違っている。シーラが最初にやろうとしたのは、そんな子供達をなくそうとすることだったはずだ。

自分もまた同罪だ。友達を見殺しにした。いや、見殺しなどという生温《なまぬる》いものじゃない。積極的に殺す手助けをしたのだ。

針が——胸の中の針が痛くてたまらない——

それも違う。針ではない。釘だ。自分の胸にあるのは、赤い釘だ。

カティアは今こそはっきりと悟った。

トロフィム、ソフィーヤ、そして二つ歳上のマリーナ。イングーシの難民キャンプでみんなと遊んだ。みんなと一緒に失くしてしまったはずの赤い釘。あの釘は、キャンプの残骸に埋もれて消えたのではなかった。いつの間にか、自分の体内にするりと潜り込んでいた。そして十年が経った今も、あの小さな釘が自分を体内から苛んでいるのだ。燃えるように胸が痛む。胸の中の赤い釘が。

カティアの顔にはそれまでとはまったく異なる表情が浮かんでいた。恐怖、そして苦悶だ。

彼女の耳許で、〈白鬼〉は容赦なく囁く。

「甘えるなよ。自分にも、世界にも」

「由起谷！」

夏川が背後から由起谷の両肩に手をかけて座らせる。

「座れ、由起谷」

由起谷は我に返ったように夏川を振り返った。

「大丈夫だ、すまない」

「本当か」

「ああ」

夏川が自席に戻るのを待って、由起谷は取調べを再開した。

「許してくれ。君を怖がらせるつもりはなかった」

カティアは蒼白になったまま黙っている。

「だが今俺が怒っていることには変わりはない。〈白鬼〉も俺も、何より甘えた奴が大嫌いなんだ」

「………」

「鬼子母神は、我が子をなくして慈愛を悟った。シーラは逆に、ヴァル・ド・グラースで子供を犠牲にして、悪鬼への道を歩み出したんだ。その結果がこれだ。大勢の人間の死だ」

カティアはもう何も反論しようとはしなかった。

隣室で一部始終を見守っていた城木は、気圧《けお》されたように一言も発することができなかった。

想像を絶するチェチェンの惨状。狭い取調室の中に、チェチェンと下関、まるで異なる国の二つの世界が、蜃気楼のように重なり合って現出したかのようにさえ感じられた。

また由起谷主任の突然の変貌。色の白さから警察内で『白面』と仇名されているのは城木も耳にしていたし、下関時代の素行についても資料を読んで把握していた。しかし〈白鬼〉が今も彼のうちにいることまでは知らなかった。温厚で知られる由起谷が、あのような顔をその胸に秘めていようとは。被疑者を、そして自らをも押し潰すかのような圧倒的な怨念と憎悪。物理的な暴力にも近い生々しい感触が鮮明に甦り、城木は改めて総毛立つ思いがした。

そして、〈鬼子母神〉。

由起谷主任の言う通り、シーラ・ヴァヴィロワはまさに鬼子母神の逆だ。彼の話は確実にカティア・イヴレワというテロリストの心を揺さぶったと確信する。

そのとき、ノックとともにドアが開いて、留置管理課員が入ってきた。

「失礼します。規定の取調べ時間を過ぎておりますので、念のためご注意に上がりました」

沖津と曽我部は顔を見合わせ、互いに頷き合った。

「沖津さん、今日はこの辺にしときましょうかね。具体的に判明したのはあの娘の名前だけですが、それだけでも結構な収穫だと思いますよ」

「私も同意見です。一旦切り上げ、被疑者が落ち着くのを待った方がいいでしょう」

カティア・イヴレワははっきりと分かるほど混乱し、憔悴していた。今朝取調べを始めたときの様子とは大違いだった。

時刻はすでに午後六時を回っていた。

4

麻布署から新木場に引き上げた一行は、およそ一時間にわたるミーティングを行なった。由起谷主任が引き続き取調べを担当することを確認し、翌日に備えて解散となった。伊庭係長は、時間も限られていることから昼夜を徹しての取調べを主張したが、被疑者の精神状態などを考慮すると逆効果になりかねないというのが、曽我部と沖津の一致した見解であった。

解散後、曽我部と沖津は会議のため霞が関に向かい、伊庭は外四独自の捜査に戻った。由起谷と夏川は翌日に備えて官舎に戻り、休養を取るように命じられた。城木と宮近だけが各所との連絡、調整のため特捜部の庁舎に残った。

留置所の壁際で膝を抱え、カティアは真っ青になって苦痛に耐えていた。

胸の中の赤い釘が、今までになく執拗に暴れている。ようやく自分に気づいてくれたのかと、これまでの鬱積を一気に発散しているかのように。

同い年だったトロフィムとソフィーヤ。二つ年上だったマリーナ。一緒に花を摘んだアミーナト。水辺で刺繍をしたザレーマ。気弱でぽっちゃりしたニーカ。

赤い釘の一本一本が、今まで自分の失った友なのだ。

由起谷の言わんとしたことは感覚的にこれ以上ないくらい理解できた。ジナイーダもはっきり指摘していたではないか、シーラの変化を。なのに自分は、それを認めたくないばっかりに、意識して目を逸らし続けた。その結果がこれだ。多くの友達をむざむざ死に追いやった。

止められたのに。みんなを助けられたのに。

由起谷の隠された白い顔は、間違いなく自分の顔だ。取り返しのつかない暴力の顔だ。

だが、由起谷の言ったことは一つだけ間違っている。

あの男は、シーラと『黒い未亡人』の変化はヴァル・ド・グラース以降だと言った。自分もずっとそのように思っていた。フランスでアミーナト、ザレーマ、ニーカの三人を犠牲にしたときからだと。

だが今は分かる。そうではない。シーラの変化にきっかけなどなかったのだ。皮肉にも由起谷の取調べを受けてそのことをはっきりと悟った。

壊滅したイングーシの難民キャンプをじっと見つめていたシーラの目。

キシモジン。

シーラはあのときすでに魔に憑かれていた。テロリズムという名の魔に。内なる魔は、最初は大義と慈愛の仮面を被り、時間をかけてゆっくりと本来の顔を見せ、目的を達成していったのだ。シーラ自身がそれを意識していたのかどうかまでは分からない。おそらくは無自覚だったのではないか。いや、そうであってほしい。そうでなければ自分はなんだ。シーラを母と信じて従ってきた自分は。

どうしようもない後悔の塊が胸の奥から堰を切ったように込み上げてきた。

胸が――胸が痛い――赤い釘――

吐き気を抑えきれず、カティアは留置所の畳の上に嘔吐した。いくら吐いても止まらなかった。両手を畳について吐き続けた。たちまち狭い室内に吐物が広がる。

意識が薄れる。係官が大声を上げながら飛んできて、ドアの鍵を開けているのがかろうじて分かった。

気がついたとき、カティアはベッドの上にいた。病院のようだった。痛みはすでに治まっていた。起き上がって壁の時計に目を走らせる。時間はそれほど経っていない。

ベッドの前の椅子に座った白衣の医者が、英語で問診する。同じく英語で質問に答えた。医者は頷いてカルテに何事かを記入し、そばに付き添っていた中年の女性警察官に日本語で言った。

「ストレスによる急性の神経性胃炎でしょう。心配することはありません。安静にしていれば大丈夫です。お薬をお出ししておきます」

女性警察官に肩を抱きかかえられるようにして診察室を出た。廊下では警察官が二人、眼を光らせて待っていた。

「大丈夫？　さ、行きましょう」

女性警察官に促され、廊下を歩き出す。蛍光灯が煌々《こうこう》と輝くロビーに出た。

「ちょっとここで座ってましょうか」

言われるまま、細長いベンチの片隅に彼女と並んで腰を下ろした。警察官の一人は受付の窓口に向かった。もう一人は目立たないように近くに立っている。

ロビーには大きなテレビが設置されていた。ベンチのあちこちに座った顔色のよくない患者やその家族らしき人々は、ほぼ全員テレビに見入っている。カティアも見るとはなしにぼんやりとテレビを眺めた。何かを考える気力さえ湧いてこなかった。

ニュース番組が始まった。自分達の引き起こした自爆テロの続報。あのときも大勢を見殺しにした。胸の中の赤い釘がまた少し疼《うず》くのを感じる。続けて日本各地の行楽地らしい風景。自分とは縁のない、現実感の欠如した遠い世界。そして――

カティアは目を見開いた。

テレビの中で、ある男がアップになって喋っていた。

一挙に時間が巻き戻されたような衝撃。急激に記憶が甦る。今まで思い出すこともなかった遠い日の記憶。確かにあのとき、あの森で――

思わず立ち上がって叫んでいた。

「Имеется тот человек! Я знаю тот человек!」

あの男だ、私はあの男を知っている――

書類仕事に没頭していた城木の卓上で警電が鳴ったのは、午後九時四十分を過ぎた頃だった。

麻布署の留置管理課員からだった。

最初のうち、相手が何を言っているのかよく分からなかった。とにかく順を追って話すように頼み、ようやく理解したことは――

イスラムの教義に則って調理された夕食を少しだけ口にしたカティアは、午後八時前、突然嘔吐し、急激な腹痛を訴えた。警察署内には医務室はない。カティアを単なる暴行事件の被疑者として認知している麻布署は、パトカーでカティアを日本赤十字社医療センターに搬送した。もちろん規則通り腰縄、手錠付きで、男性警察官二名、女性警察官一名が同行した。診察の結果は、急激なストレスによる一時的な神経性胃炎で、投薬により痛みは間もなく治まった。すぐに麻布署に戻ることになったが、警察官が手続きをしている間、ロビーで女性警察官とともにベンチに座っていたカティアが、フロアのテレビを指差して何事かを叫び始めた。女性警察官は慌ててカティアを落ち着かせようとしたが、ロシア語を解さないため、騒ぎになった。男性警察官が興奮する彼女を取り押さえ、パトカーでなんとか連れ帰ったが、車内でもカティアはしきりに何かを訴えようとしていた。麻布署の留置所に戻しても大声を上げて騒ぐので、英語の話せる署員が対応したところ、カティアも英語に切り替えて話した。それによると、病院のテレビで、知っている男の顔を見たという。なんの番組かは分からなかった。一緒にいた女性警察官に質すと、ニュースだったように思うが、どういうニュースであったかまでは覚えていないということだった。

「すぐに担当の者を向かわせます。それまで被疑者から目を離さないで下さい」

そう言って電話を切り、城木は由起谷、夏川、オズノフの官舎に電話して麻布署に急行するように命じ、次いで宮近のデスクに向かった。事のあらましを同僚に話し、手分けして各方面への連絡に努めた。

カティアはテレビの中に一体誰の顔を見たというのか。ニュースを観ていたらしいが、チェチェン関連のニュース、あるいは相模原や川崎関連のニュースでもやっていたのか。自身もすぐに麻布署に向かいたかったが、閣僚級、次官級の面々が集う会議に出席して捜査状況の説明中である沖津を捕まえることは難しかった。

越中島の官舎で、ベッドに身を投げ出してさまざまな考え事——取調べ方針、追憶、自己嫌悪——に耽っていた由起谷は、振動する携帯端末にそのままの姿勢で応答した。城木からの連絡だった。

「分かりました。すぐに向かいます」

飛び起きて身支度を始める。まだ着替えてもいなかったことが幸いし、ほとんど時間はかからなかった。

玄関で慌ただしく靴を履きながら、頭の中で城木理事官の話を反芻する。

嫌な予感がした。あの娘がそこまで大騒ぎをして何かを自分達に知らせようとした。よほど重大なことであるとしか思えなかった。夜になってぱらつき出した小雨の中、逸《はや》る心を抑えつつ、由起谷は官舎を後にした。

最初に麻布署に到着したのは由起谷だった。留置事務室に直行し、すでに顔馴染みになっている課員に声をかけると、相手は怪訝そうな顔をして、

「あれ、あの外国人の女の子ですか。あの子ならつい今しがた本庁の人が二人見えて引き取っていかれましたよ」

急速に鼓動が高まる。そんな話は聞いていない。

「どういうことですか」

「なんでも、本庁の女性用留置所に空きが出たからそっちに移すって。確か二人とも生安《せいあん》（生活安全部）の人でした。ほら、ここです、この通りちゃんと書類にも記入してもらったし……」

「いつですか」

「ですからたった今ですよ。ちょうど入れ違いかな。そっちの裏階段から下りてったばっかりです」

相手の話を最後まで聞かず、由起谷は身を翻し全力で走り出した。所轄署の留置事務室には被疑者専用の裏階段に通じるドアがある。

ニセ警官だ――

裏階段をほとんど飛び降りるように駆け下り、一階通路を裏口に向かって猛然と走る。途中で何人かにぶつかったが構ってはいられない。

何者かは知らないが、大胆にも警察署からカティアを拉致していったのだ。それも自分とほんの一足違いで。

頼む、間に合ってくれ——

麻布署裏の駐車場に飛び出すと、手錠に腰縄を付けられたカティアがトヨタクラウンの後部座席に乗せられようとしているところだった。

「待てっ」

声をかけると、カティアとその後ろにいた体の大きい男が驚いたように振り返った。

「乗るな、そいつらは警官じゃない！」

すぐに察したカティアが全身で抵抗する。しかしすでに半ば車内に乗りかけていた体勢ではどうしようもなかった。大男は強引にカティアを車内に押し込む。先に運転席に着いていたもう一人の男が、ドアの閉まるのを待たずに急発進させる。

寸前で追いついた由起谷は、閉められる直前の後部ドアに左腕を突っ込んだ。二の腕と肩のあたりに激痛が走った。大男は何度もドアを叩きつけて由起谷を払い落とそうとする。脳が痺れるような痛みに耐え、大声で喚きながら懸命に抗う。

駐車場を出て右折したクラウンは、構わずスピードを上げ六本木通りへと向かう。由起谷は半身を無理やり車内にねじ込みながら必死で走った。男は由起谷の肩や顔面を拳で乱打する。急に男が悲鳴を上げてのけ反った。背後からカティアが男の首に手錠の鎖をかけ、思い切り締め上げたのだ。その隙に由起谷は一気に車内に乗り込んだ。運転席に右手を伸ばして相手の肩をつかむ。

「車を止めろっ」

カティアに首を絞められていた大男が、苦悶しながら後頭部を思い切り後ろに振った。カティアの頭が窓ガラスに叩きつけられる。男は同時に大きな靴で由起谷を蹴りつける。由起谷は再び半開きのドアから車外に放り出されそうになった。だが運転手の肩をつかんだ右手を放さず、全身で助手席シートにしがみついて叫んだ。

「止めろ！」

後部の男が執拗に由起谷を蹴り続ける。タイヤを激しく軋ませながら車は六本木通りに出た。由起谷は依然運転手の肩をつかんでいる。男の蹴りで、由起谷の体が大きくドアからはみ出した。同時に運転手の肩も強く後方に引っ張られる。ハンドルを取られたクラウンは、隣の車線を走っていた小型トラックと接触して大きくスピンした。その反動を利用して車内に戻った由起谷はカティアに向かって叫んだ。

「頭を抱えて伏せるんだ！」

スピンするクラウンは街路樹に激突して停止した。衝撃で全員が前へ投げ出される。後続車が次々と急停止する。周辺では玉突き衝突も起こっているようだ。

ハンドルに突っ伏した運転手の首はあり得ない方向を向いていた。

いち早く動き出した後部の大男は、クラウンから由起谷を蹴り落として外に出ると、よろよろと車道を横切って逃走し始めた。呻きながら立ち上がった由起谷は、車内のカティアに声をかける。

「大丈夫か」

「Да《ダー》」

すかさず返事が返ってきた。どうやら無事らしい。由起谷は次いで逃げた男の方を目で追った。よろめく足で中央分離帯を越えた男は、そのまま対向車線を六本木通りの向こうへ渡りきろうとしている。

後を追うわけにはいかない。カティアの保護が先決だ。携帯端末を取り出して男の逃走を知らせようとしたとき――

走ってきたセダンに跳ね飛ばされた男の体が紙屑のように宙を舞い、濡れた車道に叩きつけられて動かなくなった。

すべてがほんの数分の間の出来事だった。由起谷は呆然と六本木通りの真ん中に立ち尽くした。すぐに救急車のサイレンが聞こえてきた。

5

カティアと由起谷はただちに日本赤十字社医療センターに搬送され、精密検査を受けることになった。カティアを拉致しようとしたニセ警官の二人はともに即死状態であった。知らせを受けた特捜部と公安部は大騒ぎとなった。沖津と曽我部らも麻布署に駆けつけ、雨の中、全捜査員が事態の把握に動き出した。

麻布署内は騒然とした空気に包まれていた。さすがにカティアがただの暴行犯でないことは全署員が察している。もともと特捜部長と外四課長が臨席しての取調べに、多くの者が不審を感じていたということもある。中にはカティアの本当の拘束理由が未だ明らかにされないことに対して、特捜部への不満を隠そうとしない者さえいた。険悪な雰囲気の中、特捜部員達は彼らの怒りの視線に耐えながら捜査を進めねばならなかった。麻布署交通課主導による事故現場の検証もある。

麻布署の留置課員は、規則通り二人の身分証を確認し、書類にも必要事項を記入させている。そこに記されていた名前を由起谷班の捜査員が当たったところ、驚くべき事実が判明した。

二人はニセ警官などではなかった。本物の現職警察官であった。

警視庁生活安全部保安課保安第一係の柳川数男《やながわかずお》巡査部長と、同じく保安課保安第二係の多田健次《ただけんじ》巡査部長。犯行に使用されたクラウンもれっきとした捜査車輛であった。急遽死体の確認に駆り出された生安の山下幸人《やましたゆきひと》保安課長も、蒼白になって二人が自分の部下に間違いないと証言した。また、生安では柳川と多田にカティアの移送命令を下した事実はないとも主張した。本庁の女子留置所に空きが出たというのもまったくの虚偽で、単なる口実にすぎなかった。

現職警察官二名による外国人テロリストの警察署からの拉致未遂。にわかには信じられない一大不祥事である。報告を受けた沖津は、ただちに関係者全員に対し厳重な箝口令《かんこうれい》を敷いた。

現職の警察官がなぜそのような大胆且つ無謀な犯罪行為を行なったのか。

山下課長の話によれば、二人は普段から素行不良で監察からも目を付けられており、依願退職もしくは懲戒免職寸前の状況であったという。

沖津は独り言のように呟いた。

「但馬《たじま》の予備軍か」

そばにいてその呟きを耳にした城木らはただちに理解した。ロシアン・マフィアによる先の武器密売事案で、〈敵〉の実動要員としてブラックマーケットに参加した元警察官の但馬修三《しゅうぞう》。彼もまた退職前は内部でも悪徳警官として知られていた。

「すると部長は、例の〈敵〉が柳川と多田に拉致を命じたと言うのですか」

宮近が勢い込んで聞き返す。

「そうとしか考えられない。柳川と多田は、但馬のように退職して〈敵〉の実動部隊に組み入れられる予定だったに違いない。二人にとっても、ただクビになるよりはよっぽどましな選択肢だったはずだ。しかし今回は〈敵〉にとっても予想外だった。あまりに突発的にカティアを拉致する必要が生じたからだ。実行役は現役の本物でないとさすがに見破られる可能性が高い。そこでやむを得ず手駒の中から柳川と多田を動かした。たとえ偽名を使ったとしても、実行すれば当然身許はすぐにばれる。二人はそのまま地下にでも潜る手筈だったんだろう。〈敵〉は二人をカティアと一緒に消すつもりだった可能性もあるが、当然二人にはそうは言わない。相当の報酬に加え、新しい身分と生活の保証を約束したはずだ」

曽我部はじっと沖津の話に耳を傾けている。警察内部に潜む正体不明の勢力――〈敵〉。その実在を前提とする沖津の話を、公安部外事課に所属する彼が真面目に聞いているのか、あるいはパラノイアックな妄想として聞き流しているのか、周囲の誰にも分からなかった。

「幸い、間一髪で由起谷主任が間に合ったためカティアの拉致は阻止できた。問題は〈敵〉がなぜそれほどのリスクを犯してまで拉致の実行に踏み切ったのかだ」

その答えがどこにあるのか。全員の考えは同じだった。

六本木通りでの死亡事故に警察絡みで不審な点があるらしいということを嗅ぎつけた報道各社が麻布署周辺に集まり始めた。この状態では麻布署を拠点に極秘捜査を続けることは到底できない。沖津はカティア・イヴレワの身柄を特捜部庁舎に移すことを決めた。被疑者の安全を確保するための緊急措置という名目であり、実際に第二、第三の襲撃も懸念された。

捜査員九名を麻布署に残し、沖津、曽我部らは新木場の特捜部庁舎に引き上げた。

午後十一時三十三分、検査を終えた由起谷とカティアがものものしい護衛付きで特捜部庁舎に入った。二人とも軽傷で特に異状はないとのことだった。

すぐさま小会議室で、異例の聴取が行なわれた。沖津特捜部長を筆頭に、宮近、城木、夏川、由起谷、そしてオズノフ警部が直接立ち会っている。外事四課からは曽我部課長と伊庭係長。由起谷主任に代わってオズノフ警部がカティア・イヴレワに対し、直接ロシア語で聴取を行なった。

「病院でなんとなくテレビを眺めていたら、見覚えのある顔が映っていた。髪型は昔と違ってたけど、間違いない。十年前、イングーシの難民キャンプをよく訪れていた日本人だ。シーラはいつもその男と長い時間話し込んでいた。当時私は六歳だったが、今でもはっきり覚えている。シーラの姿が見当たらないので、寂しくなった私は、周辺を探し回った。そして森の奥で、シーラとその男が抱き合っているのを見た。そのときは意味が分からなかったが、子供なりになぜだか見てはいけないようなものを見た気がして、こっそりと引き返して黙っていた。シーラは自分が見ていたことに気づいていないようだった。シーラがその男と二人だけで会っているのは、その後も何度か見たと思う。どういうわけか、そのことをずっと忘れていた。無意識のうちに忘れようとして頭から消し去っていたのかもしれない。それが、よりによって今日、あの男の顔を十年ぶりに目にしようとは……」

カティアが見ていたという番組は、時間帯からしてＮＨＫのニュース番組であると思われた。

特捜部では主な報道番組はすべて録画保存する決まりになっている。すぐに小会議室のモニターで再生した。

番組の冒頭から、カティアを中心に全員が固唾を呑んで画面を見つめる。

番組は相模原と川崎の自爆テロの続報から始まった。特に新しい情報はない。皆横目でカティアの様子を窺うが、彼女は唇を固く結んだままである。続けて連休の各地の話題。テロ事件の影響により各地で警戒が強化されているが、観光客の出足に今のところ大きな変化はないという。それが終わると、政局についての解説が始まった。そこで初めて、カティアの表情に変化の兆候が現われた。再生が始まってからおよそ十分後のことだった。

「Это он!」

この男だ――とカティアが勢い込んで指差した。

画面に大写しになっている人物を見て、一同は文字通り言葉を失った。

直接と間接の別を問わず、その場にいる全員が、いや、ほとんどの国民が知っている人物。

与党副幹事長の宗方亮太郎衆院議員。番組内では彼のインタヴューが行なわれていた。宗方議員は、インタヴュアーに向かい、党の方針と来たるべき総選挙の見通しについて誠実そうな物腰で語っている。

「……まさか」

ややあって、宮近が我に返ったように頓狂な声を上げた。

「そんな馬鹿な……いくらなんでも、これはなんかの間違いだろう。他人の空似か、単なる勘違いってことも……」

当然のリアクションだった。与党副幹事長と大物国際テロリストが過去に〈不適切〉な関係を持っていた。もし事実であるならば、日本の政局どころか国際的信用をも揺るがしかねない一大スキャンダルだ。誰しもにわかには信じられまい。

城木は無言のままじっと画面を見つめている。

曽我部が馬のように間延びした顔をカティアに近づけ、念を押す。

「本当だね？　本当にこの人に間違いないんだね？　あんたは十年前、イングーシの難民キャンプでシーラ・ヴァヴィロワとこの人が抱き合っているところを見たって言うんだね？」

カティアは何度も頭を大きく振って頷いた。

「待って下さい、十年前なら当時この娘は六歳前後だ。そんな子供のときの記憶をそう簡単に真に受けていいんでしょうか」

異議を唱える伊庭に対し、カティアが早口のロシア語で何事か喚いた。通訳がなくとも、間違いなどではないと必死に抗議しているのは明らかだった。

沖津はそこで由起谷に、カティアを一旦仮眠室に移すように命じた。特捜部庁舎内には留置施設はない。そこで一時的に仮眠室に監視を置き、保護することになっていた。

由起谷に守られるようにしてカティアが退室していくのを、全員が黙って目で追う。

「城木理事官」

ドアが完全に閉じられるのを待って、沖津は沈黙している部下に向かって言った。

「宗方議員は政治家に転身する以前、外務省からの出向で確か国連難民高等弁務官事務所に勤務していたと記憶するが、時期的にも符合するのではないかね」

「その通りです」

「紛争地帯に現地入りすることもしばしばあったと聞いている。イングーシやチェチェンにも行っていた可能性は」

「ない……とは言えません」

端整な城木の顔が、今は内面の苦悶に底知れず重く沈んでいる。彼は意を決したように顔を上げ、

「部長、今が極めて重大な局面であることは理解しておりますが、私に少し席を外す時間を頂けませんか」

思いつめた部下の表情を注視していた沖津が、おもむろに頷く。

「許可する」

「ありがとうございます」

「ただしくれぐれも慎重に行動するように」

「はい」

立ち上がった城木は、上司と一同に頭を下げて足早に退室した。

その後ろ姿を、宮近は心配そうに、伊庭は疑わしそうに見送った。

ただ一人、怪訝そうにしている夏川に向かって、沖津が端的に告げた。

「宗方亮太郎氏は城木君の実兄だ」

「本当ですか」

夏川は思わず聞き返していた。同様にオズノフ警部も大いに驚いているようだった。

曽我部は沖津に向かい、

「あたしゃね沖津さん、あなたの言う〈敵〉って奴が、いるのかいないのかなんて知ったこっちゃありません。もっと言うと、知りたくないってのが本音ですがね。しかし今度ばっかりは、その〈敵〉ってのがいると仮定した方が、いろいろ辻褄が合ってくるんで、いや、どうにもそのう、困りましたね」

「課長、それはつまり……」

伊庭がさすがに蒼くなって口を挟む。

「つまりその〈敵〉とやらが、宗方議員とシーラの関係を隠蔽したがってるってことですか。それであの娘の口を慌てて封じにかかったと」

「それだけじゃないよ、無茶と分かってる突入を強行させた裏にも関わってるとしたらどうだい。全部合点が行くじゃないか。秘密を知ってる可能性のあるテロリストは早めに皆殺しにしときたいってね」

オズノフ警部も考え込みながら発言する。

「部長のおっしゃっていた第四の理由がそれだったわけですね。いや、そもそも今回の捜査を不本意な条件下であるにもかかわらず引き受けたのは、上層部のそうした動きを察知していたからですね」

「具体的な事実は何もつかんでいなかったがね。それにしても、こんな秘密が隠されていようとは予想もしていなかった」

「〈敵〉はいつからその事実に気づいていたんでしょうか」

「いくら私でもそこまでは見当もつかんよ。しかし、比較的最近であることは確かだろう。その前から知っていたとしたら、宗方亮太郎氏の副幹事長就任を絶対に阻止したに違いないからだ」

「宗方議員やシーラ・ヴァヴィロワ本人は」

「それこそ皆目不明だ。彼らが自分達の数奇な運命に気づいていたかどうか……いや、待て」

そこで何かに思い至ったように、沖津はシガリロのケースを取り出しながら呟いた。

「『偶然を信じるな』」

沖津自身がよく口にする外務省の鉄則である。

「シーラが日本でのテロ実行役を引き受けたのは、心理的に考えて、かつての恋人が政界で要職に就いていると知ったせいでもあるという線は捨てきれない。だとすれば、彼女には何か別の狙いがある可能性もある」

別の狙い。一同が沖津を凝視する。日本での自爆テロ以外に、〈砂の妻〉には秘めた目的があるというのか。

宮近が口を開きかけたとき、小会議室の内線電話が鳴った。夏川が即座に受話器を取り上げる。

「はい、第三会議室……えっ、はい、すぐご案内をお願いします」

受話器を置いた夏川は沖津らに向かって言った。

「清水部長がお見えです」

今回の事案において清水公安部長は形式上沖津の上位にある指揮官だが、これまでは全体会議に出席する以外、顔を見せることはほとんどなかった。

間もなくノックの音がした。

「どうぞ」

沖津が応じると同時に、庶務の桂絢子主任が入ってきた。

「失礼します。清水部長をお連れしました」

桂警部補の背後から現われた清水は、沖津に向かい、前置き抜きで切り出した。

「沖津さん、こんなときに申しわけないが、ちょっと曽我部を貸してくれないか。なに、ほんの四、五分でいいんだ。すぐに返す」

どうやら部下と緊急の密談があるらしい。

沖津は常の如く慇懃《いんぎん》に応じる。

「構いませんよ。なんなら場所をご用意しましょうか」

「いや、すぐに済むんだ、外の廊下でいい」

清水は捜査状況を訊こうともしなかった。曽我部は清水に目で促され、連れ立って室外に出た。外四の伊庭係長は表情を一切変えることなく沈黙を続けた。

曽我部は清水の後に従って廊下を進んだ。大きい顔に平たく横に広がった鼻。ずんぐりとした体型の清水は〈カバ〉と揶揄《やゆ》されることも多いが本人はまるで気にする様子はない。馬面の曽我部と並んで歩くと、それこそカバと馬が連れ立って散歩しているようなおかしみがある。だから対する人はつい油断して隙を見せる。日本のインテリジェンスを担う公安部長と外四課長は、ともに侮られがちなその外見を実は最大限に利用しているのだ。

突き当たりの非常口の方まで歩いた清水は、周囲に誰もいないことを確認してから曽我部を振り返った。

「大体の状況は分かってる。おまえが鷺山外情部長から何を言われてるかもだ」

「備企の堀田さんも噛んでます。〈噛み具合〉までは分かりませんが」

阿吽《あうん》の呼吸で曽我部が応じる。

「堀田君か。嫌な相手だな。それでなくてもとんでもない事態だってのに。なにしろ現役警察官の不祥事に副幹事長の大スキャンダルだ」

「あっ、もうそこまでご存じで」

「ニュースの内容くらい、どこでだって調べられるよ。宗方亮太郎になんかあるらしいって話は俺も前から耳にしてたからな」

「そうでしたか。あたしはちっとも」

たら本末転倒だ」

「ウチとしてはどっちも押さえる必要がある。かと言って、肝心のテロを阻止できなかっ

「部長、あたしとしちゃあそっちを第一でやりたいんですが。不祥事やスキャンダルは後で誰かに責任を取ってもらえばいい話ですが——いや、あたしはそんな役はごめんですけどね——自爆テロ、これぱっかりはウチでなんとかしないと」

清水はあっさり頷いて、

「じゃあ、おまえはそっちをやれ。鷺山さんの顔も立ててつっだ。他の件は俺がなんとかする。頭が痛いよ。海老野警備局長も対応に追われてて霞が関は大騒ぎだ」

「基本的には隠蔽ということで?」

「当たり前だ」

「頼みますよ、後でこっちだけ切り捨てなんてことは」

「それはないから安心しろ。おまえを切り捨てるなんて、そんな恐ろしいことができるもんか。どんな切り札を隠し持ってるか知れたもんじゃない」

「ありませんよ、そんないい物」

「じゃあ頼んだぞ」

回れ右で小会議室に戻ろうとした上司に、曽我部が後ろから声をかける。

「あ、部長」

「なんだ」

「ウチはどっちなんですか」

「何が」

「〈敵〉か〈敵〉じゃないかです」

清水は何も答えず背を向けた。

再び小会議室に顔を出した清水は、沖津に向かって声をかけた。

「状況は把握しております。私は急ぎ戻って内部調整に当たらにゃならん。異例ではありますが、とりあえずこの場の指揮は沖津部長にお任せします」

「了解しました」

清水は足早に去っていった。

重苦しい空気の中、誰もが黙り込んでいる。

沖津は一人、恬淡《てんたん》とした表情でシガリロに火を点けた。

6

新木場からタクシーを飛ばして城木は番町の実家に向かった。フロントガラスを叩く雨は激しさを増している。車中でじっと座しつつも考えは千々に乱れた。

兄は本当にシーラと関係があったのか。そしてそれはいつまで続いたのか。ずっと続いていたという可能性はまずないだろうが、兄はシーラがテロリストになったと知っていたのか。またシーラは兄が日本の政治家になったと知っていたのか。知っていたとすればいつからなのか。

それに、兄は——義姉の日菜子を本当に愛していたのか。兄が重い持病のある日菜子と結婚したのは、宗方与五郎の地盤を引き継いで政界進出の足掛かりとするためでしかなかったのではないか。義姉の最後の日々、献身的に看病したのは、すべて世間の目を欺《あざむ》くための演技であったのか。

いや、そもそも宗方亮太郎、すなわち城木亮太郎とは一体どんな人物だったのか。

記憶の底に沈殿した泥濘《でぃねい》を浚《さら》うように、兄について考える。正確には、兄と自分とについてだ。

冷静に自己分析を試みると、優秀すぎる兄への複雑な劣等感からか、自分は意識的に兄から目を背けていたような気がする。そうでもしなければ、ただでさえ生きづらい城木の家が、よけいに息苦しく感じられたことだろう。

そんな自分にも、強く印象に残っている思い出がいくつかある。

兄はのちに自分も入学することになる中高一貫教育制の私立高校に通っていたのだが、あれは確か、二年生になった兄が同級生の強い推薦により生徒会長に立候補した頃のことだった。

その頃、母校の生徒達は不良の巣窟として名高い上野の公立高校生徒から頻繁に恐喝等の嫌がらせを受けていた。当時その高校を仕切っていた兼松《かねまつ》という不良のボスが、母校を目の仇にしていたのだ。彼はもともと中学までは同じ学校に在席していたが、素行不良で退学になり、転校したという。それまでは成績優秀で非常に狡猾でもあり、親や警察の介入を招くようなへまは決して犯さなかった。世間知らずで脇の甘い母校の生徒達は、彼らの罠に易々と嵌まってちょっとした弱みを握られ、なし崩しに相手の言うがままにされていた。もちろんすべて泣き寝入りである。なにしろ弱みを握られているからこちらからは表沙汰にはできない。

友人達の苦衷を見かねた兄は、さして親しくはなかったが兼松とは中学の同級生でもあったことから、当の相手校に単身乗り込んで申し入れを行なった。兼松らは一様に驚き、次いで嘲り嗤った。兄の申し入れに対し、兼松はまず土下座を要求した。兄は毅然としてこれを拒否した。激昂した兼松らは、集団で兄に暴行を加えた。幸か不幸か、兄は文化部系で、体育会系のような腕力だけは持ち合わせていなかった。それでも兼松らの暴力に対し、兄は最後まで屈しなかった。その結果、兄は顔が大きく腫れ、全身に痣が残るほどの怪我を負った。

それほどの怪我でありながらも、兄は自力で自宅に帰り、そこで意識を失った。執事の山崎が蒼白になって救急車を呼んだ。弟である城木もその様子を間近に見て、当然ながら大いに兄の身を案じた。一体何が起こったのか気になって仕方がなかった。

この騒ぎは母校の知るところとなり、兄は校長や学年主任から厳しく事情を訊かれたが、一連の経緯については口を閉ざし、級友の事情についても、また兼松らの非道についても、決して漏らさなかった。結局、兄は一方的に暴力騒ぎを起こしたとして一週間の停学処分となった。

そのことを知った兼松は深く感銘を受け、母校への嫌がらせをやめると約束したばかりか、以後兄を親友として遇し、兄もまた彼を快く受け入れた。

その話を、当時小学生だった城木は友人の同級生から聞いた。友人の兄もまた、学年は違うが兄と同じ母校の生徒だったのだ。興奮しながら亮太郎の武勇伝を語る友人の話を、城木はどこか不審に感じつつ聞いていたのを覚えている。一つには、兄の怪我は見かけほど酷いものではなく、後遺症や傷痕が残るようなおそれはまったくなかったということ。もう一つ、あまり知られてはいないが、兄は小学生の頃に上野の将棋クラブに通っていた時期があり、そこですでに兼松とは面識があったということ。

そのとき感じた胡散臭さは、一か月後により強いものとなる。

兄が生徒会長に選ばれたからだ。選挙戦の序盤においては、兄と人気を二分する有力な対立候補がいた。サッカー部のヒーローである彼の方がむしろ優勢であるとさえ見られていた。その有力候補に圧倒的大差で当選したのだ。不良達との事件が兄に有利に働いたのは言うまでもない。

兄の行動は純粋な義憤や俠気《おとこぎ》などでは決してなく、最初からこれを狙ったものではなかったか。

小学生ながら、城木はそんなふうに感じていた。当事者の身近にいながら部外者でもある、まさに弟ならではの視点であり、直感であった。顧みれば事件当時、父もなぜか大怪我をした兄を質さず、また学校や警察になんらかの働きかけをなそうともしなかった。それどころかむしろ事を荒立てずに収めようとしているようにさえ見えた。そうしたこともいちいち腑に落ちるような気がしたのだ。

疑おうと思えば疑える。考えすぎと言われればそうかもしれない。いずれにしても確証があるわけではない。家でも兄の態度に変化はなく、それまで同様に平然としていた。ちなみに、その事件以来兄の親友となった兼松は、現在兄の後援会で要職を務めている。同じ不良絡みの話でも、取調べ時に由起谷主任が見せた切実さとは、何か本質的なものが大きく違っているように思われた。

世間でもよく知られている通り、兄は宗方与五郎の女婿となり、異例の早さで政界の階段を駆け上った。その一部始終を横目で見ていた城木には、すべてが高校時代のトリック――仮にそうであったとして――の拡大再生産に思えてならなかった。

宗方亮太郎とは一体どういう人物なのか。城木の思考は結局同じ地点に戻ってくる。兄を疑うのは、自分が不肖の弟であるからなのか。それとも逆に、弟であるがゆえに兄の欺瞞に気づき得たのか――

車はやがて実家に着いた。釣り銭も受け取らずタクシーを降りると、雨に打たれるのも構わずもどかしげに門柱の呼び鈴を何度も押した。邸内の照明はほぼすべて消えている。父は最近寝つきが極端に悪くなって、毎晩睡眠導入剤を服用していると執事の山崎から聞いていた。父が起きてくることはないだろう。

しばらくすると、通用口が中から開けられた。

「どうなさいましたか、こんな時間に」

開けてくれたのはガウンを羽織った山崎だった。麴町署の警察官ではない。兄もここにいないということだ。兄は結婚時に購入した渋谷のマンションに現在も独りで住んでいる。

「すまない、起こしてしまって」

「いえ、そんなことより」

「公務で急に調べものをする必要ができたんだ」

傘を差し出す山崎を押しのけるようにして中に入る。勝手知ったる生家である。玄関ホール横の階段を駆け上って、二階の兄の部屋に向かう。正確には兄がかつて使っていた部屋だ。兄は宗方家に養子に入って家を出たが、子供の時分からずっと使っていた部屋は今もほぼ当時のままに保全されている。

「貴彦さん、そこは亮太郎さんの……」

不安そうについてきた山崎が、城木を制止しようとする。

「いや、いいんだ」

「でも貴彦さん」

「公務なんだ。兄さんも承知している」

「そうですか」

完全に納得はしていないようだったが、山崎はあきらめて階下に去った。

城木は部屋の真ん中に立って周囲を見回す。書架に並べられた書籍。古い木製の勉強机に革張りの肘掛け椅子。机の上はきちんと整頓されている。何もかもが昔のままだ。兄弟ともに几帳面で整理好きだとよく褒められた。だが今は懐かしい思い出に浸っている余裕はない。

机の引き出しを片っ端から開けて中を調べる。書棚の本も。日記帳の類はなかった。兄に日記をつける習慣があったかどうか、必死に記憶の底を探る。そんな習慣は確かなかった。代わりに、実務的な記録は頻繁に取っていた。情緒的な散文は一切記さぬタイプだった。結婚して家を出る前、すなわち外務省時代は、ずっとこの部屋を使っていた。何かあるとすればここだ。亡き義姉と暮らしていた家に、当時の記録を持ち込んでいたとは思えない。

書棚の向かいの壁には作り付けの大きなクローゼットが並んでいる。端から順に開けていく。防虫剤の匂いが鼻を衝いた。構わず中を探る。見覚えのある古い衣類。雑貨。段ボール箱に詰められたがらくたの類。少年時代のアルバムもあった。表紙を開いてみると、最初のページに、家族四人で葉山の別荘に出かけたときの写真が貼ってあった。海岸で微笑む父と母。その前で仲良く肩を組んでいるランニングシャツの兄と自分。城木はたまらずアルバムを閉じた。追憶の未練を断ち切るように、別の収納物に向かう。

　クローゼットの中には、スチール製の書類棚も積み上げられている。古い郵便物はその中にしまわれていた。外務省、国連時代のものを選んで一つ残らず目を通す。カフカス問題に関する書類もまとめて見つかった。各地の難民キャンプの実情に関する報告書の草稿。物資補給の必要を訴える文書のコピー。新聞記事やパンフレット類の切り抜き。紛争地帯視察の様子を撮影した写真もある。いずれも亮太郎がそうした仕事に真剣に取り組んでいたことを示している。しかし目当てのものは何もなかった。

　調べるだけ調べ尽くして、城木は焦燥の目で室内を見回した。

　もうこれだけか――まだ何か残っていないか――

　クローゼットを念入りに確認する。積み上げられた段ボール箱の後ろに、ピンクのトランクのような物の一部が見えた。兄の部屋にはまるで似つかわしくない色。すぐに分かった。義姉の日菜子が生前よく使っていたトローリーケースだ。確か新婚旅行にもこれを持っていった。成田に見送りに行ったときの記憶は今も鮮明である。

　鼓動が急激に速まるのを感じた。

　あのトローリーケースがどうしてここにある？　姉の遺品なら渋谷のマンションか、さもなくば実家の宗方家にあるのが普通ではないのか？

段ボール箱をどけ、クローゼットの奥からトローリーケースを引っ張り出す。底部に車輪のついたサムソナイトの製品で、女物の中型サイズ。やはり義姉の物に間違いない。

鍵はかかっていなかった。震える手で中を開けると、案の定、姉の遺品が詰められていた。ほとんどは手紙やノートの類だった。罪悪感を抱きながらも、城木はそれらを開いて目を走らせる。女性らしい細やかな字に、温かい人柄を感じさせる文章。断片ではあるが、義姉の人生がそこに記されていた。拾い読みとは言え、読めば読むほどに罪悪感が募っていく。それでも城木は、あえて心を閉ざして読み続けた。

トローリーケースの底に、数冊の小さなノートが束ねてあるのを見つけた。紐を解いて目を通すと、まさに兄と交際している頃の日記であるのが分かった。少し読んだだけで、義姉がいかに兄を愛していたかが分かる。義姉は感性豊かな人だった。生き生きとした言葉で、人を愛することの喜び、生きることの幸せが綴られている。

これ以上読んではいけない、読むべきではないと思いつつ、城木は日記を読み続けた。ページを繰る手を止められなかった。求める手掛かりがここにあるかもしれないと、自らに無理やり言い聞かせた。

日記の中で季節は巡り、義姉は兄と結婚した。幸せな日々の幸せな日常。そんな記述は極力飛ばし、先を急ぐ。城木は自分に関する記述も見つけた。警察庁に入庁したばかりで、理想に胸膨らませる青二才の自分。義姉はそんな義弟を、心から祝福し、理想に向から姿勢を尊いものと讃えてくれていた。城木の記憶する義姉の言葉と、寸分のぶれもなかった。義姉は本当に裏表のない人だった――

感動に胸が熱くなるのを抑えることができなかった。

当時の記憶が後から後からあふれ出す。出会いこそ親の決めた見合いであったが、兄と義姉が、時間をかけつつゆっくりと互いを理解していく過程を城木はまのあたりにしている。最初は傍目にもぎこちなく、初々しい交際であったが、すぐにそれは深く真剣なものへと変化した。互いを思いやり、いたわり合う。比翼の鳥のたとえが思い出されるほど、誰が見ても似合いの二人であった。兄と日菜子が周囲に振りまく幸せな空気に、心和まぬ者はいなかった。あの頃は、城木の家にもようやく暖かい灯が点ったようにさえ思ったものだ。

感極まりつつページを繰っていた城木は、日記の最後に、一枚の写真が挟まれていることに気がついた。

義姉の写真ではなかった。

兄の写真であった。明らかに日本ではない。外国の難民キャンプを背景に、九人の人物が写っている。年齢はバラバラで、九人のうち四人は女性。中心に立っているのは国連時代の兄だ。他は服装や表情からして国連やＮＧＯの関係者、それに現地の難民達だろう。日本人は兄一人だけだった。

兄の横に写っている女性を見て、城木の心臓が凍りついた。

間違いない。小さく不鮮明な写りだが、ヒジャブを被ったその顔は、確かにシーラ・ヴァヴィロワのものだった。

二人の関係までは分からないが、それはまさに、宗方亮太郎とシーラ・ヴァヴィロワに接点があったことを示す証拠であった。

やはり――

写真を手にして、城木は呆然と立ち尽くす。

やはり兄とシーラの間には――

写真を裏返すと、そこには薄れかけたサインペンの走り書きが記されていた。

［憎しみは人を罰するけれど、愛はきっと人を赦すもの］

義姉の字だった。書いたのは義姉に間違いない。いかにも義姉らしい、女性的な優しさと感傷に満ちた文言だと思った。これを書き付けたとき、義姉は写真に写っている兄とシーラとの関係について知っていたのだろうか。二人の関係を知りながら、それを赦そうと自らに言い聞かせながら、この文言を記したのか。だとすれば義姉があまりにいじらしすぎる。その心情が胸に迫った。

待て——

得体の知れないおぞましい何かが、かさかさと無数の触手を蠢《うごめ》かせながら全身を走り抜ける。自分はこれに似たフレーズを耳にしたばかりだ。それも今日。しかし意味はまるで違う。正反対だ。

確か——『憎しみは人を赦す、されど愛は人を罰す』だったか。

どういうことだ。この符合ともつかぬ符合にはなんらかの意味があるのだろうか。それとも単なる偶然なのだろうか。

『偶然を信じるな』。上司の教えが頭の中で急速に重みを増す。その教えに従うならば、これには何か隠された意味があるはずだ。

もう一度写真の表を見る。兄の横で微笑むヒジャブの女。シーラ・ヴァヴィロワ。〈砂の妻〉。こちらに予断のあるせいか、謎めいて見えるこの女が『黒い未亡人』を先鋭的武装集団に育て上げた——

「よく撮れているだろう」

背後から声がした。

驚いて振り返る。ドアの所にスーツ姿の兄が立っていた。

「兄さん……」

「山崎さんから電話をもらってね」

「あの人もグルか」

「グル？」

一瞬きょとんとした亮太郎は、次いでおかしそうに破顔した。

「あの人は城木家に仕える執事として気を利かせてくれただけだよ。それ以外のことは何も知っちゃいない」

城木は兄に向かって写真を突き出し、

「兄さんはこの写真の女と不適切な関係があったのか」

「やめろよ、そういう政治家みたいな言い方は」

政治家である亮太郎が、諧謔《かいぎゃく》めいた文言をなぜか真剣な顔で口にした。

「恋愛に適切も不適切もあるものか」

「じゃあ、関係があったと認めるんだね」

亮太郎は、まっすぐにこちらを見据えて頷いた。

「ああ」

「この女がテロリストだと知っていたのか」

「当時はテロリストなんかじゃなかった」

「じゃあ、今はテロリストだと知ってるんだね」

城木は亮太郎に詰め寄り、

「この写真は義姉さんの日記の中に挟まれていた。どういうことなんだ。どうして義姉さんの日記がここにあるんだ」

「妻の遺品が夫の部屋にあってもおかしくはないだろう」

「兄さんは義姉さんをずっと裏切っていたのか」

その問いに、亮太郎が初めて色をなした。

「弟だろうと、夫婦の問題に口を出すなっ」

そして城木の手から写真をつかみ取り、

「これは僕の私物だ。返してもらう。押収するというなら令状を持ってこい」

「証拠隠滅のおそれがある」

亮太郎は虚ろに笑った。

「一体なんの容疑だ。罪状がなければ証拠も何もあるもんか」

答えられない城木を残し、亮太郎は踵を返す。

「部屋を元通りに片付けてとっとと新木場に帰れ。その歳になっても後片付けを山崎さんにやらせるつもりじゃないだろうな」

部屋を出ていこうとする兄の背中に向かって、城木は咄嗟に声を投げかけた。

「兄さんは〈敵〉なんだな」

亮太郎の足が止まった。

「だから捜査情報を探ろうとしたんだな。父さんもだ。昔の恋人がテロリストになったことも、〈敵〉から教えられて知っていたんだ。兄さんは国民をテロから守るより、自分の過去を隠すことの方が大事なんだ」

亮太郎の目に凶暴な光が宿るのを城木は見た。兄の目にそんな光を認めるのは初めてだった。

「間抜けな質問だな、貴彦」

いつもの落ち着きを取り戻して宗方亮太郎は言った。いつもの笑顔。そしてその目は決して笑っていない。

「その問いに対する答えは否定に決まっているじゃないか」

そう言い残し、亮太郎は大股で部屋を出ていった。

たっぷり五分は部屋の中に立ち尽くしていた城木は、力ない手つきで携帯を取り出し、発信ボタンを押した。

〈沖津だ〉

　上司はすぐに出た。

「城木です。今番町の実家にいます。宗方亮太郎とシーラ・ヴァヴィロワに接点があったことを証明する証拠を発見しました」

　自分の声が震えているのを自覚した。全身を伝う冷たい汗も。それでも気力を振り絞り、たった今体験したばかりの出来事を手短に報告した。

〈分かった。だが今はテロの阻止が最優先だ。それだけは忘れるな〉

「はい」

〈君は霞が関の合同庁舎で宮近君と合流し、調整に当たってくれ〉

「分かりました。部長、それと……もう一つ判明したことがあります」

〈なんだね〉

　城木は息を整えてから、はっきりと言った。

「兄は〈敵〉です」

7

日付はすでに変わって五月七日になっている。午前二時四十七分、ひとけのない霞が関合同庁舎第2号館二階で宮近と合流した城木は、その場で番町の城木邸での出来事をかいつまんで話した。

「なんだって――」

宮近は、広い額を蒼白にして絶句した。

「それでな、宮近、ずっと考えていたんだが、例の二人組、生安の柳川と多田だが、やはり動きが速すぎるとは思わないか。病院でカティアがテレビを見て騒ぎ出した、そのことが判明した時点で、〈敵〉は兄のことをカティアが知っていると察し、柳川と多田を動かしたんだ。その時点で俺達はカティアが騒いだ理由なんて知りもしない。じゃあ、カティアが騒いだことを〈敵〉はどうやって知ったんだ？　麻布署周辺に内通者がいたのか？　だとしても、宗方亮太郎と結びつけられるほどの情報を持った者はいなかったはずだ。末端の人間までそんな情報を共有しているとは到底思えない。そもそもカティアがなんの番組を見ていたかさえ知らなかったんだからな」

「城木……」

脂汗を浮かべた宮近の顔色がさらに悪化する。

城木はそんな同僚の間近に顔を寄せ、

「誰かが連絡した。知ってか知らずか、〈敵〉の中枢に近い誰かに連絡したんだ」

「…………」

「宮近、おまえ、心当たりはないか」

「すまない」

俯いた宮近が絞り出すような声で言った。

「庁舎でおまえと手分けして連絡に当たったときだ。備局の備企にも一応連絡を入れといたんだ。正式に指示されていたからな。電話に出たのは、小野寺《おのでら》だった」

「小野寺って……宮近、おまえ、小野寺に言ったのか」

城木は呻いた。

小野寺徳広《のりひろ》警視。Ⅰ種採用である城木と宮近の同期で、警察庁警備局警備企画課課長補佐を務めている。堀田義道警備企画課長の懐刀と言われる小野寺は、これまで人事を餌に何度も宮近に特捜部の情報提供を求めており、〈敵〉との関係が最も疑われる人物の一人であった。

だが宮近の言う通り、今回の事案では警備企画課への連絡も手順として定められていたのは事実である。電話に出たのが誰であっても、話さないわけにはいかない。宮近に非はなかった。

想像はできる――通常業務を装った小野寺が警備企画課の警電の前で待機している光景――鳴った瞬間に、誰よりも早く受話器を取り、何食わぬ顔で応対する――

城木は何事か決意したように言った。

「頼みがある」

――特捜の捜査状況について耳に入れておきたいことがある。ちょっと出てこられないか。こっちは今エレベーターホールの前にいる。

深夜であるにもかかわらず、合同庁舎二十階の警備局フロアに詰めていた小野寺は、宮近の電話に一も二もなく乗ってきた。

「やあ、まったくえらいことになったねえ」

小太りの小野寺は、珍しく緊張した様子で小走りにやって来た。

「現職警察官が二人、拉致未遂の挙句に事故死だなんて、記者会見で誰がなんと言って謝罪するんだろうな。直前に懲戒免職になってたってことにするのがいつもの手だけど、そうすると麻布署の方の責任てことになるし、こりゃあ難しいよ」

いささか興奮気味の小野寺を遮るように、宮近は声を潜めて早口で言った。

「実は城木もいるんだ。向こうの小会議室を押さえてる」

小野寺は、ああ、という顔で、

「詳しいことは知らないけど、亮太郎さん、なんだか大変みたいだね」

「まあとにかく話が先だ」

宮近は小野寺を伴って通路を移動し、一番奥の小会議室に入った。ドアのプレートを［空室］から［使用中］の表示に直し、後ろ手にそっとドアを閉める。

窓際に立っていた城木が振り返った。

小野寺は親しげに歩み寄り、

「いやあ、今年の連休はお互いとんでもないことになったね。亮太郎さんに何かあったらしいけど、僕でよかったら力になるよ」

「時間がないから単刀直入に訊く」

いつになく押し殺したような城木の声に、小野寺は怪訝そうに足を止めた。

「なに？　なんなの一体？」

「小野寺、君は今夜、宮近から電話を受けたね。麻布署で被疑者が騒いでるって話だ」

「ああ、あれか。たまたま電話の近くに僕しかいなくてね。まあ、大した話でもないようだったんで、形式的に記録だけしといた。まさかあんな大事件になるなんて思ってもみなかったよ。それがどうかしたの?」

「連絡を受けた直後に、そのことを誰かに話さなかったか」

「どういうこと?」

「直接の上司である堀田さん、あるいはもっと上層部の誰かにだ。備局や刑事局の区別は関係ない。ひょっとしたら長官官房かもしれない」

「なんだ、そういうこと」

小野寺はようやく得心したというように、

「君達の大好きな例の妄想の話だろ。特捜で流行《はや》ってんだってね。こっちじゃすでに定番のネタと化してるよ。〈敵〉だっけ? 僕がその一味だって言うの?」

「俺は真面目に訊いてるんだ、小野寺。はっきり答えてくれ。君は〈敵〉か」

「ふうん……」

小野寺は挑発的な目で城木を睨《ね》め回した。

「なんだか僕、脅されてない? 君、ひょっとして僕を舐めてる?」

「小野寺!」

城木が声を荒らげる。

「君ね、自分がどれだけヤバイことしてるか分かってる? 警察官僚としての将来とか、もう投げてる？　同期として忠告しといてあげるけど、いいかげん大人になろうよ。城木家のご威光もそろそろおしまいみたいだしさ。身内のことで頭に血が上ってるんだろうけど、まあ落ち着けって」

「答えろ」

「やだね。そんな茶番に付き合う義務はない」

城木の拳がいきなり小野寺の鼻先に叩きつけられた。

小野寺はそばにあった椅子もろとも、派手に床へ倒れ込んだ。

宮近が目を見開く。制止する暇もなかった。

「馬鹿、なんてことするんだ」

城木を怒鳴りつけ、慌てて小野寺の小太りの体を抱き起こす。

「大丈夫か」

宮近の手を振り払った小野寺は、ハンカチを取り出してあふれる鼻血を拭いながら、底光りのする目で城木を睨んだ。

「へえ、君でもこういうことするんだ。これも特捜の影響？」

「…………」

「この一発は高くつくよ。僕が〈敵〉であろうとなかろうとね」

吐き捨てるように言い残し、小野寺は部屋を出ていった。

どうしたらいいのか、宮近はすぐには判断できなかった。混乱する思いを抱えて同僚を振り返る。

城木の顔は、寒々とした蛍光灯の下で、薄青く透き通って見えた。

この顔はどこかで見た――

宮近は唐突にそんなことを考えた。

すぐに思い当たった。

〈白鬼〉――由起谷主任の見せた暴力の顔だった。


同日午前二時五十二分。

特捜部庁舎内の部長室で机上の内線電話が鳴った。沖津は執務の手を止めて受話器を取り上げる。

由起谷班の庄司《しょうじ》捜査員からだった。

〈すぐ来て下さい。カティア・イヴレワが供述を始めました〉

特捜部庁舎内の取調室の隣にも、マジックミラーで隔てられた小部屋が設けられている。

中にいた曽我部が入室してきた沖津に無言で目礼する。

由起谷、夏川、ユーリはすでに取調室で所定の位置に就いていた。

沖津と曽我部は、由起谷と机を挟んで向かい合うカティアの横顔を鏡越しに凝視する。

なぜ今になって、カティアは自供する気になったのか。

答えは誰にも分からない。しかしその手掛かりは、由起谷を見つめる少女の横顔にはっきり記されているように誰もが感じた。

由起谷は取調べを通じて少女の心を動かしたのだ。

普段はどこまでも優しい由起谷の奥底に秘められた〈白鬼〉――暴力の無常を示すその顔が、遠くチェチェンに生まれ育った少女の過去と共鳴した。

加えて、由起谷はまさに命を懸けて少女を拉致しようとする男達から守り抜いた。それ以上の誠意と真心の証明があるだろうか。いや、そもそも最初に出会ったときから、由起谷は一警察官として彼女を保護しようとしたではないか。

庄司捜査員が沖津に走り書きのメモを差し出す。

《カティア・ジェニーソヴナ・イヴレワ。十六歳。チェチェン、グロズヌイ生まれ。

新生『黒い未亡人』創設メンバー。リーダーの一人シーラ・ヴァヴィロワの特命を受け、日本では主に連絡係として活動。首都圏各地のイスラム系ネットワーク中継地点を回り、活動資金の引き出しに当たっていた。これは欧米による取り締まりの強化で資金ルートが〈断線〉を起こし、本国での事前の調達が間に合わなかったため。赤い釘》

カティアの突然の供述を庄司が慌てて書き取ったものであるという。

紙片に目を走らせた沖津は、庄司に短い質問を発した。

「『赤い釘』とは」

「分かりません。供述の途中で何度か口にしていました。独り言のようにです」

横に立つ曽我部が静かに言った。

「あたしも耳にしましたが、たぶんそれは、あの娘の心の中にあるなんかですよ。きっと可愛らしい、きれいな釘なんじゃないですかね」

沖津は腑に落ちたという顔で頷き、取調室の様子を映す窓に向き直った。

いくつかの細かい質問の後、由起谷がついに核心の質問を発する。

「テロのターゲットと決行日時は」

「………」

カティアもさすがに躊躇している。

固唾を呑んで全員が返答を待つ。

やがて、少女は意を決したように口を開いた。

「8 го мая. Ниигата, завод сжижения метан гидрата」

オズノフ警部がすぐさま訳す。

「五月八日。新潟、メタンハイドレート液化プラント」

第三章　鬼子母神

1

「『黒い未亡人』の攻撃目標は新潟県胎内《たいない》市中村浜に建設中のメタンハイドレート液化プラント。決行予定日は五月八日。時刻は不明」

午前五時五十八分。特捜部庁舎内会議室で沖津が発した。

室内がどよめく――五月八日。明日だ。

「同プラントは新技術によるメタン分離法を初めて導入した第一号施設である。洋上のプラットフォームでメタンハイドレートを減圧法により採掘、その過程で採取したメタンガスを海底パイプラインによって陸上のメタンガス液化貯蔵プラントに送る。このメタンガス液化プラントは、すでに試運転を開始している状況である。爆破目標は液化メタンガス貯蔵タンク。これが爆破されれば甚大な被害が出るばかりでなく、日本のエネルギー政策は間違いなく数年の停滞を余儀なくされる。テロリストにとってはまさに恰好の標的だ」

早朝であるにもかかわらず、室内には特捜部の擁する四十一名の捜査員のほとんどが顔を揃えていた。突入班の三名と技術班の鈴石主任も。外四からは伊庭係長以下、これまで最多の三十三名が集まっていた。公安の清水部長、沼尻参事官、それに特捜の城木と宮近は調整に追われて霞が関から動けなかった。

今、室内の全員が息を詰めて話に聞き入っている。

日本のエネルギー政策に格別の関心を持たない刑事達も、新潟がエネルギーマネーの流入による好景気に沸いているというニュースは耳にしている。テロリストの一撃は、景気回復の機運すら木っ端微塵に打ち砕いてしまうだろう。

「カティア・イヴレワの供述によると、残る『黒い未亡人』は彼女自身と三人のリーダーを含め十三人。新潟に移送を済ませた機甲兵装は、エインセル四機、ヌアラ一機、ルーダック二機。今回来日したメンバー構成では、ヌアラとルーダックに搭乗するのは主に成年メンバーであるという。特にヌアラは、三人のリーダーが好んで使う専用の機体であるとのことだ」

川崎で〈風の妻〉と〈剣の妻〉はそれぞれ自機を放棄した。新潟に移送されたヌアラは〈砂の妻〉シーラ・ヴァヴィロワ機である可能性が高い。

「もはや一刻の猶予もない。新潟県警にはすでに連絡済みである。今回の事案の端緒となったダゲスタンでの天然ガス精製プラント占拠事件もそうだが、近年世界中で同様のエネルギープラントを狙ったテロが頻発しているため、新潟の新施設でも厳重な警備態勢を敷いている。しかし、機甲兵装による自爆テロまで想定したものではない」

新潟県警警備部には機動隊はあるがＳＡＴは設置されていない。従って機甲兵装も配備されていない。

「新潟本部と海保（海上保安庁）の九管（第九管区海上保安本部）には大至急警戒を強化するよう連絡したが、同時に極力秘密裏に行なうよう要請した。なぜなら我々は施設の破壊を阻止するだけでなく、テロリスト全員を確保する必要があるからだ。それも少年兵をできるだけ傷つけることなく」

沖津はそこで一同を見渡し、

「我々はこれよりただちに新潟に向かう。『黒い未亡人』の潜伏場所は新発田《しばた》市向中条《むかいなかじょう》の『新潟国際工業技術支援スクール』。ここは先にカティア・イヴレワが確保された大泉の施設と同じく留学生の技術研修を目的とした、いわゆるフリースクールであるが、経営資本を辿るとやはりヨルダンのカフカス系人脈に行き着いた。学生寮完備で宿泊施設も整っている。留学生のための支援施設であるから多数の外国人女性が出入りしていても怪しまれない。チェチェン人テロリストの潜伏先としてこれ以上の場所はないだろう。ただし」

日頃は飄然とした沖津の表情に、尋常でない決意を窺わせる緊張の色を見て取って、捜査員達はさらに身を強張らせる。

「すぐに突入は行なわない。まず気づかれないよう包囲を固め、被疑者グループの退路を完全に断つ。その間に新潟本部と協力し、付近住民の避難誘導を徹底する。川崎の二の舞は絶対に避けねばならない。その上で、『黒い未亡人』未成年メンバー確保作戦を実行する」

未成年メンバー確保作戦。捜査員達は耳を疑う。川崎での惨劇は記憶に新しいどころか、ほんの三日前のことだ。あの地獄のような阿鼻叫喚の修羅場を回避して、未成年だけを殺さずに確保することが果たして可能なのだろうか。そんな妙手を、沖津は立案し得たというのだろうか。

「『黒い未亡人』はカティア・イヴレワが逮捕されたことをまだ知らない。八日の決行前に彼女が潜伏中の仲間に合流し、エインセルを密かに起動不能にする。また可能であれば仲間の飲食物に睡眠薬を混入する。当然ながら、カティア・イヴレワ本人もこの作戦に同意している。と言うより、むしろ彼女自身が実行を懇願している」

全員が絶句する。まともに考えるまでもなく、いろんな意味であり得ない。罪状こそ暴行罪だが、一旦逮捕したテロリストを敵の手に戻し、危険極まりない任務を与えるなど。

「逮捕された被疑者を他の事件捜査や警察活動に一切利用してはならないというルールは存在しない。もちろん法的には微妙な部分が含まれるが、他に有効な手段がない以上、やむを得ないと判断した」

待って下さい部長――と、宮近なら顔色を変えて叫ぶだろう。だが上司に意見具申する参謀役の副官である宮近は、今は霞が関にいる。

「逮捕による身柄拘束の期限は八日の朝には切れます。その時点でカティアの身柄は検察に渡さねばなりません。絶対に不可能です」

立ち上がったのは宮近ではなく夏川だった。

どれほど都合よく事が運んだとしても、八日の朝にはカティアは新潟にいる。東京地検への移送は夏川の言う通り不可能だ。

沖津は先刻承知という顔で、

「東京地検へ送致中、警視庁特捜部の失態により暴行事件の被疑者カティア・イヴレワは逃亡するが、二十四時間後に発見、再逮捕された――公式にはそのように記録される。私自らそう報告書を書き、総監に提出する。事後、私が総監より然るべき処分を受ける。総監と公安委員長も承知しておられることだ。清水公安部長も了解してくれた」

自らが責任を取ることを沖津は明言した。雛壇に座る曽我部はなんとも言いようのない面持ちで長い顎を撫でている。彼も当然上司である清水部長の意志は承知しているはずである。事によっては肚の底も。

「『黒い未亡人』は彼女の逮捕を知らないとおっしゃいますが、〈オアシス〉の一つであるライムーン工芸社に手入れがあったことは当然〈シルクロード〉のネットワーク全体が把握していると思われます」

「カティアの話によると、そうした情報が最前線で作戦行動中の部隊にフィードバックされることは、連絡係が直接伝えない限りほぼないと言っていいそうだ。この場合の連絡係はカティア本人である。問題はない」

「だとしても、なんの根拠があってあの娘を信用するというのですか。仲間にこちらの動きをばらされる可能性だってあるわけじゃないですか」

食い下がる夏川に、沖津は穏やかに言った。

「根拠か。それはね、君が見た通りだよ、夏川主任。君も取調室で見たあの娘の心根だ。今はそれを信じるしかない」

「そんな……」

夏川は言葉に詰まった。警察官としての判断力、責任感は常に有しているが、元来彼は人一倍人情に弱い質《たち》である。

「加えて、彼女が仲間に合流する時点で潜伏先の包囲態勢は完了している。メタンハイドレート液化プラントの防衛態勢もだ。彼女が仲間の無力化に失敗したとしても、こちらにとって状況にさほどの変化はない。成功すれば儲けものと思えばいい」

沖津の冷徹なロジックにはやはり微塵のぶれもない。

「あの娘は信じられます」

由起谷主任だった。

「少なくとも本職は信じます。しかし、あまりに危険すぎます。あの娘自身がです。警察に寝返ったと仲間にばれたら命はありません。もし彼女に万一のことがあったら……」

「学級会はその辺にしときましょうよ」

曽我部が茫洋とした表情のままたしなめた。

「あたしらは上の決定に従うだけだ。沖津さん、特捜じゃいつもこんな討論会をやってんですか」

元外務官僚の沖津は苦笑しつつも平然とかわす。

「〈担任〉である私が警察のやり方に不慣れなものですから」

彼は一同に対して本音を打ち明けるかのように付け加えた。

「上層部にとってこの作戦は、未成年の保護というより、川崎のような惨事を防ぐという意味が大きい。あのような大失態を二度と犯すわけにはいかない。そのためにも、テロリストの機甲兵装をあらかじめ無力化できるものならしておきたいということだ」

そして彼は緑に向かい、

「鈴石主任、エインセルの攻略案について解説を」

「はい」

緑が手許の端末を操作する。正面の大型ディスプレイにエインセルの構造図が表示された。

「昨日、柴田技官が独自のルートからエインセルの資料を入手しました。当該モデルは小型機の宿命として熱の伝導率が高く、それだけ冷却システムの重要度も増しています。その一方で小型ゆえ容積に余裕がないというジレンマも抱えており、現状のデータから推測し得る限りでは、冷却系に充分な安全係数が確保されているとは考えにくいというのが技術班の一致した見解です」

ディスプレイに表示されたエインセル構造図の腰部が３Ｄで拡大される。

「言うまでもなく、機甲兵装における最大の熱源はパワーパックです。対して、最も熱に弱く、常時冷却を必要とするのがヴェトロニクス、つまりＩＣＵをはじめとする電子機器群です。エインセルの場合、これらの距離が極めて近く、ここ、操縦席直下でもある腰部付近に近接した状態でレイアウトされていることは間違いありません。当然冷却系もこの部分に集中していると思われ、装甲が最低限に抑えられているのも、放熱効果を少しでも上げるためと考えれば辻褄が合います。以上の点に着目して分析を進めた結果、この部分に重要なクーラント（冷却剤）伝送パイプが露出していることが判明しました」

表示されているエインセルの、人体で言えば鼠径部リンパ節の位置に当たる部位がディスプレイ上で拡大され、一本のパイプが赤く着色された。

「このパイプを断裂させることができれば、冷却が滞り、一秒以内に限界温度を突破してヴェトロニクスに致命的なダメージを与えることが可能です。そうなると機体は動作を停止。つまり制御システムがダウンするわけです。場合によってはリセットがかかりますが、冷却系の異状は変わりませんから、再起動は不能です。載積した爆弾によって自爆しようにもＦＣＳ（火器管制システム）経由での起爆はできません。さらに具体的には金属部品は過熱、樹脂部品は溶融し、液晶は真っ黒になって発火する箇所も出てくるでしょう。狭いコクピットは急激に耐え難い高温となって、搭乗者は脱出を余儀なくされるはずです」

緑の着席を待って、沖津が補足する。

「カティアへの聴取の結果からも、技術班の推論は裏付けられている。彼女の内部工作が失敗に終わった場合、突入班はこの方法でエインセルの制圧を敢行する。またエインセルの乗員が機外に出ると同時に、新潟県警の機動隊員がすかさず確保する。これはエインセルの乗員がFCSとは別系統のリモコン式起爆スイッチを所持している可能性があるためでもある」

希望を見出す思いで緑の説明を聞いていた捜査員達は、現実に引き戻されたように改めて身を震わせた。

理屈を聞けば簡単に制圧できるような錯覚に陥ったが、突入班の龍機兵が爆弾を載積したエインセルと組み合わねばならないことに変わりはない。また、四つに組み合う巨人の足許に待機してテロリストの確保に備える機動隊員の恐怖はいかばかりか。一つ間違えば全員が吹っ飛ぶ。想像を絶する危険な作戦であった。

午前七時十三分、捜査会議終了。全員がただちに移動を開始する。

立ち上がった沖津の耳許で、曽我部がぼやくように言った。

「これって、どう見ても特捜の暴走で、なおかつ沖津さんのスタンドプレイですよね」

「そうとも言えますね」

「実はあたし、それだけはなんとしても食い止めろって上からきつく言われてまして」

「ほう」

「でもねえ、直接の上司の清水部長は、沖津さんに任せとけって。板挟みってやつですかね。まあ、ウチの部長は単に責任被りたくないってだけかもしれませんが」

「で、どうなさるおつもりですか」

「どうするも何も、総監がいいって言ってるんじゃ、しょうがありませんやね。ウチの伊庭なんて、なんだかんだ言いながらもうすっかりその気ですよ。そもそも敵を寝返らせるってのは本来ならウチの手法みたいなもんですから」

そこへ突然声をかけてくる者があった。

「曽我部さん」

姿警部であった。不敵な態度を崩さぬこの男が、いつになく途方に暮れたような表情を浮かべている。

「なんでしょう」

不審そうに振り返った曽我部に、

「実は、缶コーヒーを買おうとしてうっかり違うボタンを押しちまって。よかったら、これ、飲んでもらえませんかね」

そう言って姿は手にした汁粉ドリンクを差し出した。

曽我部は思わず顔をほころばせ、

「喜んで」

留置所代わりの仮眠室で、カティアは出発前の最後の打ち合わせを行なった。パイプ椅子に座った彼女を、沖津、由起谷、曽我部、緑、ユーリの五人が囲む。

技術班の緑がカティアと直接会うのは初めてである。十六歳のテロリストを前にして、緑は緊張のあまり息苦しさを感じずにはいられなかった。

こんな女の子が──大勢の命を──

内心の動揺を見透かされまいと努めつつ、緑は技術班スタッフの用意した風邪薬の紙箱をカティアに差し出した。

「中身は粉末状にした睡眠薬トリアゾラムとクロルプロマジンを混合したものに入れ替えてあります。一包が一人分。二十四包入りですから予備を含めた全員分に相当します」

頷いて受け取ったカティアに、由起谷が続けて携帯端末と札束の入った封筒を渡す。

「押収した君の携帯と封筒だ。合流が遅れた理由を訊かれたら、ライムーン工芸社の手入れ騒ぎで資金の受け取りに手間取ったと言うんだ」

「Да《ダー》」

「決行時間や何か重大な情報が分かったらこの携帯でさっき教えた番号に連絡するか、アドレスにメールしてくれ。他の電話でもいい。ただし通信履歴はそのつど消去すること。番号とアドレスは暗記しているね？」

「Да」

「本当はもっといろんな装備を渡してやりたいところだが、身体検査をされたら元も子もない。許してくれ」

「Да」

「作戦が成功したら安全な場所に身を隠してから連絡すること。すぐに警察が突入する」

「Да」

「いいか、少しでも危険な兆候を感じたらすぐに脱出するんだ。躊躇はするな」

「Да」

由起谷は心配そうにカティアの顔を覗き込み、

「ずっと寝てないんだろう？　本当に大丈夫か」

カティアはなぜか不本意そうに呟いた。

「Вы тоже, наверное не спали」

ユーリが機械的に訳す。

『寝てないのはあなたも同じでしょう』」

「この様子なら大丈夫だろう」

微笑みながらそう言う沖津こそ、もう何日も寝ていないのではないか――緑はふとそんなことを思ったが、自分自身も同じであると今さらながらに気がついて、奇妙な感覚に囚われた。悪夢のようなメイケン・インダストリー突入作戦からまだ三日しか経っていない。榴弾の破片で損傷した龍機兵の外装を取り替えるだけでも技術部の全スタッフが不眠不休の突貫作業を強いられている。それでなくても調整に一番手のかかるバンシーの損耗が特に酷かった。必然的に緑は、作戦終了後バンシーのチェックに専念せざるを得ない状況が続いていた。

全員が立ち上がろうとしたとき、ノックの音がした。

「入れ」

沖津が返答すると同時に、ドアが開く。

緑は驚いて危うく声を上げそうになった。入ってきたのはバンシーの搭乗要員であるライザ・ラードナー警部であった。

「どうした」

「いえ……」

沖津の問いに曖昧に応えたライザは、まっすぐにカティアに歩み寄った。そして椅子に座ったままの相手を無言で見下ろす。

カティアもまた、挑発的な視線で突然の闖入者を見上げている。

元IRFの〈死神〉ライザ・ラードナー。虚ろに佇むその存在だけで、周囲に不吉と不穏の予感をもたらす。カティアを見下ろす淡いグリーンの瞳は、決して溶けることのない氷塊のようにすべての感情を拒絶している。

室内の空気が瞬時に固く凍りついたようだった。緑はただ息を詰めて二人を見守るしかなかった。

「もしかして、あなたがジナイーダと戦った人？」

カティアが英語で問いかけた。

ライザが頷く。

「ジナイーダが言ってた。今まで出会った中で一番手強い相手だって」

砂色の髪をした元テロリストの部付警部は、何も応えず、現役テロリストの少女を見下ろしている。

「この作戦に志願したそうだな」

唐突にライザが英語で発した。

「なぜだ」

カティアはきっぱりとした口調で答えた。

「友達を助けたいから」

「おまえは裏切り者になる。命を懸けて救った友からも憎まれる。それでも構わないと言うのか」

「構わない」

ライザはじっと相手を見つめる。虚無に閉ざされた双眸で。

「おまえは私より強い」

カティアは身じろぎもせずその視線を正面から受け止めている。

「私はおまえがうらやましい」

それだけ言うと、ライザは沖津に一礼して退室した。

緊張が解け、緑は大きく息を吐いた。急激に室内へ酸素が流れ込んできたような感覚だった。それは同席する他の面々も同じであるらしかった。

「恐ろしい人……」

カティアが深い吐息とともに漏らす。

「あの人の心臓には、きっと何千、何万の赤い釘が刺さっているんだね」

赤い釘。カティアの言葉は、緑には全部が分かったわけではなかったが、それでもなぜか、彼女の言わんとしたことは理解できるような気がした。

2

五月七日午前九時。新木場の東京ヘリポートから、沖津、カティア、緑、曽我部を乗せた警視庁航空隊のヘリＡＷ－１３９が新潟空港目指して一時的に雨の止んだ空へと離陸した。新潟空港は新潟県警の基地空港でもある。同時に、龍機兵各機がパッケージングされたコンテナを載積した大型輸送ヘリＡＷ－１０１三機も同じく新潟目指して飛び立った。三名の突入班員もそれぞれ自機のコンテナとともに同乗している。

特捜部庁舎からは、柴田技官をはじめとする技術班のスタッフが乗り込んだ指揮車輌と『一号装備』を載積したトレーラーが出発し、新木場インターから高速に乗った。

ライザ・ラードナー警部の搭乗する龍機兵『バンシー』最大の特徴は、任務や状況に応じて背面のオプションを換装できるシステムにある。一号装備とは、バンシーの換装式特殊オプションの一つで、電圧によって変形するパンタグラフ状翅脈《ベーン》を循環する薬液がミクロン単位の液膜《セル》を構成するVG翼である。上空からの無音状態での滑空、着陸を可能とし、攻略目標への奇襲に最適とされるが、使用条件は天候に大きく左右される。すなわち、雨天や結氷するほどの低温下では液膜が張れないため使用できない。新潟全体に前線が停滞しているという現在の気象情報では使用不可となる公算が大きかったが、万全を期して現場に移送することになったのだ。

由起谷班、夏川班の捜査員達は上越新幹線で新潟に向かった。外四の捜査員も大部分は新幹線で移動しているはずだが、どこに乗っているのかは分からなかった。

夏川は駅弁の蓋を開けながら隣に座った由起谷に話しかけた。

「着いたら起こしてやるから、おまえ、少しでも寝たらどうだ」

窓際に肘をついて外を見ていた由起谷は、呆れたように振り返り、

「寝てないのはおまえだって同じだろう。おまえこそ寝ろよ」

「俺か、俺ならこいつさえたっぷり腹に入れとけば大丈夫だ。心配するな。俺が食ってる間だけでも寝ろ」

「すまんな」

由起谷は苦笑して目を閉じた。だが、それは夏川の気持ちを尊重しただけであって、そ

んな気などないことは付き合いの長い夏川には明らかだった。

箸を割りながら夏川は考える。由起谷が眠る気になれないのも当然だ。少女の身を案じながら、危険のただ中へ送り込まざるを得なかった。決定を下したのは上層部であるが、責任感の強い由起谷の心の負担を減らすものではない。

不安はそれだけにとどまらない。今回のオペレーションにはさらに厄介な問題がある。

胸焼けにも似た気分を無理やり抑え、夏川がおかずの鮭に箸をつけたとき、シャツの胸ポケットで携帯が振動した。夏川は食べかけの弁当を置いて立ち上がる。

同時に由起谷も目を開けて立ち上がった。彼の携帯もまた振動していた。

それから新潟に着くまでの間、二人はほとんど席に戻る暇もなく、デッキで携帯端末による打ち合わせに追われた。

列車の走行音の中、メモを手に重要事項を正確に聞き取るのは骨が折れたが、それも二人の立場からすると当然の苦労と言えた。なにしろ日本の将来を左右しかねないテロの決行が目前に迫っているのだ。他の乗客に聞き取られぬよう細心の注意を払い、携帯に向かって何度も訊き返しながら、夏川は改めて思った。

自分達でさえこれだけの対応を迫られている。霞が関で関係各所との調整に追われる城木、宮近両理事官の苦労はいかばかりか。

さらにはあの〈厄介な問題〉――城木理事官の実兄宗方亮太郎議員とシーラ・ヴァヴィロワとの過去。

城木理事官は、どれだけの苦悩を背負って事に当たっているのだろうか。そして今この瞬間にも、「組織」や「派閥」といった形すらないものが跳梁《ちょうりょう》する雲上の世界で、どれほど熾烈な駆け引きが繰り広げられているのだろうか。

すべては現場の一刑事にすぎない夏川の想像を絶している。考えれば考えるほど、焦燥感を突き抜けた無力感が募ってくる。

夏川は掌の中の携帯を汗で取り落としそうになるたび、怒鳴りつけたくなる衝動を抑えるのに苦労した。

新潟に到着したとき、夏川はいまいましく毒づきながら、結局半分も手をつけていない駅弁をそのままゴミ箱に放り込んだ。

県警航空隊のハンガーがある新潟空港のサウスエプロンには、県警の公用車トヨタアリオン二台が待機していた。着陸したヘリから降り立った沖津らは、急ぎアリオンに乗り換える。

すぐさま発進した二台のアリオンは、空港を出て二手に分かれた。沖津と緑の乗った一台は新潟県警本部に直行する予定である。

カティアと曽我部の乗ったもう一台は新潟駅前で停車した。すばやく下りたカティアは、ネイビーのキャップを深く被り直しながら駅構内を足早に移動し、新幹線の到着時刻に合わせ、乗り換え客に混じって白新線に乗り込んだ。

午前中であるにもかかわらず、夕刻のように薄暗い。やはり天候は思わしくなかった。天気予報の通り、今夜から明日にかけては再び雨となるだろう。

終点の新発田に着く前、カティアは近くに人がいないのを確認し、列車内から仲間の携帯の一つに電話する。

すぐに応答があった。ナターリヤの声だった。チェチェン語で短く伝える。

「こちらセイ、間もなく新発田駅に着く」

〈了解、迎えをやる〉

通話は切れた。сай《セイ》とはカティアが日本での作戦において使用しているコードネームで、チェチェン語で〈鹿〉を意味する。

列車は間もなく新発田に着いた。駅正面口に出ると、車体に『新潟国際工業技術支援スクール』と書かれた古いミニバスが停まっていた。カティアが近づくと中からドアが開けられた。乗り込むと同時にドアが閉じられ、ミニバスが走り出す。

車内には運転手を含めて四人が乗っていた。全員女性だが、運転手は同志ではない。中年のアジア人だ。施設の職員だろう。

「ずいぶん遅かったな」

手近のシートに座ったカティアにナターリヤが声をかけてくる。ジナイーダの腹心で、古参メンバーの一人だ。

「〈オアシス〉の一つに日本警察の手入れがあった。それで〈回収〉に手間取ったんだ」

由起谷から教えられた通りに答える。手入れと聞いてメンバーの間に一瞬動揺が走るのが見て取れた。

「あんた、まさか尻尾をつかまれるようなことは……」

疑り深そうにそう言ったのは四年前に別のジャマートから移ってきたリューバ。残る一人はアゼット。寡黙で相手の挙動から決して目を逸らさない。今もじっとこちらを見つめている。リューバとアゼットは、ともに戦闘経験の豊富なベテランの兵士で、長らくコンビを組んで戦ってきたという。従姉妹同士だと噂に聞いたこともあるが、本人達に確かめたことはない。全員が地味なシャツかトレーナー、それにストレッチパンツという出で立ちだった。申し合わせたように大きめのパーカーかジャケットを羽織っているのは、ハンドガンを隠し持つためである。

「心配ない。そんなヘマはやってないよ」

懐から封筒を取り出し、中の紙幣の一部を示す。皆ほっとしたようだった。

市街地を過ぎたミニバスは、田圃の中の道を抜け、加治川を渡る。やがて日本独特の田園風景の中に佇む無骨な建物が小さく見えてきた。バスはまっすぐにその建物へ向かっている。

遠目に見るだけではなんの施設なのかまったく分からない。日本の地方には、こうした建物がよくあるのだとカティアは来日前に聞かされていた。

見渡す限り田畑や農家ばかりの風景だが、周辺にはすでに新潟県警の包囲網が敷かれているはずである。当然このミニバスも、カティアを迎えに出た時点から監視されている。

ミニバスは金属製の門を潜り、高い塀に囲まれた敷地内に入った。門の横には日本語と英語、それにロシア語で『新潟国際工業技術支援スクール』と記された看板が掲げられていた。スクールとあるが、学校という場所が持つ独特の生気や活気といったものはまるで感じられない。刑務所か工場廃墟のようだった。それこそ川崎のメイケン・インダストリーのような。

敷地は広く、門から本館まで結構な距離があった。風雨に晒されてすっかり黒ずんだコンクリートの塀に沿って陰気な高い樹木がそびえており、外からは中の様子がまるで分からないようになっている。

本館の入口前でバスが停まった。ナターリヤらの後に続いて下車する。入れ替わりに手荷物を持った施設職員らしきアジア人女性が四名、バスに乗り込んで去った。一大テロの決行前に地下へ潜る手筈なのだ。

本館の左右に渡り廊下でつながった工場のような建物と、小規模なビジネスホテルのような建物が見えた。トラックと機甲兵装が隠されているのはおそらく向かって左側の工場の方。作業実習のための建物か。前庭に面したシャッターは大型のトラックが出入りできる大きさだ。ビジネスホテルの方は学生寮だとすぐに分かった。

市役所の入口のような本館のドアが開いて、中からシーラが顔を出した。イスラム教徒だと悟られないためにヒジャブはしていない。きれいに切り揃えられたボブヘアは、初めて会った頃から変わらぬシーラお気に入りの髪型である。

「お帰りなさい、カティア」

シーラが優しく微笑んだ。その笑顔を見た途端、カティアはなぜだか無性にたまらなくなって、シーラの胸に飛び込んだ。

その温かい胸の中で、カティアは遠い日を思い出した。ベルカト・ユルト村のガーリャの家の前で、ジャマートでの訓練から帰ってきたシーラを出迎えた日のことを。

「お務め、ご苦労様。帰りが遅いので心配したわ」

シーラはあのときと同じく、カティアをまるごと包み込んでくれている。

自分はこの人を裏切ろうとしているのだ。そう思うと自然と涙が浮かんできた。

まずい――

なんとかこらえようとしたが間に合わなかった。

「あらあら、どうしたの」

心配そうにシーラがこちらの目を覗き込んでくる。昔と変わらぬ優しい物腰。だが昔の目とはどこか違う。カティアはシーラの目の奥に、疑惑の光が覗いているのを本能的に感知した。

「思い出したんだ、昔、ガーリャと一緒にシーラを出迎えたときのこと」

「そう……」

咄嗟に本当のことを言う。真実を隠すための事実だ。嘘ではない。

シーラもさすがに胸を衝かれたようだった。目から疑惑の光が薄れ、視線は遠い過去に向けられた。

「あのとき、私がカボチャの籠を抱えていたの、覚えてる？」

「ええ、覚えているわ。小さいあなたが、大きな籠を力いっぱい抱えていたわね」

「今は、これ」

ポケットから封筒を取り出してシーラに渡す。

「決行は明日だから、もう役に立たないかもしれないけど」

「そんなことはないわ。誰かが生き残ったら、きっとこのお金が役に立つはずよ」

「でも、シーラも死ぬんでしょう」

「一足先にアッラーの御許へ行くだけよ」

「じゃあやっぱり……」

シーラはカティアの手を取って封筒を返した。

「日本のお金のことを一番分かっているのはあなたよ。これはあなたが持っていて」

「そんな、私」

驚いて押し戻そうとしたカティアに、ナターリヤも横から口を添えた。

「私達は日本の事情をよく知らない。いざというときはおまえが頼りだ。預かっていてくれ」

やむなくカティアは封筒をもとの内ポケットに戻す。チェチェンにはまだメンバーが残っているが、このまま三人のリーダーを失った場合、組織の再建が可能であるとは思えなかった。

「さあ、もうじきお昼ご飯よ。食堂に行きましょう」

シーラに促され、一同は本館の中に入った。

食堂は本館一階の南側にあった。そう広くはないが、日当たりのいいガラス張りで心地よい空間だった。山岳キャンプのテントに比べると大違いだ。しかし、集まった人数は全部で十一人。広くない食堂に目立つ空席が、失われた命の寂寞《せきばく》を表わしているようにさえ思われた。

カティアは集まった面々にすばやく視線を巡らせる。シーラ、ジナイーダ、ファティマの三人が上座に並んでいる。ナターリヤとヴァレーリヤは哨戒に出たという。川崎での混乱の中でその五人が逃げ延びたことは把握していたが、後の七人の名前までは分からなかった。逆に言うと、今この施設内にいる十三人以外は全員が死んだのだ。

このうち身長一五六センチ以下でエインセルに乗れるのは、アイシャ、ジャンナ、クレメンティーナ、マリアムの四人だけだ。アイシャとジャンナは十四歳、クレメンティーナとマリアムは十五歳。バスで迎えに来たリューバとアゼット、それにもう一人、ゾーヤを加えた残りのメンバーは皆二十歳を超えている上に背が高い。一番低いゾーヤでも一六四センチだ。

る。川崎から新潟に送られたエインセルは四機。アイシャ達四人は間違いなく自爆させられ

「どうしたの、顔色が悪いわ」

右隣に座ったアイシャが声をかけてきた。一番年下で、常に仲間に気を遣っているおとなしい少女。

「そんなに？」

「ええ。死人みたいに真っ白よ」

死人。真っ白。

「昨日から一睡もしてないせいかな。〈オアシス〉でトラブルがあってね。資金の受け取りに走り回ってて。電車の中でうっかり眠るわけにもいかなかったし」

アイシャが、まあ、と声を上げる。向かいに座ったクレメンティーナも、自慢の巻き毛を指でくるくるといじりながら言った。

「大変だったわね。あなたが戻ってきてくれて嬉しいわ」

「そうよ、こんな大事なときだもの。カティア、あなたがいてくれると心強いわ」

左隣に座っていたマリアムもほっとしたように言う。

「なんたってあなたはシーラと同じ創設メンバーだものね。あたし達の誇りだわ。いいえ、

英雄と言ってもいいくらい。そうよ、英雄よ」

マリアムはいつものようにおしゃべりだった。早口で思いついたことをそのまま口にしてしまう。みんなとっくに慣れっこだ。

いずれも年相応に無邪気な、そしてやはりどこか不安そうな笑顔を見せている。彼女達は皆、明日に迫った死を意識しているのだ。

年下の仲間達に微笑みを返しながら、カティアは胸の中で暴れる釘の痛みに耐えていた。荒れ狂う赤い釘。痛い。どうしようもなく痛くてたまらない。心臓が今にも血を噴いて破裂しそうだ。

カティアはなんとか痛みに耐え、一同とともに祈りを捧げてから昼食の皿に向かった。

メニューは鶏肉を使ったプロフ（ピラフ）に、ジャガイモとタマネギのスープだった。麻布署の留置所にいたときに感じたのと同じ吐き気が込み上げてくる。だがここで吐くわけにはいかない。日本の街の様子を口々に訊いてくる仲間達の質問に気安く答えながら、必死に料理を呑み下した。

アジトでの食事はメンバーが数人ずつ交代で作っている。この施設の炊事場について早急に探る必要があった。それに次の当番が誰であるかも。ジャケットのポケットに入っている〈風邪薬〉の四角い紙箱の感触を、カティアはいやが上にも意識した。

食事の後は各自が食器を洗い場に運んだ。皆と並んで皿を洗いながら、カティアは周囲に目を配る。食堂に隣接した厨房には、外に通じるドアが一つあったが、内部から板が打ち付けられていた。厨房に入るには食堂を通り抜けていくしかないようだった。

「カティア」

不意にシーラが呼びかけてきた。内心の動揺を押し隠して振り返る。

「だいぶ疲れているようね。少し休むといいわ。ジャンナ、カティアをお部屋に案内してあげて」

「はい」

丸顔で栗色の髪をしたジャンナがカティアのもとに寄ってくる。他の者はそれぞれの持ち場へと散っていった。

「私達は学生寮に寝泊まりしているの。あなたの部屋もあるわ。こっちよ」

案内するジャンナの声は心なしか弾んでいるように感じられた。渡り廊下を先に立って歩む彼女の足取りも。

ジャンナはアイシャと同じ十四歳だが、生まれは半年ばかり早い。しかし四人の中では最も天真爛漫で、活気に満ちた存在だった。

〈学生寮〉。ほとんど学校に行ったことのないジャンナには、すべてが物珍しく、浮き浮きするような経験なのだろう。そして自分が〈女学生〉になったような幻想で、間近に迫った死の恐怖から目を背向けているのだろう。

当然ながら現在この施設に一般の留学生はいない。学校全体が『黒い未亡人』の基地だ。

「ここがあなたの部屋よ。私の部屋は隣なの。造りはどの部屋もおんなじよ」

そう言ってジャンナは一番出入口に近い端の部屋のドアを開けた。中に籠もっていた黴《かび》臭い湿気が鼻を衝く。

固そうなベッド。小さなデスク。申しわけ程度のクローゼット。飾り気のない鏡の付いた洗面台。ただそれだけの、場末のビジネスホテルよりみすぼらしい部屋だった。埃の付着した小さな窓から差し込む、曇天下の薄暗い光も寒々とした印象を強めている。

「どう、素敵でしょう？」

ジャンナは目を輝かせて同意を求める。彼女にとって、〈自分の部屋〉が与えられるのは初めての経験なのだ。

「うん、いいね。素敵だね」

「タオルと下着も用意してあるわ。ここよ」

そう言ってジャンナは嬉しそうにクローゼットを開ける。洗い晒しのタオルが数枚と、量販店で仕入れたような綿の下着が数着、片隅に揃えて置かれていた。

「じゃあ、夕食までゆっくり休むといいわ。後で起こしに来てあげる」

「待って」

出ていこうとするジャンナを、カティアは慌てて呼び止めた。

「その前にここの全体を知っときたいんだ。案内してくれない?」

「え、今すぐに?」

「うん。じゃないと、ゆっくり眠れそうもない。今までずっとそうだったから」

「そうよね。敵襲に備えるのは当然よね」

ジャンナはカティアの手を取った。

「いいわ、行きましょう」

嬉々として部屋を出たジャンナはまず近くの階段を指差した。

「そこの階段を上がると二階よ。配置は一階とおんなじで、大人達が使ってるわ」

二人は学生寮を出て渡り廊下から本館に戻る。

三階建ての建物で、天井はどの階も高かった。工業技術系の学校として必要な設備は一通り備えているらしい。教室は二階と三階にあり、他に実験室、図書室、職員室、保健室などが配されている。カティアはさりげなく非常階段の位置を確認した。

本館一階には食堂の他にテレビの置かれたレストルームもあった。

「せっかくテレビがあるのに、シーラやジナイーダは観ちゃダメって言うの。でもね、ファティマがね、私も観たいわって言ってくれて、みんなで音楽の番組を観たわ。日本人の歌手が歌ってるの。しかもファティマは歌に合わせて即興の踊りまで披露してくれたのよ。もう最高だったわ。最初は渋々って感じだったシーラとジナイーダも、途中からは手を打って楽しそうにしてたわ」

ジャンナはひっきりなしに喋り続けた。そうすることによって、たわいない日常がそのまま永遠に続くものになると信じているかのように。

ジャンナと一緒に玄関から本館を出ると、ウージー・プロSMGを手に敷地内を哨戒しているゾーヤの姿が目に入った。

「交代で哨戒しているのよ。決行はもうすぐだけど、敵地で油断はできないものね」

「決行の時間は決まったの？」

努めてさりげなく訊く。

しかしジャンナは首を振り、

「私達もまだ教えてもらってないのよ」

「えっ、どうして」

「さあ、シーラには何か特別な考えがあるみたいよ」

不安がさらに首をもたげる。シーラの特別な考え。なんだろう。それは死を目前にした仲間にも言えないことなのか。

「ほら、あっちが作業棟よ」

ジャンナが最後の棟を指差した。工場のような建物は、やはり作業実習用の施設であるという。正面のシャッターの他に、本館と渡り廊下でつながっている部分も、機甲兵装が充分に出入りできるだけの大きさがあった。

渡り廊下の方に回ると、やはりウージーを持ったアゼットが歩哨に立っていた。

「カティアにここを案内してるのよ」

ジャンナが声をかけると、アゼットは鋭い目でカティアを一瞥してから、無言で通してくれた。

旋盤、フライス盤、ボール盤、シャーリング、溶接機、プレス機、三次元測定器、ワイヤ放電加工機などが配されてなおあまりある広い内部には、トラックが四台隠されていた。その前には、コクピットを全開にして佇立する四機のエインセルと二機のルーダック。各機とも整備は終了している。一機残っていたはずのヌアラは見えない。まだトラックの中なのだろうか。エインセルもルーダックも一台のトラックに二機ずつ積載して搬送したから、四台目のトラックの中に積まれていてもおかしくはない。

そして作業用の大きな台の上には、ウージーやカラシニコフをはじめとする各種の銃器が並べられていた。それに十数個の手榴弾がパックされた木箱も。ここが武器弾薬庫でもあるのだ。

「私達、これに乗ってアッラーの御許に行くのよ」

一機のエインセルに近寄ったジャンナが、宗教的恍惚と恐怖の入り混じった目で全高三・三メートルの巨体——とは言え他の機種に比べるといささか小さいが——を見上げる。その両肩と胸部には、155㎜弾頭を改造した爆弾が計三発固定されていた。ひとたび搭乗すれば間違いなく死に向かって行進する恐るべき神輿だ。

カティアは木箱の中の手榴弾に視線を遣る。そのうちの一個を、どれでもいい、開放されているエインセルのコクピットに放り込めば目的は達成される。爆弾が次々に誘爆して全機が跡形もなく吹っ飛ぶだろう。

ジャンナに悟られぬようそろそろと作業台に近寄って、後ろ手に木箱に手を伸ばそうとしたとき、歩哨のアゼットがじっとこちらの様子を窺っていることに気がついた。

「ねえ、表に小さな池があるのよ。今度はそっちに行ってみない？」

ジャンナの呼びかけを幸いに、カティアは自然な素振りで作業台を離れた。

「うん、行こう」

二人はアゼットの横を小走りにすり抜けて表に出る。振り返ってアゼットの表情を確かめたい衝動をカティアは必死にこらえた。

寮棟の自室に戻ったカティアは、部屋の鍵をかけ、ネイビーのキャップだけを脱いでベッドに潜り込んだ。腹這いになって毛布を頭まで引っ張り上げ、ジャケットから携帯端末を取り出す。そして教えられたアドレスに英語でメールの文章を打ち込んだ。これならばたとえ部屋に監視カメラや盗聴器があったとしても——まずそんなことは考えられないが——気づかれるおそれはない。

《シーラ以下生き残りの全メンバー確認。うち未成年四名。エインセル四機とルーダック二機を確認。ヌアラは未確認。格納場所は作業実習棟。エインセルは爆弾装着済み。決行時刻は不明。作戦を続行する》

送信後、履歴を消去する。小さく息を吐き、これからの行動について考えようとしたとき、携帯が振動した。メールが着信している。毛布の中で文面に目を走らせる。

《作戦遂行の期限は明朝午前九時。その時刻を過ぎれば突入する》

九時だって？

カティアの全身を包む毛布の湿気が冷気に変わる。

明日の九時までになんとしてでも任務をやり遂げねば、全員が死ぬ――

3

同日午後一時。新潟県警本部の会議室で、オペレーションの最高責任者となる高山淳人《たかやまあつひと》本部長臨席のもと、極秘のうちに緊急会議が開かれた。主な顔ぶれは、県警から諏訪真樹《すわまき》夫《お》警備部長、浜本靖《はまもとやすし》警備部外事課長ら関係各部部長及び課長。警視庁からは沖津旬一郎特捜部長、曽我部雄之助公安部外事第四課課長。また沼尻隆公安部参事官を筆頭に、各部からナンバー2の参事官が幕僚として派遣されている。警察庁からの幕僚派遣は三沢成人警備課理事官、佐竹裕久公安課理事官ら。

また特例として、特捜部から由起谷志郎、夏川大悟捜査主任に加え、突入班の姿俊之、ユーリ・オズノフ、ライザ・ラードナー部付警部、技術班の鈴石緑主任が会議に参加している。

事態が事態であるだけに、形式的な挨拶や自己紹介の類は省かれ、まず諏訪警備部長から、テロの標的となっている胎内市メタンハイドレート液化プラントの警備状況の報告がなされた。

警視庁からの要請通り、可能な限り秘密裏に警備を強化中であること。具体的には、建設中の同施設への資材の搬入を装って機動隊員を送り込み、入れ代わりに職員、建設作業員、技術者等の関係者を避難させていること。もちろんすべての作業は、外部からの観測によって不審を抱かれないよう配慮しながら一時的に停止していること。また近隣各県の警察本部にも応援を要請していることなど。

続いて浜本外事課長から、新発田市の新潟国際工業技術支援スクールの包囲態勢についての報告。

新発田署が中心になって同校を厳重な監視下に置いていること。同校周辺は田畑に囲まれているため、住民の数は少なく、避難誘導は容易であったこと。逆に接近しすぎると容易に視認されるおそれがあるため、相当の距離を置いて機動隊が包囲網を敷いていること。同校のスクールバスが新発田駅でカティア・イヴレワを回収するのを確認したこと。一旦同校に帰還したスクールバスは、すぐにアジア人職員を乗せて新潟駅に直行したこと。駅前のパーキングエリアにバスを放置し、運転手を含めて職員はばらばらに立ち去ったこと。テロリストのネットワークに異状を察知されることを警戒して即時の身柄確保は避けたが、職員一人一人に監視が付いていること。国外逃亡の兆候があればすぐに確保する態勢にあること。その他には現在のところ目立った動きは見られないことなど。

そして、警視庁特捜部の沖津部長が作戦の概要について県警側に説明を行なった。

「潜入中のカティア・イヴレワより連絡がありました。決行予定時刻はまだ判明していません。カティアより未成年の戦闘員もしくはキモノの無力化に成功したという連絡があり次第、突入します」

「その娘は本当に信用できるのですか」「明日になっても連絡がなかったらどうするつもりですか」

県警側から当然の質問が矢継ぎ早に投げかけられた。

それらに対し、沖津は冷徹に言い切った。

「仮に連絡がなかった場合は、明朝九時を期して突入を敢行します」

「九時というのは遅すぎませんか」

諏訪警視長がやはり当然の疑問をぶつけてきた。八日の午前〇時を過ぎた途端、テロリストがテロ決行に動き出すことは大いに考えられる。また敵がなんらかの理由により予定を繰り上げて七日中、つまり今日にも動き出す可能性さえある。そもそも、敵の不意を衝く突入は未明に行なうのがセオリーだ。

「潜入しているカティア・イヴレワが自爆テロをもくろむテロリスト、特に未成年を無力化する手段として、キモノの破壊もしくは飲食物への睡眠薬の混入を想定しています。このうち、全員同時に睡眠薬を服用させる機会としてはまず食事時が考えられます。今日から明日にかけて彼女に何度機会があるか分かりませんが、最後の機会があるとすればおそらく八日の朝食。その効果が現われるのを我々が限界まで待ったとして九時。希望的観測を含みますが、熟考の末、その結論に至りました」

未成年救出を優先しているようで、同時に沖津は、九時を過ぎればカティアを見捨てると言外に告げているようにも聞こえた。思わず腰を浮かしかけた由起谷が、隣の夏川に無言で制止される。

「では、こちらをご覧下さい」

沖津が手許のキーを操作する。正面に設置されたホワイトボードに似たディスプレイに、新潟国際工業技術支援スクールの周辺地形図やさまざまな角度から撮影された写真が投影される。

敷地全体に高いコンクリートの壁が巡らされた施設の出入口は、金属製の門扉に閉ざされた正面口一つがあるだけで、裏口や通用門の類は一切ない。周囲は田畑に取り囲まれているのみならず、コンクリートの壁のすぐ外側は雑草の繁茂する草地となっており、小径や踏み跡の一本もない。田畑には加治川に通じる用水路が巡らされているが、施設に一番近い部分でも外壁の南西部から三十メートルは離れている。

「周辺の田畑に地雷が埋設されている可能性があるため、施設への進入路は、スクールバスも通行していた正門に続くこの一本道しかありません」

「それでは狙い撃ちにされるのでは」

県警の高山本部長が声を上げる。

「周辺に高所対策車を配置し、六機（警視庁第六機動隊）と八機（同第八機動隊）の銃対《じゅうたい》（銃器対策部隊）から選抜した隊員にアンチマテリアル・ライフルで掩護させます。突入時には正門を対戦車ミサイルで爆破しますので、敵の混乱を期待できるものと思います」

「ミサイル、ですか」

啞然とする本部長に構わず、

「ウチの龍機兵三機が先陣を切ります。これは機動隊員の犠牲を最小限に抑えると同時に、未成年の搭乗するエインセルの自爆を阻止するためでもあります」

「たった三機で、ですか」

今度は諏訪警備部長が驚きと不審の入り混じる声を発した。

「龍機兵なら充分に可能です。むしろ三機だけで行動した方が作戦上好ましいとさえ言えるでしょう」

沖津は顔色一つ変えることなく言明した。

「だが、ヌアラが確認されてないってのが気になるな」

例によって姿警部の不規則発言。特捜部の面々だけでなく、外事の曽我部らもいいかげん慣れているが、さすがに新潟県警の幹部達は面食らったようだった。警察外部から金で雇われたという白髪頭の傭兵に、諏訪や浜本らは露骨に敵意の視線を向ける。

当人はそんな視線など気にもならないと言わんばかりに、

「部長お得意の『偶然を信じるな』ってやつですよ。この期に及んで決行時刻が不明ってのも気にかかる」

シーラ・ヴァヴィロワに何か別の狙いがある可能性。それは確かに、沖津自身が昨夜口にした疑惑である。

「相手はチェチェンの名だたる〈砂の妻〉だ。過去のあれこれを考慮しても、何を考えてるか知れたもんじゃない」

いつもの軽口を装いながら、姿は明らかにシーラと宗方亮太郎の問題を示唆している。〈過去のあれこれ〉という曖昧な言い方をしたのは、彼なりに新潟県警側の耳目を配慮したのだろう。中央サイドは公安も警備もその問題についてすでに把握しているはずだが、さすがに政治的に微妙な案件でありすぎて、県警側にその情報を伝えるかどうかという判断は今も保留のままとなっている。

会議の場において、沖津は最後までシーラと宗方議員の関係について触れなかった。

重い気分で会議場を出た夏川に、部下の深見が待ち構えていたように駆け寄ってきた。

「主任、川崎から逃走した例のトラックですが、別のカメラに映ってる映像をいくつか発見しました。全部をつなぎ合わせてみたら、ナンバーがなんとか判読できまして、N《エヌ》（Nシステム＝自動車ナンバー自動読取装置）にかけてもらったところ、確かに新発田市に入ったことが分かりました。なにぶん田舎ですから、そこから先はつかめませんでしたが、問題の支援スクールに入ったのはたぶん間違いないかと」

メイケン・インダストリーから出発したトラックはすべて工業技術支援スクールに入ったものと推測される。しかし確実であるとも言い切れない。また姿警部が指摘した通りヌアラが未確認であるというのも気になった。この段階ではすでに有用性の薄い情報ではあったが、夏川は部下を慰労し、新たに指示を下した。

「新潟本部にはそのナンバーに注意するように言っておけ。また引っ掛かり次第、すぐに連絡をよこせってな」

「宗方さんのことですけどね」

県警の廊下を連れ立って移動しながら、曽我部が小声で沖津に話しかける。

「今は永田町でお偉い先生方にこってり絞られてる最中のようですが、それが一段落した時点で、ウチの伊庭が聴取します。もちろん任意ですけども」

「行確《こうかく》（行動確認）はとっくにやっておられるのでしょうね」

「ええ。過去についても、遡れるだけ遡れってウチの連中には言っときました。外情の方でも動いてるみたいですよ」

曽我部はさらに沖津に縦長の顔を近づけ、

「それでね、そちらの城木さん、申しわけないんですけど、今度のオペレーションから外しちゃもらえませんかね」

沖津は横目で相手を見る。

「筋違いだってのは承知ですが、ウチの連中がピリピリしてましてね。捜査情報が漏れたらどうすんだって」

「それについては私が責任を持ちます」

沖津は断言した。

「城木君は理事官として各方面との調整に当たっているだけです。現在は霞が関にいて永田町との接触はありません。問題があると私が判断した場合はただちに外します。宗方議員の聴取には関与させません。まずはそちらに全面的にお任せするということでご理解下さい」

「そうですか。沖津さんがそこまでおっしゃるなら」

曽我部がいかにも不承不承といった表情で同意したとき、沖津の携帯に着信があった。

失礼、と言って曽我部から離れて応答する。宮近からだった。

その時点での連絡事項を慌ただしく報告した宮近は、最後に一際声を潜めるようにして沖津の判断を求めてきた。

〈いいんでしょうか、部長〉

部下の言わんとすることは察しがついた。

〈城木のことです。このまま本件にコミットさせておいてよいものでしょうか。本人はいつも通りに、いや、いつも以上に張り切ってやってますが、それだけに横で見てても……〉

曽我部や宮近の危惧はもっともだ。城木の実兄は国際テロリストと関係があった。その関係が今も続いていないとは現段階では誰にも言い切れない。

しかも——城木本人の言を信じるならば、宗方亮太郎は〈敵〉だ。

うに」
「城木君に何か変化があったらすぐに報告してくれ。それまでは通常通り職務に当たるよ

〈分かりました〉

携帯端末をしまった沖津は、いつになく汚れていた眼鏡を外し、廊下に立ったままハンカチで拭いた。何もかもが極めて難しい局面だった。『黒い未亡人』。メタンハイドレート液化プラント爆破計画。潜入した少女テロリスト。宗方亮太郎。そして〈敵〉。

わずかでも判断を誤れば、たちまちすべてが崩壊する。その結果がどうなるかは誰にも予測できない。ただ多くの人が死ぬということ以外は。

午後四時三分、外四の伊庭係長は永田町の与党本部前駐車スペースに停車したトヨタエスティマの中で待機する部下数名と合流した。現在稲葉《いなば》幹事長と面談中である宗方議員に任意での聴取を求めるためである。本部建物内及び敷地内は与党と契約する警備会社が警備している。警察が立ち番を置いて警備するのは門外のみに限られる。外四は議員と面会の必要があるとして、与党と警備会社に話を通して駐車スペースを一時的に借り受けたのだ。

「今幹事長室に集まってる大物は小林半次郎《こばやしはんじろう》、岡本倫理《おかもとりんり》、市川悦治《いちかわえつじ》、木ノ下貞吉《きのしたさだきち》の先生方

です。一時間ほど前にみんな慌てて駆けつけてきましたよ」

運転席の〈池田〉が後部に座った伊庭を振り返る。

「まあそんなもんだろう。下手するとそのうち派閥の親分連中が泡食って飛んでくるぞ。政調会長や国対委員長とかもな」

「そりゃ困りますね。ウチが聴取できなくなる」

中列に座った〈吉田〉がとぼけた口調で言う。

「その前に宗方センセイを丁重に引っ張るんだ。〈野田〉、党内の動きはどうなってる」

助手席に座った男が、党本部から目を離さずに答える。

「まだそれほど目立った動きはありません。日頃餌付けしてある連中が情報を流してくれてます。さすがに今度ばかりは党内でも情報が相当セーブされてるようですが」

〈吉田〉が「それにしても」とつくづく感じ入った様子で、

「宗方亮太郎って、自分は正直いけ好かないタイプだと思ってましたが、チェチェンの後家さんと、それも大物テロリストとデキてたなんて、意外とやるもんじゃないすか」

「まあ昔の話らしいが、いつまで関係が続いてたか、それとも今でも続いてるのか、こっちとしてはそこら辺をはっきりさせてもらわなきゃな」

それまで黙っていた中列の〈福田〉がおもむろに口を挟んだ。

「それより係長、新潟の方はどうなんすか。あっちがヘタ打ってくれたりしたら、こっちまで飛び火しますよ」

「あっちは特捜に任せるしかないだろう。キモノでカチコミなんて、ウチの業務に入ってねえよ。しかも相手は爆弾抱えたキモノだぜ」

「大丈夫ですかね」と〈池田〉。「あの由起谷って奴を見た限りじゃ、特捜ってのはずいぶん甘いように思えますが」

伊庭がぽつりと応じる。

「あいつは〈鬼〉だよ」

「オニ？」

「おまえらも聞いてるだろ。麻布署から拉致されかけた娘を助けるために車に飛びついたのも、その娘を自供に追い込んだのも、全部その由起谷だ。特捜に引っ張られただけのことはあるよ」

心なしか、伊庭は蒼ざめているようだった。部下達は思わず顔を見合わせる。伊庭がそんな顔を見せるなど、滅多にないことだった。

「俺はな、千葉の生まれなんだ。海辺の小さな町でさ、昔で言やあ漁師町だ。おまえらに言ったことあったっけ」

さらに唐突なことを話し出した上司に、部下達はいよいよ混乱した。

「俺も思い出したよ、お袋のこと。何年ぶりかなあ。今まで思い出すことなんかなかったってのにさ」

「どうかしたんすか、係長」

〈吉田〉が怪訝そうに訊く。

伊庭は急に真顔に戻り、素っ気なく言った。

「どうもしねえよ」

4

毛布の中でまどろみそうになったカティアは、慌てて頭を振りながら起き上がった。ベッドに横になっていろんな手筈を考えているうちに、不覚にも眠りに落ちかけたのだ。これまでずっと寝ていない上に、昨夜の嘔吐で体力が大幅に低下している。拉致されかけた際の事故によるダメージも嫌になるほど残っていた。左手首に着けた腕時計で時刻を確認する。午後四時十二分。そんなに寝てはいない。ほんの十分くらいだ。日本に来てから買ったデジタル時計だが、充分に役に立つ。日用雑貨の量販店で購入したときは、あまりの安さに不安を覚えたものだった。

ベッドから下りて洗面台で顔を洗う。東京の水道と違って水が冷たいのがありがたかった。少しは気分がすっきりした。

部屋を出て本館の方へと向かいながら考える。予想した通り機甲兵装の周辺は警戒が厳しい。仮に気づかれずに忍び込めたとして、起爆装置に細工する程度では駄目だ。出撃前に再点検があればすぐに発見されてしまう。またエインセルのコクピットに手榴弾を放り込むことができたとしても、自分はその場で撃ち殺されるだろう。もともと覚悟はできているつもりだが、年下の仲間達がどうなるか、見届けずに死ぬのはためらわれた。やはり睡眠薬を使う手か。しかし全員同時に服用させるには、どう考えても食事か飲み物に混入させるしかない。

本館に入ると、レストルームでマリアムとクレメンティーナがおしゃべりをしていた。おしゃべりといっても、マリアムがほとんど一方的に話すのを、クレメンティーナが自分の巻き毛をいじりながら時々気のなさそうな相槌を打っているだけである。それでもクレメンティーナはマリアムの話をいつもちゃんと聞いている。こう見えて、二人はなかなか気の合う仲なのだ。声をかけて、会話に混じる。内容はたわいないものであったが、二人とも迫り来る運命をはっきりと自覚していて、心底怯えながらもあえて口に出さないようにしているのが察せられた。

二人に話を合わせながら、カティアはさりげなく炊事当番について尋ねた。

「あなたはお務めから帰ったばかりよ。炊事は他の人に任せればいいわ」

「そうよ、もっと休むべきよ」

そう口を揃える二人に対し、

「できるだけみんなと一緒のことをしていたいんだ。その方が落ち着くから」

友を欺くやましさを感じながら、カティアはなんとか聞き出した。大事の決行前ではあるが食事はこれまで通り取ることになっていて、夕食の担当はアイシャ、マリアム、それにファティマであるという。

カティアは内心で落胆した。ファティマが眼を光らせているのであれば、食事に睡眠薬を混ぜることなど至難の業だ。

「でも、明日の朝食の係はまだ決まってなかったわね」

クレメンティーナがなにげなく漏らした一言に、カティアは思わず食いついた。

「えっ、明日朝食があるの」

「そう聞いてるわ」

「すると、今夜の出撃はないってこと？」

「そうなるわね」

「どうしてだろう。夜襲の方が効果的だと思うんだけど」

「私にも分からないわ。ねえマリアム、あなた何か聞いてる？」

「さあ、別に……」

愛らしく小首を傾げて考え込んだマリアムが、ふと思いついたように言った。

「でも、決行時間についてはシーラとジナイーダがなんか揉めてたみたい。日本についてすぐの頃の話だけど、二人が言い争っている声が聞こえたわ」

「ふうん……」

さらに詳しく訊きたかったが、すでに限界であると感じた。これ以上突っ込むとさすがに二人の疑いを招く。おしゃべりなマリアムの口から同じ炊事当番であるファティマに伝わる可能性もある。

やはりシーラには何か隠していることがあるらしい。今夜の出撃がないと判明しただけでも今はよしとしよう——

カティアはきりのいいところで話を切り上げると、自室に戻って再び毛布に潜り込んだ。

携帯を取り出し、毛布の中でメールを打つ。

《明日朝食あり。今夜の決行はない模様》
すぐに返信があった。
《了解》
履歴を削除し、そのまま毛布の中で考える。また眠ってしまわないよう用心しながら。
睡眠薬は気づかれぬよう風邪薬に擬装されている。ありふれた市販薬の紙パックの中に個包装で二十四包。調理中に混ぜるには、一包ずつ開封しなければならないが、そんな隙があるとは到底思えない。かと言って、事前に開封してビニール袋か何かにひとまとめにしておくと、万一投入前に発見された場合、言い抜けが不可能となる。考えれば考えるほど困難だ。これが山岳キャンプであれば、水場へ水を汲みに行く係に志願するなり、汲み置きの水を入れておくポリタンクに薬を投入するなりすればいいだけの話である。しかしここはダゲスタンの山中でもイングーシの難民キャンプでもない。みな水道水を使っている。運よく施設内に水道管か給水タンクを発見できたとしても、たった十二人分の睡眠薬とその予備だけでは効果はないに等しい。
いくら頭を捻ってみても妙案は浮かばない。かつて同種の任務に就いた経験も多々あり、引き受けたときは厨房の配置次第でなんとかなると思ったが、今回に限っては見通しが甘すぎた。

時間ばかりが無為に過ぎる。腕時計を見るといつの間にか五時半近くになっていた。ベッドから起き出すと、カティアは思い切って睡眠薬の紙パックをポケットに入れたまま、本館の厨房に向かった。

渡り廊下を吹き抜ける風は、明らかに重い湿気を孕んで雨の近いことを示している。厨房では、マリアム、アイシャ、ファティマがすでに夕食の支度にかかっていた。顔を上げたファティマが、カティアに向かって微笑んだ。手伝いを申し出ると、あっさり許してくれた。

「ありがとう。じゃあ、あなたはトマトの皮を剝いてちょうだい」

夕食のメニューはジジグ・ガルニシュだった。塩茹での骨付き羊肉を使ったチェチェンで最もポピュラーな料理だ。それにトマトとタマネギのソースのかかったマンティ(饅頭)。言いつけられた通りトマトの皮を剝きながら頭を巡らせる。煮汁に睡眠薬を入れても効果はないのでジジグ・ガルニシュには使えない。マンティの皮に練り込むか、それとも仕上がったソースに入れてすばやくかき混ぜるか。マンティの皮はマリアムが、ソースはアイシャが担当している。二人とも訓練された兵士だが、自分にならば隙を見せるかもしれない。

全身の神経で周囲の気配を窺う。

その瞬間——背後で何かが翻るのが分かった。ファティマのロングスカートだ。不審そうにあちこちを見回している。そのことが背中の感覚だけで分かる。カティアはひたすらトマトの皮剝きに集中する。何もないのを確認して、ファティマが再び大鍋に向かうのがやはり背中で感じられた。

呼吸を乱さずにほっと胸を撫で下ろす。同時に改めて戦慄する。チェチェン山岳部族にして誇り高き戦士の末裔ファティマ・クルバノワ。隙を窺う自分の気配を、瞬間的に察知した。この狭い厨房内で、彼女の研ぎ澄まされた感覚を欺くことは到底できない。

全身の緊張を隠しつつ、カティアは調理に専念するよりなかった。

「アイシャ、そろそろお茶を沸かしてちょうだい」

「はい」

ファティマの指示でアイシャが水道の蛇口に向かう。

あれが——あの役が自分であったなら——

カティアは密かに歯嚙みした。

午後七時前、再び皆が食堂に集合した。クレメンティーナとリューバはいない。今はこの二人が歩哨に立っているのだ。

祈りの後、夕食が始まった。最年少のアイシャが皆のカップに茶を注いで回る。皆美味そうに飲んでいる。茶の入った大きなポットをテーブルの端に置いて、アイシャが自分の席に戻るのをカティアは視界の端に捉えていた。しかしこの状況ではどうすることもできない。ファティマだけでなく、シーラもジナイーダもいる。この三人に気づかれることなく、ポットに睡眠薬を投入することなど、たとえ悪魔であっても不可能だろう。

カティアは例の吐き気をこらえながら、ひたすらに羊の肉を咀嚼する。体内に潜む赤い釘が、苛立ちを持て余したように暴れ狂い、内臓を傷だらけにしている。

やがて夕餉の時は終わった。食後の祈りを済ませ、全員が後片付けにかかる。

失敗だ。完全に機を逸した。

しかしまだ——まだ明日の朝食がある——


午後七時四十八分、与党本部前。エスティマの助手席に座った〈野田〉が振り返らずに言った。

「幹事長が帰るようです」

伊庭はすでにその様子を捉えていた。側近を連れて本部正面口から出てきた政治家の前に車が横付けされるところであった。

「岡本倫理と木ノ下貞吉が帰ったのは十分ほど前だったな」

伊庭の問いに〈吉田〉が答える。

「正確には十一分前です」

「小林半次郎と市川悦治は」

「二十二分前です」

「すると宗方亮太郎だけまだ幹事長室に居残りか」

「そうなりますすね。宗方先生、よっぽど絞られてるようで。まあ、党としても善後策に頭を捻ってるところでしょうが」

しばし考え込んだ伊庭は、おもむろに部下達に言った。

「〈池田〉、おまえ、ちょっと様子を見てこい。〈福田〉、おまえも行け」

「はい」

二人の部下がすぐさま車内から出ようとしたとき、数人の男達がエスティマを取り囲んだ。一人が伊庭の横の窓から車内を覗き込む。

伊庭が窓ガラスを少しだけ下ろすと、男は名刺を差し入れながら言った。

「外四の伊庭さんですね。私、外情の常川《つねかわ》と申します。ちょっとお話しさせてもらっていいですか」

名刺には［警察庁警備局外事情報部国際テロリズム対策課課長補佐　常川陽一《よういち》］とある。

無言のまま伊庭がロックを解除する。常川は勝手にドアを開けて車内に入り込み、伊庭の横に座った。

「副幹事長にはもうしばらく触らないでもらえませんか、伊庭さん」

「どういうことですか」

あえて軽い口調で応じてみる。

「今申し上げた通りです」

「分かりませんね」

常川はわざとらしく舌打ちし、

「宗方議員の件は極めて微妙な問題ですので、上の方でも対応に苦慮してるんですよ。なので、もう少し状況がはっきりするまで慎重にお願いしたいと」

「慎重を期して退《ひ》けと」

「まあ、そういうことです」

「こっちはその状況をはっきりさせようとしてるだけですけど」

「聴取はウチの方で責任持ってやります。いずれにせよ、警備局長から公安部長を通してそっちに命令が行くはずですから」

伊庭の部下達はじっとそのやり取りを見つめている。

「分かりました」

あっさりと頷いた伊庭に、常川はほっとしたように腰を浮かせ、

「ありがとうございます。それでは」

「でも行確は続行しますよ」

「はい？」

「行確を続行すると言ってるんです」

常川が態度を硬化させる。

「あなたね、理解力ないの？」

「宗方先生は今も本部内にいらっしゃるんでしょうね？」

質問で返された常川は、怒りと当惑が入り混じった表情で、

「おい、今はそんな話を——」

「してるんですよ、今その話。宗方先生の所在です。本部にいるんですか」

「そのはずだ」

「そのはず、ね」

前を向いた伊庭は部下達に命じる。

「おい、おまえら、すぐに行って宗方先生がいらっしゃるかどうか確認してこい」

なる。

「はいっ」

一斉にミニバンから飛び出した外四の面々が、周囲を取り巻いていた男達と揉み合いに

「責任問題になるぞ、伊庭っ」

声を荒らげる常川に向かい、伊庭は平然と言った。

「構いませんよ。それより、もしこっちの勘が当たってたら、そのときは常川さん、あんたの責任だから」

5

県警本部から公用車で沖津とともに新発田市の現場に向かっていた曽我部の携帯に着信があった。部下の伊庭からだった。

いつもの間延びした顔で、うん、うん、と応答していた曽我部は、通話の途中で隣に座った沖津を振り返り、県警の運転手に聞こえぬよう小声で囁いた。

「宗方亮太郎が行方をくらましました」

霞が関中央合同庁舎第2号館二十階。警備局警備課のフロアで、内村《うちむら》課長補佐と打ち合わせをしていた城木の周囲を、三人の男が取り囲んだ。一人は長官官房の杉野克雄《すぎのかつお》監察官で、後の二人は知らない顔だった。

「内村補佐、仕事中申しわけないが、城木君にちょっと急用があってね」

有無を言わせぬ杉野の口調に、内村は完全に呑まれた様子で「ええ、どうぞ」と何度も首を縦に振り、次いで、ああやっぱり、とでも言いたそうな目でこちらを見た。

目前に迫った大規模テロ対策の真っ最中に、どんな急用があるというのか。不穏な空気を感じながら、城木は手早く打ち合わせを締めくくり、立ち上がった。すかさず二人の男が左右を固める。

私は被疑者か何かですか――思わずそう言いかけたが、なんとか胸のうちに呑み込み、杉野の後について歩き出した。

先に立ってエレベーターに乗り込んだ杉野が、十九階のボタンを押す。警察庁長官官房の入る階である。

会議室の一つに直行した杉野は、ドアを開けて城木を通し、自分も中に入ってドアを閉めた。二人の男はドアの外で待機している。

中で待っていたのは、長官官房の和辻哲三郎《わつじてつさぶろう》官房長、各務慎次《かがみしんじ》首席監査官、警備局外事情報部の長島義剛外事課長、宇佐美京三国際テロリズム対策課長だった。ソファに座した四人は、城木に座れとも言わず黙っている。杉野監察官がドアに近い椅子に腰を下ろすのを待って、長島外事課長が言った。

「宗方亮太郎議員が与党本部から失踪した」

幹事長室で稲葉康熙《こうき》幹事長を含む有力議員五名との数時間に及ぶ面談を終えた宗方議員は、小林半次郎議員らと部屋を出たが、携帯端末の着信を確認し、誰かと通話しながらひとけのない非常階段の方に向かった。よくある光景なので他の議員達は気にしなかった。と言うより、面談の内容が宗方議員への激しい追及と叱責であり、党全体としての対応策の協議であったので、各々が携帯での通話に気を取られていた。宗方議員の秘書や側近達も同様である。彼らは互いに申し合わせて議員から目を離さないようにしていたらしいが、まさか幹事長室を出た足でそのまま逃走するとは予想だにしなかった。

本部前では警視庁の外四と警察庁の外情がそれぞれ宗方議員に事情聴取すべく待機していたが、不審を感じて本部職員に宗方議員の所在を問い合わせたところ、内部のどこにも見当たらないということが判明した。

すぐに捜索が行なわれた結果、警備員の一人が北側に隣接する全日本町村自治会館との境界に沿って歩く宗方議員らしき人影を目撃していた。議員はまだ開いていた職員用の通用口から同会館に侵入し、堂々と内部を通り抜けて国道二四六号線に面した玄関から外に出たらしい。そして徒歩で永田町二丁目の議員会館駐車場に向かい、自家用車でいずこかへと走り去った。

実家や宗方家、それに主だった後援者や友人宅にも立ち寄った形跡は今のところない。携帯端末は電源が切られていた。

たとえ持ち主が応答しなくても、携帯の電源さえ入っていれば居場所は特定できる。もちろん、そのためには然るべき手続きを経たのちに発行される検証令状が必要となるが。

最悪だ――聞いているうちに、気の遠くなる思いがした――あの兄が、そんな軽挙に出ようとは。

藁にもすがりたいといった表情で宇佐美が身を乗り出すようにして訊いてくる。

「君は宗方先生の弟だ。何か心当たりがあるんじゃないのか。例えば先生の行き先などについてだ」

「いえ、ありません」

そう答えるしかなかった。

〈敵〉について言及すべきか。一瞬考えたが、事態をよけいに混乱させるだけだと思い、口にしなかった。目の前にいる警察幹部達を刺激し、激昂させるおそれがある上に、彼らのうちの誰かが——あるいは全員が——〈敵〉である可能性さえあり得るのだ。

「城木君」

それまで黙っていた各務首席監察官が口を開いた。彼は城木が学生時代に所属していた花森ゼミの大先輩でもある。

「状況が状況なので君に来てもらったが、これは決して君に対する監察ではない。我々の目的は、一に宗方議員の確保及び保護につながる情報入手。次にテロ対策のヒントとして議員とテロリストの関係についての情報入手。そして宗方議員と関係のある有力議員への配慮方策の検討にある。まずそのことを理解してほしい」

「はい」

「議員の失踪にはテロリストとの過去の問題が関係していることはまず間違いない。現に宗方議員は幹事長らから激しい叱責を受けたという。その直後に失踪した。最も懸念されるのは、宗方議員が自ら死を選ぼうとしているのではないかということだ。それについてはどう思うかね」

「考えられません」城木は即答した。「兄はそんな人間では……」

しかし返答の途中で自信を失い、最後まで言い切ることができなかった。将来を嘱望された政治家に、テロリストと関係のあることが発覚した。しかも相手は、かつてない大規模テロを今にも実行しようとしている。政治生命が断たれるどころか、今後世間の激しい糾弾に晒されることは避けられない。どんな強靭な精神力を持つ人間であろうと、発作的に死にたくなったとしてもおかしくはない。

城木が言い淀んだのを見て、宇佐美らは一様にため息を漏らした。外事情報部、特に国際テロリズム対策課としては、行確対象である宗方亮太郎をロストしてしまった失点をなんとしても取り返したいところだろう。

各務は重い息を吐いて続けた。

「城木君。個人的には私は君を大いに買っている。実を言うと、今でも君を特捜に配属したのは間違いだったと考えている。私は反対したんだ。君にはもっと別の然るべき部署でその能力を発揮してもらいたかった。君は将来の警察庁を背負って立つべき人間だ。それは君の義務であり責任でもある」

「恐縮です。しかし私は特捜を……」

各務は抗弁しかけた城木を遮り、

「それでもあえて君に質問しなくてはならない。城木理事官、君は問題になっている宗方議員の過去については本当に何も知らなかったと言うんだね」

「はい。今でも信じられない思いです」

「そうだろうな」

慨嘆するように各務は漏らした。

「率直に言って我々もどう対応していいか、まだ方針すら見えていないというのが現状だ。こんな事態は、奉職以来、想像したことさえなかった」

それは各務の、いや、この場にいる者全員の本音であったろう。

各務は口調を改めて、

「城木理事官、宗方議員について、肉親として知っている限りの情報を提供してほしい。どんな些細なことでもいい。子供の頃の思い出であってもだ。それが捜査の糸口にならないとも限らない」

「はい」

「聴取は私と杉野君とで行なう。捜査の性格上、情報は即座に現場に下ろすが、いいね？」

杉野が無言で椅子から立ち上がるのを横目に見ながら、城木は慎重に応じる。

「理解しております」

覚悟を決めるべき局面であった。自分達のこれまでの人生について、頭の中を絞り尽くすように吐き出さなければ監察官は納得するものではない。すでに自分の身辺についても徹底的に調べられているはずだ。

「その後は万一に備えてこの部屋で待機するように。現在担当中の業務は一時中断。沖津部長には海老野警備局長から連絡してもらう」

「分かりました」

城木はできるだけ威儀を正して申し出た。

「新潟では重大なオペレーションが進行中です。自分の責任として、同僚に職務の引き継ぎだけはしておきたいのですが」

各務が頷いた。

「許可する。ただし、この部屋の中で行なうように。君や特捜を疑うわけではないが、こうなった以上、すべての経緯を記録する必要がある」

同意した城木は、すぐさま宮近理事官を呼んでくれるように頼んだ。

台東区日本堤のコインパーキングにBMWを駐め、伊庭警部は近くのオフィスビル五階にある『ハイテクス・カネマツ』本社を訪ねた。

すべてのフロアに皓々《こうこう》と明かりが点っているが、休日出勤の社員が四、五人デスクに向かっている程度である。それでも社内にはどことなく落ち着かない空気が感じられた。

女性社員の案内で応接室に通された伊庭は、ソファに座るなり手帳を取り出して、走り書きしたメモを確認する。

IT企業ハイテクス・カネマツ。規模はさほど大きくないが業績は好調。創業社長である兼松国郎《くにお》は、宗方亮太郎後援会の役員を務めている。東京工業大学卒。中学までは宗方亮太郎の同級生であった――

それらは主に城木理事官への聴取による情報である。清水公安部長から直接指示を受けた伊庭は、部下達と手分けして宗方亮太郎の行方に関する手掛かりを追っていた。無秩序に提示されたさまざまな情報の中で、伊庭は宗方亮太郎と兼松国郎の関係に着目した。直感としか言いようがなかった。別の言い方をすると、単なる当てずっぽうに近い。

「お待たせしました。兼松と申します」

ドアが開いて、眉の薄い中背の男がせかせかと大股で入ってきた。その険しい表情から、彼がすでに宗方議員の失踪を知っていることは明らかだった。

「警視庁の伊庭です。宗方議員の行方が分からなくなっていることについてはお聞き及びですね」

「はい。これから後援会の緊急集会がありまして、ちょうど私も出かけようとしていたところでした」

「我々は一刻も早い議員の保護に全力で取り組んでいます。もしお心当たりがあればお話し頂きたいのですが」

「電話でも申し上げましたが、私も驚いているばかりで、心当たりも何も……」

首を傾げるようにして兼松が応じる。すでに聴取した他の関係者も皆同じリアクションであった。

「そうですか」

伊庭は食い下がる素振りも見せず、あっさりと話題を変える。

「失礼ですが、あなたは高校生の頃、結構なワルだったそうですね」

今どきの捜査員にしてはあまりに無礼な質問であったが、兼松は特に気を悪くした様子もなく、

「いやあ、まったくお恥ずかしい限りで。若かったとしか言いようがないですね」

成功した経営者にふさわしく鷹揚《おうよう》な対応を示す兼松に、

「当時、あなたは宗方議員の母校に手の込んだ嫌がらせを仕掛けた。議員は体を張って同級生のトラブルを解決し、その結果、生徒会長の座をつかんだ。それまで苦戦していた会長選挙での逆転勝利だ」

兼松の目に怒気が浮かんだのを伊庭は見逃さなかった。

「また、それ以来あなたと議員は固い友情で結ばれて今日に至るわけですが、実はあなたは小学生時代から議員と親交があった」

「そのことなら秘密でもなんでもない。事実ですよ。別に隠してもいないし、知っている人は知っている」

「議員の感化を受けて大いに発奮したあなたは、奨学金を得て大学に進学した。実にいい話だ。しかしあなたは奨学金だけではなく、城木家の援助も受けていた。秘密裏にね」

「貴彦君ですね」

ついに兼松ははっきりと怒りを含んだ口調で、

「亮太郎は親身になって弟の面倒を見ていた。これは私自身のことでもありますが、母親のいない子供というのはどうしてもひねくれてしまうんでしょうね。貴彦君はあいつの弟だけあって皆に優しい子でしたが、昔から兄貴のことをどこか醒めた目で見ているような感じがしました」

「あるかもしれませんね、そういうこと」

「貴彦君が何を言ったか知らないが、私は心底城木、いや宗方亮太郎という人間に惚れ込んで今日までやってきたんだ。後援会も自分からやらせてくれと申し出た。高校の頃も会長選挙のことなんて知らなかったし、今だって人に後ろ指を指されるようなことはやっていない」

「あなたと議員が何をやっていようが興味はありません。私は捜査二課じゃないですから。ましてや高校時代の会長選挙なんてどうでもいい」

「じゃあ、あんたは一体何が言いたいんだ、え、おい」

　素行が悪かったという少年時代の片鱗を覗かせて、兼松が凄んだ。充分以上にドスが利いている。

「ですから、議員の行方を知りたいだけですよ。あなたと議員との間には強い結びつきがあった。それは確かなんでしょう？　だったら、何かありそうなもんじゃないですか、心当たり。あなただからこそ知ってるようなこと」

　虚を衝かれたように兼松が黙り込む。

「特に連休前とか、議員に何か変わったことはありませんでしたか」

　そう訊かれて、兼松は懸命に記憶の底を浚っているようだった。

　ソファに腰を下ろしたまま、伊庭は相手の反応をじっと待つ。

「そう言えば……」

　ようやく兼松が口を開いた。

「そうだ、確か連休のちょっと前だ。四月の二十日か、二十一日か、たぶんそこら辺だ。私はあいつの事務所でいつものようにあれこれと政治談義や世間話なんかに耽ってた。そこへあいつの秘書がその日届いた手紙の束を持ってきたんだ。あいつは話を中断してすぐに手紙を検《あらた》め出した。お互い気を遣う仲じゃないし、すぐに処理しないとまずい案件が混じってるかもしれないからな。その中の一通を見て、あいつが声を上げた。そう、『懐かしいな、国連時代の同僚からだ』って。嬉しそうに開封して中の便箋を開いた途端、奴の顔色が一変した。『どうかしたのか』と聞いたら、『いや、なんでもない』と言って手紙を封筒にしまった。そのときちらっと見えたんだが、手紙は英語じゃなかった。キリル文字で書かれていた」

「キリル文字？　ロシア語ですか」

「それがロシア語でもなかった。私は根っからの理系だが、プーシキンとかドストエフスキーとか、当時亮太郎はロシア文学にかぶれてててね、その影響で私も第二外国語にロシア語を選択したんだ。だからはっきり言えるんだが、あれはロシア語じゃなかった。ともかく一瞬見えただけだから、内容は分からない。思い出せるというか、心当たりがあるとしたらそれだけだ」

キリル文字で書かれた手紙。しかしロシア語ではなかった。

だとすれば——伊庭は考える——可能性としてまずあり得るのは、チェチェン語だ。

6

午後十時、新潟県新発田市向中条一帯では、重苦しい風が吹き渡り、周辺の木々をざわめかせていた。田園地帯の夜陰にまぎれて神社の前に停められた特捜部のトレーラーから、二メートル四方の立方体型コンテナが下ろされた。『黒い未亡人』の潜伏する工業技術支援スクールからは完全に見えない位置である。

バラクータG9ブルゾンを脱いでトレーラーの運転席に投げ込んだ姿警部は、Tシャツの上から直接特殊防護ジャケットを羽織り、ファスナーを閉めながらコンテナの方に歩み寄った。

コンテナのロックが解除され、前面と上部が開いた。内部にうずくまるような形で格納されていた特殊装備が現われる。装備を固定していた油圧式アームが上方に延び、人体に似た装備を夜の中へと引き上げる。姿俊之警部専用龍機兵『フィアボルグ』。最強の個人用兵器である機甲兵装の、さらに先を行く次世代機である。

いつになく感慨深そうな目で自らに与えられた機体を眺めながらその前に立った姿警部は、ふと額に手を遣って夜空を仰いだ。昼間から空を覆っていた暗雲が、ついにこらえかねたのか、ぽつりぽつりと地上に雨の滴をこぼし始めた。

姿は首をすくめるようにしてフィアボルグに向かって小走りに進み、開放された両の脚筒《グリーブ》へ後ろ向きに足を踏み入れる。ラッチがアーミーブーツの底を固定。弛緩していたフィアボルグの脚部及び腰部が完全に起立する。同時に脚筒内部のパッドがシュッと音を立てて膨張し、私服のコーデュロイパンツを穿いた姿の下半身を固定する。左右の大腿部に装備した〈道具〉が体に強く押しつけられた。痛いというほどではないが、いつもは感じることのない異物感と圧迫感を覚える。

「グリーブ・ロック確認。シット・アップ」

ハッチのグリップを引くと、上半身が定位置に移動し、前面ハッチが閉鎖される。左右にせり上がってきた腕筒《バンブレイス》に両腕を挿入し、先端にあるコントロール・グリップを握る。

「ハッチ閉鎖。ハンズ・オン・スティック」

その状態で背中をハーネスに押しつけると、腕筒内壁のパッドが膨張し、固定されていたフィアボルグの腕が生を得た如くに展開する。古代の闘士《グラディエイター》を思わせる形態が完成するとともに、姿の頭部を覆うシェルが閉鎖され、内壁のＶＳＤ（多目的ディスプレイ）に外部映像が投影される。

「シェル閉鎖。VSD点灯。オンスクリーン・リーダブル」

半透過スクリーンの奥で、スキャナーが姿の視線を追い、脳の電位を検出。BMI（ブレイン・マシン・インタフェイス）デバイスがそれを基準にスキャナーを調整する。点滅する［ADJUSTED］の表示。

「BMIアジャスト完了」

背筋が熱を帯び、痺れとも痛みともつかぬ感覚が全身を走り抜ける。フィアボルグに内蔵された『龍骨《キール》』の回路が開かれ、姿の脊髄に埋め込まれた『龍髭《ウィスカー》』と連動したのだ。量子結合により連絡する龍骨と龍髭は、完全に一対一で対応している。言わば〈完璧な認証キー〉である姿の龍髭なくして、フィアボルグの操縦は不可能だ。

「キール、ウィスカー、エンゲージ確認。エンベロープ・リミット5・0」

両腕、両脚、胴体各部のアジャスト・ベゼルが回転し、リコイル・トリム（抵抗）を調整。自己診断プログラムが異常の有無を走査する。結果、異常未検出。全ハッチのロックを示すインジケーターが点灯した。

「最終トリミング完了。ステイタス・セルフチェック、オール・グリーン。PD1、レディ」

龍機兵の操縦はマスター・スレイブ方式とBMIとの併用である。脚筒や腕筒に手足を固定した状態で姿が動けば、その通りにフィアボルグも動く。

ダーク・カーキを基調としながら灰とも紛《まご》う市街地迷彩の機体がコンテナより足を踏み出し、鳥居の前あたりで立ち止まる。全高約三メートル強。朱色の鳥居とほぼ同じくらいの大きさである。

〈こちら本部。PD1は速やかに発進待機に移行して下さい。レベル3〉

頭部を包むシェル内壁のデジタル通信機から声が聞こえる。鈴石主任の声だ。

「PD1了解。レベル3で発進待機に移る」

発進待機とは、有事の際に機甲兵装が即座に行動を開始できる態勢での待機を指す。無駄な電力消費を抑え、身体を固定するパッドのガス圧を二〇パーセント程度下げることによってマスター・スレイブのミニマム値を上げる。両大腿部の圧迫感はかなり少なくなった。緊急時にはワンアクションを起こすだけで待機モードは自動的に解除される。瞬時にパッドは膨張し、マスター・スレイブも正常に戻って元通り敏感に反応するようになる。レベルにもよるが、待機モード下では多少の身動きも可能となる。それによって機体内を比較的リラックスした状態にすることができる。それでも完全に密閉された環境下での長時間の待機は、心身に想像以上の負担を強いる。訓練された兵士でも往々にして精神的不調に陥ることの多い過酷な任務である。

発進待機に耐えるコツは、何かに思いを巡らせることだ。愛国心。忠誠心。信仰。正義。殺意。憎悪。あるいは愛。なんでもいい。ひたすらに夢想し、鋼鉄の棺桶の中にいるという恐怖をまぎらわせる。ただし任務は決して忘れない。

姿俊之に雑念はない。宗教や大義といった世迷い言も不要だ。

彼は考える――いかにしてこの局面を生き延び、任務を達成し、戦果を上げ、次の契約につなげるか。それこそが〈プロフェッショナル〉としての彼の矜持だ。

だが今の彼は少し違っていた。ろくでもない追憶がしきりと湧き起こって胸をかき乱す。

スーダン。ソマリア。ルワンダ。大勢の少年兵と戦った。大勢の少年兵を殺してしまった。だが死体の顔を直接見たことはほとんどない。唯一の例外は、ルワンダでの戦闘後に、反政府ゲリラ指揮官の死体回収を命じられたときだ。狂信的なその男は自ら機甲兵装に乗り込み、自暴自棄とも言える突撃を試みて、指揮する部隊とともに自滅した。戦闘後の灰燼がぶすぶすと白く燻る村のあちこちに、機甲兵装の残骸が無数に転がっていたが、どれが指揮官機であるか分からなかった。仕方なく姿は自機のマニピュレーターで残骸のハッチを無理やりこじ開けて回った。ディスプレイに広がったのは、年端もいかぬ子供の死顔ばかりだった。このときばかりは、自らに与えられた命令を呪った。死体の回収命令さえなければ、自分の殺した相手が子供だと知ることはなかったし、その酷たらしい死顔をまのあたりにすることもなかった。

それが機甲兵装による戦闘だ。殺す相手の顔を見ずに済む。だからよけいに抵抗がなくなる。だからよけいに人が人を殺す。この破滅の蟻地獄からは、もはや誰も抜け出せない。志願か強制かを問わず、少年兵の前線への投入は今後も減ることはないだろう。国家間の戦争であろうと、テロであろうと。

そして、川崎。日本でも子供を殺すはめになろうとは。心のどこかで油断していた。だから必要以上に心に刺さった。フィアボルグの装甲に突き立った無数の鋭利な破片の如く。

いや、子供であったかどうかさえ分からない。爆弾を抱えたエインセルを狙撃したが、強烈な爆発のため搭乗者の年齢はおろか性別さえ未だ特定されていない。

待機モードにある龍機兵のシェル内で、姿は我に返って首を振る。

どうかしている、今さら俺が――

関係ない。自分には。相手の顔が見えようと見えまいと、自分は敵を殲滅《せんめつ》すればいい。

それこそが現代の戦争だ。国境のない、見えない悪意――あるいは善意――との戦いだ。強いて言うなら、老若男女を無差別に殺す罪悪感を、個々の兵士に押しつける分だけ、機甲兵装は大量破壊兵器よりタチが悪い。そうしたことの一切が、きっと人の本質に近い何かなのだ。

自らの想念を危険な兆候であると感じた姿は、意識してすばやく発想を切り替える。それが生き残るために必要な兵士の資質だ。

命取りとなりかねない妄念は、戦闘へのモチベーションへと転化すればいい。子供をテロに使った『黒い未亡人』。指揮官の首は必ず取る。そんな作戦を選択せざるを得なかったおまえ達の事情は知ったことではない。たとえそれが誰にも抗えない世界の潮流であったとしても、おまえ達は越えてはならない一線を越えたのだ。

本降りとなった雨が、神社の前に佇立するフィアボルグの全身を叩いている。日本の田園風景の中に在りながら、姿はアフリカの草原に降りしきる雨を思い出していた。

「本部よりPD2、PD3。レベル3で発進待機願います」

農家の納屋に隠された特捜部指揮車輌の中で、緑は単身龍機兵各機との通信に当たっていた。

〈PD2了解〉

〈PD3了解〉

すかさず応答が返ってくる。これで三機とも発進待機の状態に入った。

フィアボルグは神社の前。バーゲストは民家の車庫。バンシーは正門に面した竹藪の裏。案の定、天候が悪化したために用意してきたバンシーの一号装備は使用不可となったが、さすがにこればかりはどうしようもない。

カティア・イヴレワの供述通りだとすると『黒い未亡人』の決行予定日は八日。現在時刻は七日の午後十時を過ぎたばかりだが、敵はいつ予定を変更して動き出すか分からない。そのため、沖津部長の判断で突入班は日付の変わる二時間前から発進待機に入ることとなったのだ。

潜入中のカティアに対し、部長自らが切った期限は明朝九時。その時刻が来たら、問答無用で突入する。もちろんそれまでにカティアから連絡があればすぐに突入するが、何もなかった場合、突入班は最長で十一時間もの待機を強いられることになる。

今回、龍機兵各機は電源車から電力の供給が受けられるので技術的には可能だが、乗員にとっては生易しいものではない。密閉された機体の中での長時間に及ぶ待機が、いかに苦痛に満ちたものであるか。緑の想像を絶している。ことに一晩に及ぶ待機に耐えられる人材となると相当限られてくるだろう。部長はよくこれだけのメンバーを集められたものだと思う。

だが緑は同時にこうも思う――今龍機兵に乗っている面々は、各々それだけの理由があるからこそ耐えられるのだと。

過去に何度も少年兵と交戦している姿警部は言うまでもなく、オズノフ警部も、そしてラードナー警部も。

新木場を発つ直前、カティアの収容されていた仮眠室にラードナー警部が突然訪れたことを緑はまた思い出した。

ラードナー警部はカティアに志願した理由を尋ねていた。「友達を助けたいから」と答えたカティアに対し、警部は「おまえは私より強い」と言った。「私はおまえがうらやましい」とも。あの虚無に凍てついた眼差しで。

あれはどういう意味だったのだろう。ラードナー警部の言動は、いつも自分を混乱させる。

――あの人の心臓には、きっと何千、何万の釘が刺さっているんだね。

対してカティアはそう漏らした。〈釘〉とはきっと、罪の意識を象徴する何かに違いない。そしてラードナー警部の場合、それはあの恐ろしい〈妹殺し〉に相当するのだろう。

チェチェンの少女と、北アイルランドの女。どちらも唾棄すべき最悪のテロリストだ。殺した人数も半端なものでは決してない。

ぞくり、と総毛立つ感触に緑はその身を震わせる。雨の夜の冷気のせいではあるまい。

暴力と狂気の世界に生きてきた女達の人生を間近に感じてしまったことへの恐怖だ。

〈妹殺し〉の罪を背負ったラードナー警部は、今どんな思いでバンシーのシェル内で息を潜めているのだろうか。あの女《ひと》にとってバンシーの内部は、学生時代に中世史の授業で聞いた『鉄の処女』に近いものなのかもしれない。無数の鋭い鉄の針が突き出た人型の拷問器具に。出動のたび、バンシーに乗り込むたび、警部は全身を無数の針に貫かれ、デジタル通信では変換できない絶叫を誰にも知られず上げているのかもしれない。

緑は深い息を吐いて龍機兵の観測機器に向かい、自分自身に対して独り呟く。

「PD各機、エコー確認。いずれも同期に問題なし」


新潟県警が臨時指揮所として借り受けた向中条地区集会場は、県警関係者でごった返していた。包囲網の各所からひっきりなしに報告と確認の連絡が入り、担当者が対応に追われる。ほとんどの者が汗か雨、あるいはその両方でずぶ濡れの状態だった。大勢の部下とともに立ち働いていた諏訪警備部長と浜本外事課長は、三十分ほど前に雨の中を出発した。諏訪部長はメタンハイドレート液化プラントのある胎内市の胎内署で最終的な確認と打ち合わせを行なうため。浜本課長は新発田署での会議に出席するためである。

出発の直前、警察官らしい角張った顔の諏訪部長は沖津に向かってことさらに厳《いか》めしい顔で言った。

——沖津さん、正直言ってね、今回のオペレーション、私は全然納得しとりません。そちらのハレギがどんなに凄いか知りませんが、ウチの隊員に、おまえらみんな死にに行けと言うとるようなもんじゃないですか。

〈ハレギ〉とは晴れ着の意で、特捜部の保有する龍機兵を揶揄的に指す隠語である。敵意を剝き出しにした諏訪の態度に、沖津は一言もなかった。その通りである。警察組織は、新潟県警の機動隊に文字通り死にに行けと言っている。

——それで隊員一人一人に訊いてみました。おまえらだって川崎がどんな地獄になったかくらい聞いてるだろう、もし嫌だったらそう言ってくれ、今回だけは拒否していいってね。ええ、私の独断です。でもね沖津さん、一人もいませんでしたよ、行きたくないって言う奴は。いくら子供とは言え、同じ警察官を何人も殺した、外国人のテロリストですよ。そんな子供を助けるためにみんな命を懸ける気だ。私はね、今日ほど部下を誇りに思ったことはありませんよ。

そう言い残して出ていった諏訪の後ろ姿を、沖津は直立不動で見送った。

立場の異なるさまざまな関係者の感情が、降りしきる雨の中で泥濘に呑み込まれる。昏い大粒の雨は、野を覆う闇を一層不穏に深めつつ、笹藪に潜むパトカーの屋根や、集会所に出入りする警察官達のレインコートを強く打った。

午後十時十分。幹部用に割り当てられた一室で、沖津と曽我部は顔を突き合わせるようにして小声で話し合っていた。宗方亮太郎の失踪についてである。室内には二人の他に誰もいないが、不用意に声を上げて県警側に聞かれるわけにはいかない。

宗方の逃亡が単なるマスコミ逃れではないということで二人の意見は一致していた。また自殺のおそれがないとは言い切れないが、おそらくそのための失踪ではないだろうということも。

「考えられるのは二つですね」

沖津は集会所の備品である大きなヤカンを取って、曽我部の前にある湯飲みに熱い番茶を注ぎながら言った。

「一つは、例の〈敵〉絡みです」

あ、こりゃすいません、と首をすくめて恐縮しつつ曽我部は湯飲みを口に運び、分厚い下唇を突き出すようにしてずずっと音を立てて啜る。刻々と勢いを強める雨が集会所の窓を叩いていた。

「さすがに事態がここまで来ると、あたしも一概に否定する気にはなれませんが、どうですかねえ」

そこへノックの音がして制服の新発田署員が握り飯の並んだ大皿を運んできた。

「お、いいタイミングだ、ありがとさん」

相好を崩した曽我部は早速手を伸ばして握り飯をつかむ。しかしそれを頬張る前に、さりげない口調で沖津に問うた。

「それで、もう一つは」

沖津は自分の湯飲みに茶を注ぎ足しながら言った。

「シーラ・ヴァヴィロワ」

「あの女には何か別の狙いがあるって話ですね」

「ええ」

「じゃあ、あの女が亮太郎さんをどっかに呼び出したとでもおっしゃるんで」

「確証は何もありませんがね」

「難しいですね、そりゃあ。亮太郎さんだって馬鹿じゃない。それどころか政界に打って出るやたちまち副幹事長の地位にまで駆け上がった人だ。たとえシーラがとびっきりのいい女で、男やもめの亮太郎さんがよりを戻す気まんまんだったとしても、下手な誘いに乗ったりしたら政治生命はおしまいだってことくらい分かるでしょう」

沖津は何も答えず湯飲みを口に運んだ。

曽我部も黙々と握り飯を食う。
そりゃあ難しい——時間をかけて握り飯を呑み込んだ曽我部が、独り言のように繰り返した。

7

午後十時三十五分。一旦警視庁庁舎に戻った伊庭は、極端に人の少ない外事課のフロアで、プリントアウトされた用紙をテーブルに叩きつけた。

Nシステムによる検索の結果である。宗方亮太郎の乗った自家用車のナンバーは番町周辺でいくつか確認されたきり完全に途絶えている。Nの設置されていない裏道を進んで車を捨てたか、あるいは乗り換えたか。外事では宗方議員の所有する車のナンバーは完全に把握している。だがいずれも引っ掛かってこなかった。

そもそも、もっと早い段階で検索すべきだった。しかし、Nシステムは本来犯罪者摘発のための装置であるというのが建前であり、個人の所在確認に使用するわけにはいかないという逡巡が警察組織にはある。実際にはプライバシーへの配慮などないに等しく、個人の行動確認のため日常的にNが使われているのが現場の実態だが、今回は相手が現役の議員であり与党副幹事長であるという点が、責任逃れのためのたらい回しという過剰反応を生じさせていた。

宗方亮太郎はテロ事案の重要参考人であり、生命の危険もあるとして、清水公安部長が責任を取る形でようやく検索が可能となったのだが、それまでに貴重な時間を空費してしまった。

悪態をつきながら自席に座り込んで考える。連休の約一週間前に宗方議員のもとに届いたという〈手紙〉。チェチェン語で書かれていたに違いない。今回の事案に無関係であるはずはないのだが、それ以上はどうしても分からない。警告、あるいは脅迫か。何かの連絡であったかもしれない。兼松に何度も確認したが、新しい情報は出なかった。宗方議員の安全確保の名目で議員会館内の事務所も外事情報部によってすでに捜索されているが、該当するような手紙が発見されたという報告はない。

完全に手詰まりか――

ため息を漏らしたとき、ポケットの中で携帯端末が振動した。すぐに応答する。〈野田〉からだった。

〈宗方の実家、城木家の方ですが、山崎って使用人の様子がなんとなく気になったんで、もう一度行って締め上げてみました。最初と同じく心当たりはないの一点張りでしたが、このままじゃ亮太郎さん、死ぬかもよと脅してみたら、やっと吐きましたよ〉

「結果だけ言え」

〈山崎は電話で宗方に頼まれ、近くのマンションに住んでる自分の弟を紹介したんです。宗方はそのマンションに直行して、山崎の弟の車に乗り換えたってわけです。今どき忠義に厚い兄弟で。旧家ってのはそういうのがあるもんなんですねえ〉

携帯を左手に持ち替えた伊庭は、ボールペンをつかみながら怒鳴った。

「さっさとそいつの名前を言え馬鹿野郎」


合同庁舎十九階の会議室で、城木は目の前に置かれたコンビニ弁当とペットボトルの緑茶を見つめていた。一時間ほど前に差し入れられた物だ。名前も知らない男が、ドア近くに置かれたパイプ椅子に無言で座っている。

名目は待機だが、実質は軟禁に近い。弁当に箸をつける気にもならず、城木はひたすら考え続けた。

あの思慮深い兄が、軽率にも逃亡した理由。なぜわざわざそんな愚挙に走ったのか。いくら考えても分からない。各務警視監らに答えた通り、兄はどんなことがあっても決して逃げ出すような性格ではない。その一方で、やはり政治家として死を選ぶ心境になったとしてもおかしくはない状況であるとも思う。

兄は〈敵〉だ。その直感は間違ってはいまい。誰の目から見ても順風満帆としか言いようのない兄が、なんの意図があって反国家的犯罪を繰り返す〈敵〉に荷担しているのか。それでなくても混乱している思考が、もはや収拾のつかないほど乱れ、際限なく拡散する。

引き継ぎの打ち合わせを宮近と行なった際、城木は見張りの男を気にしながら「〈敵〉の策略ではないか」と短く小声で言った。証拠はないが、充分にあり得る。兄とシーラとの関係を隠蔽しようとする〈敵〉が、事ここに至って方針を微妙に転換し、兄の死によって事態の収束を図ろうとしているのだ。だとすると、一刻も早く見つけ出さねば、兄は事故か自殺という形で殺される。

それとも――

兄は新潟で進行中のテロ計画に何か関わっているのだろうか。一見突飛な仮説だが、シーラとの関係が十年前から現在に至るまで続いていたとするのなら、あり得るかもしれない。その場合、兄はずっと義姉を裏切り続けたことになる。それだけはどうしても許せない。

城木は改めて考える。兄、城木亮太郎とは一体どういう人間だったのか。

自分がものごころついたときから、兄は誰もが認める優等生だった。学業は言うまでもなく、リーダーシップに秀で、学級委員や生徒会長を歴任した。長ずるに従い、その資質はいよいよ顕著なものとなり、将来を嘱望される一方だった。責任感も強く、クラスや学校全体のために尽くした。兄を悪く言う人間には会ったことがない。

城木もほぼ兄と同じ道を辿り、さすがに城木家の次男、亮太郎の弟であると周囲からよく言われたものだった。だが城木自身は、内心では兄には到底及ばないとずっと思い続けていた。兄の名を汚さぬよう努めることをいつも精一杯心掛けてきたような気さえする。

一つには、兄はあまりに完璧すぎ、隙がなさすぎた。現実的で、常に最善の手を抜かりなく打つ。年の離れた弟に対する気配りも忘れない。そういうところが幼い自分の目に胡散臭く見えなかったと言うと嘘になる。兄に比べると、自分は甘い。学生時代はよく理想家肌と言われたが、自分ではむしろ夢想家、ロマンティストと言った方が適切ではないかとさえ思っている。父もさすがにそれは理解していたようで、現実処理能力に長けた兄に大いに期待を寄せていた。兄も父の期待によく応え、与党副幹事長にまで出世した。

そうだ。城木の家では、自分は常に疎外感を抱いていたのだ。

取調室での由起谷主任の話を思い出す。言いようのない恐ろしさを感じた。母の妄念とも言うべきプレッシャーが、少年時代の由起谷をスポイルした。だが彼は親友の死をきっかけに、叔父の尽力を得て立ち直り、今では城木の知る中でも最も信頼に値する優秀な警察官となった。人間としても素晴らしい立派な男だ。

対して自分はどうだったろうか。

自分には母はいなかった。いないも同然だった。兄は年長の分だけ自分より長く母と接することができた。子供の頃は、正直に言って、兄がうらやましかった。自分は母に甘えた記憶がない。息子二人を残して家を出ざるを得なかった母の心中は、成人した今でこそ理解できるが、当時の自分は確かに母に捨てられたと思っていた。

母の存在を過剰に意識させられた由起谷と、母との縁の薄かった自分と、果たしてどちらが幸いであったのか。

『ハハ』。

取調室で、カティアはシーラ・ヴァヴィロワを『ハハ』と呼んだ。実の母に捨てられた彼女が、シーラを母と慕っていたのは間違いない。『黒い未亡人』という狂った母性集団の中にあって、シーラはメンバーをがんじがらめに支配する、大いなる〈母〉であったのだ。

由起谷の言う鬼子母神だ。大勢の子を持ちながら、他人の子を貪り喰らう恐るべき母だ。

由起谷も、カティアも、自分も、そして兄の亮太郎さえも、みな母の呪縛に囚われて、逃れようのない運命に陥った。その挙句がこのざまだ。

城木はのろのろとコンビニ弁当の容器を取り上げた。食欲は依然感じなかったが、寝ていない分、今は体力を少しでも落とさないようにすべきであると考えた。これから明日にかけて、特捜部は、いや、日本警察はかつてない正念場を迎えることになる。

プラスチック容器の蓋を留めている輪ゴムとセロハンテープを外したとき、携帯端末に着信があった。弁当を置いて懐から携帯を取り出す。［公衆電話］と表示されていた。

予感があった。息を整えて応答する。

「はい」

〈貴彦か〉

やはり兄だった。声の背後から激しい雨音が聞こえてくる。

「今どこにいるんだ」

入口近くに座っていた男が携帯を取り出し、こっちを睨みながら早口でどこかに連絡している。兄からの電話だと察したのだ。

〈警察なら簡単に割り出せるだろう。時間はかかると思うけどね〉

数時間後には知られても構わないということか。逆に言うと、今現在は知られるわけにはいかない場所。

「一体何があったんだ。話してくれ、兄さん」

〈今頃そっちは大騒ぎだろうな。おまえには迷惑をかけたくなかったんだが〉

「兄さん！」

携帯に向かって思わず声を荒らげていた。

〈悪い。焦らすつもりはないんだ〉

兄は素直に応じ、淡々とした口調で語った。

〈連休に入る少し前、議員会館の僕の事務所宛に一通の手紙が届いた。宛名は英語で書かれていて、差出人は国連時代の同僚の名前になっていた。消印はニューヨークだ。珍しいなと思って開封したら、中の文章は手書きのチェチェン語で書かれていた。シーラの字だと一目で分かったよ〉

一瞬意味が分からなかった——シーラ・ヴァヴィロワから手紙が届いただって？

〈シーラは、今年になって僕の近況を知り、大いに驚いたと書いていた。海外のテレビか雑誌で見たらしい。お互いに変わったものねと続けていたよ。まあ、そんなことはどうでもいい。僕は日菜子を真剣に愛していた。だから結婚する前、チェチェンでのこと——シーラとのことをすべて日菜子に打ち明けた。日菜子は僕を赦し、受け入れてくれた。もちろん彼女なりに悩んだとは思う。僕は知らなかったが、その後日菜子はシーラに手紙を出

していたんだ。自分は亮太郎と結婚するつもりだ、あなたのことは亮太郎から聞いた、彼の過ちをどうか許してほしいとね〉

あの義姉なら、結婚に当たってそういう手紙を書くこともあるかもしれない。

だが城木は、同時にどこか引っ掛かるものを感じていた。

〈手紙には日菜子からの手紙のコピーが同封されていた。これも間違いなく日菜子の字で、いかにも日菜子らしい文面だった。日菜子はロシア語で手紙を書き、現地の国際人権NGO宛に投函したんだ。届く可能性はまずないものと知りつつね。ところが、これが届いたんだ。シーラのもとに。その頃の彼女はまだテロリストじゃなかった。もしくはまだテロリストとして知られるほどの存在ではなかった。紛争地帯の難民に無事手紙が届くなんて、万に一つもない奇跡だが、シーラが避難先をあちこちの団体に知らせてあったのと、担当の職員が職務熱心な善人で、よほどの幸運の持ち主だったんだな、その奇跡が起こってしまった〉

そのとき会議室のドアが開き、各務、長島、宇佐美らが駆けつけてきた。息を殺してこちらを見守っているが、兄もそれくらいは予想のうちだろう。

〈シーラは日菜子の手紙を今でも大切に持っていると書いていた。その手紙は、僕とシーラとの関係を証明する動かぬ証拠となる。シーラが手紙を公表すれば、僕の政治生命は終わりだ。シーラはそれを僕に教えるためにわざわざコピーを送ってきたんだ。その後に相模原の自爆テロが起こった。シーラが一体何を考えているのか見当もつかなかったが、僕はずっと気が気ではなかった〉

家族での会食の場で、兄が特捜の捜査情報を知りたがったのはそれか。

〈今日、幹事長室から出て携帯を確認したとき、何件もの着信の中に、日本語で《砂》という名前があった。すぐに気づいたよ。シーラからだ。その場でかけ直した。僕の番号は専門の業者から買ったそうだ。そういう裏の商売があるらしい〉

料金切れを示す発信音、続けて追加の硬貨を何枚も投入する音がした。

〈公衆電話を使うなんて何年ぶりだろうな。おかげで要らないドリンクを何本も自販機で買う羽目になったよ〉

缶コーヒーなら特捜部で引き取るよ、当てがあるんだ——そう言いかけて気がついた。兄がいるのは少なくとも都内ではない。どこか遠隔地だ。

〈シーラは僕にテロの攻撃地点を明かし、要求した。誰にも言わずその現場へ一人で来い、そして自分の戦いをその目で見届けろとな〉

テロの攻撃地点——

「新潟か。兄さんは新潟に向かっているのか」

〈ああ。しかし今いる正確な場所は教えられない。警察に拘束されたら困るからね。そう、シーラは日本側がテロのターゲットや自分達の潜伏場所を把握していることを知らなかった。心配するな、僕もよけいなことは言わなかったよ。それだけをおまえに教えといてやろうと思ってね。少しは参考になったかい〉

「ふざけるな」

我慢できずに怒鳴っていた。

「だったら警察に任せておけばいいじゃないか。なんで兄さんがわざわざそんな要求に従う必要があるんだ」

亮太郎の口調はあくまで冷静だった。

〈従わなければシーラは日菜子の手紙を公開する。政治家の厚顔でどれだけシラを切ろうと、僕は終わりだ〉

「無茶苦茶だ。じゃあなんでシーラはそんなわけの分からない要求をするんだ。それだけのネタを握っているなら、もっと有効な使い方はいくらでもありそうなもんじゃないか」

〈知らないよ。どんなにデタラメな要求であろうと、僕は言われた通りに従うしかない。それ以上は彼女を逮捕して直接訊くんだな。彼女が自爆する前に〉

「理解できない」

兄はそこで乾いた笑いを漏らした。城木が初めて聞くような。

〈男女関係のもつれや痴話ゲンカなんて、いつだって筋の通らない無意味なもんさ〉

「これだけの大規模テロが無意味な痴話ゲンカだって言うのか」

〈似たようなもんだろう〉

「兄さん」

頭が急速に冴えていく。

「政治家は嘘がうまいとよく言うけど、兄さんは政治家になって嘘が下手になったね」

〈なんだと〉

「確かに自分は兄さんについて知らないことが多すぎた。いや、白状するよ。なんとなく敬遠するばかりで積極的に知ろうとしなかった。自分は兄さんの過去どころか、人間性について何も知らない。でもね、少なくとも兄さんはもっと頭のいい人だ。シーラだって相当の切れ者のはずだ」

〈…………〉

「義姉さんの手紙の話が嘘だと言ってるわけじゃない。たぶん本当だろう。だが兄さんにもシーラにも、まだ別の何かがある。隠された理由や目的が他にあるんだ」
二、三秒の沈黙ののち、感心したように兄は言った。

〈貴彦、おまえ、立派に警察やってるじゃないか〉

通話は切れた。

宇佐美が勢い込んで訊いてくる。

「宗方議員はなんと言っていたんだ」

それには答えず、城木は沖津の番号を呼び出して発信する。

「何をやってるんだ。答えろ、城木」

苛立たしげに促す宇佐美に構わず、応答を待つ。

〈沖津だ〉

「城木です。たった今、兄から電話がありました。宇佐美課長や長島課長、それに各務首席監察官もここにいます。兄は現在新潟に向かっています」

応答した沖津に報告しながら、そばで聞いている宇佐美らに向かって目礼する。これなら話は一度で済む。非礼であると承知しているが、緊急の際だ。やむを得ない。宇佐美らもすぐに意図を察したようだ。

城木は携帯と一同に向かって手短に通話の内容を報告した。

長島は背後に控えていた部下に目配せする。男はすぐさま部屋を飛び出していった。緊急手配のためだ。

〈私も君と同意見だ。宗方議員とシーラ・ヴァヴィロワとの間にはまだ何かある〉

携帯の向こうで上司は言った。

〈新潟に至る主要幹線道路に検問を敷く。また現場周辺で宗方議員を発見したらただちに保護するよう、新潟県警に要請する。城木君、君は各務首席監察官の指示に従うように〉

「分かりました」

通話を終えた城木は一同を振り返り、電話での沖津の発言を補足して伝える。宇佐美と長島は急ぎ出ていった。対応の協議と報告のためだろう。

各務は城木に向かって言った。

「宗方議員からまた連絡があるかもしれん。君はここで待機を続けてくれ」

「はい。待機を続けます」

城木が精一杯毅然と答えるのを見届け、各務も退室していった。後には元通り見知らぬ男が監視に残った。

その場に立ちつくしたまま、城木はどうしようもない憤懣を持て余す。

まだ隠された謎があるにしろ、国会議員という職に在りながら、兄は自分の保身のために国民を裏切った。それだけではない。兄は亡き義姉の信頼をも裏切ったのだ――

警視庁公安部外事課フロアの自席で、伊庭警部は苛立った様子を隠そうともせず照会の結果を待っていた。陸運局に問い合わせて判明した山崎久伸《ひさのぶ》名義の自動車ナンバーを、Nシステムが検索中なのだ。

城木家使用人山崎久一《きゅういち》の実弟、山崎久伸。職業、イラストレーター。年齢、五十六。現住所、東京都千代田区飯田橋。本人からはすでに任意で聴取済み。兄に頼まれ、宗方議員に自己の所有する乗用車を貸したと供述した。理由は特に訊かなかったという。山崎久伸のマンションの駐車場からは宗方亮太郎の車が発見された。

やがてプリンターが専用の用紙を吐き出し始めた。検索結果が送信されてきたのだ。伊庭はすぐに立ち上がって用紙を引っつかみ、内容に目を走らせる。

該当車輛は飯田橋インターから首都高に入り、熊野町、板橋、美女木《びじょぎ》ジャンクションを経て、大泉ジャンクションから関越道に乗っている。

新潟だ——伊庭は愕然として目を見開く。宗方はテロ計画が実行されようとしている現場へ向かっている。

関越道を北上した車が最後に確認されたのは長岡インター。以後Nには引っ掛かっていない。

伊庭は卓上で充電中だった携帯を取り上げ、曽我部の番号を呼び出した。

〈はい、曽我部〉

「課長、宗方亮太郎の目的地が分かりました」

〈知ってるよ。こっちに来るってんだろ〉

「えっ」

〈議員の身柄《ガラ》は押さえなきゃなんないし、かと言って県警に事情を全部打ち明けるわけにもいかないし、打ち明けようにもこっちだって何がなんだかよく分かってないしで、もう頭抱えてるよ〉

驚いた。状況がどこかで思いもよらぬ展開を見せたらしい。

〈そっちはNで確認したんだな〉

「はい、たった今」

〈最後の通過地点は〉

「長岡インターです。宗方はすでに新潟県内に入ってます」

8

五月八日、午前一時四分。雨の向中条地区集会場で、伊庭との通話を終えた曽我部は携帯をしまい、沖津に向き直った。

「宗方亮太郎は長岡インターで高速を下りてます。Nを警戒して一般道の裏道を使う気でしょう。センセイが直接中村浜のメタンハイドレート液化プラントに向かうのか、それとも一旦新発田の支援スクールに向かうのか、どっちとも言えませんね」

「現段階では両方に人員を配置するしかないでしょう」

徹夜続きの疲れが出たか、さすがの沖津も眼鏡の奥の目が少し赤くなっている。

「県警にはなんと?」

「テロ計画を知った宗方議員がスタンドプレイに走り、周囲の止めるのも聞かず人気取りの現場視察を単独で強行した、という線でどうでしょう」

曽我部はにんまりと笑い、

「いいんじゃないですかね。沖津さん、警察クビになってもドラマの台本書きになれますよ」

「私が免職になるとしたら、それは今回の責任を取ってでしょうか、それとも曽我部さん、あなたに私の〈尻尾〉、そんなものがあるとしてですが、それを押さえられてのことでしょうか」

思わぬ発言に、曽我部はまじまじと沖津の顔を見る。冗談めかしてはいるが、単なる皮肉や当てつけでもなさそうだった。

「まあ、あたしとしちゃあ、前者にならないことを祈ってます。いやほんと」

沖津はふっと笑って話を戻す。

「さっきの線でよろしければ、本部の方に詰めている三沢理事官から県警側に伝えてもらいましょう」

「それがいいでしょうな」

曽我部は急に喉の渇きを覚え、すっかり冷めていた茶を一息に呷った。ふうと息をついて湯飲みを置き、

「それにしても、シーラは一体なんでまた自分の自爆を昔の男に見せつけようってんですかね？　普通に考えれば単なる当てつけなんでしょうけど、なにしろそこら辺のカップルじゃない。副幹事長と大物テロリストの話ですからねえ」

「スキャンダルの証拠となる手紙を餌に、現場に誘い出そうと考えたんじゃないでしょうか。与党のホープが、危険なテロの現場にいた。それこそ言い抜けのきかない決定的な証拠となる。駄目押しのさらに駄目押しですか。与党全体のダメージは大きいですよ」

空の湯飲みを掌の中で弄びながら、曽我部がじっと沖津を見つめる。インテリジェンス

の闇を生きる外四〈馬面〉の目だ。

「なるほど。でもそれだけじゃない。まだなんか足りない気がします。沖津さん、あなたのおっしゃるシーラの別の目的ですよ」

「問題は、それがなんであるのか今の我々には見当もつかないということですね」

湯飲みを置いて沖津が立ち上がった。

「特捜の指揮車に戻ります」

カティアは与えられた部屋のベッドに横たわって窓を打つ雨を見つめていた。

夕食の後、全員で機甲兵装を含む装備の最終点検と作戦の確認を行なった。エインセルに搭乗するのはやはりマリアム、アイシャ、ジャンナ、クレメンティーナだ。機甲兵装を積んだトラックに分乗して全員がメタンハイドレート液化プラント近くに移動。各員機甲兵装に搭乗後、施設内に侵入して分散し、目標物に到達後自爆する。二機のルーダックにはナターリヤとヴァレーリヤが搭乗し、エインセルが目標地点に到達するのを支援する。しかし一機残っているはずのヌアラの役割が明かされなかったどころか、機体すらどこにも見当たらなかった。依然トラックに載積されたままなのだろうか。また決行時刻もやはり教えられなかった。

すべての準備が終わった後、全員に明朝までの休息が与えられた。明日の朝食係は不明だが、睡眠薬を投入する機会はまだあり得る。フードジャケットを羽織ったままベッドに潜り込んでいたカティアは、ポケットの上にそっと手をやる。風邪薬の四角い紙箱の感触が感じられた。朝食時が最後のチャンスだ。しかし夕食のときと同じく、ファティマ、あるいはジナイーダが厨房で眼を光らせていたらどうなる。シーラかもしれない。ナターリヤやヴァレーリヤでも同じことだ。彼女達の隙を見て薬を投入するなど、自分には到底無理だろう。だがその機を逃すともうおしまいだ。耳をつく雨音に考えがまとまらない。カティアは煩悶しながらいたずらに寝返りを打ち続けた。

——おまえは私より強い。

不意に白人の女の言葉を思い出した。ジナイーダと戦った日本警察の女だ。これまで数多くのゲリラを見てきたカティアも、あの女には本能的な恐怖を感じた。まるで〈死〉そのものがこちらに向かって歩み寄ってきたような。

あの女《ひと》は、心臓に無数の釘を突き立てたまま生きている——カティアにはそれがはっきりと分かった。死ぬことさえ許されない、永遠の戦士の亡霊。

あの女に訊かれた——なぜこの任務に志願したのかと。

試されているのだろうと思った。自分が。あの女に。怯むわけにはいかなかった。だから精一杯答えた。本心を。真実を。

——私はおまえがうらやましい。

あの女はそうも言った。その瞬間、自分はなぜだか救われたような気持ちになった。救われた？　一体何から？

分からない。だが分かっていることもある。あの女にできなかった生き方を、自分はまだ選び取ることができるのだ。そのためには勇気がいる。もっと、もっと。仲間のために使う正しい勇気が。それさえあれば、自分は本当にあの女よりも強くなれる。

万一朝食時の薬物投入に失敗したらもう後がない。やるならやはり今夜のうちだ——

午前三時五十六分。夜明けは近いはずだが、雨の止む気配はなく、窓の外は依然闇に閉ざされたままだった。

カティアは静かにベッドから起き上がると、ジャケットとシャツ、それにデニムを手早く脱いで毛布の下に入れ、なんとか人が寝ているような形を作った。次にトレッキングブーツと靴下を脱いでベッドの横に置く。そして裸足のままドアに近寄り、物音を立てずに廊下に出た。誰もいない。長年の訓練で身についた動作と感覚とを駆使して移動する。

渡り廊下には薄暗いながらも照明が設置されている。周辺からは丸見えだ。歩哨に見られたらそこで終わる。カティアは下着だけの恰好で、敷地を大回りする形で雨の中を進んだ。目指すは機甲兵装の格納されている作業棟。死はすでに覚悟した。手榴弾を一個、なんとかエインセルのコクピットに放り込むことさえできれば。

日本の雨は、カフカスの山の雨と同じくらいに冷たかった。裸足の足でぬかるんだ泥を踏みしめながら、木立の間を抜けていく。

作業棟が見えてきた。木立から思い切って飛び出そうとしたとき、カティアは前方に微かな気配を察知した。咄嗟に下生えの中に身を伏せる。

レインコートを着た人影が近づいてくる。ウージーを構えた歩哨だった。カティアは一切の気配を断って草や泥と同化し、歩哨が通り過ぎるのをじっと待つ。

泥水が耳や鼻に流れ込んできた。思わず咽《む》せそうになるのをかろうじてこらえる。

こちらの気配を感じたのか、歩哨が足を止めた。ヴァレーリヤだった。猛禽を思わせる鋭い目で周囲を見回している。ジナイーダとともに数々の修羅場を潜り抜けてきただけあって、さすがに並外れた勘をしていた。

下着一枚で叢《くさむら》に伏せるカティアの肌を雨が容赦なく叩く。息も詰まるほど泥に埋もれた苦痛に必死に耐えるが、それも限界に近づきつつあった。しかしこういう状況下では、雨はうまい具合に気配を消してくれる。やがてヴァレーリヤは再び歩き出し、夜明け前の雨に消えた。

あと二十秒、ヴァレーリヤの移動が遅かったら危ないところであった。

念のためにしばらく待ってから立ち上がり、天を仰いで雨で顔を洗う。それから思い切って広々とした闇の中を作業棟に向かって走り出す。

建物の端に取りついて身を隠し、渡り廊下から続く出入口の方を窺う。

絶望的な気分になった。ナターリヤが歩哨に立っている。中に入り込むのは無理だ。

雨の中で寒さに震えながら十分ばかり様子を見たが、ナターリヤが動く様子はない。

歩哨がいることは予想していた。背後から忍び寄って絞め落とし、銃を奪う。そして何があろうと、内部に走り込んで手榴弾を一個、エインセルのコクピットに放り込めればそれでいい。後はどうなっても構わない。そう考えていたのだが、ナターリヤの隙を衝くなど、自分の技量では不可能だ。

雨の勢いに変化はないが、周囲の闇が次第に薄れてきた。夜明けはもうそこまで迫っている。一日に五回あるイスラムのサラート（礼拝）は、まず夜明けとともに行なわれる。早くしないと皆が起き出してくるだろう。

断念して引き返すか、それとも一か八かやってみるか——

どちらか決めかねていたとき、渡り廊下をやってくるレインコートの人影が見えた。交代の歩哨だ。

しめた――

身を乗り出しすぎないように注意しながら様子を窺う。落胆がカティアを襲った。交代にやってきたのはジナイーダだった。

敬礼して渡り廊下を本館へと向かうナターリヤに代わり、ジナイーダが一部の隙もない身ごなしで歩哨に立つ。こうなってはもはや襲撃など絶望的だ。

カティアはそっと引き返し、もと来たルートを使って学生寮に戻る。その間にも周囲は刻々と明るさを増していく。

早く――早く戻らないと――

誰かが起き抜けに窓の外を見れば、白み始めた校庭を移動する自分の姿が発見されてしまうかもしれない。

木立の中を学生寮の近くまで引き返し、最後の空間を思い切って一気に走る。入口に到達して廊下に入ったとき、仲間達がそれぞれの部屋で起き出してくる気配が感じられた。

爪先立ちになってすばやく自分の部屋に入り、ドアを閉める。一番手前の部屋であったのが幸いした。吹き込んだ雨に濡れた廊下に、裸足の足跡はほとんど残らなかった。全身に付着していた泥は、雨がすっかり洗い流してくれている。

濡れたブラジャーとパンツを脱いでベッドの下に放り込む。それから乾いたタオルで全身を手早く拭いた。雨の中を裸に近い恰好で行動したのは、着替えがないという理由もあるが、部屋に帰ってから最も迅速に身支度ができるからだ。新しい下着を身に着け、洗面台の水道で備品の石鹸を使い顔と髪を洗う。汚れて曇った鏡に映った自分の顔は、寒さで唇が紫色になっていた。

背後でノックの音がした。

「どうぞ」

動揺を悟られぬよう、寝起きの声を装って髪を洗いながら返事をすると、隣室のジャンナが顔を出した。間一髪といったタイミングだった。

「おはよう。水道を使う音が聞こえたからもう起きてると思って」

「うん」髪についた石鹸の泡を流しながら答える。「ずっと頭を洗ってなかったから気持ちいいよ」

「大変だったのね」

ジャンナはまるで疑ってもいないようだった。

「シャンプーを貸してあげようと思って声をかけたんだけど、ちょっと遅かったみたいね」

「ありがとう。嬉しいよ」

水道を止め、タオルで髪を拭きながら礼を言う。心からの礼。

「何か要る物があったら遠慮なく教えてね」

そう言ってから、ジャンナは慌てて付け加えた。

「あ、でも私達にはもう要る物なんてそんなにないかもね」

気まずい沈黙。今日は決行の日だ。

「そうだ、歯磨きがあったら貸してくれない？」

「うん、今持ってくる。ちょっと待ってて」

ジャンナはぱっと顔を輝かせて自室に戻っていった。

いい子だ。そして幼い。あんな子に軍事訓練を施し、自爆を強いる。

彼女達はすでにして無垢ではない。何人も人を殺している。もちろん自分もだ。人を憎み、人を殺して生きてきた。心のどこかで疑問を感じながら、あえてそれを押し殺して。ついに抑えきれなくなった疑問が、今赤い釘となって我と我が身を苛んでいるのだ。

やはり自分達は間違っていた――

カティアは改めて思う。みんなを守る。絶対に。

それからは入れ替わり立ち替わり同世代の仲間達がやってきて、一人になる機会を見出せなかった。

午前六時二十五分、皆とレストルームでおしゃべりをした。たわいない話題ばかりで、数時間後に迫っているはずの運命については誰も触れようとしなかった。だから話も自ずと途切れがちになった。

普段からおしゃべりなマリアムが気を遣って話題を振り、無邪気なジャンナがそれを受けて大仰に相槌を打つ。クレメンティーナは落ち着きなくしきりと自分の巻き毛をいじっていた。

その間ずっと俯いたきりでいた一番年下のアイシャが、不意に顔を上げて言った。

「私達、いよいよアッラーの御許に行けるのね」

陶然としたその表情に、マリアム、ジャンナ、クレメンティーナの三人は一様に口をつぐむ。いずれも敬虔そうな表情を作ってはいるが、その横顔には言い知れぬ不安と怖れとが滲んでいた。

カティアはもう気が気ではなかった。

早く――早くなんとかしないと――

六時四十五分を過ぎ、カティアが立ち上がろうと意を決したちょうどそのとき、ヴァレーリヤがやってきて、朝食の用意ができたからみんな食堂に集まるようにと言った。

愕然とした。何か口実を見つけて朝食の準備を手伝うつもりでいたからだ。それがもうできているとは。

内心の焦燥を隠し皆に従って食堂に行くと、テーブルの上にサウジアラビア製のビスケットが一箱ずつと、ヨルダン製の無糖紅茶のペットボトルが一本ずつ置かれていた。

朝食とはこれだったのか――。

調理の必要などまったくない、出陣前の儀式に近いような簡素なものだった。これでは睡眠薬を投入する余地など最初からあり得ない。迂闊だった。この可能性は考えもしなかった。

入室したメンバーがそれぞれ席に着く。全部で九人。用意された朝食も九人分だった。

九人分――？

ファティマも、ジナイーダも、十代の四人もいる。この場にいないのは、シーラをはじめ、リューバ、アゼット、ゾーヤの四人だった。

ジャンナやアイシャ達もシーラの不在に顔を見合わせている。

その様子を察して、ファティマが先回りするように告げた。

「シーラ達は自ら志願して最後の歩哨に立っています。さあ、みんなでお祈りをしてからいただきましょう」

カティアは釈然としないものを感じながらも、皆と一緒に祈りの言葉を唱え、ビスケットを口に運んだ。

味気ないビスケットを噛み砕きながら、懸命に頭を巡らせる。

シーラは本当に歩哨に立っているのだろうか——もしかしたら——

あり得ない。この施設はすでに日本警察によって包囲されている。密かに抜け出すことなど不可能だ。

最後の食事は粛然とした雰囲気のうちに終わった。皆で食後の祈りを唱え、解散となった。

「出発までまだ間があります。みんなはそれぞれの部屋で静かに過ごして下さい。時間になれば、私かジナイーダが呼びに行きます。それまでは私も自室で瞑想します」

静かな、そして慈しみに満ちた口調でファティマが言った。全員が無言で頷くよりなかった。

しめやかに渡り廊下を通り、一団となって寮に引き返す。

「じゃあね」「うん、また後で」「今までありがとう」「こっちこそ」

そんな言葉を交わしながら、少女達はそれぞれの部屋に消えた。

自室のドアを閉めたカティアは、すでに最後の決意を固めていた。もうあれこれ迷っている余裕は一切ない。時刻は八時十二分。決行時刻は未だに明かされなかったが、九時になれば否応なく日本警察が突入してくる。

何があろうとやり抜くしかない。

カティアはトレッキングブーツの靴紐を固く締め直し、キャップを目深に被った。大きく深呼吸をして部屋を出ると、まっすぐに作業棟に向かった。誰かにとがめられたら、最後の散歩をしていると言うだけだ。そして作業棟内に突進し、木箱から手榴弾をつかみ取ってエインセルのコクピットに放り込む。たとえウージーの銃弾を全身に浴びても、死にもの狂いでそれだけは絶対にやり遂げる。手榴弾の爆発音が聞こえたら、日本警察は即座に突入を開始するだろう。後のことは彼らに任せればいい。

由起谷志郎。あの男の白い顔が、唐突に脳裏をよぎった。なぜだかは分からない。それでなくても速まっていた動悸が、さらに速まる。それがどうにも腹立たしく、カティアは一層足を速めた。よけいな想念を振り捨てようと。

幸い、途中で誰にも出くわさなかった。歩哨は建物の反対側を回っているのだろうか。あるいは上階か屋上にいるのかもしれない。広い敷地内に人影は見当たらなかった。

渡り廊下を通って作業棟に向かう。こそこそすればかえって怪しまれる。堂々と入り、制止されれば聞こえないふりをして強行突破する。

しかし、作業棟の出入口に歩哨は立っていなかった。中で警備しているのかもしれない。カティアはためらわずにそのまま侵入する。やはり誰もいなかった。コクピットを開放したまま佇立する四機のエインセルと、二機のルーダックが見えるだけだった。作業台の上の手榴弾はなぜか半分くらいに減っていたが、一個あれば充分だ。

信じられない幸運。今のうちだ――

テーブルに駆け寄って手榴弾に手を伸ばしたとき、背後から首筋に冷たい物が押し当てられた。

ジナイーダの長剣だった。ファティマもいる。

「カティア、あなたが裏切るなんて」

〈風の妻〉は悲しげに言った。

「日本警察も他の国と同じ、腐っているのね。誰だかは知らないけれど、〈シルクロード〉の〈回線〉を通じて夜明け前に密告があったたわ。あなたが寝返ったって。発信源は日本警察内部よ。そうとしか考えられない。最低の連中ね」

嘘だ――そう言おうとしたが声にならなかった。

ファティマはカティアの声にならない声を読み取って、

「嘘じゃないわ。一枚岩じゃないのはどの組織も同じよ。FSBやGRUに比べると単純と言ってもいいくらい」

呆然と立ち尽くすカティアに、ファティマは哀れむような視線を投げかけた。

「馬鹿な娘《こ》。あなたほどの闘士が、警察を信じるなんて。警察官の中に好きな男でもできたのかしら？」

「シーラは……シーラはどこ」

そう発するのが精一杯だった。

「シーラはとっくに脱出したわ。あの人には別の攻撃目標があるの。最初からそういう計画だった。でもあなたが裏切ったせいで、こっそり脱出しなくちゃならなくなったわ。リューバ達を連れてね」

まさか……周りは日本警察が……

ファティマはどこまでも穏やかに微笑んで、

「無理だとでも思ってるの？　日本警察の目を欺くくらい、〈砂の妻〉ならなんでもないこと。なにしろあの人は砂なのよ。どこへでも自由に散っていけるわ。そんなこと、あなたが一番よく知ってるはずなのに。かわいそうなカティア、あなた、日本に来て本当に目が曇ってしまったのね。私達はシーラを脱出させるため、密告を受けながらあえて今まで動かなかったのよ。子供達にもあなたの裏切りを教えずにね」

首筋に当てられたジナイーダの刀身が冷気を増した。

9

薄暗い窓から差し込む光は、とても朝のものとは思えなかった。城木は一睡もすることなく合同庁舎第2号館の会議室で霞が関の朝を迎えた。

新潟は雨だという。東京では永田町と霞が関のみ、目に見えない暴風圏内に入っている。新発田市と胎内市では他県からの応援も動員して検問に当たっているというが、兄は今以て発見されていない。

曖昧模糊とした眼前の光景に、思考は自ずと過去をさまよう。

宗方日菜子は教師志望であったという。生来の持病のために断念したと本人が教えてくれた。教育者への夢が残っていたせいか、日菜子は兄と婚約してからも時折ボランティアで児童養護施設を回っていた。

当時大学生だった城木も、兄の命令で日菜子のお供をしたことがある。確か東久留米市の施設で、両親と死別した児童、育児放棄された児童、その他家庭環境に問題のある児童が保護されていた。

その日は三歳から五歳くらいの子供達と砂場で遊ぶ日菜子を、少し離れた木陰のベンチから眺めていた。兄の言いつけで同行したが、子供達と一緒になって遊ぶのは、普通の男子大学生には少々ハードルが高すぎる。せいぜいが邪魔にならないよう見学するくらいであった。施設が力仕事の人手を必要としていたならばこれ幸いと喜んで手伝うつもりでいたが、そのときは幸か不幸かすることが他になかったのだ。

子供達と砂の城を作る日菜子は、心底楽しそうだった。そうしたボランティアは政治家の娘として最も望ましい活動だろうが、そんな事情とは関係なく、日菜子が本心から打ち込んでいるということは暖かい波動となって伝わってきた。

砂の城は大きく立派にできあがり、子供達は歓声を上げた。だがそのとき、それまで屋内に隠れていた五歳くらいの男の子が駆け寄ってきて、砂の城を滅茶苦茶に踏み潰して逃げ去った。

あっという間の出来事だった。日菜子が制止する暇さえなかった。城木も驚いてベンチから腰を上げたが、もはやどうすることもできなかった。施設の中へと駆け去る男の子の横顔が一瞬見えた。その顔は、嗜虐《しぎゃく》とも憎悪とも、あるいは羨望とも見える感情に固く閉ざされているようだった。後で聞いたところによると、特に酷い虐待を受け、心に深い傷を負った子供であるということだった。

一瞬で瓦解した城の砂に、子供達は声を上げて泣いた。そして口々に〇〇ちゃん――名前は失念した――を叱るように訴えた。

日菜子は子供達を抱き締め、ともに悲しみつつも、こう言い聞かせていた――憎んではだめ、〇〇ちゃんを赦してあげて。

雨よりも冷たい汗が全身を伝い落ちる。合同庁舎の会議室で、城木はようやく気がついた。義姉の日記に隠されていた写真。その裏に記されていた言葉。

「憎しみは人を罰するけれど、愛はきっと人を赦すもの」

その言葉を、自分は初めて見聞きしたのではなかった。十年以上も前に聞いていた。それは当時からの、変わらぬ義姉の信念であったのだ。

忘れ去っていた遠い日の記憶が、思いもかけず心の波間に浮かんできた。それも激烈な気泡を発しつつ。自らの記憶にとまどうような心地で窓の外を見つめていたとき、充電器に接続したままテーブルの上に置いていた携帯端末が振動した。午前八時二十一分。表示された名前が発光している。その名を見て、城木はたちまち緊張に身を固くした。

［宗方亮太郎］。兄からだった。

公衆電話ではなく、携帯からかけてきたのだ。すぐさま取り上げ、応答する。

「もう居場所が特定されてもよくなったのか、兄さん」

〈いきなりじゃないか。先制攻撃のつもりなのかい〉

兄は苦笑した。

〈残念ながら、もうしばらくは困るんだ。この通話が終わり次第、電源を切って移動する。警察が僕の位置情報を取得するには、もう少し時間がかかるだろう。検証令状を請求するには罪名の容疑や、この携帯が被疑事実に関係するという疎明資料が必要になるはずだからね。それにこれでも僕はまだ国会議員だ。城木の一族にはうるさい有力者も大勢いる。警察がすぐに踏み切れるとは思えないね〉

その通りだ。兄はそこまで読んで行動している。つまり〈もうしばらく〉経てば、兄の望む何かが起こるということだ。

〈貴彦、おまえに最後に打ち明けておきたいことがあって電話した。それは、僕と、シーラと、そして日菜子に関係したことだ〉

シーラと……義姉さんに？

〈さっき電話したときも言ったな、ぼくは結婚前にチェチェンでのことをすべて日菜子に

打ち明けたと。それでも日菜子は僕を受け入れてくれたと〉

「ああ」

〈おまえも知っている通り、僕は当時、外務省からの出向で国連難民高等弁務官事務所に勤務していた。自分ではいっぱしの人権活動家のつもりで、あちこちの難民キャンプに足を運んだりしていた。今考えると、まるっきりお殿様の視察旅行みたいなものだった。笑えるね。現地じゃさぞかしありがた迷惑だったろう〉

そんなことはない、と言いかけたとき、ドアが開いて前回と同じく宇佐美課長らが駆け込んできた。全員徹夜で各所の調整と指揮に当たっていたのだろう。

〈イングーシの難民キャンプで、僕は並外れてエネルギーにあふれた女性に出会った。彼女は臆することなく要求や質問をぶつけてきた。カフカスを巡る政治情勢についても実に的確に分析していて、しかも独創的な意見を持っていた。会合を重ねるうち、僕は彼女の虜になっていた。そうだ、シーラ・ヴァヴィロワだ。僕達は一線を越えて愛し合った。彼女の魅力に抗するには、僕はあまりにも若すぎたんだと思う。どうしようもなかった。日々深みに嵌まる一方だった。そしてそれが途轍もなく心地よかった。そんな頃だ、僕は弁務官事務所での執務中に、ロシアの難民問題担当官の訪問を受けた〉

ただの惚気《のろけ》かと思われた兄の口調が一変し、深く沈んだものとなった。

〈何度か仕事で会った男で、そのときも細々とした打ち合わせの件だった。それが一段落してしばらく世間話に興じていたとき、彼はふと思い出したというふうに、僕に一枚の写真を見せた。中年の男の写真だった。行方不明で捜索願いが出ているという。有力者の縁者で、なんとか探してあげたい、難民キャンプにいる可能性もあるので、一つよく見てくれないかということだった。言われてみると、イングーシの難民キャンプで見かけた男にどことなく似ているような気がしたので、僕はそのことを相手に告げた。もちろん確証はないし、違っているかもしれないと念を押した上でだ〉

じりじりとした不吉な予感。兄は自らが蟻地獄にも似た罠に嵌まっていった過程について話している。

〈その日の夜だった。イングーシの難民キャンプがロシア軍に襲撃されたのは。写真の男は手配中のテロリストだった。いや、本当にテロリストだったかどうか知れたものじゃない。ともかく僕は迂闊にも、ロシアの政府関係者に話してしまったのだ。証言の信憑性などまったく問題ではない。連中は難民を弾圧し、略奪する口実を欲していただけなのだ。そういう手法は理解していたはずなのに、世間知らずだった僕は、相手を疑いもしなかった。結果は悲惨なものだった。大勢の人達が死んだ。シーラが心血を注いで築き上げたコミュニティは、一夜にして消え失せた。しかもこの上なく酷たらしい形で〉

城木は携帯端末を持つ自分の手が震え出すのを感じていた。イングーシ難民キャンプ崩壊の一部始終はカティアの供述の中にもあった。その原因となったのが、兄亮太郎の不用意な一言であったとは。

〈僕はその後すぐ日本に帰国願いを出して、逃げるように国に帰った。誰にも合わせる顔はなかった。特にシーラには。彼女は事件後、手を尽くして迂闊なことを調子よく喋った愚か者を突き止めたらしい。そのときには、僕はすでに日本にいたというわけだ。我が子にも等しいキャンプ崩壊の原因となったのが、自分と愛し合った男だと知って、彼女がどれほどの怒りと自責の念に駆られたことか。それは僕も同じだった。僕はずっと自分で自分を許せずにいた〉

宇佐美課長や長島課長がこちらを凝視している。各務首席監察官がメモパッドとボールペンを差し出してきた。内容の一部でも書き出せということだろうが、城木は動くことができなかった。

〈日菜子と出会って、僕は救われた。僕は彼女に何もかも話した。シーラとの関係だけじゃない、難民キャンプの話もだ。泣きながら話したよ。そうだ、日菜子に話すうち、僕はいつの間にか泣いていたんだ。子供のようにね。ずっと誰にも言えずに隠し続けてきた話だった。彼女は最初、声も出ないほど驚いていた。でも最後には僕を赦し、救ってくれた。

彼女なりに時間をかけて考えたこともあったのだと思う。だから日菜子は、結婚前にシーラに宛てて、届くはずもない手紙を書いたんだ。貴彦、おまえなら分かるだろう、それが日菜子の優しさであり、けじめだった〉

先の通話の際に自分が引っ掛かった理由。それをはっきりと悟った。

結婚相手の女性に以前の女性関係を打ち明ける男はいないとは言えない。しかしそのときの兄の告白も、姉の行動も、少々唐突に思えたからだ。

兄がわざわざ結婚前の相手に打ち明けたのは、過去の女関係の話が主ではなかった。難民キャンプ壊滅の理由こそ、どうしても打ち明けずにはいられなかった秘密だったのだ。

そして義姉は、兄のすべてを受け入れようと決意した。

分かるよ、兄さん――義姉さんはそういう人だった――

〈だが……それだけじゃなかった〉

兄は嗚咽をこらえているようだった。

〈それだけじゃなかったんだ〉

なんだ――これ以上、まだ何があると言うんだ――

〈僕は知らなかった。難民キャンプが消滅したとき、シーラは妊娠していたらしい。僕の子だ。ロシア軍の指揮官に腹を蹴られ、流産した。あの夜シーラは難民キャンプだけでな

く、正真正銘、文字通り本物の我が子を失ったんだ〉

ただ呆然とする。

〈昨日の電話で、シーラから初めて聞かされた〉

「シーラがそう言ったのか。証拠はあるのか」

〈流産した子はキャンプのそばにあった大木の根元に埋めたという。掘り起こして骨片でも見つかればDNA鑑定で誰の子か分かる。彼女の気性からして嘘じゃないと思う〉

「兄さん……」

〈シーラは僕が政治家になったと知って、この作戦を思いついたに違いない。シーラは言った、『私の最期をその目で見届けなさい。イングーシのときのように逃げることなく。そうすればすべてを赦しましょう』と〉

「それこそが罠だ。あの女は自分の恨みを晴らすために兄さんを決定的に破滅させるつもりだ」

〈それくらい分かってる。シーラも別に隠してはいない。シーラはこうも言っていた、『日菜子は素晴らしい人だ。あなたには短いながらも日菜子との幸せがあった。それで充分でしょう。そろそろ罪を償ったらどう？』〉

「嘘だ」

思わず叫んでいた。直感。だが間違いない。

「シーラは嘘をついている」

〈どういうことだ〉

「シーラは義姉さんを素晴らしい人だなんて思ってない。むしろ心の底から憎んでる」

〈おまえにどうしてそんなことが言えるんだ〉

「冷静に考えろ。義姉さんのことを思い出すんだ。義姉さんの考え方は、シーラの思想と決定的に相容れない。シーラが義姉さんを認めるはずなんかないんだ。魔女の口車に乗るんじゃない」

唐突に通話が切られた。

城木は汗ばんだ手の中の携帯を呆然と見つめる。

「何があったんだ、城木君」

宇佐美がたまらず詰問する。

「お待ち下さい」

そう答えながら沖津の番号を呼び出し、発信する。すぐに応答した上司に、今の会話の概要を報告する。

そして宇佐美、長島、各務らを振り返り、きっぱりと言った。

「お聞きの通りです。兄が単独でテロ現場に向かった理由が判明しました。すべてシーラの心理的罠です。総合的に見て状況に変化はないと言えるでしょう。兄は現場近くに潜伏しているに違いありません。至急確保願います」

兄さん——兄さんは今も山深いカフカスの魔女に魅入られているのか——いや、魔女はすでにして魔女ではない。もっと別の、忌まわしいものに化身した。子を喰らう鬼女——鬼子母神に。

シーラはもう……ここにはいない……

——カティア、私はいつでもあなたのそばにいるわ。

「……捨てられたんだ」

ぽつりと漏らしたカティアの言葉を、ファティマとジナイーダがはっとしたように聞きとがめた。

「今なんて言ったの？」

聞き返したファティマに、思いをぶつけるように言う。

「私、捨てられた……母さんに、また……」

どうしたわけか、涙があふれてきた。

眠った跡もない空っぽの母のベッド。失くなっていた母の鞄。がらんとした家の暗がり。反響する子供の泣き声。誰が泣いているのだろう。自分だ。あれは自分だ。自分の泣き声だ。

「どういう意味？」

ファティマが再び聞き返す。

「分からない、自分でも。なんだかそんなふうに感じただけ」

答えながらも、涙は次から次へとこぼれて止まらなかった。なぜだろう。自分だってシーラを出し抜こうと考えていたはずなのに。どうしてこんなに悲しくてならないのだろう——

ジナイーダがカティアの首筋から剣を引く。

ファティマとジナイーダはため息をついて顔を見合わせた。二人とも、カティアとシーラの出会いについてはよく承知している。

「シーラは別の任務に向かっただけよ。とても大事な任務なので、みんなにも秘密にしていたの。あなたを捨てたわけじゃないわ」

ファティマが幼な子をあやすように言い聞かせる。

「分かってる、だけど、だけど……」

だけど、言いようもなく不安で、たまらなく心細くて、寂しくて――

剣を手にしたまま、ジナイーダが荘重に言った。

「おまえの気持ちは分かるような気がする。シーラはおまえの母も同然だった。私達もおまえを娘のように思っている。だが、おまえは同志全員を裏切った。裏切り者がどうなるかはおまえもよく知っているはずだ」

カティアはこくりと頷く。

ファティマは一際重い息を吐いて、

「これはあなたには言わないつもりだったけれど、いいわ、教えてあげる。シーラはね、ここを出ていく前に私達に言い残したの。『カティアを憎まないで。できればカティアを赦してあげて』って。でも、私達にそれができないことはあなたも理解してるわよね。シーラも分かっていながら、言わずにはいられなかったんだわ。それだけあなたを愛していたのよ」

シーラの伝言。『カティアを赦してあげて』。涙がこぼれる。赤い釘とは別の何かが胸に刺さる。シーラは自分のことを最後まで気遣ってくれていた。でも、それは愛と言えるのだろうか。頭の中が混乱して何もかもが分からない。

棒立ちになったまま、カティアはただ嗚咽するしかなかった。

ジナイーダはカティアを指差しながらファティマに向かい、

「見ろ、これが私達の戦いの結果だ。私は自分の娘を殺さなくてはならない。この娘をここまで追い込んだのはシーラにも責任がある。これでもまだシーラが正しかったと言い切れるのか」

ジナイーダがシーラの路線に対して批判的なのは知っていたが、ここまで感情を露わにするのを見るのは初めてだった。

「今度の作戦は、確かに戦略的意味は大きい。実行する価値は充分にある。だが、つまるところシーラの私怨じゃないか。私達は大義のために戦っていたはずだ。個人の感情のためではない」

シーラの私怨？

カティアは必死に思考を凝らす。自分がテレビで見た日本の政治家――十年前にイングーシの森でシーラと抱き合っていた男。シーラの別の目的とは、もしやあの男に関係したことなのか。

「確かに私怨もあるでしょう。でも、それだけじゃないわ。あなたも認めている通りよ。大義もある。私達が命を懸けるに値する作戦よ」

ファティマは以前からシーラに肩入れする傾向があった。闘士としてというより、女として共感する部分があるのだろう。

「もとはと言えば、シーラの始めた戦いよ。私達が今日あるのも彼女のおかげ。だったら私は、最後くらい彼女の好きにさせてあげたいの」

ファティマはたおやかな立ち姿に底知れぬ意志を覗かせ決然と言った。

二人のリーダーの強烈な気迫が殺気と呼べるレベルにまで高まり、真正面からぶつかり合う——カティアがそう感じたのも一瞬で、ジナイーダはふいと横を向いてもう何も言わなかった。

入口の方で足音がした。

「ご覧なさい」

ファティマの声に振り返ると、ナターリヤ、ヴァレーリヤを先頭に、十代の四人のメンバーが入ってくるところだった。

ジャンナ、アイシャ、マリアム、クレメンティーナ。全員がつい先ほどまでとは打って変わった憎悪の目を自分に向けている。憎悪と、そして殺意だ。悪意に満ちた世界に対して暴力で戦いを挑むテロリスト本来の目だ。そこには一片の情もない。天真爛漫なジャンナも。おとなしい最年少のアイシャも。おしゃべりで憎めないマリアムも。巻き毛が愛くるしいクレメンティーナも。

愛する仲間達から、こんな視線を向けられようとは。

無数のどす黒い釘が、体の内側ではなく、外側から容赦なく己に襲いかかる。

――おまえは裏切り者になる。命を懸けて救った友からも憎まれる。それでも構わないと言うのか。

日本警察の女に言われた言葉。それがそのまま現実となって、鋭く自分に突き刺さっている。

ようやく理解する。あの女《ひと》は、こんな視線に晒されながら生きてきたのだ。そして今日を、明日を生きていくのだ。自分には到底耐えられない。

こんなこと、間違ってる。みんな早く気がついて。私はみんなを助けたくて――

頭の中でさまざまな言葉が渦を巻く。どれも決定的に力を持たない。そんな空疎な言葉で説得できるものでないことは、試してみるまでもなく明らかだ。

それでも――それでも自分はこの子達を助けたかった――

「薄汚い裏切り者。あたし達をだましてたのね」

ジャンナが吐き捨てるように罵った。

「寝返った警察に裏切られるなんていいザマね」

クレメンティーナが薄笑いを浮かべる。

「どうやって殺す？」

アイシャの問いに、マリアムが応じる。

「あたしにやらせて。うんと苦しめてから殺してやるわ。楽に死なせてなんかやるもんですか」

これが暴力の顔だ。一昨日までの自分なら、彼女達と同じ顔をして、平然と裏切り者をなぶり殺しにしていただろう。

無駄だと知りつつ必死の思いで呼びかけてみた。

「みんな、聞いて。私はみんなを助けたくて――」

「命乞い？　やめてよ、みじめったらしい」

にべもなくクレメンティーナが鼻で笑った。

「あんた、自分がどうなるか分かっててあたし達をだましたんでしょう？　だったら覚悟、できてるはずよね？」

その横でマリアムも冷ややかに嗤う。

「自業自得だわ。かわいそうに。私達はもうじきアッラーの御許に行くわ。だけどあんたが行くのは地獄《ジャハンナム》の底の底よ」

自業自得。その通りだ。因果は常に我が身へと返ってくる。

「今のやり方は私達みたいな子供を増やすだけだ。私達はもっと他に――」

「私達はこの国をチェチェンに変えてやるの」

淡々とアイシャが言った。まるでカレンダーに書き込まれた日々の格言でも朗読するように。

「この国だけじゃない、ロシアも、アメリカも、そうよ、世界中をチェチェンと同じにしてやるの。世界が私達にしたのと同じことをしてやるわ」

ファティマはアイシャの後ろから彼女の肩に手を置いて、穏やかに言った。

「二〇〇四年、カフカスの同志が北オセチアのベスランで学校の占拠を決行したとき、人質の母親が実行犯の女性同志に言ったそうよ、『子供だけは解放して』と。同志は答えたわ、『私の子供はもっと無残に撃ち殺された。あなたの子供は、私の子供より偉いとでも言うの？』」

アイシャは背後のファティマを笑顔で見上げる。無邪気で、可憐で、幼い暴力の笑顔。

彼女達に対しては、怒りも恨みも感じない。赤い釘の痛みに比べればなにほどのものだろう。ただ悲しいだけだった。自分の顔を知らずにただ命じられるまま自ら死んでいくなんて。

ああ、やっぱり自分はみんなを助けたい。でももう不可能だ。後は日本警察に任せるしかない。だが頼みの警察は裏切ったという。事実、自分は警察に密告されて今絶体絶命の窮地に立たされている。

待て——確かファティマは言っていた。どんな組織も一枚岩ではないと。ならば自分は、由起谷を信じよう。あの男までが裏切ったのなら、どのみちこの世界に救いなんてない。今ここで喜んで死んでいこう。

八時四十一分、特捜部指揮車輛に夏川主任がずぶ濡れになって駆け込んできた。片手にビニール傘、もう一方の手に携帯端末をつかんだまま、息を切らせて報告する。

「部長、たった今新潟本部指令台より連絡あり、Nシステムが手配中のトラックを発見したとのことです」

沖津は一瞬なんのことか分からなかった。もどかしげに夏川が言うには、川崎のメイケン・インダストリーを出たトラックの一台が、羽越本線加治駅近くから国道七号を新潟市に向かって移動中であるという。

新潟市。メタンハイドレート液化プラントのある胎内市とは、ちょうど新発田市を挟んで正反対の方向だ。

「そんな、あり得ません。川崎から逃走した全メンバーは支援スクール施設内で確認されたはずでは」

鈴石主任が声を上げる。

「全メンバーはカティアが確認したが、トラックの総数は最初から不明だった」

落ち着いてそう言うと、沖津は無線で支援スクール包囲を指揮している県警の浜本課長を呼び出し、包囲網の再点検を要請した。

「〈砂の妻〉のことだ、夜の雨に乗じてすでに支援スクールを脱出した可能性もある」

そして沖津は沈思する――

ヌアラ一機が未確認のままだった。万一を考えて別の場所にトラックごと隠匿していたと考えられる。シーラはそれを使ってメタンハイドレート液化プラント爆破とは別の目的を遂行しようとしている。場所はおそらく新潟市内。その計画はカティアをはじめとするメンバーにも秘密にしていた。なぜだ？　とっくに葬り去った自分の過去に――宗方亮太郎との過去に関係しているからだ。妊娠中の子を失った個人的な怨念。宗方亮太郎を否応なく現場に立ち会わせ、彼の破滅をより決定的なものとする。

沖津は愕然として立ち上がった。宗方亮太郎が呼び出されたのは同じ新潟でも、支援スクールのある新発田市やメタンハイドレート液化プラントのある胎内市ではない。新潟市内のどこかだ。宗方は弟にかけた電話でも具体的な場所は口にしなかった。道理で新発田市でも胎内市でも未だに発見されないはずだ。やはり〈砂の妻〉は支援スクールを脱出し、誰にも気づかれぬうちに最後のトラックの隠し場所に移動したのだ。

躊躇する。自分の推論に物理的証拠は何もない。トラックにヌアラが載積されているという確証もない。もしその推論が外れていたら。

決断しなければ。それも今すぐに。

ＰＤ１は配置上動かせない。ＰＤ３は作戦上不可欠だ。となると——

「本部よりＰＤ２、聞こえるか」

ヘッドセットをつかみ呼びかける。

〈こちらＰＤ２、本部どうぞ〉

すぐにオズノフ警部の応答が返ってきた。

「ＰＤ２は装着状態のままただちにトラックで移動、国道七号を新潟市内に向かって走行中の被疑者トラックの追尾に当たれ。同車には機甲兵装が載積されているものと推測される。目標物は不明だが、被疑者が自爆を含むテロ行為を開始する前にこれを制圧せよ」

鈴石と夏川は啞然とした表情で沖津の指示を聞いている。

バーゲストで発進待機中のオズノフ警部も同様のようだった。

〈ＰＤ２より本部、命令を確認する。突入時刻が迫っている。今持ち場から離脱して本当

にいいのか〉

「本部よりPD2、命令に間違いはない。シーラは別の何かを狙っている。急げ」

〈PD2了解〉

鈴石は抗議するように上司を仰いだ。

「未成年の命がかかった今回の作戦で、機動性の最も高いバーゲストを欠けば、彼女達を安全に確保できる確率が著しく低下します」

「そのリスクを考慮した上での決断だ」

沖津は強い口調で言い、鈴石と夏川に命じた。

「鈴石主任、県警に連絡し、Nのデータ転送を要請。それからマル対《タイ》（対象者）の速度と位置を推定し、PD2のトラックに最短ルートを送れ」

「分かりました」

「夏川主任、君は県警のPC《ピーシー》（パトカー）でトラックを先導してくれ」

「はっ」

夏川は再び雨の中に駆け出していった。

カティアはふてくされたような仕草で両手をジャケットのポケットに入れる。

「じゃあんたが殺せばいいさ、マリアム。いいよ、やりたいんだろう。でもその前に聞いておくけど、シーラはどこへ行ったと思う？　知ってるか、昔の男に会いに行ったんだ」

「なんの話？」

乗ってきた。他の三人も同様だ。

思いつくままに勘で口にしたが、そう外れてはいなかったようだ。ファティマやジナイーダが苦い顔をしている。

その間にカティアはポケットの中で携帯をまさぐり、気づかれぬように指でボタンを押す──由起谷に教えられたアドレスだ。

「十年前に見たんだ。イングーシの森で、シーラと国連職員の男が抱き合っているのを。そのときの男さ。今じゃ日本の政治家になってる。それもかなり有名人だ」

「本当なの？」

クレメンティーナが大人達を振り仰ぐ。

「やめなさい、カティア」

ファティマが困惑したように叱る。

「だって、本当の話だ」

開き直った態度を装いながら、指先だけでアドレスの入力を続ける――焦るな、あと少しだ――

「みんな、決行時刻をずっと教えてもらえなかっただろう？　それは全部その男に関係してるんだ」

「カティア！」

早く日本警察に合図を送らなければ。突入までまだ二、三十分はあるが、メンバーはすでに包囲されていることを知っている。このまま臨戦態勢を取らせてはならない。ジャンナ達の生き残る可能性がそれだけ少なくなる。

アドレスの入力完了――後は本文だ――

「キシモジンて知ってるかい？　恐ろしい鬼だ。子供を取って喰うんだって」

本文入力――S・O・S――

「シーラはね、もうキシモジンになったんだ」

突然ファティマに腕をつかまれ、手をポケットから引っ張り出された。隠し持っていた携帯が露わになった。

「こういうことだったのね」

携帯をもぎ取られる寸前に送信ボタンを押した。

これでいい――

ジナイーダが長剣を振り上げる。

「カティア、おまえの処刑は私自身がこの手で執行する。その前に礼を言う。長い間、おまえと一緒に戦えて幸せだった」

《SOS》

指揮車輛でカティアからのメールを確認した沖津が、即座にマイクに向かって叫んだ。

「作戦開始」

雨に煙る竹藪を割って飛び出したバンシーが、支援スクールの閉ざされた正門に向けて右腕を突き出す。距離およそ三〇〇メートル。純白の肩部装甲の下に装塡された対戦車ミサイルを発射する。

FGM-148ジャベリンは、雨を真横に分断するようにまっすぐな白い軌跡を描き、正門に向かって大地と水平に直進した。

着弾。爆音とともに正門が吹っ飛ぶ。

突然の爆発に作業棟が大きく揺れた。その機を逃さずカティアは身を翻して逃げ出した。ナターリヤとヴァレーリヤがウージー・プロを掃射するが、間一髪横跳びに身を投げ出し作業台の陰に飛び込む。

ジナイーダが叫んだ。

「総員機甲兵装に搭乗、急げ」

ジャンナ達四人はエインセルへ。ナターリヤとヴァレーリヤもウージーを捨ててルーダックに向かう。

作業台の陰から走り出たカティアは、渡り廊下に通じる出口を目指して一目散に走った。背後で銃声がした。同時に全身に衝撃を感じて俯せに倒れた。首だけで振り返ると、PSMピストルを構えたファティマが見えた。床を転がって溶接機の陰に身を隠す。二発目、三発目が床に弾痕を穿ち、溶接機に火花を散らす。

すぐに起き上がり、中腰になって工作機械の陰を伝って出口を目指す。プレス機や旋盤に弾着の火花が次々と上がる。脇腹に熱く焼けるような痛み。ジャケットに黒い染みができていた。その染みが広がっていくにつれ、視界が急速に暗くなっていく。

出口に近い場所に設置されたボール盤の後ろまで到達したところで、カティアはついに力尽きた。

爆破された正門から敷地内に飛び込んだフィアボルグとバンシーは、泥水を蹴立ててまっすぐに作業棟を目指した。その後に全面を増加装甲で覆い、『毘』のエンブレムを付けた県警機動隊員を満載した四台の特型警備車改が続く。

作業棟のシャッターが開き、一機のルーダックが現われた。こちらに向かってくるかと思われたが、ルーダックはすぐ向きを変え、敷地内を取り巻くように密生した森に向かって雨の中を左方向へ走り出した。フィアボルグは手にしたバレットXM109を発砲したが、25㎜徹甲弾は木々の幹を粉砕するにとどまり、ルーダックはすばやく森の中に飛び込んだ。

ほぼ同時に渡り廊下の方に出てきたもう一機のルーダックは、バンシーのアキュラシー・インターナショナルAS50による狙撃をかわし、向かって右側の本館内部へと駆け込んだ。

四機のエインセルはまだ作業棟から出てこない。搭乗に手間取っているのだろう。二機のルーダックはそれまでこちらを引きつけるつもりだ。どちらの搭乗者も相当に熟練した兵士であることは間違いない。

おまえ達の相手は後だ——

姿は作戦通り、すぐさまシフト・チェンジの音声コードを口にする。

「『DRAG-ON』」

両グリップのカバーを跳ね上げ、中のボタンを左右同時に強く押し込む。エンベロープ・リミット解除。フィードバック・サプレッサー、フル・リリース。

姿の脊髄で龍髭が熱を発する。たちまち全身に伝播する灼熱の業苦。いつもは耐え難いその苦痛が、今日はなぜか心地好かった。

俺は何人も子供を殺した。これからも殺すだろう。避けられるものなら避けもしよう。だがどうしても避けられない。戦争が俺の仕事である限り。それが罪であるかどうかは知らない。もし罪であると人ならぬ誰かが言うのなら、俺はこう答えよう、「殺した子供に倍する数の悪党を俺は殺した、だから帳尻は合っている、悪いがそれで勘弁してくれ」と

――

感覚が入れ替わる。機体の装甲を打つ雨が、己の素肌を打つが如くに感じられる。フィアボルグの電磁波センサーは自身の耳目となり、機体への負荷は自身の痛みとなる。思考はプログラムと連動して並列化。精神と情報、肉体と機体の境が消滅する。シフト完了。

明滅していたディスプレイがアグリメント・モード表示に切り替わって安定する。

アグリメント・モード。龍機兵の操縦を一〇〇パーセントＢＭＩに切り替えた状態をそ

う呼んでいる。

姿は今、鋼鉄の闘士となって雨の中に立っていた。湧き上がる高揚感と万能感が、戦場の恐怖を払拭し、暴力への躊躇を歓喜に変える。

作戦の要諦は爆弾を載積したエインセル四機の冷却パイプを問答無用で切断するかむしり取ること。相手が起爆スイッチを押すよりも早く。アグリメント・モードの龍機兵でなければ絶対に不可能な神業だ。それでも三機がかりでやれるかやれないかの賭けに等しいものだったのに、ここに来てバーゲストに別命が下った。一機離脱しただけでも成功の確率は大幅に下がる。指揮官の沖津部長は少女の死亡リスク増大もやむなしと判断したらしい。しかも相手が死ぬときは、こっちも道連れになっている可能性が高い。だが今はその判断の是非を考えない。文句は生き延びた後で言えばいい。

いいだろう、やってやる——

二機のルーダックは、それぞれ森の中と本館建物内からゲパードM2で狙撃してきた。どちらもいい腕をしている。だがアグリメント・モードにある龍機兵がそう簡単に捉えられるものではない。

フィアボルグは同じくアグリメント・モードにシフトしたバンシーとともに跳躍し、左右に飛び離れた。

シャッターの奥から川崎で見たのと同じ自爆仕様のエインセルが次々と現われる。両肩と胸に三個の爆弾。何度見ても不吉な輪郭だ。人に踊らされる醜悪な人形だ。

外に出たエインセルが次々に散開する。しかし動きは鈍い。センサーがアグリメント・モードにある龍機兵の動きを捉えきれていない上に、市街地と違い、何を目標とすればいいのか判断できずにいるのだ。視界にある警察車輛は四台の特型警備車改のみで、しかも乗員はすでに建造物の陰などへと散開している。

フィアボルグは一番前に出ていたエインセルに向かって跳躍する。空中で腰のサックから黒いアーミーナイフを抜き、エインセルの眼前に着地する。相手が反応する前に、フィアボルグのナイフはエインセル腰部の冷却剤伝送パイプを切断していた。

その鋭利な断面から、高圧で循環していた冷却剤が蒸気とともに凄まじい勢いで噴出する。三秒と経たないうちに背面のハッチが開き、真っ黒になったコクピットから悲鳴を上げて少女が転がり出てくる。同時に隠れていた機動隊員達が一斉に走り出てきて、少女の確保にかかった。その間にもフィアボルグは二機目のエインセルに向かう。それまで目標を決めかねていた相手も、こちらに向かって猛然と走り出した。

照れるじゃないか。光栄にも俺をアッラーに紹介する花婿に選んでくれたらしい。いや、アッラーは輿入れの相手だ。となると俺はその介添え役か。まあ、それでよしとしておこ突進してきたエインセルが驚いたように足を止める。こちらをロストしたのだ。その一瞬前に虚空へと跳躍していたフィアボルグは、大粒の雨にまぎれてエインセルの右側方二メートルの地点に着地し、一撃で腰部のパイプを正確に切断した。

一方、ライザのバンシーもアグリメント・モードの効果を最大限に生かし、エインセルの冷却剤伝送パイプを切断していた。ただしフィアボルグのようにナイフではなく、左右の手首に溶接された手槍のような短い鉄棒を使っている。鋭利に切断するのではなく、強引に破断させていると言った方が近いが、効果に変わりはない。

エインセルとはイングランド北部のノーサンバーランド地方に棲む少女の妖精であると云い、また〈自分自身〉を意味するとも云う。ある晩農家の少年のもとを訪れたエインセルは、少年が暖炉の火をかき回した際、飛び散った燃え殻によって足に火傷する。伝承のままに、少女は足に火傷し、悲鳴を上げて自己の分身たる機体から飛び出してくる。鈴石主任の読みの通りだ。機動隊員達が少女を確保するのを背後に感じながら、ライザは残る一機のエインセルに向かう。

不測の事態に動揺する機体を正面にしながら、視界の外で本館に潜んだルーダックが狙う——

撃してくる気配を捉えている。それもアグリメント・モードによる感覚だ。センサーからの情報が神経伝達の速度を超えて気配として感知される。左マニピュレーターに固定したソードオフのＡＳ50で本館に向けて連射する。壁を貫く12・7㎜×99弾に、ルーダックが身を伏せて移動するのが〈感じられ〉る。

邪魔なルーダックが移動している隙に、バンシーは最後のエインセルとの距離を一気に詰めた。この作戦の成否はすべてを一瞬のうちに終わらせることにかかっている。相手に考える時間を与えてはならない。自爆されたらその瞬間にすべてが終わるのだ。自分や多くの機動隊員の命を含めたすべてが。

アグリメント・モード下での動作は人体では容易に捕捉できない。エインセルに乗った少女が、何が起こっているのかも分からないうちにかたをつける。

右手の手槍の先端でパイプを引っ掛け、力ずくで破砕する。ハッチが開いて少女が泣きながら飛び出してきた。機動隊員が駆け寄ってくる。

成功だ――少女は全員生きている――

ほっと安堵の息をつきながら、機動隊員の邪魔にならぬよう、ライザはバンシーを離れた位置に移動させる。

不意に。

ライザは背後から迫る邪悪な気配を感知した。機体センサーからの情報と自分本来の感覚とが一体化し、止揚された直感として。咄嗟にバンシーで特型警備車改の背後に飛び込む。

同時に凄まじい爆発が起こった。校庭が激しく揺れ、校舎の窓が一枚残らず砕け散る。本館に潜んだルーダックが、ハッチを開放したまま立ち尽くす味方のエインセルを狙撃したのだ。載積された爆弾が誘爆し、大爆発が起こった。

本来ならバンシーもその爆発から到底逃れられるものではなかった。アグリメント・モード下にあったがゆえに、気配を感知すると同時に――いや、その以前に――身を隠すことができたのだ。

特型警備車改の側面は榴弾の破片が無数にめり込んで目を背けたくなるような惨状を呈していた。

本館からのルーダックの第二射。もう一機のエインセルが爆発する。爆風で特型警備車改が大きな音を立てて横倒しになった。

その陰に伏したバンシーのシェル内で、ライザは放心したように視線をさまよわせる。

立ち籠める粉塵の中、ノイズにぼやける視界の周辺映像を何度も確認する。誰もいない。泣き喚いていた少女も、彼女を取り囲んで安全圏に誘導しようとしていた機動隊員達も、みんないなくなっている。自分が救った少女達は、二人とも跡形もなく地上から消えた。

何が起こったのかは分かっている。だが頭のどこかが理解することを拒んでいた。

雨だ。いつも雨だった。あの日ロンドンのマリルボン・ストリートをパディントン駅に向かって必死に走った。自分が爆破した駅へ。そこに妹がいたと知って。ここはロンドンではない。ベルファストでもない。なのに、どうして。ああ、雨が痛い――

指揮車輌内で、緑は獣の咆哮にも似たものを聞いたように思った。ヘッドセットのスピーカーは無音であるにもかかわらず。高性能のマイクが決して拾うことのできない、声ではない魂の。

甘かった。想定して然るべきだった。こちらが搭乗者を確保した途端、敵は平然と友軍機を狙撃した。自分達はどうしてこんな単純なことが予想できなかったのか。

女性や子供を救うために戦ってきた『黒い未亡人』を、無意識のうちに心のどこかで信じていたのかもしれない。弁解のしようもない予断であり、先入観だ。しかし相手はやはりテロリストだった。それも極めつきに冷酷非情な。それくらい、最初から分かっていたはずなのに。

ラードナー警部の声なき絶叫が耳朶《じだ》のうちで痛切に谺《こだま》する。

すべては自分の責任だ——

爆発の直前、姿の乗るフィアボルグはライザのバンシーと同じく特型警備車改の陰に身を隠していた。

姿は全身の感覚で情報を収集し、直感的に状況を分析する。他の二人の未成年メンバーは無事のようだが、何人かの機動隊員が破片の直撃を受けたらしく、倒れたまま動かない。戦術として別に間違ってはいない——シェル内で姿はそう呟く。当然の現場判断だ。あんた達は確かに優秀だ。だが鬼畜にも劣るそんな手を、あんた達が使うとは思わなかった——

本館のルーダックはライザに任せ、姿は森の中のルーダックに向けてバレットを連射する。これ以上エインセルを狙撃させないよう牽制しながら、一気に森の中へ移動する。

心配するな、あんたもすぐにアッラーにお輿入れというわけだ——

アグリメント・モードの速度で木々の間をすり抜けるように疾走する。前方で振り返ったルーダックがゲパードM2を連射してくる。精密な射撃だ。フィアボルグの進路上にある木々の幹が次々に爆発したように粉砕されてへし折れる。だがフィアボルグは無傷のまま、障害物だらけの森の中をまるで平野を往くが如くに駆け抜ける。

ゆらめく蜃気楼のように移動するフィアボルグは、ルーダックには煙雨の見せる幻とも見えただろう。走りながら、フィアボルグは手にしたアーミーナイフをスローイングダガーのように投げつける。ルーダックはゲパードの銃身で飛来したナイフをはね除けた。その隙にバレットの弾倉を交換する。アグリメント・モード下ではそれも通常時より数秒早い。

セット完了。バレットの銃口をルーダックに向け、全弾を撃ち尽くす。ルーダックは全身孔だらけとなって、背後の大木にもたれかかる恰好で活動を停止した。

本館に到達したバンシーは、ＡＳ50を構えゆっくりと内部に踏み入る。

〈死神〉を迎えよ――おまえの信じる神に祈りつ――

内部に籠もる湿った空気。隙間風の微かな流れ。舞い立つ埃。吹き込んだ雨のしずくが垂れる音。すべての気配を全身で感じる。

職員控室。レストルーム。食堂。厨房。物置。一階に敵はいない。すでに上階に移動したのだ。

階段を上がり、二階に到達。索敵を開始。白い機体が幽鬼の如くしめやかに廊下を歩む。機影はない。だが敵の位置はすでに把握した。

轟音。天井から床に向かって、ゲパードの12・7㎜×99弾が四発、目に見えぬ槍のように垂直にバンシーの周囲を通過した。うち二発が白い装甲を掠めて無残な傷痕を残す。天井にバンシーは佇立したままAS50を固定した左腕を真上に上げ、引き金を引いた。天井に弾痕が一つ、穿たれる。

やがてその弾痕から、ぽとり、ぽとりと雨漏りのように血が滴り、バンシーの白い肩部装甲に赤い点を描いた。滴る血はすぐに勢いと量を増してバンシーに降り注ぎ、たちまち純白の機体を赤に染め変えた。

10

夏川主任の乗る新潟県警のパトカー二台に先導され、バーゲストを載積したトラックは新新バイパスを新潟方面に向かった。

荷台内部の固定具をつかんでうずくまるバーゲストのシェル内で、ユーリは川崎の惨劇を思い出していた。爆弾を抱えて次々と突進してくるエインセルの群れ。初めてだった。死を怖れぬ相手と戦ったのは。子供をその手にかけたのは。

職務であると頭では分かっている。自分が殺さねば、彼らは多くの市民を巻き添えに自爆していた。しかし子供を殺した感触は、今もこの手に残って離れない。

かつてユーリの掌には、黒い犬の刺青《いれずみ》が彫られていた。深い因縁で縛られた〈影《ティエーニ》〉と呼ばれる男に彫られた屈辱の証しだった。だが武器密売市場摘発の際に負った火傷のため、黒犬の刺青は跡形もなく消えた。運命の黒犬が去った手に、よりにもよって子供殺しの生々しい感触を刻み込むことになろうとは。

自分は姿のような職業軍人でもないし、ライザのようなテロリストでもない。あらゆることに対する発想が、いや、人生そのものが違うのだ。彼らのようには生きられない。この感触とは、これから長い時間をかけて向き合っていかなければならないと思う。

しかし警察官として与えられた任務はこなす。その覚悟で出動した。それが直前になって自分だけ別命を与えられようとは。

子供の命のかかった任務からは解放されたが、かえって気になるばかりであった。自分の離脱により、姿とライザだけで困難な作戦を遂行しなければならなくなったのだ。彼らは無事に少年兵を救えるだろうか。

また気がかりなのはそれだけではない。自分に与えられた新たな使命。沖津部長によれば、追跡中のトラックにはシーラ・ヴァヴィロワが乗っている可能性が高いという。支援スクールの中にいたはずの〈砂の妻〉は、いつの間に県警の包囲網を突破したのだろうか。そして彼女は一体何を企んでいるのだろうか。

ディスプレイに表示される位置情報によると、トラックは日本海東北道の立体交差を越えたあたりだ。新潟のバイパスは全国的にも交通量が多いことで知られる。パトカーの先導があるこちらが有利だ。先行するシーラのトラックは依然新潟を目指して西進を続けている。なんとしても追いつかねば。そしてなんとしても彼女の隠された目的を阻止しなければ。

ユーリはバーゲストの操作グリップを密かに強く握り直した。黒犬のいない掌で。

機甲兵装全機制圧の報を受けた県警幹部の指示により、待機していた機動隊の第二陣と警官隊が一斉に支援スクールに雪崩《なだ》れ込む。人員の大部分は、まず負傷者の救出と搬送に当たらざるを得なかった。生き残った二名の少女も負傷していたが無事確保され、厳重な監視の下、病院に搬送された。

警官隊と一緒に施設に入った由起谷は、作業棟を端から懸命に捜索した。

SOSを発信した後、カティアからの連絡は途絶えていた。

祈るような気持ちで工作機械の間を捜して回る。どこにもいない。本館の方だろうか。

渡り廊下に通じる出口の方に向かおうとしたとき、ボール盤の後ろから血の染みが一センチほどはみ出しているのに気がついた。急いでボール盤の裏に回る。

そこにカティアが倒れていた。腹の下に大きな血溜まりができている。駆け寄って抱き起こし、大声で助けを呼ぶ。

「救急隊！　こっちだ！　早く！」

その声に、カティアがうっすらと目を開けた。そして弱々しい声で呟く。

「……来てくれたんだね」

たどたどしく、ぎこちない発音だったが、立派な日本語だった。そのことに由起谷は一層胸を衝かれた。

「当たり前だろう。喋るな、すぐに助けが来る」

励ますように声をかける。

「みんなは……」

「心配するな、無事だ。喋るなと言ったろう」

由起谷はあえて救出された正確な人数を伝えなかった。

そこへ駆けつけてきた救急隊員が応急処置にかかろうとする。

「待って」

カティアは由起谷の袖をつかんだ。

「警察から仲間に密告があったんだ……私が裏切ったって……」

「なんだって」

由起谷は愕然とした。警察からの密告。どういうことだ。

しかしカティアはそこで再び意識を失った。

「退《ど》いて下さい」

救急隊員に突き飛ばされ、ふらふらと後ずさりながら、由起谷は耳にしたばかりの言葉を頭の中で繰り返した。

警察がカティアを密告した——

アグリメント・モードを解除し、姿は脱着プロセスに入る。

各部ロック解除。パッド内ガス排気。前面ハッチ、頭部シェル開放。外気に晒された顔を、降り続ける雨が打つ。腕筒から両手を抜いた姿は、力の入らぬ足を脚筒から持ち上げ、ふらつきながら濡れた叢に降り立った。

アグリメント・モードは搭乗者の心身に著しい消耗を強いる。そのためごく限られた時間しか使用できない。その時間は搭乗者のコンディションによって異なるが、長時間に及ぶ発進待機の後では当然ながら極度に短くなってしまう。また一度アグリメント・モードを使うと、その後は機体も搭乗者も作戦の続行はほぼ不可能となる。

今回、作戦開始と同時にアグリメント・モードに移行したのは、まず何より少年兵の保護という目的があったからだ。極めてイレギュラーなケースと言える。

込み上げる吐き気をこらえながら森を出る。眼前に凄惨な光景が広がっていた。ブリキのおもちゃのようにひしゃげて変形した特型警備車改が乱雑に転がり、あちこちに機動隊員の死体、もしくはその一部らしきものが散らばっている。助けを求めて泣き叫んでいる者もいた。大勢の警察官が救助に走り回っている。

姿は眉をひそめる。危険だ。まだ完全に敵を制圧したわけではない。屋内にはまだ――

突然、学生寮の方で立て続けに爆発音が聞こえた。一斉に振り返った警察官達の足許に、小さな黒い塊が転がってきた。次の瞬間、三人の警察官が爆風に包まれ、血まみれになって倒れた。手榴弾だ。

学生寮の二階。窓の一つから、ウェーブの入った長い髪を優雅になびかせた女が、姿に向かって微笑みかけている。

〈風の妻〉か――

女は手にした手榴弾のピンを引き抜き、まるで花嫁がブーケを放り投げるかのような仕草で校庭に投擲した。再び爆発が起こり、数人の警官が割れた西瓜のようになった顔面を晒して昏倒する。

そしてファティマ・クルバノワは、また姿に向かって妖艶な笑みを投げかけた。姿には分かる。挑発の視線。女は自分に会いに来い、自分を奪いに来いと囁きかけている。魔女の声なき誘惑だ。

どういうわけか、今日はやたらとモテる日だ——

姿は太腿に取り付けたホルスターからH&K P30を抜き、特型警備車改の残骸を伝って学生寮に向かった。銃器を所持して龍機兵に乗り込むことは通常ではほとんどない。パッドの膨張時に痛いほど脚に押しつけられるのを承知で銃を持ち込んだのはこのためだ。それでも普段使っているFNファイブセブン・タクティカルではなく、小型のP30を選択した。

学生寮の一階は酷いありさまだった。瓦礫と一緒に、かろうじて人の形を保っているだけと言っていい警察官達の死体が転がっている。突入したところを手榴弾でやられたのだ。

用心しながら奥へと進む。二階に通じる階段は破壊されていなかった。銃を両手で構え、階段を上る。一段上がるごとに、立ち籠める妖気がその濃さを増していくようだった。アグリメント・モード使用直後の衰弱した体力では、足を踏み出すにも苦労するほどの濃密な圧力を伴う妖気だ。今にも全身が押し潰されそうな気さえする。動悸と悪寒をこらえるのが精一杯だった。

二階に到達。薄闇の向こうで魔女の含み笑いが聞こえる。

どこに隠れていやがる――

廊下の左右に並んだ部屋を一室ずつ足で蹴って開け、調べて回る。

三番目の部屋を調べて廊下をさらに進んだとき、暗がりの奥から三つの黒い塊が転がってきた。咄嗟に目の前の部屋に頭から飛び込み、ベッドの陰に身を伏せる。

何も起こらない。黒い塊の一つが、ドアの端に当たって止まった。手榴弾ではない。キウイフルーツだった。廊下に戻って闇の奥を透かし見る。天井近くに細引きの結わえられた笊《ざる》が仕掛けられていた。細引きの先は天井を這うパイプの陰に消えている。

嵌められた――

そう悟った瞬間、すぐ真後ろに強烈な殺気を感じた。そして激痛。振り返らず自ら前のめりに倒れ、瞬時に体を捻って起き上がる。その一動作で背後の相手に足払いをかける。仰向けに倒れたファティマも即座に身を起こして短剣の第二撃を繰り出す。姿は反射的にP30を発砲したが当たらず、敵の刃は右手の指を掠めた。切断されるまでには至らなかったが、P30を把持できず取り落としてしまった。そのますかさず後方に跳びすさり、左大腿部に固定したサックからアーミーナイフを左手で抜いた。ファティマも手にした短剣を逆手に構え直す。

彼女の短剣はレプリカなどではない、正真正銘のキンジャールだ。鈍い光を放つ直身の両刃に象牙の握り。どちらにも精緻な紋様が彫り込まれている。骨董品のようでありながら、全体から放つ強烈な禍々《まがまが》しさは、長い年月、数えきれぬほどの人の血を吸ってきた証しに違いない。

姿は己の背からおびただしい量の血が流れ落ちるのを感じていた。ファティマの最初の一撃でやられたのだ。前のめりに倒れるのではなく、振り返ろうとしていたら、間違いなく心臓まで貫かれていただろう。

恐ろしい相手だ。そして恐ろしいほど美しい。

ファティマが一気に間合いを詰める。カフカス伝統の短剣が予測不能の軌跡を描く。彼女の使うキンジャールはまさに〈風〉。融通無碍《ゆうずうむげ》に変転し、容易に実体をつかませない。今まで見たこともない流儀だ。これほどのナイフ使いは、SEALsやSASの中にもいなかった。

ロングスカートをひらめかせて迫るファティマの動きには、まるで舞踏のような華麗さと艶やかさがあった。相手を誘惑する情熱と歓喜に満ちた踊り。だが手にしたキンジャールの動きは決して見せない。挑発的なそのステップが、姿を一歩、また一歩と死の淵に追いつめる。

魔女のリズムに呑まれたら最後だ。もう決して逃れられない。それだけははっきりしている。姿は全力で死の誘惑に抗おうとナイフを振るう。薄闇の中に青白い火花が何度も散った。

両手を自在に使える相手に対し、姿の右手は中指から小指にかけて骨にまで達するほどの深い創傷を受けている。それだけでも致命的なハンディだ。限界まで体力を使い果たしている上、出血が止まらない。指先から生命が刻々と流出していくようだ。

ファティマは容赦なく姿の死角へ死角へと回り込み、巧妙にキンジャールを繰り出してくる。姿の着る特殊防護ジャケットが次第に鋭利な傷痕でずたずたになっていく。まるで目に見えぬ真空のカマイタチに切り裂かれたように。普通のジャケットならばすでに失血死するほどの深傷《ふかで》となっているはずだ。

生粋の山岳戦闘部族。その猛々しい血が姿俊之を圧倒する。

チクショウ、惚《ほ》れ惚《ぼ》れする——

「Смерть всем чиновникам!」

ファティマが叫んだ——『すべての官憲に死を！』

まったく、声まで色っぽいときたもんだ――

この女の怨念を理解しようなどと考えてはいけない。必要もない。考えていたら死ぬ。

姿は右手を相手の顔に向けて大きく振った。指先に溜まっていた血が飛んでファティマの目を打った。

あっと怯んだ女に、姿は全身でぶつかっていくように飛びかかり、ともに床に倒れ込んだ。〈風の妻〉の長い髪が大きく波打つように床に広がる。

吐息が触れ合うほどの距離で一瞬、目と目が合った。

強靭で、蠱惑《こわく》的で、底知れぬ官能に満ちた、魔女の目だった。

しばらくそのままでいた姿は、やがて安堵とも喪失感ともつかぬ深い息を吐いて女の上からゆっくりと体を起こし、立ち上がった。そして相手の胸に深々と突き立ったアーミーナイフを引き抜くと、振り返らずに部屋を出た。

よろめきながらバンシーから降りたライザは、自機を振り返って思わず自虐の笑みを漏らした。

純白の機体が赤く染まっている。まるで赤いドレスをまとったように。

――赤を着た姉さん、きっと素敵よ。

自虐の笑みが瞬時に臨戦時の緊張に変わる。全身の細胞が周囲の異変を察知した。バンシーから滴る血の発するものではない、もっと凶暴な殺戮の臭い。右大腿部のホルスターからM629Vコンプを抜き、そろそろと階段の方へと向かう。バンシーの脚筒パッドで圧迫されていたため太腿が少し痛んだ。二、三日は取れない大きな痣が残っているだろうがどうでもいい。本来ならもっと小型の銃にすべきだったかもしれないが、オートマチックは避けたかったし、考えた末、使い慣れたS&Wのカスタムガンを持っていくことにしたのだ。銀に輝くノンフルート・シリンダーの愛銃が、やはり自分の手にはしっくりと馴染んだ。

爪先に何かが触れた。切断された腕だった。制服の紋章からすると、新潟県警の機動隊員のものらしい。その先に転がる腕の持ち主の死体。彼の首はさらにその先にあった。階段には大勢の機動隊員の死体が転がっていた。いずれも銃器によるものでないことは一目瞭然だった。

〈剣の妻〉だ――

限定空間での白兵戦には銃より剣の方が有利だ。実戦経験の乏しい機動隊員は、山岳地帯でのゲリラ戦に長けたジナイーダの剛剣にとって恰好の獲物であっただろう。

上階で入れ乱れる足音。そして悲鳴。そのすべてが一瞬で消えた。恐るべき殺気の主が上にいる。

一段ごとに散乱する首や手足をまたぎ越えて、ライザは一歩一歩、ふらつく足を踏みしめるようにして階段を上っていった。踊り場に転がるシグ・ザウアーＰ２３０ＪＰを握ったままの手首を横目に見て、さらに慎重に足を進める。

内臓が攪拌されたような嘔吐感と疲労感。ただでさえ消耗する発進待機を十時間以上も続けた上、アグリメント・モードを使ったことによるダメージは圧倒的な不利となる。こんなコンディションで勝てるような相手ではないことは百も承知だ。だが、それでもこのまま引き下がるつもりは絶対にない。

Ｍ６２９を構え、三階を進む。教室の一つに、二階からバンシーに撃ち抜かれたルーダックが静止していた。両脚部の真ん中に穿たれた弾痕から、まだ流出の止まっていない搭乗者の血がしずくとなって、ぽたり、ぽたりと垂れている。

薄闇に包まれた廊下の奥で閃光が走った。ライザはガラスを突き破って真横の教室に飛び込んだ。サブマシンガンの銃撃だ。

〈剣の妻〉が剣を使うとは限らない。相手は百戦錬磨のゲリラ戦士だ。状況に応じて当然あらゆる武器を使う。

ライザはガラスの破片の散らばる床を匍匐《ほふく》前進し、ドアの隙間からＭ６２９を突き出して応射した。一本の廊下を挟んで左右に配置された各教室は、隣合った部屋の間で相互に往き来できるように非常ドアがついていた。そのことに気づいたライザは、中腰で非常ドアに走り、隣の教室へと移動する。M629の弾薬を詰め替えながらさらに次の教室へ。ジナイーダも同様に奥の教室からこちらに向かって並行移動しているようだ。

互いに横に走りながら廊下を挟んでガラス越しに撃ち合う。だがこの状況下ではサブマシンガンの方が有利だ。ライザは真ん中の教室で立ち止まり、窓際の壁に背を付けたまま腕だけを伸ばして敵のマズルフラッシュを狙うが、ジナイーダは小刻みに移動しながら身を隠してウージー・プロの9㎜パラベラム弾をばらまいている。

予備の弾薬もたちまち尽きた。ライザは行動の邪魔になる大型拳銃を捨て、左の太腿に固定していたサックからごく細身のナイフを引き抜いた。川崎でバンシーが使用したナイフの原型となったタイプだ。

ナイフを逆手に構えて呼吸を整え、廊下へ飛び出す。その動きを追って敵が発砲してくるが、途中で止まった。ジナイーダも弾を撃ち尽くしたのだ。向かいの教室の窓下に身を投げ出したライザは、立ち上がってドアに向かう。が、ジナイーダの長剣が突如窓ガラスを紙のように裂いてライザを襲った。間一髪でそれをかわしたライザは、逆にガラスを突き破って教室内に飛び込み、ジナイーダに組み付いた。

懐にさえ入ってしまえば長剣よりもナイフが有利だ。だがジナイーダはナイフを持つライザの手首を左手でつかんだ。ライザもまた長剣を握るジナイーダの右手を左手で押さえた。

苦痛のあまり思わず呻き声を漏らす。右手首がまるで万力で締め上げられているようだった。激しい押し合いとなったが、今の自分の力では到底敵わない。

そこは実習室の一つなのか、作業棟と同じく工作機械がいくつか設置されていた。作りかけの鋼管が何本も壁に立てかけてある。ライザの背中が壁に押しつけられ、倒れた鋼管が甲高い音を立てて床に散らばる。

渾身の力で押し返し、壁から離れる。だがジナイーダはライザの手首を捻ってナイフの先端の向きを変え、じりじりとこちらに向けて押しつけてくる。このままでは自分のナイフで串刺しにされてしまう。またジナイーダの振りかぶった長剣は、これも徐々にライザの肩に向かって振り下ろされようとしている。

ライザはジナイーダの右手首を押さえていた左手を放すと同時に、相手の顔面をしたたかに殴りつけた。二発、三発。距離が近すぎて長剣ではライザを捉えられない。四発目。ジナイーダもさすがに怯んだ。その手を振りほどき、ナイフを相手の左胸に突き立てる。

しかし致命傷とはならなかった。ジナイーダは悲鳴を上げながらもライザを突き放し、長剣を構え直した。

ライザはすかさず床に転がっていた細い鋼管を拾い両手で構える。手頃な長さであったが、ジナイーダの剛剣の前ではいかにもみすぼらしい。実際に斬り結べばたやすく叩き斬られるに違いない。それでも何もないよりましとは言えたが、剣を得意とするジナイーダに対し、自分にはなんの心得もない。その差は大人と子供以上の開きがあるだろう。

事実、ジナイーダは一分の隙もない体勢でじりじりと迫ってくる。左胸にナイフを突き立てたままであるにもかかわらず、凄まじい圧迫感だった。正面から斬りかかっては到底勝てない。それだけははっきりしていた。

ジナイーダは余裕の笑みを浮かべている。こちらに剣の心得のないことを一目で見抜いたようだった。

姿勢を低くして、ライザは猛然と向かって左――ジナイーダの右横へと突っ込んだ。相手の長剣の間合いに入る寸前でヘッドスライディングのように身を投げ出し、バックハンドで鋼管を振り切った。

北アイルランドで盛んなカモギーのラフプレイ。その古典的テクニックの一つだ。十代前半の頃、気に食わない選手を散々この手で痛めつけた。毎日が生きるか死ぬかの地獄であったシリアのテロリスト養成キャンプで、教官に対して使ったこともある。

右足をしたたかに打たれてジナイーダが苦悶の呻きを上げる。その隙にライザは鋼管を放り出して部屋から飛び出した。一目散に階段を目指す。

すぐに追ってきたジナイーダが、背中に背負っていた剣の鞘を投げつける。絶妙な狙いだった。両足の間に鞘を挟まれたライザは階段から転げ落ち、踊り場に全身を叩きつけられた。

息ができない。俯せに倒れ伏したまま、ライザはじっと動かなかった。ジナイーダが右足を引きずりつつもゆっくりと階段を下りてくるのが分かる。獲物を仕留めた王者の足取りで。

その足が止まった。ジナイーダがとどめの長剣を振り上げる。

次の瞬間、仰向けになったライザが、両手で持った銃でジナイーダの胸を撃ち抜いた。切断された手首をぶら下げたシグ・ザウアーP230JP。日本警察の銃だ。引き金にかけられた死人の指の上に、ライザの指が添えられている。最初からこれを狙っていたのだ。

驚愕の表情を浮かべた〈剣の妻〉は、次いで満足げにも誇らしげにも見える笑みを浮かべ、その場に崩れ落ちた。

11

指揮車輛の沖津のもとに県警からの報告が続々と集まってきた。

《南西部の外壁基部に小さな坑《あな》を発見。大きさは人一人が通り抜けられる程度。内部からコンクリートを削って掘ったものと思われる》

《包囲網を再点検したところ、用水路近くの茂みに巡査二名の死体が隠されているのを発見。昨夜からの雨に加え半身水に浸かっていたため正確な死亡時刻は不明であるが、少なくとも五時間以上は経過している模様》

そして、由起谷主任からの報告――カティアが病院に搬送される前に言い残した言葉。

《警察が自分の裏切りを『黒い未亡人』に密告した》

沖津はその言葉の意味を頭の中で反芻する。

〈敵〉だ――

間違いない。〈敵〉はなんとしても宗方議員のスキャンダルを隠蔽したかった。そのためにはカティアの作戦が成功するのは好ましくない。川崎での突入命令のように、生き証人は全員死亡してくれた方が望ましい。何よりカティアの抹殺だ。麻布署からの拉致という緊急手段は失敗に終わった。早急に、且つ確実にカティアを殺害する必要が彼らにはある。テロリストへの密告という卑劣な決断を下した〈敵〉は、その時点で皮肉にも宗方議員を新潟に誘い出すシーラの計画までは想像もしていなかった。

一方、密告を受けたシーラは、かねて用意してあった脱出口を使い、その夜のうちに三人の部下を連れて支援スクールを抜け出した。外壁基部に穿たれた小さな坑は、雑草に覆われて外部からはまったく観測できなかった。夜の雨にまぎれ、下生えの中を三十メートル離れた用水路まで匍匐前進する。カフカス山中でのゲリラ戦を戦い抜いてきた猛者達だ。夜通し監視していたはずの県警の目を欺くことなど造作もなかったに違いない。用水路に潜って警備の手薄な地点まで移動したシーラ達は、警戒中の巡査二名を他の誰にも気づかれることなく殺害し、トラックの隠し場所に向かったのだ。新潟県警始まって以来と言っていい総動員態勢に他県からの応援も加えた混乱の中で、巡査二名の所在が不明になったとしても、ただちに把握できる者、さらにはそのことを気にする者さえ県警側にはいなかっただろう。

バーゲストを載せたトラックを先導するパトカーの夏川主任から入電。バーゲストとの直接のやり取りはすでに不能となっているが、車載通信系の通信機無線は使用できる。

〈現在阿賀野《あがの》川大橋通過、マル対は未だ発見できず〉

シーラが新潟市に向かってそのルートを走行していることは間違いない。豊栄インターのＮシステムでも確認されたばかりだ。

県警のパトカーを先回りさせて道路を封鎖するべきか。いや、それはまずい。トラックに載積されているはずのヌアラが暴れ出したら、パトカー数台程度で手に負えるものではない。県警の機動隊はすべて工業技術支援スクールかメタンハイドレート液化プラントに動員されている。やはりバーゲストが追いつくのを待つしかない。

それでも、現在のルートから新潟空港や新潟駅に分岐する主要道路には密かにパトカーを配置する。相手に気づかれ、刺激することになってはまずい。あくまで目立たない位置に、密かにだ。阻止アングル（車止め）他の装備も必要だろう。

沖津は我知らずシガリロの吸い口を噛み締めていた。

標的はなんだ――新潟市の一体何を狙っている――

市民を巻き込んだ無差別テロか。あり得ない。これまでのパターンから考えても、シーラは必ず特別な何かを狙っているはずだ。

せめて宗方議員の車が発見されれば。議員はシーラの狙う標的のすぐそばにいるはずだ。

先導するパトカーの車内で、夏川はここ数日の徹夜による疲れが吹っ飛ぶほどの緊張を覚えていた。

マル対のトラックは未だに見えてこない。本当に追いつけるのだろうか。もし間に合わなかったら。シーラがターゲットに到達してしまったら。それでなくても、新潟市内、ことに新潟駅周辺の繁華街に入れば、被害は桁外れに大きくなる。

Nシステムによる追跡の結果は刻々と入ってきている。シーラのトラックは紫竹山《しちくやま》インターで方向を変え、栗ノ木バイパスに入った。案の定、新潟市の中心部を目指して北上している。

並行して支援スクールでの突入の様子についても連絡があった。詳細までは分からないが、未成年メンバー二名を確保し、ファティマ・クルバノワ、ジナイーダ・ゼルナフスカヤのリーダー二名を含むメンバーを制圧したという。しかし県警側にも多数の被害者が出たらしい。聞いた限りでは、とても手放しで喜べる結果ではない。県警も警視庁も警察庁も、轟々たる非難に晒されるだろう。とりわけ特捜がその矢面に立たされることは想像に難くない。身内であるはずの新潟県警からも憤懣のはけ口とされることも。

だが今はそんなことを考えている場合ではない。なんとしてでもこれ以上の惨劇を阻止しなければ。

現在時刻は午前九時五十四分。マル対は五分前に笹越橋交差点を左折せず直進している。新潟駅に向かっているのではないらしい。

さらに上越新幹線と信越本線の高架下も通過した。

どこだ、どこに向かっている──

夏川は運転席の制服警官に向かって叫んだ。

「急げ、マル対は近いぞ。もう見えるはずだ」

「あれじゃないですか、夏川さん」

「なにっ、どれだ」

「あれです、ほら、あれ」

助手席の警官の指差す先に、走行するトラックが見えた。フロントガラスを叩く雨と、せわしく動くワイパーの合間からナンバーを確認する。

「あれだ、間違いない」

パトカーのサイレンはマル対にも聞こえている。それまで法定速度で走っていたトラックが、急激にスピードを上げた。

「逃がすなっ」

バーゲストのシェル内で、ユーリは衛星からの情報によって自機の現在位置をリアルタイムで観測している。トラックは今、万国橋を左折した。

この先の大きな施設と言えば朱鷺《とき》メッセだ。信濃《しなの》川の河口に近い万代島《ばんだいじま》埠頭の中央に建設された複合コンベンション施設。何か重要なイベントでも開催されているのだろうか。連休中だから大きなイベントや国際会議があってもおかしくはない。それで『黒い未亡人』はこの時期を狙ってきたのか。

違う――

謎の核心を曖昧に覆っていた雲が突然晴れた。シーラの狙いは朱鷺メッセに間違いない。だが展示ホールやメインホール、国際会議室のある新潟コンベンションセンターではない。手前の万代島ビルの方だ。

万代島ビルには確か在新潟ロシア連邦総領事館が入っている。訪れたことなど一度もないが、日本在住のロシア人であるユーリは知識として知っていた。

民族浄化レベルでロシア軍に同胞を虐殺されたチェチェン人が新潟でテロを仕掛けるのに、これ以上の標的はない。

ユーリはためらうことなくバーゲストの腕を伸ばし、トラックの荷台ウィング開閉ボタンを押した。

「ロシア総領事館だ」

同時刻、沖津は声に出して叫んでいた。

もっと早く気づくべきだった。万代島ビルには十二階のロシア総領事館だけでなく、八階と十九階に韓国総領事館も入っている。総領事館を含む在外公館はすべてその国の領土として扱われる。ロシア総領事館へのテロを許せば、日本の国際的信用が完全に失墜するのみならず、対露関係はかつてないほど悪化し、ロシアから賠償請求を含む猛烈な非難を受けることになる。もちろん韓国からも。メタンハイドレート液化プラントとロシア総領事館への同時攻撃。それが計画の全体像だったのだ。

沖津は車載電話を取り上げ、県警本部を呼び出した。ロシア総領事館の隣のテナントには新潟東警察署万代島警備詰所が入っており、総領事館警備のため常時数名の警察官が待機している。県警本部から直接詰所に連絡してもらい、一秒でも早く総領事及び総領事館職員を避難させるのだ。また施設全体に避難命令を出さなければ。今は連休の真っ最中だ。コンベンションセンターでは大きなイベントが複数開催されているに違いない。大パニックが予想された。

〈曽我部、おまえ、どこでそのネタ仕入れてきたんだ〉

通話の相手は警戒感を露わにして探るように聞き返してきた。

「えっ、図星だったの。勘で言っただけなんだけど」

支援スクールの惨状を眺めながら、曽我部は携帯端末に向かって素っ頓狂な声を上げる。相手はまるで信用していないようだったが、勘だというのは嘘ではない。シーラのトラックが万代島の方に向かったと聞いて、曽我部も初めて気がついたのだ。

〈確かに今、新潟にロシアの要人が一人来ている。ただし完全なプライベートだ。ウチは業務上、把握はしてるが監視はしてない〉

勘を頼りに電話してみた相手——外事一課の武市《たけち》譲《ゆずる》課長は、声を潜めるようにして言った。一課は主にロシア、東欧のスパイ事案を担当している。

〈内務省の大物でな、ズラータ・ポルエクトワって婆さんだ。チェチェンじゃだいぶあくどいことをやってたらしい。その功績で今の地位までのし上がった。この婆さんの娘が地元ロシア人商工会会頭の奥さんなんだ。それで今年の対独戦勝記念日のパーティーにゲストとして呼ばれてる〉

「ちょっと待ってよ、ロシアの戦勝記念日は五月九日のはずじゃないの」

〈だからその日は総領事館が休みになるんだよ〉

「えっ」

〈パーティー自体は九日に総領事公邸で行なわれるらしいが、その前日の今日、大物先生は非公式に総領事館を表敬訪問するスケジュールになってるはずだ。総領事館が開くのは十一時だが、その一時間前の十時に総領事閣下とお茶を飲むってよ〉

五月八日というテロ決行日には、連休中という以上の重大な意味と必然性があったのだ。

〈おい、そっちは今新潟なんだろう。テロのターゲットはメタンハイドレートだって聞いてたからウチじゃあノーマークだったが、ひょっとして総領事館も狙われてるってのか〉

「たぶん」

〈このバカ馬、それを早く言いやがれ〉

「だから勘で言ってみただけで……」

もごもごと答えている間に大きな音を立てて電話が切られた。

さすがに渋い顔で携帯をしまい、曽我部は腕時計に目を遣った。九時五十八分。雨はすでに止んでいるが、空は光の乏しい暗鬱な色のままだった。

ズラータ・ポルエクトワか。細かいスケジュールを含む情報の漏洩源は大方新潟の商工会側だろう。総領事館を吹っ飛ばすだけでもロシアと日本の面目は丸潰れ。チェチェン人にとって恨み重なるロシア要人まで暗殺し、その上、昔の男に意趣返しと来た。一石二鳥、三鳥、四鳥、いや、もっとか。シーラ・ヴァヴィロワ。とんでもないことを考える女もいたもんだ。まあ、どっちにしろ、今となっては特捜に任すしかないしなあ――

そんなことを独りごちつつ、曽我部は特捜部の指揮車輛に向かって小走りに駆け出した。

走行する県警トラックの荷台ウィングが開くにつれ、徐々に見通しのいい外景が視認できた。

バーゲストのディスプレイに各種情報がオーバーレイ表示される。細長い敷地の東端に配置されている、銀色の巨大な切り株のような円柱形の建造物が国際展示場と国際会議場を含む新潟コンベンションセンター。手前の薄い直方体の高層ビルがホテル、美術館、商業オフィス、総領事館の入る地上三十一階建ての万代島ビルだ。

マル対のトラックを現認。万代島ビルのエントランス前で急停止した。武装した女達三名が運転席から降りてきてビル内に侵入。そしてトラックのリアドアが開き、第二種機甲兵装『ヌアラ』がその威容を現わした。

ユーリは走行中のトラックからバーゲストで飛び降りる。先導のパトカーより早く道路を最短距離で突っ切りながら、音声コードを叫んだ。

「『DRAG-ON』」

躊躇している暇などなかった。この距離から追いついてヌアラの行動を完全に阻止するにはアグリメント・モードを使うしかない。

ユーリの脊髄で龍髭が急速に発熱する。全身の細胞を一つ残らず針でえぐられているような痛み。消えたはずの黒犬の亡霊が掌で悲鳴を上げる。この痛みを自分は一生背負っていく。警察官として。任務のために子供の命を奪った者として。

ビル内でサブマシンガンの銃声。続けて爆発音がした。だが爆発の規模はそう大きいものではない。そもそも例の155㎜弾頭改造の爆弾程度ではビル全体を破壊することなど不可能だ。またヌアラの大きさではエレベーターに乗ることもできない。シーラは一体何を考えているのか。

黒い魔犬の機影が速度を増し、文字通りの影となって濡れた車道を疾駆する。

三機の龍機兵の中でも最大の脚力を誇るバーゲストは、テロリストより二〇秒ほど遅れてビルのエントランスに到達した。ホールに入ると、左手にあるエスカレーター下部――半地下になった防災センターに至る短い階段の陰から、ウージー・プロの銃火を浴びせられた。奥にある避難階段のドアの陰からも。9㎜パラベラム弾がバーゲストの装甲で火花を上げるがそんなものはどうでもいい。

三人の歩兵のうち、二人はその二か所を押さえたのだ。残る一人はどこにいる。そしてヌアラは。

入口の近く、右の壁面に爆発の痕跡。すぐさま壁の裏にある通路を覗いたユーリは、もう一つの避難階段に通じるドアが爆破されているのを発見した。集音装置が階段を駆け上がっていくヌアラの足音を明瞭に捉える。避難階段自体は機甲兵装でも充分に上れる広さがあるが、入口のドアだけは通常のサイズなので通れない。逆に言うと、ドアさえ爆破して拡張すれば、機甲兵装でどの階へも簡単に行けるのだ。

ユーリは即座に後を追って階段を駆け上がる。アグリメント・モードのバーゲストは鋼鉄の猟犬となってたちまちヌアラのすぐ後ろまで迫った。ヌアラの背に固定された爆弾を一基確認。テナントの一つにすぎない総領事館を吹っ飛ばすには充分だ。

極めて単純であるがゆえに、それだけ実効性の高い確実な作戦だった。なにしろ機甲兵装で階段を上っていくだけでいい。警備の盲点を嫌というほど衝いている。ビル内の人々が異変を感じて防災センターに問い合わせても電話は不通だ。防災センターはすでにテロリストが抑えている。状況が分からず困惑しているうちに機甲兵装が来襲する。

階段を駆け上がっている最中、突然上層階で爆発があった。ビル全体が大きく揺れる。ロシア総領事館のある十二階よりもだいぶ上だ。センサーからの情報が直感的に分析され、二十一階という正確な階数を瞬時に把握する。そこで一体何があったのか。

不意にヌアラが振り返った。追手に気づいたのだ。その手には銃身とストックを極端なまでに切り詰めた機甲兵装仕様のゲパードM２が外装式アダプターで固定されていた。

至近距離からの発砲を階下に飛び降りてかわす。機甲兵装が通れるとは言え、狭い避難階段内である。アグリメント・モードでなければまともに食らっていたところだった。避難階段を転げ落ちるように降下するバーゲストに向かって、ヌアラはゲパードを連射する。アンチマテリアル・ライフルの大口径弾は階段を易々と貫通する。逃げようのない狭い空間だ。しかしバーゲストは壁を螺旋状に蹴って縦横無尽に走り回り、容赦ない銃撃をかわす。それでも数階分の後退を余儀なくされた。俊敏な動作で身を捻って着地し、体勢を立て直したバーゲストは猛然と追跡を再開する。

その間にヌアラは十二階に到達していた。避難階段の出口を爆破し、内部の廊下に侵入する。数秒の差でバーゲストもヌアラの後に続く。

廊下には爆破の衝撃を食らったらしい警察官が二人昏倒していた。沖津部長から県警本部を通して警備詰所に連絡が行っているはずだが、間に合わなかったらしい。ヌアラのビル侵入からここまで二分もかかっていない。避難を決断する時間さえなかったろう。ロシア総領事をはじめとする総領事館関係者もまだ館内にいる可能性が高い。

細長い廊下の左側には四つのテナントが並んでおり、一番奥にロシア総領事館、その左隣に新潟県警万代島警備詰所が入っている。手前の二つは一般企業のオフィスだ。

ヌアラの真後ろに迫ったバーゲストは、相手の背面に手を伸ばし、爆弾を外部端子ごと力ずくで引きちぎった。そしてヌアラを押しのけて廊下を数歩進み、自販機とテーブルの置かれたリフレッシュコーナーの外に広がる虚空に向かって爆弾を全力で放り投げた。

川に落ちれば万一爆発しても被害は最小限で済む——

窓のガラスを突き破った爆弾がまっすぐに宙を往くかと思えたとき、凄まじい閃光が広がった。衝撃でまたもビルが揺れ、すべての窓ガラスが砕け散る。

バーゲストの装甲にも多大なダメージ。ユーリはそれを自らの皮膚感覚として察知する。全身に無数の破片が深く食い込む。システムへの影響は意識の一時的混濁となって現われた。

ヌアラの爆弾には火器管制システムによる起爆装置だけでなく、リモコン式のものがあったのだ。爆弾を奪われたシーラは、すぐさまリモコンによる遠隔操作に切り替えたのだろうが、こちらの方がわずかに早かった。

背後を振り返ったバーゲストに、ヌアラがゲパードの銃口を向ける。咄嗟に銃身をつかみ、捻り上げる。これでもう発砲はできない。だが依然意識の混濁が続いていた。

ライフルをつかまれたヌアラはそのまま猛烈な勢いで体当たりを仕掛けてきた。廊下の高さは三メートルもない。バーゲストとヌアラは頭部で天井部を激しく削りながら県警東署警備詰所のドアを壁面ごとぶち破って所内にもつれ込んだ。中にいた警察官が煽りを食らって弾き飛ばされる。それでもヌアラは突進を止めない。受付カウンターや内側のデスクを破壊しながら猛烈に押しまくってくる。

詰所内を二つに仕切るパーティションを押し破って奥の部屋へ。朦朧としたバーゲストはたちまち西側の窓際まで追いつめられた。

万代島ビルの壁面は総ガラス張りになっている。ヌアラの猛攻に、バーゲストの黒い機体はガラスを突き破って外に押し出されていた。かろうじて床の端をつかむ。バーゲストはビル外壁にぶら下がる恰好になっている。眼下には万代島美術館の屋根。落下すればもちろん大破は免れない。

新潟上空でカフカスの魔女の哄笑が確かに聞こえた。

万代島ビルは目前だ。パトカーの車内から夏川は携帯で沖津に報告する。

「テロリスト三名とキモノ一機がビル内に侵入。内部から銃声と爆発音。オズノフ警部はマル被のキモノを追って突入しました。それ以上は不明」

エントランス前に乗り捨てられたトラックの近くで二台のパトカーが急停止する。

「現着《げんちゃく》（現場到着）、これより状況を確認します」

〈近くに宗方議員がいるはずだ。発見次第保護に努めよ〉

「了解」

S&WM360Jを手にパトカーから飛び出した夏川は、二手に分かれるよう警察官達にすばやく指示した。四人が頷いてエントランスホールの反対側入口に回り込む。

夏川達はしかしウージーの掃射を食らってビル内には踏み込めなかった。入口の陰に身を隠して中を窺うと、左側のエスカレーター下部の防災センターに一人、女テロリストが配置されている。反対側の入口近くにあるもう一つの非常階段のドア前には、二人目の女が潜んでいた。

エントランスホールは吹き抜けになっていて、二階には左側以外の三方に通路が巡らされている。そこから狙撃できればいいが、今はとにかく人員が足りない。エスカレーターは二階に通じているが、誰かがそれを使って降りようとすれば、二人の女テロリストのどちらかに射殺されるだろう。

「おい、二階に行くルートは他にもあるのか」

傍らの警官に訊くと、即座に答えが返ってきた。

「あります。二階は屋内遊歩道やアトリウムで展示ホールとつながってます。他にエスカレーターが二か所。屋外デッキもあります」

「本当か」

「はい、本職は新潟県人で東署勤務ですから。新発田には応援で出張ってました」

「よし、何人か連れて行け。一般人を避難させて二階を封鎖しろ。誰も近づけるな。応援が来るまで下の女には絶対に手を出すんじゃないぞ」

「はいっ」

三名の警官が走り去った。

夏川は再び中を覗く。

三人目の女はどこに行った――それに宗方亮太郎は――

そのとき、上方でまた爆発音がした。天をも揺るがす轟音にビルが大きく振動する。

思わず耳を押さえて夏川は頭上を振り仰ぐ。音は一際大きく聞こえた。ビル内部ではなく、外側で爆発したようだ。

ディスプレイに呼び出した万代島ビルの構造図を睨みながら、沖津は携帯で夏川から現場の状況を聞く。

防災センターにいるはずの警備員はおそらく皆殺しになっているだろう。入口脇のB避難階段のドアが爆破されているという。ヌアラはここから上階に上がっていった。オズノフ警部も同じルートで後を追ったに違いない。

ビル外側の空中での爆発を別にすると、夏川は内部での爆発音を都合三回聞いている。うち二回はヌアラが避難階段のドアを爆破して拡張した際のものだ。残る一回は、三人目の女が二十一階の機械室で自爆したものに違いない。秒刻みの作戦だ。爆弾を仕掛けて逃げる時間はない。到達、即自爆だ。そこを爆破されたら、非常用、ホテル専用のものを含めて万代島ビルのすべてのエレベーターが停止する。ビル内の人々にとって残された逃げ道はヌアラの上がっていったB避難階段を除くと反対側にあるA避難階段のみだが、それを使って下りようとすると二人目の女の餌食となる。

その布陣に表われている執念に、沖津は慄然とした。敵はいかなることがあっても総領事館関係者を皆殺しにするつもりなのだ。

シーラにとって、総領事館は失われた難民キャンプのアンチテーゼなのかもしれない。長い年月が過ぎてもついに癒やされることのなかった痛みの代償として、彼女は総領事館を完全に消滅させる気だ。

すぐにでも現場に応援を回したいが、アグリメント・モードを使用したフィアボルグとバンシーは稼動できる状態ではない。胎内市のメタンハイドレート液化プラントの警備に回っていた機動隊が新潟市に向かっているが、到着までまだ時間がかかる。また朱鷺メッセの一般客や職員の避難誘導に多くの人員を割かねばならない。

すべてはオズノフ警部にかかっている。彼の駆る漆黒の魔犬に。

合同庁舎十九階の会議室で、城木は何度か兄の携帯にかけてみた。しかし電源は切られていて、再びつながることはなかった。三十秒以内に設定された伝言機能を告げる音声にはつながったが、すでに警察幹部や政府関係者からの出頭を勧めるメッセージで埋め尽くされていることだろう。その中に改めて何かを言い残す気にはなれなかった。

事実上軟禁中の身であるので、新潟の現場での様子は一切伝えられなかった。先ほど顔を出した各務首席監察官に思い余って尋ねたところ、しばらく黙っていた各務は「年を取ると独り言が増えていかんなあ」と呟いてから、窓の外の厚い雲に目を遣って、「新潟では二人の未成年を確保したらしいな。副幹事長も無事でいてくれるといいのだが」と言い置き、城木の方を見ずに退室した。

城木は心の中で各務の厚意に礼を述べた。今の〈独り言〉で最も知りたかったことは分かった。少なくとも二人の少年兵の保護に成功した。すなわち他の少年兵は救出できなかった可能性が高い。そして兄の行方は今も不明のままということだ。

ノックの音がして、杉野監察官が入ってきた。手にコンビニの袋を提げている。

「朝食です。遅くなって申しわけない」

「ありがとうございます」

素直に礼を言う。

「何か欲しい物は。必要な物があったら言って下さい」

「結構です。お気遣いに感謝します」

杉野が出ていくのを見送って、城木は顎髭に手を遣った。一晩剃っていないので伸びている。こんな状態になるのは何年ぶりだろうか。警察に入る以前の学生時代から、城木は毎朝欠かさず髭を剃り、髪を整えるのを日課としてきた。

ざらざらになった顎を撫でながら考える。

［憎しみは人を赦す、されど愛は人を罰す］

［憎しみは人を罰するけれど、愛はきっと人を赦すもの］

この戦いは、ある意味、イスラム過激派と日本警察との戦いではない。

シーラ・ヴァヴィロワと宗方日菜子との戦いなのだ。

復讐に生きるシーラと、寛容をその身で以て示した日菜子。二人の拠って立つ思想の戦いだ。慈母の名に真に値するのは果たしてどちらか、少なくとも自分には明らかだ。

だが兄は二つの思想、二つの母性の間で何かを見失っている。そのことが歯がゆくてたまらなかった。

意識はようやくはっきりしてきたが、バーゲストはビル外壁に両手の指だけでぶら下がった最悪の状況だった。ユーリはバーゲスト最大の武器である脚力で壁を蹴り、反動で回転し屋内に戻ろうと試みる。しかし総ガラス張りの外壁に足掛かりはなかった。両足がいたずらに空を蹴るばかりである。

窓際に立ったヌアラは、床をつかんだバーゲストの指先を破砕しようとその脚部を振り上げる。

この状況では勝ち目はない——通常の機甲兵装であれば。

ヌアラがバーゲストの右手に足を振り下ろした。同時に右手を床から離す。虚空にあるバーゲストの機体が一段と下がった。

ユーリは離したバーゲストの右手を左胸に吊ったホルスターに持って行く。掌の内側から延びた内装式のアダプターがＯＳＶ－96のグリップを固定し、トリガーにかかる。発砲可能な状態まで約十二秒。外壁にぶら下がるバーゲストの胸部は、ヌアラからはちょうど死角になっているはずだ。

床をつかむバーゲストの左手を踏み潰そうと、ヌアラが再び足を振り下ろす。その寸前、ＯＳＶ－96でヌアラの足裏を撃ち抜く。続けて胴体部を狙ったが、ヌアラはのけ反るようにして屋内に下がり、大口径弾をかわした。

その隙に十二階に這い上がったバーゲストは、片膝立ちの状態から間髪を容れず右手のOSV－96を突きつけるが、今度はこちらの距離が近すぎた。ヌアラは大胆にもOSV－96をつかんで強引にもぎ取ろうとする。内装式アダプターが捩《ねじ》れ、歪む。トリガーが引かれ、床に弾痕を穿った。バーゲストはヌアラを蹴って引き離したが、OSV－96はもう使えない。

ヌアラはもうバーゲストには構わず、右隣の壁に向かって突進しようとする。壁を破壊して直接隣の総領事館に侵入する気だ。

間一髪背後から組み付いてヌアラを止める。それでもヌアラは凄まじい執念を見せ、壁に向かって片手を伸ばす。押さえつけるだけで精一杯だった。

がっしりと食い込んだ互いの装甲が限界まで軋みを上げる。ヌアラのマニピュレーターの指先が、ガリガリと音を立てて壁を削り、食い込んでいく。総領事館側に少しでも損傷を与えてはならない。ユーリは必死でヌアラを押しとどめる。

かつてロシアという国家に裏切られ、殺人の濡れ衣を着せられた挙句、指名手配となって散々に地獄巡りを強いられた自分が、今、ロシアの総領事館を守ろうと死力を尽くしている。運命の皮肉にユーリは笑った。その笑いは、アグリメント・モードによる高揚と精神的変調がもたらす錯覚であるのかもしれなかったが。

渾身の力でヌアラを反対側の壁に叩きつける。だが敵はそれでも怯まない。猛然とつかみかかってきた。今度は正面から四つに組み合う。恐ろしいまでの気迫だった。

アグリメント・モード下の直感で理解する——これは〈妄執〉だ。常軌を逸した執念がスペックを越えてヌアラを動かしている。自分はなんとしてもこの妄執を断ち切らねばならない。それが警察官としての自分の使命だ。

バーゲストはじりじりとヌアラを廊下へと押し出した。狭い廊下で揉み合う二体の巨人。壁や天井がたちまち砕け、破壊されていく。総領事館のドアの横に掲げられた金色の看板が変形して弾け飛んだ。

ヌアラを決して総領事館のドアの内側に入れないこと——それだけに集中する。

もし総領事や関係者が中に残っているのなら、迂闊に外へ出てこないよう祈るばかりだ。今廊下に顔を出せば、暴風雨に巻き込まれた藁の案山子よりも悲惨な最期を迎えることになるだろう。

これだけ狭い場所での戦いとなると、動きは自ずと限られる。大きな技はとても使えない。双方がひたすらぶつかり合う。

〈砂の妻〉か。あんたの話は聞いている。大勢の女や子供を救ったと。だが結局は、自分が救ったはずの女子供をことごとく死に追いやった。今は砂のように飛び散って、世界のあちこちに災厄をもたらす魔女だ。由起谷主任の言う、そう、鬼子母神だ。

狂ったようにもがき暴れるヌアラを、バーゲストはリフレッシュコーナーの前まで押し戻した。

バーゲストの腕を振りほどき、ヌアラは最後の攻撃を仕掛けてきた。その胴体部に、ユーリは渾身の蹴りを繰り出す。バーゲストの強力な脚部による蹴りをカウンターで食らったヌアラは数メートルもの距離を飛ばされ、東側に面したリフレッシュコーナー奥の窓から地上へと落下した。数秒後、鉄の塊がコンクリートに激突する音がはるか下方から聞こえてきた。

『黒い未亡人』の大義はすでに地に堕ちていた。〈砂の妻〉もまた地に堕ちて死んだ。運命というやつかもしれない。

――運命なんてただの影だ。臆病者だけがそれを見るんだ。

かつてそんなことを言った男がいた。今は何もかもが過ぎてしまった〈影〉でしかない。

県警東署から応援に駆けつけたパトカーが万代島ビルを包囲し終えたまさにそのとき、上空から落下してきた黒い大きな物体が彼らの眼前で濡れたコンクリートに叩きつけられ、事故車輌のように潰れて動かなくなった。小さくひしゃげた物体から、じわりと赤黒い血が滲み出し、瞬く間に雨に濡れたコンクリートの上に大きく広がっていく。

落下してきたのは機甲兵装だった。県警の警察官達は、突然のショックに度肝を抜かれている。

正面の入口近くで未だ踏み込めずにいた夏川は、背後で聞こえた轟音を振り返り、何が起こったかすぐに理解した。

オズノフ警部が勝ったのか——だが総領事と総領事館員は——

そこへ沖津から携帯に連絡が入った。

〈機動隊が間もなく到着する。銃対を二階エスプラナードに配置、一階のマル被を狙撃する〉

『エスプラナード』とは万代島ビルの屋内遊歩道に付けられた名称であるという。そこから一階に向かって銃器対策部隊が一斉に狙撃すれば、テロリストはもう制圧されたも同然だ。

喜色も露わに再びエントランスホールの中を覗いた夏川は仰天した。

それまで物陰に身を隠していた二人の女テロリストが、こちらに向かって何かを投擲しようとしている。

手榴弾だ——

「退避！」

周囲の警官隊に大声で叫んで駆け出した。全員が慌てて夏川に続く。

正面入口のガラスを突き破って転がってきた黒い小さな塊が爆発した。濛々と立ち籠める爆煙の向こうから敵はサブマシンガンで掃射してくる。

パトカーの陰に身を伏せた夏川はM360Jリボルバー拳銃で応戦するが、実戦慣れしたゲリラには抗すべくもなかった。

二人は総領事館に向かったヌアラと無線で連絡を取り合っていたのか、リーダーの敗北と死を悟ったらしい。自暴自棄とも取れる行動だったが、女二人による容赦ない銃撃に警官が次々に鮮血を噴いて倒れていく。

ウージーを間断なく掃射しながら、二人は手榴弾のピンを抜いて投擲する。包囲したパトカーが次々と吹っ飛ぶ。周囲はたちまち白煙と猛火に包まれた。

二人の女テロリストは警官隊の視界を遮る白煙の中をすばやく移動する。行手を遮る警察官をウージーで排除しつつ、パトカーの間をすり抜けて、道路を隔てたB－2駐車場に向かう。そこには何が起きているのか分からず、啞然として立ち尽くす一般人が何人もいた。小さい子供を連れた親子も何組か確認できる。

まずい——

一般人を人質に取られたら事態は収拾がつかなくなる。それだけはなんとしても阻止しなければ。

夏川は二人を追って車道を必死に走った。数人の警官が夏川の後に続く。

一人が走りながら手榴弾のピンを抜いて振り返った。夏川は反射的に訓練通りの姿勢で銃を構え、発砲した。訓練は嫌というほど積んでいるが、今まで人を撃ったことなどない。体の方が動いていた。無我夢中の行動だ。

胸を撃たれた女が手榴弾を足許に取り落とす。

当たった——

「リューバ！」

前を走っていた女が叫ぶ。

撃たれた女は苦しげに応じた。

「アゼット……」

爆発と轟音。リューバと呼ばれた女は目を背けたくなるような姿となって倒れた。

思いを振り切るように再び走り出したアゼットがついに駐車場に乱入した。だがその前方には、ケブラー製の防弾盾を前面に押し出した機動隊がすでに展開しつつあった。

不敵な薄笑いを浮かべたアゼットは、手早く弾倉を交換し、背後に迫る夏川や逃げ遅れた周囲の一般人に向けてウージーを掃射した。

夏川は咄嗟に道路に身を伏せる。一瞬の差でその目の前を弾着の線が横切った。

駐車していた車のガラスが猛烈な勢いで次々と砕け散り、車体に弾痕が穿たれる。人々が悲鳴を上げて逃げ惑う。十歳くらいの女の子が呆然と立ち尽くしているのが見えた。恐怖のあまり体がすくんで動けずにいるのだ。だがウージーの火線はもうそこまで迫っている。

駄目だ――

夏川は絶望に呻く。しかし弾着が少女に及ぶ寸前、車の陰にいた誰かが駆け出して、少女をかばうように突き飛ばした。

次の瞬間、機動隊の斉射により、アゼットは血を噴きながら駐車場を舞い踊り、コンクリートの上に倒れて動かなくなった。

立ち上がった夏川は、倒れている男と少女の方へと駆け寄った。

「大丈夫かっ」

少女はどこかぼんやりとした様子で啜り泣いている。無事だ。だが男のスーツの背にはいくつも孔が開き、赤黒い染みが広がっていた。こっちは駄目だろう。

勇敢な人だ――気の毒に――

しゃがみ込んで男の横顔を見た夏川は、あまりの衝撃に声を失った。

宗方亮太郎であった。

会議室のドアが開き、和辻官房長と各務首席監察官が入ってきた。城木は反射的に立ち上がる。

「兄上が亡くなられた。心からお悔やみを申し上げる」

沈痛な面持ちで官房長が口を開いた。

「報告では、現場に居合わせた宗方亮太郎議員は、逃げ遅れた民間人の少女をテロリストの凶弾からかばって非業の死を遂げられたそうだ」

官房長の説明を城木はどこか遠いものに感じながら聞いた。そして同時に、心のどこかで考えていた。

勝ったのはどちらなのだろう――義姉なのか、それともシーラなのか――

12

相模原市の自爆テロに始まるゴールデン・ウィーク中の一連の事件に関する報道は、万代島ビルの攻防と、続く宗方議員の死によって過熱の頂点に達した。

なんと言っても現職の副幹事長であり、与党の次代を担うと目されていた若手ホープがテロ現場で死亡したのである。それも衆人環視の中で身を挺して少女をかばい、テロリストの銃弾を浴びて。大衆とマスコミにとって、これ以上に劇的な死はなかった。

警察発表によると、宗方議員は有力支援者との個人的会合のため朱鷺メッセを訪れ、たまたまテロに遭遇したものであるという。中には副幹事長としてあまりにも無責任で軽率な行動であったと批判する向きもないではなかったが、そうした批判は、〈少女を救って死んだ〉という英雄的行為に対する賞賛でかき消された。各メディアは連日議員の死を悼む声であふれ返った。死せる若手議員の人気はとどまることなく、来たる総選挙での与党の圧勝は動かぬものとなった。

事件の流れを丹念に追った週刊誌の特集記事には、麻布署で起こった現役警察官による不祥事との関連を疑うものも散見された。しかしそうした疑問の数々もやはりヘタな二枚目俳優以上のルックスを持つ議員の自己犠牲という圧倒的なバリューの前に等閑視《とうかんし》され、すぐに忘れ去られた。それには警察官の不祥事は徹底的に隠蔽するという警察の体質も与《あずか》っており、またそうした警察の対応に慣れすぎたあまり感覚が鈍磨して、当然であるかのように流してしまったマスコミ側の問題もあった。加えて、宗方議員を少しでも毀損するような報道や言説には、熱狂的なファンだけでなく、良識派を自称する市民からも「非国民」「人非人」等ヒステリックな攻撃が例外なく浴びせられるという風潮も実際に存在した。

万代島ビル十二階のロシア総領事館で歓談中だった総領事夫妻と、ロシア内務省組織分析局副局長ズラータ・ポルエクトワ、それに勤務中であった職員達は全員無事であった。爆発音に驚いて職員が一階の防災センターに問い合わせたが電話は不通。避難するために外に出ようとしたが、その寸前に外の廊下で爆発音がして、機甲兵装が侵入する足音が聞こえた。総領事館に居合わせた人々は奥の部屋で震えながら救助を待つしかなかった。迂闊に外に出ていたらまず命はなかったであろう。シーラの計画が完璧であったがゆえに、彼らは命拾いをしたわけである。

それでも数度にわたるビル内外での爆発と、内廊下での機甲兵装の格闘戦により総領事館は緊急に補修作業が必要な被害を受けた。また高齢のポルエクトワ副局長は、ショックのあまり数日間に及ぶ入院を余儀なくされた。壁一枚隔てただけで機甲兵装の格闘戦に接し、その成り行きに固唾を呑むという恐怖を味わったのであるから、数日の入院で済んだのはむしろ僥倖とも言えた。

当然ロシア政府は日本政府に対して抗議を行なったが、日本警察が多数の殉職者を出しながらもチェチェン人テロリスト集団『黒い未亡人』を壊滅させたこと、特捜部員が命を懸けてロシア総領事を寸前で守り抜いたことなどから、当初想定されたほど厳しいものにはならなかった。ここでも副幹事長の犠牲が日本側にとって心情的に有利に働いたということもある。最終的には、日露両国の首脳が共同で「テロとの戦いへの決意を新たにする」声明を発表することで決着を見た。総領事館を最後まで守り抜いたのが日本警察に雇用されたロシア人警察官であり、彼がかつてロシア当局から指名手配を受けていた前歴の持ち主であることが、総領事及びポルエクトワ副局長をはじめとするロシア側当事者に正しく伝えられたかどうかは定かではない。

ロシアより猛烈に抗議してきたのは韓国であった。爆破された機械室は万代島ビルの二十一階にあり、十九階の韓国総領事館は十二階のロシア総領事館よりも大きな被害を受けたからである。韓国は日本の治安警備能力の不備を声高に非難し、莫大な賠償を要求してきた。こちらの話し合いは平行線を辿るばかりで、落としどころは現在に至るも見えていない。

新発田市の工業技術支援センターから県立新発田病院に緊急搬送されたカティア・イヴレワは、救急隊員による適切な処置のおかげもあり、一命を取り留めた。

絶対安静の時期を過ぎてから、由起谷は単身カティアの見舞いに訪れた。スイートピーとライラックをメインにした花束と一緒に、新しいキャップを買って持参した。前に被っていたものより多少明るいネイビーだったが、カティアは思った以上に喜んでくれたようだった。

まだ顔色のすぐれぬカティアと五分ばかり当たり障りのない話をしてから、由起谷は意を決して切り出した。

警察内部からの密告によりカティアを窮地に追い込んでしまった件については心から申しわけなく思っていること。

密告をしたと思われるのは日本警察内部に巣くう謎の勢力であって、自分達は彼らを〈敵〉と仮称していること。

自分は警察官として、命を懸けてこの卑劣な〈敵〉と戦うつもりでいること。

四人の未成年メンバーのうち、救出できたのはジャンナとクレメンティーナの二人だけであること。

他のメンバーは全員死亡したこと。

そして、シーラはロシア総領事館の爆破を試み、特捜部員との戦いに敗れて墜死したこと。

ベッドの上で、カティアは黙って天井を見つめたまま聞いていた。由起谷が話し終えても、しばらく何も言わず、身動きもしなかった。

医者からあらかじめ聞かされていた話では、手術前、一時的に意識を取り戻したカティアは、シーラの安否を何度も繰り返し尋ねてきたという。

由起谷が腰を上げようとしたとき、カティアの頬を伝い落ちた涙が、枕を濡らした。

「MaMa……MaMa……」

そう呟きながら、カティアは幼な子のように嗚咽した。

〈マーマ〉というロシア語が〈母〉を意味していることは由起谷にも分かった。

お母さん――そう言ってカティアは泣いている。十年前、チェチェンとイングーシの国境で死んでいた実の母を想ってか。それともそのとき出会った心の母を想ってか。

後者であるとは言い切れないと由起谷は思った。たぶん両方が入り混じっているのではないか。そんなふうに感じられた。

由起谷はまた、自分の母について想った。ずっと欠落感を抱えて生きてきた母。自分を残して勝手に死んでいった母。あの母と二人きりで暮らした長い長い日々。自分は不幸だったのか。もしかしたら——あまり認めたくはないが——これまで考えていたほど不幸ではなかったのではないか。唐突にそんな気がした。

子供にとって、母とは一体なんなのだろう。そして母にとって子供とは。

どうやら自分は、警察官になってから不幸な例ばかり見すぎたようだ——

いつまでも泣き止まないカティアに小声で「また来るよ」と言い残し、由起谷は病室を後にした。自分の声がカティアに聞こえていたかどうかは分からなかった。

宗方亮太郎の葬儀は盛大に執り行なわれた。故人の弟である城木は親族のみの密葬を主張したが、誰の賛同も得られなかった。それどころか、親族からは一喝され、警察幹部からは要らぬ顰蹙《ひんしゅく》と邪推を買った。

一般参列者のために記帳所も設置され、葬儀の模様はニュースでも大々的に取り上げられた。これほど大掛かりな式になると、万事が党や後援会やその他のよく分からない団体による仕切りとなり、城木のやるべきことはほとんどなくなった。それだけが城木にとっては唯一の救いであった。特捜部の面々は今も事件の処理に追われている。自分一人が公務を中断する気にはなれなかった。

しかし、兄の死が捜査に無関係なわけでは決してない。それどころか、事件に多くの謎が残される結果となったのはひとえに兄の責任なのだ。

事後、兄の周辺は公安が徹底的に捜索したらしいが、シーラから最初に届けられたという義姉の手紙のコピー、それに城木自身が実家で発見した難民キャンプでの写真は――公安の報告を信じるとすれば――ついにどこからも発見されなかった。兄が自ら処分したのだろう。

その兄の不名誉な醜聞は、おそらくは兄自身も予期していなかった死によって見事に隠蔽されてしまった。警察組織の変革を志して警察庁に入庁した城木にとっては、なんともアンビバレントな結末である。とは言え、弟として兄の過去を暴露したかったかというと決してそんなことはない。むしろ逆である。また兄の咄嗟の行為がなかったならば、無辜《むこ》の少女が死んでいた。それだけは間違いない。

さまざまな屈託を抱えたまま城木は葬儀に列席した。葬儀には幹事長の稲葉康煕をはじめ、小林半次郎、岡本倫理ら大物議員が顔を揃えていた。駐日ロシア大使の顔も見える。警察庁からは和辻官房長、海老野警備局長ら。沖津部長と宮近理事官も足を運んでくれていた。

そして――堀田警備企画課長と小野寺課長補佐。この二人は会場内で目立たぬように控えながら、それでも一際重く陰湿な存在感を放っていた。

宗方亮太郎の死の直後、現場検証を仕切ったのは警察庁警備局だった。その手足となって実際に動いたのは清水部長をはじめとする警視庁公安部で、彼らは特捜部や新潟県警を事実上現場から強引に排除した。新潟県警全体の不満を受けて、高山本部長は当初抗議の姿勢を示していたが、警察庁の丸根《まるね》総括審議官よりかかってきた電話に出た直後から沈黙し、現在に至っている。

夏川主任の話では、公安部外事課の曽我部課長が現場で沖津に「すんませんねえ」と小声で詫びていたという。それが心底からのものであったのか、それとも口先だけのものであったのか、そこまでは判別できなかったらしい。それでなくても肚の読めないのが公安であり、外事である。夏川が分からなかったのも当然だろうと思う。

そうした事共をぼんやりと考えながら、城木は壇上の遺影を眺めた。

兄は多くの人の知る爽やかな笑顔で――怯懦《きょうだ》と情熱が入り混じる目で――笑っていた。

式の合間に、外の廊下で宮近と立ち話をした。もっぱら特捜部の捜査状況についての話だった。

逮捕された二人の未成年メンバー、ジャンナとクレメンティーナの取調べは当初公安が独占的に行なっていたが、今は特捜が担当している。二人はシーラの十年前の男性関係どころか、宗方亮太郎の名前すら知らなかった。醜聞の隠蔽に関しては問題なしと判断されたのだろう。

特捜の取調べに対して、二人は完全黙秘に近い態度を貫いている。時折漏らす言葉は、すべてカティアに対する呪詛であり、憎悪に満ちたものばかりであった。

裏切り者。殺してやる。絶対に生かしてはおかない。世界中の同志があの女に復讐する

——

カティアの話によると、ジャンナは十四歳、クレメンティーナは十五歳であるという。そんな年頃の少女達が、取調べ担当官を前に、あどけない顔を憎悪に歪め、かつての友人の殺害を誓う。

想像するだに気の滅入る光景だ。

二人の身柄に関しては、ロシア当局から引き渡し請求が来ているとのことだった。ロシアに渡せば、二人の身がどうなるか知れたものではない。未成年であることを理由に然るべき国際機関や団体に委ねることはできないか、部長もあれこれ当たってみたようだが、やはり難しいらしい。なんと言っても二人は数多くの人を殺害しているテロリストなのだ。

また実際に『黒い未亡人』はロシア国内で何度も凶悪なテロ事件を引き起こしている。請求通りロシアに引き渡すよりないだろうというのが大方の見るところであった。

命懸けで二人の少女を救った特捜部の、そして多くの警察官達の献身的行為は無駄どころか、最初から無意味であったのか。

ただ一つ確実なのは、今後二人の身柄がどこに移されようと、「カティア・イヴレワが『黒い未亡人』を裏切って警察に仲間を売った」という話は必ずイスラム武装勢力のいずれかの細胞に伝わるだろうということである。世界中どこに逃げようと、カティアは元の仲間達から命を狙われ続ける。

自分達は、もしかしたら〈第二のライザ・ラードナー〉を生んでしまったのではないか――

ラードナー警部の凄惨な人生を知る城木と宮近には、それはあまりに恐ろしい考えであった。恐ろしすぎて迂闊に言葉にすることさえためらわれ、二人はしばし黙り込んだ。

それを潮に二人が立ち話を切り上げようとしたとき、声をかけてくる者がいた。

「このたびはご愁傷様です。心よりお悔やみ申し上げます」

型通りの、しかもまるで心の籠もらない挨拶。小野寺警視だった。

「ご苦労様です。わざわざのお運び、恐縮です」

城木も型通りの言葉で返す。

「こんなときになんだけど、城木君、僕には感謝してもらいたいな」

一転して小野寺は傲岸な口調で言った。

「ウチが新潟の現場を仕切ったおかげで、亮太郎さんのスキャンダルを無事に隠蔽できたんだ。あれが表沙汰になっててみろ、こんな豪勢な葬儀をやってもらえるどころか、亮太郎さん、今頃国賊扱いだぜ。いや、国際的なテロ支援者かな」

顔色がよほど変わっていたのだろう、宮近が案ずるように割って入った。

「城木」

「分かってるよ」

分かっている――小野寺の言う通りだ。

「この前はすまなかったな。それと、今度の件に関しては兄に代わって礼を言う」

素直に頭を下げた城木に、小野寺は拍子抜けしたようだった。そしてそのまま、どことなく釈然としないような顔で立ち去った。

城木の行動は、宮近にとっても意外であったらしい。

「城木、おまえ」

「いいんだ、あれで。今はまだな」

今はまだこれでいい——城木は胸の中で繰り返した。

これからなのだ、見えざる〈敵〉との戦いは。

葬儀の翌日、新木場の特捜部庁舎で、城木は沖津部長の執務室に呼ばれた。

入室した城木に、沖津は椅子を勧めてからおもむろに切り出した。

「君も知っている通り、万代島ビルの現場検証を仕切ったのは警備局だが、ウチとしては納得できるものではない。あの時点ではどうしようもなかったが、その後自分なりに動いてみた結果、ネタのいくつかは入手することができた」

大型の執務用デスクを前に話しながら、沖津は愛飲するモンテクリストのミニシガリロを取り出す。城木の目には、シガリロをつまみ出す沖津の指先にいつもの軽快さが欠けているように映った。

「彼らは十二階から落下したヌアラの残骸をチェーンソーで解体し、搭乗者であるシーラ・ヴァヴィロワの遺体を苦労して引っ張り出したわけだが、遺体の状態は当然ながら酷いありさまだったという。しかし、計画ではシーラは自爆して死ぬつもりだった。つまり彼女は自分の所持品が遺体とともに残ることを想定していなかった」

そこで沖津は、デスクの引き出しを開け、ファイルに入ったB５サイズの紙を数枚取り出した。

「遺体の着衣の内ポケットから、封筒に入った一通の手紙が発見された」

「まさか、その手紙というのは」

城木は思わず身を乗り出す。まさか、〈あれ〉なのか。

「そうだ、結婚前の宗方日菜子が、シーラに宛てて出したという手紙だ。シーラの話は嘘ではなかった。文字通り、肌身離さず持っていたんだ。シーラの誤算は、追尾してきたバーゲストに自爆を阻止されたことだ。本来なら、この手紙はシーラとともに吹っ飛んで跡形も残らないはずだった」

デスクの上の紙を、城木に向かって差し出しながら、

「オリジナルは警備局が押さえている。これはそのコピーだ。この場で読みたまえ。コピーだが遺族の君にも渡せないことになっている。理解してほしい」

城木は震える手でコピーを手に取り、食い入るように文面に目を走らせる。

兄の言った通り、ロシア語で書かれていた。城木が初めて見る義姉のキリル文字。最後の二枚はごく最近作成されたらしいその翻訳だった。

自分が城木亮太郎と結婚するつもりであること。

イングーシの難民キャンプでの出来事を亮太郎から聞いてすべて知り、本当に驚き、涙

を流して悲しんだこと。

自分も亮太郎の過ちはあまりに大きいものであると思うこと。

また亮太郎はそのために今日まで人知れず苦しみ抜いてきたこと。

そんな亮太郎を自分は心から愛していること。

亮太郎を立ち直らせ、残る人生、彼と力を合わせて罪の償いに捧げる覚悟であること。

だからシーラも過去を顧みず、未来に向けて生きてほしいと願うこと。

自分も亮太郎も、一日も早くカフカスに平和が訪れるのを祈っていること。

そうしたことが切々と、また誠実に綴られていた。文面から義姉の細やかな心遣い、広く大らかな優しさ、人間に対する深い愛情がひしひしと伝わってくる。

そして、最後の一節。

『憎しみは人を罰せずにはおかないものだと思います。しかし私は同時に、愛は人を赦すものであると信じます』。

城木の手は、胸は、言い知れぬ感情にわなないた。

この手紙を受け取ったシーラは、果たして義姉の願いの通り、亮太郎を赦し、彼と日菜子の結婚を祝福する気になれただろうか。

むしろ逆だ。

義姉の言葉に嘘偽りは一片もない。義姉は本気で平和を願っている。それこそが傲慢だ。そしてその傲慢は、シーラには決して許せるものではないはずだ。

義姉さん――城木は心の中で呻いた。

シーラを決定的に魔女に変えてしまったもの、それは義姉さん、誰よりも優しいあなただったのかもしれない――

並外れて鋭敏な上司は、震えながら立ち尽くす部下の複雑な心情を察したようだった。あえて何も言わず、片手を差し出した。

城木も無言でコピーを返す。沖津は灰皿の上で、これも愛用の紙マッチを擦り、すべての紙に火を点けた。それが完全に焼失するのを確認してから、沖津は再び口を開いた。

「警備局では宗方議員の携帯を回収して分析を行なった。その結果、伝言録音機能のメモリにシーラ・ヴァヴィロワからのものと思われるメッセージが二つ確認された」

沖津は机上の端末を操作し、音声ファイル再生の準備をする。

「この音声も当然コピーだ。一つめは五月八日午前九時三十七分、トラックで新発田から新潟に向かっている最中のものだ」

ロシア語の音声が流れ始めた。少しハスキーだが、明瞭に通る女の声。

〈Десять часов. Здание Bandaijima. Если вы хотите прощения, Вы должны увидеть, как я умираю〉

十時、万代島ビル。もし赦しを欲するなら、必ず私の最期を見届けて。

「この時点で、宗方議員も正確な攻撃目標を教えられてはいなかったのだ。議員の気が変わって警察に通報されるか、あるいは議員が見つかって確保されるのを警戒したのだろう。その後の調べで判明したことだが、議員の乗った車が新潟市内のコインパーキングにその時間まで駐車していた。議員は指定された時間近くになってから携帯の電源を入れ、車の中でシーラの連絡を待っていたものと思われる。そして最終目標が万代島ビルであると教えられ、すぐに現地に向かった。狙いがロシア総領事館であることくらいは察しがついただろうが、結局最後まで通報はしなかった。ロシアがチェチェンに対して行なった非道の数々が、今も議員の頭に焼きついたままだったのかもしれない。が、それはセンチメンタルにすぎる推測だ。根拠はない。議員はとりあえず万代島ビル前の駐車場に車を入れてシーラを待った。後は報道されている通りだ」

沖津はシガリロの煙を吐き出し、少し間を置いてから言った。

「次は午前十時二分。万代島ビルに到着する直前だ」

音声が再生される。愁いを含んだ、哀切な囁き。

〈Я люблю тебе〉

愛しているわ。

城木は声もなかった。

その囁きは本心からの告白であったのか。あるいは罠に落ちた獲物を逃がさぬ駄目押しの呪文であったのか。

分からない。混乱する。固い床の上に立っていたはずが、不快にぬめる泥濘に沈み込んでいくような目眩《めまい》を覚えた。

シーラは亮太郎を愛していたのか。それとも憎んでいたのか。

憎悪に潜む純愛と、寛容に潜む傲慢。慈母の名に、真にふさわしいのは果たしてどちらであったのか。

答えは言わずと知れている。シーラは実際に大勢の人を殺している。誰がどう見ても魔女であり、鬼子母神だ。慈母からはほど遠い。しかし城木は、そう言い切れない自分がもどかしく、まるで目に見えない蜘蛛の糸に絡め取られているようにさえ思った。その糸を吐いている黒後家蜘蛛は、シーラ・ヴァヴィロワのようでもあり、宗方日菜子のようでもある。

「顔色が悪いようだが」

「いえ、大丈夫です」

「そうか」

頷いた上司の横顔は、すべて察していると告げていた。

「部内の捜査員には折を見て私から事のあらましを伝える。もちろん保秘の念を押した上でね。それが皆に対する私の責任だと思うからだ」

静かにそう述べてから音声ファイルを消去した沖津は、改めて城木を見据える。

「君の言った通り、亡くなった宗方亮太郎氏は〈敵〉の一味か、少なくとも重要な協力者であった疑いが強い。事案発生の以前以後にわたる警察内部の不可解な動きからもそれは明らかだ。しかし断定するに足る具体的な物証はない。あったとしても警備局が決して表には出さないだろう」

「では、海老野局長も〈敵〉であると」

「そうとは即断できないのが警察という組織の恐ろしさだよ」

まったくその通りであると城木も首肯する。

「問題は、宗方議員は何を考えて〈敵〉に加わったのか。また彼らは宗方議員に何をさせようと目論んでいたのか。官界、政財界に広い人脈を持つ城木家の主だった方々についても、今後密かに身辺調査を行なわねばなるまい。公安はもうとっくに始めているだろう。〈敵〉の正体を解明するためにはどうしても必要な作業だ。そのことは覚悟しておいてほしい」

「はい。当然だと考えています」

「君自身の処遇については、状況に応じて考慮するつもりでいる」

「それも覚悟しております」

「だが今のところは、従前通り特捜部で職務に励んでもらいたい。それは私の希望でもある」

「ありがとうございます」

そして沖津は、短くなったシガリロを灰皿の上に静かに置いた。

「以上だ。下がっていい」

一礼して退室した城木は、自席に向かって歩きながら、依然として考えていた。

そうだ、あれからずっと考え続けている。最後に勝ったのはシーラ・ヴァヴィロワだったのだろうか、それとも宗方日菜子だったのだろうかと。

13

カティアが病院から逃走した。

その知らせが入ったとき、由起谷はちょうど出先から新木場の庁舎に戻ったところだった。

国際テロリストであるカティアには新潟県警の監視が二十四時間態勢でついていたはずである。しかし当直の看護師が気づいたときには、病室にカティアの姿はなく、かわりに熊のような大男の警察官が失神状態でベッドに横たわっていたという。『黒い未亡人』の恐ろしさをその身で以て知ったはずの新潟県警も、外見や年齢からカティアをどうしても甘く見てしまったのだろう。その油断を見逃すようなカティアではない。

病室からは、由起谷が見舞いに贈った新しいキャップだけが消えていた。弾痕の空いた他の衣類等は県警が押収、保管したままになっている。また同時に押収された二百万円は県警から特捜部に返還されていた。

県警側担当責任者からの電話を切った由起谷は、自席で深々と息を吐いた。

怪我はまだまだ完治にはほど遠い状態であったはずだが、カティアなら日本を脱出するくらいなんの苦もなくやってのけるだろう。怪我が完治して退院になれば即収監である。そうなれば脱走は難しいものとなる。日本で裁かれるにしろ、ロシアに送還されるにしろ、カティアの罪状からすれば相当に厳しい刑となるのは免れない。特にロシアに引き渡された場合、極刑よりもはるかに残酷な運命さえ想像できる。

また実際に日本警察に裏切られたカティアが、日本という国全体を信用できなくなったとしても当然だ。誰が彼女を責められよう。

由起谷は、自分がどこかでほっとしているのを自覚した。もちろん警察官としてあるまじきことだと分かってはいるが。

日本を脱出したとしても、世界のどこにもカティアの安住の地はない。故郷のチェチェンは言うまでもなく、イスラム過激派組織の手は世界中に及んでいる。『黒い未亡人』を壊滅に追いやった裏切り者として、カティアは死ぬまで追われ続けるだろう。ライザ・ラードナー警部のように。

奇しくも警部はカティアに言った――「おまえは裏切り者になる。命を懸けて救った友からも憎まれる。それでも構わないと言うのか」

その運命を思うと、どうしても暗澹たる気持ちになってしまう。天涯孤独の少女にとっては、途方もなく過酷な道だ。〈死神〉ライザ・ラードナーは少なくとも今日までを生き延びることができたが、果たしてカティアはどうだろうか。

目を閉じて、初めて会ったときのことを思い出す。連休前日の四月二十八日。夕暮れ時の六本木。最初はてっきり少年だと思った。ディープネイビーのキャップを目深に被った不敵な出で立ち。全身から野性の気を放っていた。帝都連合の半グレ達を瞬く間に叩きのめしたその手際。痛快だった。自分の視線に気づいたときのはにかんだ様子。そして、抱きとめたときに感じた肩の少女らしい繊細さ。

神を持たぬ由起谷も祈らずにはいられなかった。カティアの往く道の安寧と魂の平穏について。

確保した未成年テロリストを協力者として現場に投入するというオペレーションは、突入後、同テロリストの再確保、収監を以て幕を閉じる筋書きだった。その責任は特捜部の沖津部長が一身に負うという内々の申し合わせであったが、病院からテロリストの逃亡を許した責任は新潟県警や包括的なオペレーション全体の実質責任者である警視庁清水公安部長にも及ぶ。もともと異例にすぎるオペレーションであり、宗方亮太郎絡みや麻布署での元警察官による不祥事絡みで明らかにできない部分も大きく、結果的に処分は極めて曖昧なものとなった。

それでなくても、総合評価の難しいオペレーションだった。評価を困難にしている要素はいくつもあって、一つには多数の殉職者を出しながらもテロの標的であったメタンハイドレート液化プラント及びロシア総領事館を守り抜いた点。また一つには、わずか二名のみとは言え、機甲兵装の、しかも自爆仕様の機体から少年兵を生きたまま確保することに成功した点。これは世界でも前例がなく、国際的に大いに注目された。そうした点から、警察全体としても、成功と言っていいのか、失敗と言っていいのか、にわかには判じ難かったというのが実情である。明らかに失敗である部分の責任を誰かに負わせることはたやすいが、その場合、責任はとめどなく他の部署へと波及する。組織として、それはでき得る限り避けるべき事態であることは言うまでもなかった。

最終的に、警視庁の沖津旬一郎特捜部長は暴行事件の外国人被疑者を逃がした件についてのみ警視総監から厳重注意を受けたが、異動や降格等の処分はなかった。警察内部では、その程度で済むことを沖津は最初から見越していたのだろうと揶揄する者が後を絶たなかった。

福生市の外れにある民間の介護治療センターに足を運んだ城木は、受付で書類に必要事項を記入してから、一人で父の病室に向かった。何度か来ているので内部の間取りはすっかり頭に入っている。

長男である亮太郎死亡の衝撃とその後のストレスにより、父城木亮蔵は認知症に似た症状を呈していた。他人の問いかけには一切反応せず、口をきかなくなる『緘黙《かんもく》』であった。まれに、ごく短い時間に限って普通に会話できるときもあるが、当局による聴取はほぼ不可能な状態となっていた。兄と〈敵〉との関係。城木家と〈敵〉との関係。また城木の配属時における父の関与の有無。そうしたことの一切について、父はいかなる捜査関係者も手の出せない沈黙の闇に逃げ込んだのだ。

富裕層向けに設立された介護治療センターの内部は、高級リゾートホテルを思わせる立派なものだった。訪れるたびに城木は日本の現実との乖離を感じずにはいられない。

父は病室にはいなかった。シーツを取り替えていた若い看護師が、今日は体調がいいので中庭にいると教えてくれた。見舞いの花だけを部屋に残して中庭に向かう。

明るい陽差しの中、車椅子に乗った父は中年の看護師に付き添われてシャクナゲやレンゲツツジ、その他の名も知らぬ花々が咲く庭を回っていた。楽しそうな表情だった。お父さん、と声をかけると、その表情が一変した。

「今日はだいぶいいみたいですね」

そう言うと、父は不愉快そうに手を振って看護師を遠ざけた。今日は珍しく意識がはっきりしているらしい。看護師は二人の話し声が聞こえない程度に距離を取って離れ、それとなく目を配っている。

「おまえのせいだ」

　父はいきなりそう言った。

　何がですか、とは問い返さなかった。父が言おうとしていることは察しがつく。その嫌悪に満ちた表情がすべてを語っていた。

「亮太郎は昔からおまえと違ってロマンティストだった。だからおまえのように現実に耐えられなかったのだ。それをおまえは」

　驚きのあまり耳を疑った。貴彦は亮太郎と違って理想家肌だ、夢見がちなロマンティストだと、これまでずっと周囲から言われ続けてきたし、自分でもそう思っていた。だから現実的な能力に長けた兄に対して、長年コンプレックスめいた引け目を抱いてもいたのだ。

　しかし父はそう考えてはいなかった。これまでずっと。ロマンティストなのは兄の方で、自分の方こそが現実主義者であると言う。

「亮太郎ではなく、おまえの方を政治家にすべきだった。分かっていたんだ。私も、亮太郎も。だが亮太郎は、貴彦には好きなようにさせてやれと言い張った。だから私も折れたんだ。それが間違いだった」

　凝然と立ち尽くす。その足許が崩壊し、底知れぬ奈落へと際限なく落下する。

　自分の知らなかった本当の自分。それを否応なく見せつけられたような思いがした。恐るべき錯誤だ。今日まで疑いもしなかった。鏡の中の自分が自分ではないなどと。その錯誤に気づかぬまま、己の卑劣な正体に気づかぬまま、安易に理想を口にしながら生きてきた。だとすればその理想は幻影でなくてなんなのか。〈砂〉の上に築かれた楼閣だ。子供達が砂場に作った砂の城。〈砂の妻〉に魅入られたのは、もしや自分ではなかったか。

父は手招きして看護師を呼び寄せる。そして城木を振り返り、最後にもう一度繰り返した。

「おまえのせいだ」

看護師は城木に会釈し、車椅子を押して屋内へと戻っていった。遠ざかる老いた父を見つめながら、城木はその場から動けなかった。

その日の夜、公務で霞が関の中央合同庁舎第2号館に赴いた城木は、二十階の廊下で背後から呼び止められた。

「城木君」

振り返った城木は、そこに立っていた相手に息を呑んだ。ぬらりとした坊主頭の巨漢。警備企画課の堀田義道課長だった。

威儀を正して一礼する。

「先日は兄の葬儀にお運びを賜りましてありがとうございました」

「いやいや、あんなことになって、君も大変だったろう。ところで、今ちょっといいかね」

「は、なんでしょうか」

警戒を抱きつつ、城木は答える。なにしろ堀田警視長は、〈敵〉との関係が最も疑われる小野寺の直接の上司なのだ。

「二人だけで話したいことがある。君の今後についてだ。なに、時間はとらせない。いいだろう」

〈今後〉についての話。官僚としては嫌も応もない局面だ。従うよりない。

先に立って歩き出した堀田は、開いている小会議室の一つに入った。後に続いた城木がドアを閉めるのを待って、堀田は前置きもそこそこに、

「今回の事案、形としては一応決着したことになってはいるが、あの責任問題は相当長く尾を引くだろう。沖津部長の責任を問えば、警備警察幹部は総入れ替えになりかねん。官房も無傷ではすまんだろう。聞きしに勝る策士だね、沖津さんは。しかし対外的にはなんとか収めたとしても、我々の内部にしこりが残ったのは間違いない」

警備企画課の課長本人を相手に反論する愚を避けて、城木は無言で頷いた。

「特捜に関しては、これまで宮近君に協力を求めていたが、どうもいかんね。こう、なんと言うか、信念というものに欠けている。経済学部のせいか、彼は官庁訪問時、財務省に行くか警察庁に行くか、最後の最後まで悩んでいた。その点、君は最初から警察一本で決めてきてくれた。あのとき人事課の企画官として君らを採用したのは俺だ。やはりその差が出とるんだね」

「堀田課長には感謝しております。しかし宮近も今では骨の髄から警察官僚として立派に職務を果たしているものと――」

「確かに彼は優秀な男だよ。あれこれと将来の布石も打っている」

なんとか論点をずらそうとした城木の試みを、堀田は鷹揚に遮って、たちまち生臭い現実論に引き戻した。

「丸根総審《そうしん》（総括審議官）とのつながりもある。だがね、こう言ってはなんだが、丸根さんは警察内でも一、二を争うリアリストだ。今後の状況によっては、宮近君も安心はできんと思うよ」

「私にどうしろとおっしゃるのですか」

思い切ってこちらから切り込んでみた。上司の沖津から学んだやり方だ。

だが堀田はそれを待っていたとでもいうように、

「そんなことは何も言ってない。君はただ警察官僚として本来の職務を果たせばいいだけだ」

「それは……」

思わず口ごもる。警察官僚としての本来の職務。それこそ、特捜部の内部情報の報告を意味しているのではないか。

「はっきり言って、君の立場も微妙なんだよ、城木君。しかし君には、城木家の血筋と人脈という武器がある。これをもっと有益に使うべきだと俺なんかは思うがね」

関係ない、とは到底言えない。大いに関係があるのが現実で、堀田は今まさに現実の話をしている。

「だから特捜部の中で、君だけはまだなんとか引き上げてやることもできるんだ。宗方議員のスキャンダルや今回の失態からも、なんとか無傷のままで救いたい。いや、もっとはっきり言おうか。城木君、俺は君が欲しい。そのためにも、君自身の意志を確認しておかんとね。そう思って呼んだわけだ」

返答はしなかった。それが精一杯の抵抗だった。

「ここだけの話だが、もうしばらく特捜で我慢してくれれば、次の異動では長官官房総務課か人事課で一緒にやれると思う。官房各課の補佐は決して無駄な経験にはならんはずだ。

これなら、君がかねて主張している理想の実現にも近づくことになるんじゃないのかな。え、どうだろうね、城木君」

堀田の大きな顔が、一際大きさを増して迫ってくる。

城木はもう身動き一つできなかった。

新潟国際工業技術支援スクールで鹵獲《ろかく》された第一種機甲兵装『エインセル』二機は、新潟県警によって新木場の特捜部庁舎に搬送された。

今後のテロ対策の資料とするため、専門の技術班を抱える特捜部で本格的な分析を行なうこととなったのである。

もともと表、裏を問わず武器市場に出回ることもない珍しい機体であったことから、引き渡しを受けた技術班では、柴田技官を中心に急遽特別チームを編成した。

「これがいわゆる〈バックワーダー〉ですか。いいなあ、実に面白い。新潟でもちらっとは見ましたけど、実物を触るのは僕も初めてでして」

柴田は興味津々といった態で、本来の業務の合間を見ては研究に余念がない。残業の連続で過労死寸前だった柴田さんが逆に生き返った、と技術班ではもっぱら話題になっている。

嬉々としてエインセルをいじっている柴田を横目に、緑は仕事用の眼鏡を外し、立ち上がって地下のラボを出た。エレベーターで二階まで上がる。ロビーで一息入れようと思ったのだ。

いつものようにほうじ茶でも買おうと自販機の前まで歩いて行くと、大きな人影が自販機の前をふさいでいた。

姿警部だった。後ろでしばらく待っていたが、一向に動く気配がない。サンプルの缶を睨んで何やら長考に及んでいる。

「姿警部」

痺れを切らして声をかけてみた。

「あ、悪い」

姿は慌てて自販機の前から横に退いた。

「俺はいいから先に買ってくれ」

「何をしてたんですか」

ペットボトルのほうじ茶のボタンを押しながら、なんとなく訊いてみた。

「いや、この自販機で売ってるコーヒーだよ。ブラックは二種類あるんだが、その二種類ともいきなり新デザインに変わっててね」

ゴトリと落ちてきたペットボトルを取り出してから、立ち上がってサンプルを確認する。

「はあ、確かに変わってますけど、それが何か」

姿はこの上なくもどかしそうに、

「だからどっちを買おうか迷ってたんだよ」

「そうですか」

まったく以てどうでもいい。わざわざ訊くほどのことではなかった。

「では失礼します」

我ながら愛想のない会釈をして歩き出そうとした緑は、ふと思いついて足を止めた。

「姿警部」

「なんだ」

依然として自販機を睨んでいた姿が応える。

「警部はコーヒー通なんですよね。その警部が、どうして缶コーヒーなんかを好まれるのですか」

その質問を待っていたという顔で姿が振り返る。

「缶コーヒーはな、コーヒーとは別物なんだ」

「はあ？」

「分かるか、ちょうどラーメンとカップラーメンがまったく別物であるように、コーヒーと缶コーヒーとはまったく別種の飲み物なんだよ」

「はあ」

「しかもだ」と姿はもったいぶった調子で、「缶コーヒーの価値を決定づけるのは、味でも香りでもない。どっちも大事なのは確かだが、それよりも重要なのは缶のデザインなのさ。このデザインを楽しみながら飲むのがいいわけだ。その意味で、新モデルの二本はどっちも甲乙付け難い秀逸さだ。いや、これは困った」

「そうですか。ありがとうございました」

心底どうでもいい。なんだかよけいに疲れたような気分になって、緑はロビーでの休憩を取りやめにしてラボに戻ることにした。

エレベーターホールに向かって廊下を曲がる際、なんの気なしに振り返ってみると、姿警部はまだ自販機の前で考え込んでいた。

ため息をついて歩き出そうとしたとき、横から声をかけられた。

「鈴石主任」

庶務担当の桂絢子主任であった。自分と違って、いつも穏やかな笑みを絶やさない。それでいて仕事には極めて厳しく、才媛の誉れも高い三十一歳。元は内部管理部門である警務部で、当時からずいぶんと人気があったそうだが、今も独身と聞いている。

「姿警部とずいぶんお話が弾んでましたね」

「全然弾んでないですよ」

思い切り全否定する。

「あっ、そうなの？　遠くから見かけただけで、私、てっきり……どうもごめんなさい」

盗み聴きするようなはしたなさは桂警部補には無縁だ。緑はかえって恐縮した。

「いえ、どうかお気になさらないで下さい」

「本当にごめんなさい。新潟の事案以来、姿警部、なんだかずっとふさいでらっしゃったでしょう？　それが久しぶりに楽しそうになさってたもんだから、ああよかったなあって」

「ふさいでたって、姿警部がですか」

「ええ」

姿警部とはフィアボルグの調整の件で何度か顔を合わせているが、そうした変化にはまったく気づかなかった。さすが城木理事官と双璧を成すと謳われる気配りの人だと改めて思った。

「私、捜査の詳細までは把握しておりませんけど、今度の事案はウチにとって、だいぶ影響が大きかったみたいね」

ため息まじりに桂主任の漏らした言葉が、緑は逆に気になった。

「あの、どういうことですか」

「例えば、鈴石主任、あなたもよ」

「えっ」

「あなたのことだから、未成年の女の子全員を救えなかったこと、全部自分の責任だなんて思い込んでるんじゃないかしら」

図星であった。

「そんなふうに思っちゃ駄目。もし思ってるとしたら、それはみんなを信じてないってことよ。責任感も大事だけれど、そういうのって、傲慢とか、思い上がりになるんじゃないかって私は思うの」

桂主任はどこまでも優しい口調で、諭すように言った——〈母〉のように。

その通りだと緑は思った。子供の頃から強情だ、素直でないなどと、周囲から評されてきた自分が、どういうわけか桂主任に言われると、反発を感じることなく素直に受け入れられる。それもきっと彼女の人徳なのだろう。

心が少し楽になったような気がした。

「ありがとうございます。そう考えるように心掛けます」

「あ、私ったら、偉そうなこと言ってごめんなさいね」

「いいえ、そんな……桂主任、ひょっとしたら捜査員にも向いてるんじゃないですか」

桂主任は声を上げて明るく笑い、

「私の情報源は女子の井戸端会議だけだから。でも、これがなかなか馬鹿にできないの」

彼女の下には女性職員が三名いる。三人とも二十代で、緑の率いる技術班と違い、庶務は普段からさぞかしましいことだろう。

微笑みを浮かべて緑を見つめていた桂主任の表情が、ふっと曇った。

「緑ちゃん、あなたはきっと大丈夫。でもね、心配な人もいるわ」

「誰のことですか」

「城木理事官ですよ」

彼女は意外な人の名を挙げた。

「お兄様があゝいう形でお亡くなりになったのだから、憔悴なさって当然と言えば当然なんだけど、最近の城木理事官には、なんて言うか、ぞっとするような、近寄り難いものを感じるの。以前の城木さんからすると、それこそ人が変わったような」

〈気配りの双璧〉の、一方がもう一方を評しての言葉である。自分の浅い人間観では気づかぬような何かを、桂主任は直感的に見抜いているのだろうと緑は思った。

最後に、桂主任は心なしか身をすくめるようにして呟いた。

「早くもとの城木理事官に戻って下さればいいのだけれど……」

その呟きは、どういうわけか緑の心に残った。不安の種子を抱いたような心地で、彼女は事実上の棲家たる地下のラボへと引き返した。

新潟での死闘から四か月近くが過ぎた頃、由起谷主任は桂主任から一通の手紙を渡された。厳密に言うと、前日に警視庁特捜部気付で郵送されてきたものである。

宛名は明らかに外国人によるぎこちない手で、「ゆきたにしろうさま」と平仮名だけで書かれていた。使用筆記具は黒のボールペン。消印はシンガポール。紙質の悪い灰色の封筒。東南アジアの量販店で扱われている品だろう。差出人の名はなかったが、誰からのものか、由起谷には直感で分かった。

懐かしく、温かい感情が由起谷の胸をよぎった。

しかし同時に、不吉な符合めいたものを感じてもいた。

現物は確認していないが、万代島ビルから機甲兵装ごと墜死したシーラ・ヴァヴィロワは、宗方亮太郎の亡妻である宗方日菜子からの手紙を所持していたという。他ならぬその手紙が事態の推移に重大な影響をもたらす元凶になったと聞いている。またこれも現物は未確認だが、そもそも宗方亮太郎がシーラから受けた最初の接触は、議員会館に届いた手紙であった。

手紙。因縁じみたその符合にまるで引っ掛かりを覚えなかったと言えば嘘になる。

一瞬ためらったのち、由起谷は意を決して開封した。

やはり差出人はカティアであった。宛名と同じく、すべて日本語で書かれている。ボールペンによる手書き。筆圧は情熱的なまでに強い。四か月前はたぶんここまで日本語を使いこなすことはできなかっただろう。逃亡中に改めて学んだものに違いない。驚くべき語学の才能と情熱だ。『黒い未亡人』の幹部達がカティアを特別に重用したのも頷ける。

ブラインドの隙間から陽光の差し込む窓際の自席で、由起谷はじっくりと手紙を読んだ。

ゆきたにしろうさま。

わたしはカティアです。

わたしはいま、シンガポールでこのてがみを書いています。ポストにてがみを入れたら、すぐにちがう国に行きます。

にげてごめんなさい。でも、にげるしかありませんでした。

にげなければきっと殺されていたと思います。

いまもいつ殺されるかわかりません。

けれど、わたしは、後悔はしていません。

少なくとも、ジャンナとクレメンティーナはたすけられたのですから。

ふたりとも、死ぬまでわたしを憎むでしょう。そしていつかはわたしを殺しにくるでしょう。それでも、わたしの胸の中にある、赤いくぎの痛みよりはずっとましです。

あの女の人が言ったとおりになりました。ジナイーダと戦った人です。

あの人もきっと、なかまや友だちから命をねらわれて、それでも生きぬいてきたのでしょう。

病院で、あの人が最後にジナイーダと戦ったと聞きました。そして勝ったと聞きました。

ジナイーダはすきだったから、とてもかなしいです。でも、ジナイーダに勝てるとすれば、あの人しかいないと思っていました。ジナイーダも、あの人と戦えて、きっとほこりに思っていることでしょう。

わたしもあの人のように生きられるでしょうか。

自信はぜんぜんありません。でも、あの人がわたしに言ってくれたことばをよく思い出します。それだけがささえです。

わたしはあの人のように強くありません。

胸の中のくぎは、いまでもずきずきと痛みます。とてもとても痛いです。

でも、わたしは生きます。あの人がきょうまで生きてきたようにです。

わたしはあの人やあなたのように強くなりたい。

わたしがもっと強ければ、アイシャもマリアムもたすけられたかもしれないから。

シーラのことは、いまはまだ考えられません。考えだすと、頭の中がめちゃくちゃになって、どうしようもなくなります。

シーラは、やっぱりわたしのおかあさんだったと思います。わたしの大切なおかあさんです。頭の中がおちついたら、ゆっくりと時間をかけて、おかあさんについて考えていくつもりです。

何年、何十年あとになるかわかりませんが、そのときまで生きていられたら、きっとあなたにあいにいきます。

ゆきたにしろう、あなたにもう一度あいたい。
わたしはいつ殺されるかわからないけれど、死ぬなら、あなたにもう一度あってから。
そう心に決めています。
あなたにあえて本当によかった。
こんなきもちになるなんて、日本に来るまで、想像もできませんでした。
書きたいことがありすぎて、どう書いていいかわかりません。
だからここでやめます。
さいごにもう一度書いておきます。
にげてごめんなさい。
いつかきっとまたあなたにあいにいきます。
あなたのしあわせをいつもいのっています。
さようなら。

夏の名残の強い陽差しが、なぜか木漏れ日のように心地よかった。光あふれる窓際で、由起谷は声に出して笑っていた。同時にまた泣いてもいた。

笑いも涙も、どうしても抑えきれず、我ながら変な声になった。周囲の部下達が怪訝そうに顔を見合わせているのが分かったが、そんなことはどうでもよかった。

そして心から思った。

警察官になってよかったと。自分の人生は、そう悪いものではなかったのだと。

謝辞

本書の執筆に当たり、元警察庁警部の坂本勝氏、理学博士の樋口健介氏、東京大学先端科学技術研究センター専任講師の小泉悠氏、科学考証家の谷崎あきら氏、村田護郎氏、精神科医のジェイコブ・ネモ氏より多くの助言を頂きました。

方々のお力添えに深く感謝の意を表します。

[主要参考文献]

『チェチェン　廃墟に生きる戦争孤児たち』オスネ・セイエルスタッド著　青木玲訳　白水社
『チェチェンの呪縛　紛争の淵源を読み解く』横村出著　岩波書店
『アッラーの花嫁たち　なぜ「彼女」たちは〝生きた爆弾〟になったのか？』ユリヤ・ユージック著　山咲華訳　WAVE出版
『チェチェン　やめられない戦争』アンナ・ポリトコフスカヤ著　三浦みどり訳　NHK出版
『子ども兵の戦争』P・W・シンガー著　小林由香利訳　日本放送出版協会
『コーカサスを知るための60章』北川誠一、前田弘毅、廣瀬陽子、吉村貴之編著　明石書店
『コーカサス　戦争と平和の狭間にある地域（ユーラシアブックレット№.171）』富樫

耕介著　東洋書店

『コーカサス　国際関係の十字路』廣瀬陽子著　集英社新書

『ロシア語られない戦争　チェチェンゲリラ従軍記』常岡浩介著　アスキー新書

『プーシキン詩集』金子幸彦訳　岩波文庫

『オールカラー最新軍用銃事典』床井雅美著　並木書房

解説

ミステリ評論家
古山裕樹

本書『機龍警察　未亡旅団』は、『機龍警察』、『自爆条項』、そして『暗黒市場』に続く、〈機龍警察〉シリーズの第四作である。

近接戦を想定した有人兵器・機甲兵装が普及している点を除けば、作中の社会は今の現実とほぼ変わらない。警視庁に新設された特捜部は、謎に包まれた最先端技術に基づく機甲兵装、通称「龍機兵《ドラグーン》」と呼ばれる機体を保有し、搭乗者も警察の外から集められた異例の組織。そんな特捜部が、既存の警察組織との軋轢を抱えながら、さまざまな危機に立ち向かう……という構図のシリーズである。

第一作から第三作までは、「龍機兵」に搭乗する三人――歴戦の傭兵である姿俊之、元テロリストのライザ・ラードナー、モスクワの警察を追われたユーリ・オズノフを各巻の中心に据えて、その過去やキャラクターを描いてみせた。

本作からは、シリーズとしてのストーリーが大きく動き出す。これまでも存在がほのめかされていた、警察内部で暗躍して特捜部の活動を妨げる存在――〈敵〉との対決がこれまで以上に前面に押し出されて、知略を尽くした駆け引きも厳しさを増す。

そんな本書の物語は、住宅街での惨劇から始まる。工業製品の密売を追っていた神奈川県警は、バイヤーとして十人の若い外国人女性を逮捕する。だが、彼女たちのうち四人が自爆、混乱の中で残る六人は脱出した。紛争で夫や家族を失ったチェチェン人の女性だけのテロ組織『黒い未亡人』が日本国内に潜入したのだ。その企みを阻止するため、公安部と特捜部の「合同態勢」が動き出す。一方、特捜部の城木理事官は、兄の国会議員・宗方亮太郎と交わした会話から、兄が特捜部の〈敵〉と関わりを持っているのではないかと疑念を抱く……。

特捜部の面々、合同捜査に駆り出された公安部の曽我部、さらには『黒い未亡人』の一員カティア。多人数の視点から語られるいくつもの流れが絡み合う、入り組んだ物語だ。ただし、その流れは大きく二つの束に分けられる。

ひとつを「前線」と呼ぶことにしよう。『黒い未亡人』が仕掛けるテロを阻止しようと奔走する、特捜部捜査班の由起谷警部補を中心とする物語である。テロ組織の構成員である少女カティアの過去と、由起谷自身の過去が響き合い、両者の信念がぶつかり合う取り調べは、本書の中でもひときわ熱のこもった場面である。もちろん、龍機兵に搭乗する三人も、ただ命じられたミッションをこなすだけの存在ではない。三者それぞれの過去と、年端もいかない少女を殺すことになるかもしれない苦悩を背負って、機甲兵装に身を包んで任務に臨む。もうひとつは「後方」だ。特捜部の理事官・城木の実家は政治家や官僚を輩出してきた一族。政治の力学と無縁ではいられない家に生まれ育った城木の、家族との関わりが語られる。実家での会話から生じる家族への疑念。その過去を探る過程を経て、兄・宗方亮太郎の人物像が浮かび上がる。家族の物語であると同時に、政治力学の物語であり、謀略が渦巻く物語でもある。

アクションを伴う「前線」に対し、主に謀略と駆け引きを扱う「後方」。もともと、機甲兵装を用いたアクションと、背後にある謀略をめぐる駆け引きがシリーズの基本形であり、「前線」と「後方」という二つの軸は以前の作品にも存在していた。本作では、その軸を二人の人物とすることで、実はきわめて複雑な内容を、咀嚼しやすく整理して提示している。

こうしたストーリーの展開を支える土台についても触れておきたい。

ひとつは「現実」との関わりだ。本書の物語が、チェチェンの民族問題を背景としていることは言うまでもない。作中の『黒い未亡人』のメンバーは架空の存在だが、チェチェンの女性からなる同名の組織が実在し、二〇一〇年のモスクワ地下鉄爆破テロなどに関与したとされている。本書が刊行された二〇一四年に開催されたロシアのソチ冬季五輪も、彼女たちのテロの標的として狙われていたという。また、カティアの回想に現れるカディロフツィは、プーチン政権によってチェチェンの支配者として擁立されたカディロフの私兵にあたる準軍事組織だ。二〇二二年に始まったロシアのウクライナ侵攻にも参加して、戦争犯罪に関与したとも報じられている。

そんな「現実」と対をなすもうひとつの土台が「虚構」だ。本シリーズで最も目を引く虚構は機甲兵装という兵器の存在だが、作者・月村了衛によると、そもそもの嘘は「警視庁が元テロリストを雇う」ところにあり、そういう状況を成立させるために機甲兵装を用意したという（ミステリマガジン二〇一四年三月号・村上貴史「迷宮解体新書」）。

元テロリストはもちろん、歴戦の傭兵も、元刑事とはいえ犯罪組織に身を置いていた者も、警察組織にとっては異物である。特捜部を率いる沖津ももとは外務官僚であり、異物であることに違いはない。

特捜部という異物に対する既存組織の拒絶反応は、作中のいたるところに描かれる。本書はもちろんシリーズを通じて、警察組織内の駆け引きや腹の探り合いが多く描かれる。そこに渦巻くさまざまな企みは、警察小説よりも、ジョン・ル・カレやブライアン・フリーマントルといったスパイ小説の大家が描く世界を想起させる。

警察組織にとっての特捜部のように、市民社会にとっての機甲兵装もまた異質な存在だ。重機や車輛と異なり、機甲兵装は兵器——純粋に戦闘を目的に製造された機器である。シリーズ第一作の冒頭から、機甲兵装が人を殺す様子が容赦なく描かれる。市民の日常とは相容れない存在だ。

こうした異物に意味を持たせることは、ときに現実を鋭く照らし出すことにつながる。本書でいえば、機甲兵装エインセルの凶悪な設計だ。子供が搭乗することを想定した構造は、少年兵が存在するという過酷な現実の反映に他ならない。

特捜部や機甲兵装という異物。そうした存在がもたらす軋みを描くことで、このシリーズは世界の現実を描き出している。

だが、こうした構造や装置はあくまでも「器」だ。仏造って魂入れずといわれるように、小説としては「器」にいかなる「魂」を込めたのかが要となる。

では、作者・月村了衛は、ここにいかなる「魂」を込めたのか？

本作の「魂」を語るには、まず「母性」というキーワードが欠かせない。『黒い未亡人』のリーダーの一人シーラは、カティアが「母」と慕う存在だ。チェチェン独立のための戦いという大義を負っていた彼女が、やがて自爆という犠牲を厭わないテロへと傾倒する。その背景にある、シーラともうひとつの「母性」との対峙が忘れがたい。政治的な闘争が、個人の感情と重なり合い、形を変えていく。そうした変容が、人々の運命を変えてしまう。本作の底にある、大きな流れである。

もうひとつの「魂」は、過去との対峙だ。これは、作者が往年の冒険小説を好み、その魅力を取り入れようとしていることと深くつながっている。作中の要素に過去の冒険小説との相似を見出すこともできるが、そうしたパターンマッチングには意味がない。このシリーズはオマージュという名のパッチワークではない。過去の名作を咀嚼してそのエッセンスを取り入れた、現代の新たな物語である。

　多くの冒険小説の核にある、冒険を通じた自己との対峙。自身の過去とどう向き合うのか。生命の危険をも伴う状況に身を投じて、何を成し遂げるのか。そうした過程と着地点が、読む者の心を動かす。作者が取り入れたのは、そうした「核」の部分だ。

　例えば、荒れた少年時代を経て警察官になった由起谷が、自分の過去をさらけ出してカティアと向き合う様子。そのカティアの凄絶な過去、そして日本での経験を通じての変化。そうした描写は随所にみられる。作中の展開を通じて描き出すことはもちろん、短い場面で鋭く切り取ってみせることも多い。難航する取り調べの過程で、ユーリが由起谷に〈痩せ犬の七ヶ条〉のひとつを説く場面。あるいは物語の後半、カティアとライザが言葉を交わす場面もそうだ。彼女たちがそれぞれに背負ったものが、「赤い釘」という言葉で示される。シリーズとしての人物描写の積み重ねが、こうした場面に説得力をもたらしている。

　姿たち三人が〈龍機兵〉に搭乗して戦うシーンも本シリーズの大きな魅力だ。そのアクションの中にも、三者それぞれの戦いに臨む動機、思い、そしてそれらに基づく思考と決断が描かれている。

　また、過去との対峙という枠組みからは外れるが、プロフェッショナルの矜持がうかがえるいくつかの場面も忘れがたい。特に強い印象を残すのが、後半に登場する新潟県警の警備部長・諏訪だ。多くの警察官と同じく、彼も特捜部に敵意を示す。オペレーションの詳細を知った彼は、「私は全然納得しとりません」と食ってかかる。だが、そのあとに諏訪が語る言葉はどうだろうか。任務の内容に反発しながらも、警察官としての自分と部下たちの誇りを示すくだりは、本書の静かな名場面のひとつである。

警察という官僚的な組織で、決してきれいごとだけで生きてきたはずのない者たちが、ふとした瞬間に見せる個人としての感情、あるいはプロフェッショナルとしての誇り。こうした瞬間に心震わせることもまた、このシリーズを読む喜びのひとつだ。

〈機龍警察〉シリーズは、現時点で六冊の長篇と一冊の短篇集からなり、まだ全貌は明かされていない。謎と謀略に満ちたストーリーの展開はもちろん、登場人物たちの過去と現在の思いが込められた、苛烈にして心を揺さぶる物語。その全貌が見える日を心待ちにしている。

本書は、二〇一四年一月にハヤカワ・ミステリワールドから刊行された作品を文庫化したものです。

著者略歴　1963年生，早稲田大学第一文学部卒，作家　著書『機龍警察〔完全版〕』『機龍警察　自爆条項〔完全版〕』（日本SF大賞）『機龍警察　暗黒市場』（吉川英治文学新人賞）（以上早川書房刊），『コルトM1851残月』（大藪春彦賞）『土漠の花』（日本推理作家協会賞）『欺す衆生』（山田風太郎賞）他多数

HM=Hayakawa Mystery
SF=Science Fiction
JA=Japanese Author
NV=Novel
NF=Nonfiction
FT=Fantasy

機龍警察《きりゅうけいさつ》　未亡旅団《みぼうりょだん》

〈JA1552〉

二〇二三年六月　十　日　印刷
二〇二三年六月十五日　発行

（定価はカバーに表示してあります）

著者　月《つき》村《むら》了《りょう》衛《え》
発行者　早川　浩
印刷者　大柴正明
発行所　株式会社　早川書房

郵便番号　一〇一 - 〇〇四六
東京都千代田区神田多町二ノ二
電話　〇三 - 三二五二 - 三一一一
振替　〇〇一六〇 - 三 - 四七七九九
https://www.hayakawa-online.co.jp

乱丁・落丁本は小社制作部宛お送り下さい。
送料小社負担にてお取りかえいたします。

印刷・株式会社亨有堂印刷所　製本・株式会社明光社

ISBN978-4-15-031552-8 C0193

本書は活字が大きく読みやすい〈トールサイズ〉です。